Stuart Daly
Animal Guardians
Die Hüter von Andalon

W0213380

cbj

© Stuart Daly

DER AUTOR

Stuart Daly hat bereits erfolgreich Jugendbücher veröffentlicht. Mit der Reihe »Animal Guardians« erscheint nun eine spannungsgeladene Fantasyserie für Kinder. Stuart Daly lebt mit seiner Frau und seinen drei Kindern in Sydney, wo er, wenn er gerade mal nicht schreibt, als Geschichtslehrer an einer privaten Highschool tätig ist.

Stuart Daly

Animal Guardians

Die Hüter von Andalon

Aus dem Englischen
von Michael Koseler

cbj

Kinder- und Jugendbuchverlag
in der Verlagsgruppe Random House

MIX
Papier aus verantwortungsvollen Quellen
FSC® C083411

Verlagsgruppe Random House FSC® N001967
Das für dieses Buch verwendete
FSC®-zertifizierte Papier *Super Snowbright*
liefert Hellefoss AS, Hokksund, Norwegen.

Deutsche Erstausgabe
Erstmals als cbj Taschenbuch Januar 2016
© 2016 für die deutschsprachige Ausgabe cbj Kinder- und Jugendbuchverlag in der Verlagsgruppe Random House, München
Alle deutschsprachigen Rechte vorbehalten
© 2014 by Stuart Daly
Die englischsprachige Originalausgabe erschien 2014 unter dem Titel »Brotherhood of Thieves – The Wardens« bei Random House Australia Pty Ltd.
Übersetzung: Michael Koseler
Lektorat: Bernd Stratthaus
Umschlaggestaltung: Isabelle Hirtz, Inkcraft unter Verwendung einer Illustration von Melanie Miklitza, Inkcraft
cl · Herstellung: ReD
Satz: Buch-Werkstatt GmbH, Bad Aibling
Druck und Bindung: CPI books GmbH, Leck
ISBN: 978-3-570-22569-1
Printed in Germany

www.cbj-verlag.de

Für meine Brüder
Gavin und Warren

Die vier Königreiche

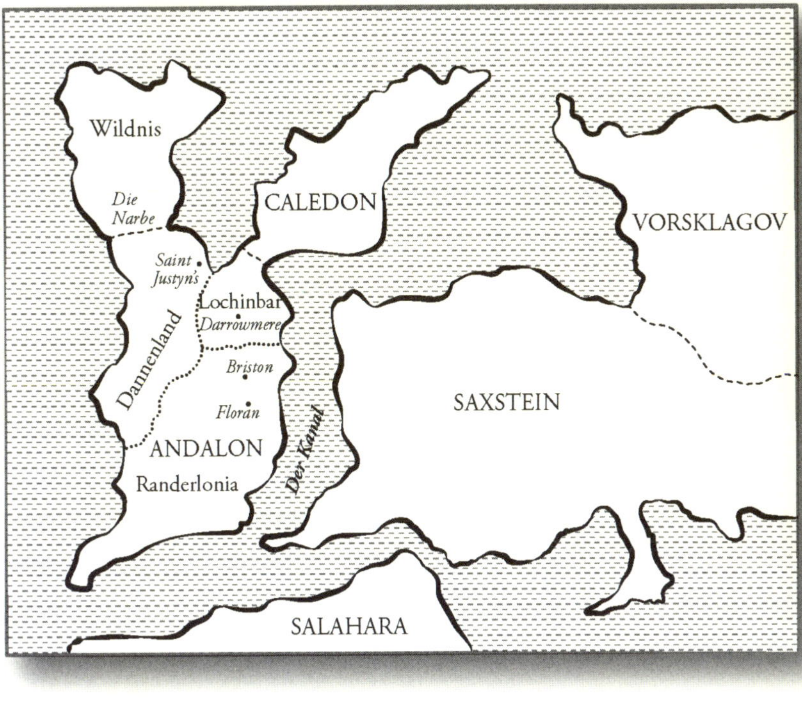

KAPITEL EINS

Eine zufällige Begegnung

Caspan rannte um sein Leben.

Als der laute Warnruf ertönte, geriet der ganze Markt in Aufruhr. Der junge Straßenräuber flitzte zwischen den Wagen und Ständen hindurch, um von dem Mann wegzukommen, dessen Geldbeutel er gerade gestohlen hatte. Caspan war sich sicher, gesehen zu haben, dass Angehörige der Stadtwache aus allen Richtungen herbeiliefen, doch er war fest entschlossen, sich nicht fangen zu lassen. Diebstahl wurde in Floran mit dem Tod bestraft. Er wollte seinen Kopf aber lieber noch ein Weilchen behalten.

Erst als er die Menge hinter sich gelassen und eine ruhige Seitengasse erreicht hatte, blieb der Dieb stehen, um festzustellen, ob er verfolgt wurde. In diesem Moment nahm er aus den Augenwinkeln etwas Rotes wahr. Gerade noch rechtzeitig drehte er sich zur Seite und erblickte einen Stadtwächter mit scharlachrotem Umhang, der auf dem Balkon eines Gildehauses stand und mit der Armbrust auf ihn zielte. Caspan duckte sich instinktiv, sodass der tödliche Bolzen knapp über seinen Kopf hinwegzischte. Dann setzte er seine Flucht fort – nur um in einen Wächter zu rennen, dessen Abzeichen in Form eines Adlers ihn als Hauptmann der Stadtwache auswies. Kaum trafen sich ihre Blicke, da streckte der Mann auch schon die Hand aus, um Caspan zu packen. Doch der Dieb war schneller und rammte dem Wächter das Knie in den Schritt. Während der Hauptmann zu Boden ging, sprintete Caspan zum Ende der Gasse, wo er über die Fassade eines Gebäudes auf dessen Dach kletterte.

Caspan verfluchte seine Fahrlässigkeit. Es gab nur einen Menschen auf der Welt, dem er vertraute, und das war er selbst. Er war als Straßenjunge in den verwinkelten Gassen von Floran aufgewachsen und hatte nur aufgrund seiner Gerissenheit und seiner Fingerfertigkeit überlebt. Jetzt – mit fünfzehn – war er einer der gewieftesten Diebe der Stadt. Er konnte so leise schleichen wie eine Katze, und seine schlanken Finger schafften es, jeden Geldbeutel loszubinden, jedes Schloss mit einem Stück Draht zu knacken. Wenn er gewollt hätte, hätte er die funkelnden Sterne vom Nachthimmel stehlen können. Seine Geschicklichkeit war so groß, dass ihm alles gelang. Zumindest hatte Caspan das immer angenommen … bis heute.

Er hatte es für ein Kinderspiel gehalten, den älteren Mann zu bestehlen, dessen ganze Aufmerksamkeit den mit Zobel gefütterten Umhängen galt, die an einem der Stände feilgeboten wurden. Vor seinen beiden Begleitern hingegen, die Kapuzen trugen, musste man sich sicher in Acht nehmen, denn sie sahen aus wie Leibwächter. Deshalb hatte Caspan gewartet, bis sie zu einem der anderen Stände hinübergeschlendert waren. Erst dann war er in Aktion getreten. Doch es war der ältere Mann gewesen, der Caspan auf frischer Tat ertappt und ihn beim Handgelenk gepackt hatte, als er versuchte, die Lederschnur loszubinden, mit der der Geldbeutel am Gürtel befestigt war. Caspan war total verblüfft. Es war das erste Mal, dass man ihn erwischte. Eine Frau, die an einem der gegenüberliegenden Stände ihre Waren verkaufte, hatte aufgeschrien, um den Mann zu warnen. Daraufhin war Caspan dem Mann mit dem Hacken seines nackten Fußes kräftig auf die Zehen getreten, hatte sich losgerissen, den Geldbeutel geschnappt und war davongerannt.

Jetzt flüchtete der Dieb über die Dächer. Das machte er immer so, wenn er in Schwierigkeiten geriet. Er kannte die Dächer von Floran besser als jeder andere und war in der Lage, von einer Seite der Stadt zur anderen zu gelangen, indem er den Wegen folgte, die er sich eingeprägt hatte. Geschickt kletterte er über gefährliche Dachschrägen, balancierte schmale Simse entlang, vor denen selbst eine Bergziege zurückgeschreckt wäre, sprang über Abgründe, die zwischen den Gebäuden klafften. Ein falscher Schritt hätte den sicheren Tod bedeutet, aber Caspan war viel zu sehr mit Adrenalin vollgepumpt, um sich darüber Gedanken zu machen. Er fühlte sich zwischen den Kirchtürmen und Schornsteinen zu Hause, kam sich vor wie der Herrscher über die Stadt, die sich unter ihm ausbreitete. Von hier oben beobachtete er immer das Treiben der Leute unten und suchte sich in aller Ruhe seine Opfer aus. Hier fühlte er sich sicher.

Caspan arbeitete allein, es war eine Regel, von der er nie abwich. Einbrecher und Diebe hatten kein Ehrgefühl, am allerwenigsten die Halsabschneider und Verbrecher, die der Diebesgilde von Floran angehörten, der Schwarzen Hand, in die er mit acht Jahren aufgenommen worden war. Die anderen Straßenräuber würden ihm, während er schlief, eher ein Stilett gegen die Kehle drücken und seinen Geldbeutel stehlen, als in den Gassen nach ihrem nächsten Opfer Ausschau zu halten. Das Leben in Floran hatte Caspan zu einer wertvollen Erkenntnis verholfen: Er war in eine mörderische Welt geboren worden, in der nur der einsame Wolf überlebte.

Nachdem er die Dächer der Stadt überquert hatte, bekam Caspan den Schock seines Lebens: Zwei Personen waren ihm dicht auf den Fersen. An ihren Umhängen erkannte er, dass es sich um die Begleiter seines Opfers handelte.

Er raste weiter und versuchte, unter Aufbietung sämtlicher Tricks, die ihm zur Verfügung standen, seine Verfolger abzuschütteln. Doch sie waren wie Bluthunde und trieben ihn schließlich kurz vor der Schwanenbrücke in die Enge. Diese von Verkaufsständen gesäumte Brücke überspannte den Fluss Lord, den Hauptwasserweg, der mitten durch Floran verlief. Caspan spielte mit dem Gedanken, hinab in den Fluss zu springen, doch das würde er aufgrund der beträchtlichen Höhe wohl nicht überleben.

»Du hast etwas, das unserem Freund gehört«, sagte die kleinere der beiden fremden Gestalten.

Caspan drehte sich blitzartig um und runzelte die Stirn. Ihm war nicht klar gewesen, dass einer seiner Verfolger eine Frau war. Er versuchte ihr Gesicht zu erkennen, das jedoch halb von der Kapuze verborgen wurde.

Er richtete sich trotzig auf. »Das ist mein Territorium. Ich nehme mir, was ich brauche – wann ich es brauche.«

Die Frau schüttelte den Kopf. »Diesmal nicht.« Ihre Stimme klang ruhig, fast lässig.

Der zweite Fremde baute sich rechts von Caspan auf. Seine Hand ruhte auf dem Heft des Langschwerts, das an seiner linken Seite hing. Rechts trug er ein Breitschwert mit Korbgriff, um dessen Parierstange ein rotes Band gewickelt war.

Ein Zweihandkämpfer, dachte Caspan. *Na toll. Das hat mir gerade noch gefehlt.* Mit dem Stilett, das in seinem Gürtel steckte, würde er gegen die beiden Klingen nichts ausrichten können. Er drehte sich um und blickte zum Fluss hinunter.

Die Frau streckte ihm die offenen Handflächen entgegen, um ihm zu demonstrieren, dass sie nichts Böses im Schilde führte. »Davon würde ich dir abraten.«

Mit hämmerndem Herzen starrte Caspan auf das schmutzige Wasser, das unter ihm dahinströmte. »Mir bleibt nichts anderes übrig. Lebend werden Sie mich nicht bekommen.«

»Nun übertreib mal nicht«, entgegnete die Frau.

»Wenn ich mich ergebe, bringen Sie mich ins Stadtgefängnis. Die Strafe für Diebstahl ist Enthauptung. Das werde ich nicht zulassen.« Caspan machte sich bereit zu springen.

»Ich auch nicht.«

Caspan zögerte und blickte zu der Frau zurück. »Wie meinen Sie das?«

»Ich habe nicht die Absicht, dich der Stadtwache auszuliefern.«

»Was? Dann wollen Sie mich also auf der Stelle töten? Das ist auch nicht besser.«

»Keineswegs.« Unter der Kapuze der Fremden wurde ein Lächeln sichtbar, das nichts Bösartiges an sich hatte. »Ich möchte nur, dass du zurückgibst, was du meinem Freund gestohlen hast.«

»Und dann lassen Sie mich gehen?«

Die Frau nickte. »Mehr oder weniger.«

»Das ist keine klare Antwort. Ich möchte ein *Ja* hören, und Sie müssen schwören, dass Sie Ihr Wort halten.«

Sie legte die rechte Hand aufs Herz. »Ich schwöre bei allem, was mir heilig ist, dass ich dir nichts Böses antun werde. Bist du jetzt zufrieden?«

Caspan wies mit dem Kinn auf ihren Gefährten. »Was ist mit ihm?«

Der Mann gähnte und setzte sich im Schneidersitz hin. Anscheinend interessierte ihn der Ausblick vom Dach mehr als das, was vor seinen Augen passierte.

»Er ist stumm, deshalb werde ich für ihn sprechen. Er

würde nie mit seinem Schwert auf einen Jungen losgehen.« Die Frau neigte leicht den Kopf. »Es sei denn, du zwingst ihn dazu.« Als Caspan ein Stück vom Rand des Dachs zurückwich, lächelte sie wieder. »Ich muss sagen, ein Geschick wie deins habe ich lange nicht gesehen. Das ließe sich weit besser nutzen, als es für kleine Diebstähle zu verschwenden.«

»Wie meinen Sie das?« Dass man ihm ein Kompliment machte, hatte Caspan am allerwenigsten erwartet.

»Nicht nur, dass du einem aus unserem Orden den Geldbeutel gestohlen hast, was vermutlich noch nicht einmal ich geschafft hätte. Du bist auch wie ein Affe über die Dächer geklettert, hast Mauern erklommen und bist mühelos von Gebäude zu Gebäude gesprungen. Du hast großes Talent. Mit der richtigen Ausbildung könntest du zum Meisterdieb werden.«

»Trotzdem bin ich Ihnen nicht entkommen.«

Die Frau zuckte die Achseln. »Das schaffen die wenigsten.«

Caspan kniff die Augen zusammen. »Wer sind Sie?«

Die Frau zeigte auf ihren Gefährten. »Das ist Thom und ich heiße Raven.« Sie schlug die Kapuze zurück.

Caspan war überwältigt von Ravens Schönheit. Er schätzte sie auf Anfang zwanzig. Ihr Haar war so schwarz wie die Sünde und wallte ihr über den Rücken. Ihr Gesicht war makellos, als wäre es aus Porzellan geformt.

Raven nahm einen Wasserschlauch von ihrem Gürtel, trank einen großen Schluck und reichte ihrem Gefährten den Schlauch weiter. Dann wandte sie sich Caspan zu. »Wir gehören einem geheimen militärischen Orden an.«

Caspan schluckte nervös. Wenn er das gewusst hätte, hätte er sich nie in die Nähe dieser Leute gewagt. Er schickte ein stilles Dankgebet zum Himmel, dass er noch am Leben war, und warf ihr den gestohlenen Geldbeutel zu, den sie unter ihren Gürtel schob.

»Welche Einheit?«, fragte Caspan.

Raven sah Thom an und schien sich lautlos mit ihm zu verständigen, bevor sie ihren Blick wieder auf Caspan ruhen ließ. »Wir nennen uns die Bruderschaft.«

»Davon habe ich noch nie etwas gehört.« Caspan hätte zu gern gewusst, warum Raven plötzlich die Stimme gesenkt hatte. Es war ja nicht so, dass sie hier oben von jemandem belauscht werden konnten.

»Das haben die wenigsten«, erwiderte Raven. »Die Bruderschaft ist eine Geheimorganisation, die unabhängig vom Heer des Königs arbeitet. Wir sind ein Orden professioneller Schatzsucher.«

Caspan zog eine Augenbraue hoch »Und was heißt das? Dass ihr die Begräbnisstätten der Dray plündert?«

Raven nickte. »Das … und manches andere.«

Caspan kratzte sich am Hals, wo ihn ein Floh gebissen hatte. Er sah Raven unverwandt an. »Wer etwas aus den Hügelgräbern der Dray stiehlt, wird mit dem Tod bestraft.«

Im letzten Jahr hatten sechs Mitglieder der Schwarzen Hand auf den Feldern nördlich von Briston, der Hauptstadt des Reichs, verschiedene Grabhügel ausgeraubt. Man hatte sie jedoch erwischt und gehängt. Das war das erste – und letzte – Mal gewesen, dass die Diebesgilde außerhalb von Floran operiert hatte.

Die Dray waren eine uralte Rasse, die schon vor langer Zeit die Vier Königreiche verlassen hatte. Niemand wusste, wo sie abgeblieben oder warum sie verschwunden waren, doch überall im Königreich Andalon fanden sich noch Zeugnisse dieser einst so bedeutenden Kultur.

Raven hob den Finger. »Das gilt nur für gewöhnliche Diebe. Doch wir sind alles andere als das.« Sie machte eine Pause und musterte Caspans Gesichtsausdruck. »Die Bruderschaft hat für ihre Aktivitäten die offizielle Erlaubnis des Königs.«

Caspans Augen blitzten interessiert auf. Von einer Diebesgemeinschaft, die der König billigte, hatte er noch nie gehört. »Wonach genau sollt ihr denn für den König suchen?«

»Das ist ein Geheimnis.« Raven lächelte rätselhaft. »Aber wenn du dich uns anschließt, könntest du es herausfinden. Deine Geschicklichkeit als Dieb würde dich zu einer wertvollen Bereicherung für unseren Orden machen.«

Misstrauen regte sich in Caspan und schrillte wie eine Alarmglocke. »Warum wollen Sie das für mich tun?«

Trotz all seiner Vorsicht reizte ihn ihr Angebot. Auf den Straßen von Floran wäre er nicht mehr sicher, denn jetzt wusste ein Hauptmann der Stadtwache, wie er aussah. Caspan stand auf der schwarzen Liste und musste fortan jede Minute mit seiner Verhaftung rechnen. Es war nur noch eine Frage der Zeit, bis sein Kopf auf dem Block des Henkers liegen würde.

»Du hast, wie ich schon gesagt habe, großes Talent. Wir sind immer auf der Suche nach begabten Dieben.«

Caspan warf einen Blick auf Thom. Dann sah er wieder Raven an. »Aber ich habe keine militärische Ausbildung. Die Kadettenschulen nehmen keine Straßenjungen auf.«

Das Gesetz schrieb vor, dass jeder Jugendliche, sobald er fünfzehn wurde, ein Jahr lang eine der Kadettenschulen des Königreichs besuchen musste. Dort brachte man ihnen bei, wie man ein Schwert führte, mit dem Bogen schoss, Waffen und Rüstung pflegte und wie man ein Pferd aufzäumte und ritt. Andalon befand sich seit über drei Jahrzehnten im Krieg mit den Roon, einer wilden Rasse von Riesen, die im Norden lebten, in den Eiswüsten der Wildnis. Darum hatte König Rhys dieses Gesetz erlassen, mit dem er sicherstellte, dass seinem Reich nie die Soldaten ausgingen.

Straßenjungen wurden von den Kadettenschulen jedoch nicht aufgenommen. Der Gestank der Gosse, der ihnen anhaftete, schloss sie vom Militärdienst aus. Für Caspan und all die anderen, unzähligen Straßenjungen, die in den Kloaken des Reichs ums Überleben kämpften, sah das Leben nicht sonderlich rosig aus.

Raven bedeutete Caspan mit einer Geste, sich hinzusetzen. Obwohl er gehorchte, war er sich immer noch nicht sicher, wohin diese zufällige Begegnung führen würde. Thom hielt ihm den Wasserschlauch hin, doch

Caspan lehnte ab. Der Mann zuckte mit den Achseln, warf Raven den Wasserschlauch zu und gähnte wieder.

»Die Bruderschaft wird in Kürze neue Rekruten aufnehmen«, erklärte Raven. »Die meisten werden von den Kadettenschulen kommen, aber wir akzeptieren auch Kandidaten, die ein Empfehlungsschreiben von einem Mitglied der Bruderschaft vorweisen können.« Sie musterte Caspan einen Moment lang. »Ich glaube, du würdest einen geeigneten Kandidaten abgeben.«

Caspan schnaubte verächtlich. »Aber ich bin doch nur ein kleiner Gauner! Euer Orden würde mich eher verhaften, als mich aufzunehmen.«

Raven sah ihn ernst an. »Wer ist denn geeigneter als ein Straßenräuber, sich einer Gruppe von professionellen Dieben anzuschließen? Glaub mir, ich würde dich nicht empfehlen, wenn ich nicht der Ansicht wäre, dass du alle erforderlichen Voraussetzungen mitbringst. Außerdem sind gute Taten Balsam für die Seele.«

Sie plauderten noch eine Weile. Caspan war sich sicher, dass Raven dieses Gespräch nutzte, um seinen Charakter zu beurteilen. Sie fragte ihn nach seinem bisherigen Leben und wollte wissen, was er für Ziele habe. Zum Schluss war Caspan davon überzeugt, dass sie Mitleid mit ihm empfand. Er hatte keine Familie mehr, und sein einziges Ziel im Leben bestand schlicht und ergreifend darin, den Tag zu überstehen. Schließlich teilte Raven ihm mit, dass sie ihm, wenn er es wolle, ein Empfehlungsschreiben ausstellen werde. Caspan nahm das Angebot bereitwillig an.

»Du musst am letzten Tag dieses Monats in Briston sein«, fuhr Raven fort. »Am Abend wird ein Meister der Bruderschaft eine Gruppe potenzieller Rekruten in Empfang nehmen. Gib ihm den Brief.«

Caspan zog eine Augenbraue hoch. »Was meinen Sie mit *potenziell?«*

Raven machte eine wegwerfende Geste. »Es wird eine kleine Prüfung geben, die man bestehen muss, bevor man zur Ausbildung zugelassen wird.« Als sie Caspans misstrauischen Gesichtsausdruck bemerkte, lächelte sie ihn beruhigend an. »Ich würde dir keine Hoffnungen machen, wenn ich nicht davon überzeugt wäre, dass du das Zeug zum Rekruten hast.«

Caspan nickte und ließ den Blick über die ihm so vertrauten Dächer schweifen. »Ich bin noch nie in Briston gewesen. Woher soll ich wissen, wo ich den Meister finde?«

Raven zuckte die Achseln. »Ich werde dir einen Stadtplan zeichnen.« Sie musterte ihn eine Weile. »Es ist ja nicht so, als hättest du viel zu verlieren.«

Caspan folgte ihrem Blick, der auf seine zerlumpte Kleidung gerichtet war. Sie hatte recht. Bei dieser Unternehmung konnte er nur unendlich viel gewinnen. »Und was ist, wenn ich die Prüfung nicht bestehe?«

Raven lächelte ironisch. »Sieh einfach zu, dass du sie bestehst.«

Kurz darauf trennten die drei sich. Nachdem er das Empfehlungsschreiben und den Stadtplan unter seinen Gürtel gesteckt hatte, holte Caspan seine wenigen Habseligkeiten und verließ Floran noch am selben Abend. Während er unter dem sternenklaren Himmel dahinzog, war er von dem Glauben beseelt, dass ihm nun die ganze Welt offenstand.

Das Glück war ihm nur selten hold gewesen. Als Caspan acht Jahre alt war, waren seine Eltern an der Pest gestorben. Da er keine Verwandten hatte, die sich um ihn kümmerten, und ein hinterhältiger Kaufmann behauptete, Caspans Vater schulde ihm Geld, und sich deshalb das Haus seiner Eltern unter den Nagel riss, war Caspan gezwungen, auf der Straße zu leben. Die Schwarze Hand hatte ihm Essen und Unterkunft geboten – vorausgesetzt, er schaffte genügend Diebesgut heran. Es war ein hartes und gefährliches Leben, und er sehnte sich danach, es eines Tages besser zu haben.

Caspan hatte immer geglaubt, dass ihm sein Geschick als Dieb einmal so viel einbringen würde, dass er dieses Leben hinter sich lassen könnte. Doch selbst in seinen kühnsten Träumen wagte er nicht zu hoffen, dass er die Chance bekam, bei einer Eliteeinheit von Schatzsuchern ausgebildet zu werden.

Von einem Hügel aus blickte Caspan auf Floran zurück und forschte in seinem Herzen, ob er es bedauerte, dass er seine Geburtsstadt vielleicht zum letzten Mal sah. Floran war die einzige Stadt, die er je kennengelernt hatte. Sein ganzes bisheriges Leben hatte sich hier abgespielt. Doch alles, was er empfand, war Hoffnung.

Zum ersten Mal seit vielen Monaten lächelte Caspan.

KAPITEL ZWEI

Die Prüfung

Es war ein kalter grauer Abend.

In einem Hof der Hauptstadt hatten sich ungefähr fünfzig prächtig gekleidete Jugendliche versammelt. Sie trugen glänzend polierte Stiefel und mit Pelz gefütterte Umhänge, auf denen das Emblem ihrer jeweiligen Kadettenschule prangte. Als Caspan sich durch die Menge drängte, drehten einige der Anwesenden argwöhnisch den Kopf in seine Richtung. Ein Mädchen lächelte ihn strahlend an, was er mit einem höflichen Nicken erwiderte, denn er war dankbar, dass wenigstens eine Person ihm das Gefühl gab, willkommen zu sein. Die meisten anderen hingegen musterten ihn von oben bis unten, rümpften die Nase und murmelten etwas Abfälliges.

Caspan ignorierte die Sticheleien. All das kannte er, schließlich hatte er auf den Straßen von Floran gelebt. Außerdem würde er sich durch ihre höhnischen Bemerkungen nicht davon abbringen lassen, sich der Bruderschaft anzuschließen. Er hatte einen langen Weg zurückgelegt, und es kam gar nicht infrage, dass er jetzt einen Rückzieher machte.

Er zog sich den Kragen seines Umhangs fest um den Hals, teils um sich vor der kalten Luft zu schützen, vor allem aber weil ihm bewusst war, wie sehr sein schäbiges Wams, seine nackten Füße und seine ausgefransten, bis zu den Knien reichenden Hosen ihn von den anderen abhoben. Er hätte die wenigen Münzen, die er besaß, für neue Kleidung ausgeben können, doch was er trug, war seinem Diebeshandwerk angemessen. Das Einzige, was er wirklich gebraucht hatte, war ein Umhang gewesen, damit er in den kalten Wintermonaten nicht fror. Mit dem Rest seines Geldes hatte er allerlei praktische Dinge gekauft: ein neues Stilett, das in einer Lederscheide steckte und an der Unterseite seines linken Arms befestigt war, eine Laterne sowie Zunder und Feuerstein. Trotzdem hätte er nichts dagegen gehabt, einen der Kadettenumhänge zu besitzen, den er im Schutze der Nacht mühelos aus der hiesigen Kadettenschule hätte stehlen können. Dann hätte er sich immerhin weniger stark von den anderen hier abgehoben.

Nachdem Caspan tief Luft geholt hatte, um sich zu beruhigen, ging er zu einem Mann, der sich den Anwesenden vorhin als Meister Scott vorgestellt hatte. Er stand in der Mitte des Hofs auf einer Kiste. Caspan hatte gewartet, bis Scott die Anwesenheitsliste verlesen und die Namen abgehakt hatte. Erst dann übergab er ihm sein Empfehlungsschreiben.

Scott warf einen misstrauischen Blick auf das Schriftstück, bevor er es las. Anschließend sah er Caspan an, der daraufhin noch verlegener wurde und sich eine Strähne seines fettigen Haars aus dem Gesicht wischte.

»Hmm, Raven meint also, du würdest alle erforderlichen Eigenschaften mitbringen«, sagte Scott. »Nun, ich gebe was auf ihr Wort. Dann stell dich mal zu den anderen.«

Caspan nickte dankbar und leistete der Aufforderung Folge.

»Also dann hört mal zu, Leute! Es ist höchste Zeit, dass wir anfangen«, rief Scott.

Alle verstummten und scharten sich um ihn. Caspan blieb in der hintersten Reihe stehen.

»Ihr alle seid von euren Lehrern hierhergeschickt worden, weil sie glauben, dass ihr das Zeug dazu habt, in die Bruderschaft aufgenommen zu werden.«

Mehrere der Jugendlichen nahmen stolz Haltung an, andere klopften sich gegenseitig auf den Rücken.

»Sie glauben, ihr wärt die Besten der Besten, aber ich an eurer Stelle würde mir keine allzu große Hoffnungen machen, weil wir nämlich nur *fünf* von euch aufnehmen.«

Ein aufgebrachtes Raunen ging durch die Menge.

»Das ist nicht fair«, rief jemand.

»Wie werden die fünf denn ausgesucht?«, wollte jemand anderes wissen.

Der Meister hob die Hand und sah die Kadetten streng an, was weitere Kommentare unterband. »Haltet den Mund, sonst wird hier überhaupt niemand ausgesucht!« Als endlich Ruhe eingekehrt war, zog er ein versiegeltes Pergament aus dem Beutel, der ihm über der Schulter hing, und hielt es in die Höhe. »Ihr müsst eine Prüfung ablegen. Jeder von euch erhält einen versiegelten Brief, der Hinweise enthält, die euch zu einem zweiten Pergament führen werden. Insgesamt gibt es drei Briefe mit Hinweisen, denen ihr folgen müsst. Der letzte Hinweis wird euch zu einem der Meister der Bruderschaft bringen, der sich irgendwo in dieser Stadt versteckt hat. Die ersten fünf, die ihn finden und ihm alle drei Briefe übergeben, werden als Rekruten in den Orden aufgenommen.«

»Und was geschieht mit den anderen?«, fragte ein Mädchen.

»Die werden mit eingezogenem Schwanz in ihre Kadettenschule zurückkehren«, erklärte ein Junge mit schulterlangen schwarzen Haaren in arrogantem Ton.

Scott stemmte die Hände in die Hüften und warf einen ungehaltenen Blick auf die Menge. »Das reicht jetzt! Bildet eine Schlange und stellt euch vor mir auf. Ich werde jedem von euch einen Brief geben, aber …«, er hob warnend den Finger, »… wagt es ja nicht, ihn zu öffnen, bevor alle einen haben. Und lasst euch bloß keine faulen Tricks einfallen. Jeder Zielort wird von einem Mitglied der Bruderschaft überwacht. Wer beim Betrügen erwischt wird, fliegt in hohem Bogen aus dem Wettbewerb raus. Also los jetzt, stellt euch auf. Wir haben nicht die ganze Nacht Zeit.«

Aufgeregt schwatzend folgten alle der Anweisung. Caspan stellte sich ans Ende der Schlange und wartete geduldig darauf, seinen Brief zu erhalten. Da er zum ersten Mal in Briston war, befürchtete er, dass diejenigen, die die hiesige Kadettenschule besucht hatten, ihm gegenüber im Vorteil sein würden. Er hatte sieben von ihnen ausgemacht, und zwar anhand des Emblems auf ihren Umhängen, das einen Adler darstellte, der ein Diadem in den Krallen hielt und der gleichzeitig das Wappen der Hauptstadt war. Zweifellos würde es diesen Kadetten wesentlich leichter fallen, sich in den ihnen vertrauten Straßen zurechtzufinden, doch Caspan hoffte, dass sein Instinkt seinen Mangel an Lokalkenntnissen aufwiegen könnte.

Nachdem Scott die Briefe verteilt hatte, kehrte er in die Mitte des Hofs zurück. »Denkt daran, dass die ersten fünf, die dem Meister der Bruderschaft alle drei Briefe vorweisen, in den Orden aufgenommen werden.« Er machte eine Pause, während ein Lächeln um seine Mundwinkel zuckte. »Viel Glück. Jetzt dürft ihr den ersten Brief aufmachen.«

Alle öffneten das Siegel ihres Briefs. Mit aufgeregt hämmerndem Herzen las Caspan den Inhalt – *Wo die Wüstensonne nach den Sternen greift* – und kratzte sich verwirrt am Kopf. Er hatte keine Ahnung, worauf sich das bezog.

»Damit ist die Königliche Nadel gemeint!«, rief einer der Jungen links von Caspan – sehr zum Ärger seiner Kameraden. Einer von ihnen boxte ihn gegen die Schulter und bezeichnete ihn als Schwachkopf.

Der Hinweis wurde begierig von den anderen aufgenommen und verbreitete sich rasch im ganzen Hof. Dann rannten alle wie eine in Aufruhr geratene Rinderherde auf die einzige Gasse zu, die vom Hof abging. Auch Caspan drängte sich vorwärts, um diese Gasse zu erreichen, musste jedoch bald feststellen, dass er nicht mehr vorankam. Über die Köpfe seiner Vordermänner hinweg nahm er andere Kadetten wahr, die es geschafft hatten, dem Gedränge zu entkommen, und in die Dämmerung davonsprinteten. Genau dort wollte er auch sein – ganz vorn, an der Spitze der Gruppe, statt hier festzustecken.

In dem Moment entdeckte er eine Galerie, die an dem Gebäude rechts von ihm verlief und bis zum Ende der Gasse reichte. Er schubste ein paar Kadetten zur Seite und steuerte direkt auf das Haus zu. Dort sprang er auf ein Fensterbrett, griff nach einer der Geländerstangen und zog sich nach oben. Nachdem er sich gewandt über die Balustrade geschwungen hatte, rannte er die Galerie entlang.

Ein dumpfer Knall und Schritte hinter ihm verrieten Caspan, dass jemand seinem Beispiel gefolgt war. Er warf einen Blick über die Schulter und sah, dass der schwarzhaarige Junge von vorhin nur wenige Meter hinter ihm war. Caspan konzentrierte sich wieder auf die Straße unten und wartete, bis in der dahinströmenden Menge eine Lücke entstand. Dann sprang er von der Galerie, rollte sich instinktiv ab, um den Aufprall zu mildern, rappelte sich behände hoch und raste die Straße hinunter, den Leuten vor ihm dicht auf den Fersen.

An der ersten Kreuzung wandten sich einige der Kadetten nach links und rannten einen steilen Hügel hoch, während andere nach rechts abbogen. Da Caspan wusste, dass er die Königliche Nadel nur dann finden würde, wenn er den Kadetten folgte, bog er ebenfalls nach rechts ab, weil er flaches Terrain vorzog. Erneut hörte er hinter sich Schritte, doch noch bevor er den Kopf drehen konnte, flitzte der schwarzhaarige Kadett an ihm vorbei. Das Tempo des Jungen überraschte Caspan, obwohl auch er selbst schnell laufen konnte. Er biss die Zähne zusammen und spannte all seine Kräfte an, schaffte es jedoch nicht, den anderen Jungen zu überholen. Es gelang ihm lediglich, dicht hinter ihm zu bleiben und ihn nicht aus den Augen zu verlieren.

Nach einer Weile gelangten sie in einen Park, wo sich bereits eine kleine Gruppe keuchend atmender Kadetten um einen hoch aufragenden Obelisken versammelt hatte. Sie griffen in einen Kasten am Fuß der Säule, holten einen versiegelten Umschlag heraus und rissen ihn auf.

Der zweite Hinweis!

Caspan, der den schwarzhaarigen Jungen inmitten der anderen aus den Augen verloren hatte, nahm sich ebenfalls einen Umschlag. Dann trat er beiseite, holte mehrmals tief Luft und brach das Siegel auf.

Bestürzt stellte er fest, dass der zweite Hinweis in der Alten Sprache, der Sprache der Dray, abgefasst war. Das würde er nie und nimmer lesen können. Deshalb wandte er eine Taktik an, auf die er oft zurückgriff, wenn er sich ein Opfer aussuchte, das er bestehlen wollte: Er beobachtete die Menge aufs Genaueste und hielt nach jemandem Ausschau, an dessen Fersen er sich heften konnte.

Inzwischen hatten weitere Kadetten den Monolith erreicht. Einige rannten sofort weiter, sobald sie ihren Brief an sich genommen hatten, was Caspan erstaunte. Es war doch nicht möglich, dass sie den Text auf dem Pergament bereits übersetzt hatten. Andere Kadetten bildeten kleine Gruppen, steckten die Köpfe zusammen und tuschelten verschwörerisch miteinander. Ein paar saßen schweigend da und studierten das Pergament.

Es dauerte nicht lange, bis Caspan bemerkte, wie ein Mädchen das Pergament, das sie in Händen hielt, sinken ließ. Nachdem sie einen verstohlenen Blick auf die anderen geworfen hatte, schlich sie sich unauffällig davon. Caspan folgte ihr, indem er instinktiv die Regeln seines Diebeshandwerks anwandte: In seinen Umhang gehüllt, hielt er sich dabei stets im Schatten. Am Rande des Parks blieb das Mädchen stehen und blickte zurück, um festzustellen, ob ihr jemand nachkam. Caspan hatte sich schnell hinter einem Baum versteckt. Sie lächelte triumphierend, küsste ihren Brief und rannte eine Straße hinunter.

Caspan nickte zufrieden und setzte ihr nach. Er war überzeugt, dass sie ihn zum zweiten Zielort führen würde. Fast eine halbe Stunde lang folgte er ihr, überquerte Marktplätze, deren Verkaufsstände bereits geschlossen waren, und die Brücken der Kanäle, die die Stadt wie schwarze Adern durchzogen. Ab und zu hielt das Mädchen inne und warf einen Blick über die Schulter, doch Caspan blieb in sicherer Entfernung und schlich stets an Gebäuden entlang, sodass er sich schnell in einen Hauseingang ducken konnte.

Als das Mädchen endlich in der Mitte eines Platzes haltmachte, hatte der Himmel eine dunkelviolette Färbung angenommen. Sie starrte zu der Statue hoch, die vor ihr aufragte. Es war das Standbild eines Kriegers in voller Rüstung, der sein Schwert triumphierend in die Höhe reckte. Zusammen mit dem Podest, auf dem es stand, war das Denkmal fast fünfzehn Meter hoch. Alarmiert stellte Caspan fest, dass vor ihm schon drei andere Kadetten das Ziel erreicht hatten und gerade versuchten, die Vorderseite der Statue zu erklimmen.

Das Mädchen fuhr sich mit der Hand durchs Haar. »Oh nein! Wie soll ich denn da hinkommen?«, hörte Caspan sie murmeln.

Als er ihrem Blick folgte, bemerkte er einen großen Lederbeutel, der am Hals der Statue hing. Vor lauter Aufregung lief ein Prickeln über Caspans ganzen Körper. Der Beutel musste den letzten Hinweis enthalten.

Et trat aus seinem Versteck und gesellte sich zu dem Mädchen. Erst jetzt erkannte er, dass sie diejenige war, die ihn vorhin im Hof angelächelt hatte.

»So trifft man sich wieder«, sagte er leichthin.

Sie war den Tränen nahe. »Eigentlich kann ich gleich aufgeben. Da komme ich nie rauf.«

Doch Caspan ließ den Mut nicht sinken. Da er wusste, dass es unmöglich wäre, an der Vorderseite der Statue emporzusteigen, weil ihm die drei Kadetten den Weg verstellten, ging er zu ihrer Rückseite. Während er den breiten Rücken des steinernen Kriegers betrachtete, legte er sich im Geiste zurecht, wie er zu dem Beutel gelangen konnte. Dann nahm er seinen Umhang ab, warf ihn auf den Boden und rieb seine Finger mit Kreidepulver ein, das er in einem Beutel am Gürtel bei sich trug. Anschließend machte Caspan sich an den Aufstieg. Da die Statue aus einem einzigen Granitblock gehauen war, bot sie reichlich Halt für Hände und Füße, sodass es nicht lange dauerte, bis Caspan auf den Schultern des Kriegers saß. Er spähte zu den frustrierten Kadetten hinunter, die die Statue erst zur Hälfte bezwungen hatten, griff in den Beutel, nahm zwei versiegelte Briefe heraus und steckte sie unter seinen Gürtel.

Als Caspan wieder unten angelangt war, hob er seinen Umhang auf, nahm das Mädchen bei der Hand und zog sie von der Statue fort. Er deutete auf die Briefe, die er geholt hatte. »Wie wär's, wenn wir uns verbünden?«, flüsterte er. »Ich verstehe die Alte Sprache nicht und du kannst nicht klettern.«

Das Mädchen kniff die Augen zusammen. »Bist du mir hierher gefolgt?«

Caspan bemerkte, dass das Adleremblem der Bristoner Kadettenschule auf ihrem Umhang prangte. »Wenn ich das nicht gemacht hätte, hatte ich die zweite Aufgabe nie gelöst.« Er streckte ihr freundschaftlich die Hand entgegen. »Ich heiße Caspan.«

Das Mädchen zögerte kurz, dann schlug sie ein. »Ich bin Sara.«

»Also, Sara, wie wär's mit einer Partnerschaft? Wenn

wir uns gegenseitig helfen, sind wir vielleicht die Ersten, die die Prüfung bestehen.«

Normalerweise arbeitete Caspan allein, und es überraschte ihn, wie schnell er bereit war, den Grundsatz aufzugeben, der sein Leben als Dieb sieben Jahre lang bestimmt hatte. Doch die ersten beiden Hinweise waren ihm eine Warnung gewesen. Was, wenn der letzte Hinweis es erforderlich machte, einen bestimmten Platz in der Stadt ausfindig zu machen, oder ebenfalls in einer archaischen Sprache abgefasst war, die er nicht verstand? Dann hätte er keine Chance mehr. Er brauchte jemanden mit Ortskenntnissen und jemanden, der die Alte Sprache verstand. Auf Sara schien beides zuzutreffen. Und so, wie es aussah, brauchte auch sie ihn, weil er so gut klettern konnte. Zusammen würden sie ein großartiges Team ergeben. Außerdem war er Sara etwas schuldig, weil sie ihm zum zweiten Zielort geführt hatte, und wollte sich gern bei ihr erkenntlich zeigen.

»Es ist ja nicht so, als würden wir heiraten«, fügte er hinzu.

Sara nickte lächelnd. »Abgemacht.« Sie deutete mit dem Kinn auf die Briefe. »Wie lautet denn nun der nächste Hinweis?«

Caspan schnallte seinen Umhang am Hals zu und warf einen verstohlenen Blick in Richtung Statue. Einer der Kadetten hatte nun fast den Beutel erreicht und am Fuß des Standbilds hatten sich zwei weitere Kadetten eingefunden. Einer von ihnen starrte zu Caspan und Sara hinüber und versuchte zu hören, was sie sagten.

»Nicht hier«, entschied Caspan und führte Sara in eine dunkle Gasse.

Er hakte die Laterne von seinem Gürtel los, stellte sie auf die Erde und zündete sie an. Auf dem Kopfsteinpflaster kniend, öffneten sie ihre Briefe, um sie im flackernden Licht zu lesen. Die Briefe enthielten den gleichen Text, in dem ein Springbrunnen beschrieben wurde, der sich in einem Stadtteil namens Königshof befand.

Caspan faltete seinen Brief zusammen, schob ihn unter seinen Gürtel und stand auf. »Das scheint mir ziemlich eindeutig zu sein. Wir brauchen nur den Springbrunnen zu finden. Ich hoffe, du weißt, wo er ist.«

Sara studierte nach wie vor den Brief. »Das ist zu einfach«, erklärte sie und blickte zu Caspan hoch. »Wir haben irgendwas übersehen.«

Caspan kniete sich neben sie. Er verstand nicht, was hieran unklar sein sollte. »Was denn?«

Sara schüttelte den Kopf. »Das weiß ich nicht. Aber jeder, der lesen kann, wäre in der Lage, diesem Hinweis zu folgen.« Sie hielt den Brief näher ans Licht und untersuchte ihn sorgfältig. »So simpel kann es nicht sein.« Da sie nichts entdeckt hatte, drückte sie den Brief gegen die Laterne. Plötzlich sog sie scharf den Atem ein. »Sieh mal!«

Am unteren Rand der Seite tauchte eine Reihe kaum erkennbarer Zahlen auf. Davor befand sich ein Pfeil, der nach links zeigte.

Caspans Puls beschleunigte sich. »Das ist ein Code!«

»Mit Zitronensaft geschrieben.« Sara wartete, bis die Hitze der Laterne die Zahlen deutlich sichtbar gemacht hatte. Dann legte sie das Pergament wieder auf die Erde und leckte sich aufgeregt über die Lippen. »Vielleicht entsprechen die Zahlen bestimmten Wörtern im Text.«

Caspan beugte sich näher heran. »Oder vielleicht Buchstaben.«

Doch sosehr sie es auch versuchten, es gelang ihnen nicht, den Code zu knacken. Caspan seufzte frustriert. »Das ist schwieriger, als es aussieht.« Er blickte zum Platz zurück und stellte alarmiert fest, dass drei der Kadetten sich ihre Briefe geholt hatten und um die Laterne am Fuß der Statue versammelt waren. Vier andere Kadetten erklommen gerade den steinernen Krieger, unten standen drei weitere und warteten ungeduldig darauf, dass sie an der Reihe waren.

Sara kicherte leise vor sich hin und schüttelte den Kopf.

Caspan drehte sich zu ihr. »Was ist?«

»Ich kann einfach nicht glauben, wie blind ich gewesen bin.« Sie tippte mit dem Finger auf den Pfeil am unteren Rand der Seite. »Die Zahlen beziehen sich tatsächlich auf Wörter im Text, aber man muss ihn *von hinten* lesen. Darauf weist dieser Pfeil hin.«

»Und wie lautet der Hinweis?«

»Warte mal einen Moment.« Sara studierte den Text von Neuem und suchte die einzelnen Wörter heraus. Dann sah sie Caspan verwirrt an. »Es ist ein Rätsel: *Wo der Anfang ist, ist auch das Ende, und das Ende ist der Anfang.*«

Wieder und wieder flüsterte Caspan den Satz vor sich hin. Sara stieß ihn an und zeigte zum Platz hinüber. Gerade waren vier weitere Kadetten am Fuß der Statue eingetroffen, und ein Mädchen raste in die Dunkelheit davon, nachdem sie ihren Brief gelesen hatte.

Die Zeit wurde immer knapper.

Caspan schloss die Augen, um sich gegen die Außenwelt abzuschotten und sich ganz auf das Rätsel zu konzentrieren. Trotzdem bekam er etwas von dem Hin und Her an der Statue mit, und das Bewusstsein, wie sehr sie unter Zeitdruck standen, brachte ihm schließlich die Erleuchtung.

Er öffnete die Augen und sprang auf. »Ich hab's!«

»Was?«, flüsterte Sara.

»Komm mit«, sagte Caspan und warf einen letzten Blick in Richtung Platz. »Bring uns dorthin zurück, wo wir den ersten Brief bekommen haben.«

»Warum?«

»Vertrau mir einfach. Und bring uns auf dem kürzesten Weg dorthin.«

Sara schien protestieren zu wollen, doch dann seufzte sie resigniert. »Ich hoffe, du weißt, was du tust«, sagte sie, um Caspan dann durch die große Stadt zu führen.

Als sie in den Hof zurückkehrten, war es stockfinster. Sie hatten die gesamte Strecke im Laufschritt zurückgelegt, sodass sie jetzt schwer atmeten und ihre Stirn trotz der Kälte mit Schweiß bedeckt war. Caspan winkte Sara weiter, bis sie die Kiste erreichten, auf der vorhin Meister Scott gestanden hatte.

Sara kaute nervös auf ihrer Unterlippe herum. »Ich verstehe nicht, was das soll.«

»Hier hat unsere Prüfung begonnen – hier war der *Anfang* –, und hier *endet* sie auch«, erklärte Caspan. »Das ist der Ort, wo unser früheres Leben endet und unser neues Leben als Mitglied der Bruderschaft anfängt.«

Sara nickte und spähte im Hof umher. »Aber es ist niemand hier.«

»Noch nicht.« Caspan stellte sich auf die Kiste, holte seine drei Briefe hervor und hielt sie in die Höhe. Mit einer Geste forderte er Sara auf, seinem Beispiel zu folgen. In diesem Moment bewegte sich etwas am Rande des Hofs und eine in einen Umhang gehüllte Gestalt schälte sich aus dem Dunkel.

»Gratuliere«, rief Meister Scott und kam zu ihnen herüber, um ihnen beiden die Hand zu schütteln. »Ihr seid der Zweite und die Dritte, die es geschafft haben. Willkommen in der Bruderschaft!«

Sara quietschte vor Freunde und fiel Caspan um den Hals. So stolz war er in seinem ganzen Leben noch nicht gewesen. Als er in das Dunkel spähte, wo der Meister sich versteckt hatte, bemerkte Caspan noch eine Gestalt und richtete den Schein seiner Laterne auf sie, um herauszufinden, wer es als Erster geschafft hatte.

An der Wand lehnte der schwarzhaarige Junge. Er hatte die Arme vor der Brust verschränkt und grinste breit.

KAPITEL DREI

Das Haus der flüsternden Stimmen

In ihre Umhänge gehüllt, ritten die fünf Rekruten hinter Meister Scott her und folgten dem Pfad, der auf das Hauptquartier der Bruderschaft zuführte – ein riesiger Landsitz, der sich dunkel gegen den nächtlichen Himmel abhob. In der Nähe der von Säulen flankierten Eingangstür brannten in eisernen Kohlenbecken Feuer, die ein flackerndes orangefarbenes Licht auf die vom Alter geschwärzten Steinmauern warfen. Ein Teil dieser Mauern war von Efeu bedeckt, aus dem Erker herausragten, die wie unter langen Haarfransen hervorspähende Glupschaugen wirkten. Das Haus war von einem breiten Streifen freien Geländes umgeben, das nach einer Seite hin sanft abfiel und von einem dunklen Wald begrenzt wurde.

Caspan lenkte sein Pferd zum Stall, der sich neben dem Hauptgebäude befand. Er blies sich in die Hände, um sie zu wärmen, schnitt eine Grimasse und änderte zum x-ten Mal seine Position, um bequemer im Sattel zu sitzen. Bisher hatte er erst einmal ein Pferd geritten –

und zwar als ein Raubzug in einem Haus am Rande von Floran schiefgegangen war und er schnell hatte fliehen müssen –, sodass er lieber nicht an die Schmerzen dachte, die er in den nächsten Tagen im Rücken spüren würde. Die vier anderen Rekruten hingegen schienen erfahrene Reiter zu sein. Sie saßen entspannt im Sattel und brachten es sogar fertig, ihre Pferde nur durch Druck der Knie zu lenken.

Seufzend zügelte Caspan sein Reittier und saß vorsichtig ab. Der Schmerz in seinen Beinen ließ ihn zusammenzucken. Dann massierte er sein Kreuz und seine Schenkel, die sich ganz taub anfühlten.

Sara saß ebenfalls ab, tätschelte ihrer Stute den Hals und grinste Caspan an. »Du bist wohl nicht ans Reiten gewöhnt, wie?«

Er sah sie von der Seite an und murmelte: »Ist das so offensichtlich?«

Sie lächelte ironisch und band ihren Beutel vom Sattel los. »Ein bisschen schon. Nach meiner Erfahrung ist es immer hilfreich, nach einem langen Ritt ein heißes Bad zu nehmen.«

Caspan blickte vom Stall zum Haus hinüber. Die Aussicht auf ein heißes Bad freute ihn, denn das war ein Luxus, den er sich schon seit Ewigkeiten nicht mehr gegönnt hatte. »Hoffentlich gibt es hier so was überhaupt.«

»Irgendwie habe ich das Gefühl, dass das kein Problem sein dürfte.« Sara ließ ihren Beutel zu Boden fallen und wies mit einer weit ausholenden Geste auf das

Gebäude. »Sieh dir doch mal dieses Haus an. Das ist schon was anderes als die Kadettenschule. Hier werden wir wie Könige und Königinnen leben.«

Caspan unterdrückte ein Grinsen und nickte. Das hier war ganz gewiss etwas anders als die Gossen von Floran. Es überraschte ihn, dass dies das Hauptquartier der Bruderschaft war, von dem er eigentlich angenommen hatte, es befände sich irgendwo in Briston, vielleicht hinter einer Geheimtür, die zu den Kloaken der Stadt führte, oder in einem Labyrinth aus verwinkelten Gassen. So war es jedenfalls bei den Verstecken der Schwarzen Hand in Floran gewesen. Ein Landsitz schien nicht recht zu einer Bande von Dieben zu passen, und Caspan fragte sich erneut, was genau dieser geheimnisvolle Orden eigentlich machte.

Als ein junger Stallbursche erschien, um sich um ihre Pferde zu kümmern, klatschte Meister Scott in die Hände, damit die Rekruten ihm ihre Aufmerksamkeit schenkten. »Nehmt eure Sachen an euch und folgt mir. Es ist schon spät und ich muss euch noch in eure Quartiere bringen.« Er wartete, bis alle bereit waren. Dann führte er sie zum Hauptgebäude hinüber.

Abgesehen von Sara hatte Caspan noch mit keinem der anderen Rekruten ein Wort gewechselt. Kurz nachdem er und Sara die Prüfung bestanden hatten, waren ein anderer Junge und ein anderes Mädchen in den Hof gerast und von Meister Scott in Empfang genommen worden. Dann hatte er sie alle in eine breite, von Laternen beleuchtete Straße geführt, wo sechs Pferde auf sie warteten, um sie zum Hauptquartier der Bruderschaft zu bringen.

Während des stundenlangen Ritts hatte niemand etwas gesagt, hauptsächlich deshalb, weil das schnelle Tempo, das der Meister an den Tag legte, ein Gespräch unmöglich machte. Caspan bezweifelte jedoch, dass die Kadetten einander kannten, denn er hatte festgestellt, dass ihre Umhänge mit den Insignien unterschiedlicher Schulen bestickt waren. Caspan war ganz erpicht darauf, diejenigen kennenzulernen, die seine Gefährten werden würden. Obwohl er immer allein gearbeitet hatte, war ihm während der Prüfung klar geworden, dass er sich in ein Team würde einfügen müssen. Seine Sportlichkeit und sein Geschick als Dieb würden ihm in der Bruderschaft nur bis zu einem gewissen Grad nützlich sein. Vielleicht ist es an der Zeit, überlegte er, dass der einsame Wolf sich dem Rudel anschließt.

Meister Scott machte vor der massiven Eingangstür halt und schlug zweimal mit dem eisernen Türklopfer dagegen. Es dauerte nicht lange, bis von drinnen Schritte zu hören waren. Ein Riegel wurde zurückgeschoben und die Tür schwang knarrend auf.

Vor ihnen stand ein großer Mann mit breitem Brustkorb und starrte sie an. Er trug einen langen grauen Umhang. In der Hand hielt er einen Besen, mit dem er ein Spinnennetz wegfegte, das sich in einer Ecke des Eingangs gebildet hatte. Der Mann hatte buschige Augenbrauen und enorme Koteletten, die ihm wie pelzige graue Lammschnitzel an den Schläfen klebten. Er ließ den Blick über die Gruppe hinter Meister Scott schweifen und lächelte. »Na, ihr seid sicher unsere neuen Rekruten. Ihr kommt gerade zur rechten Zeit. Nach meiner Schätzung ist es fast neun Uhr.« Er winkte Scott und die Rekruten herein. Nachdem er noch einmal mit dem Besen über den Türrahmen gefahren war, schloss er die Tür und führte die Gruppe in die Eingangshalle.

In einem offenen Kamin brannte ein Feuer, das den Raum mit höchst willkommener Wärme erfüllte. Meister Scott warf seinen Umhang über einen Stuhl und ging zu einer Tür hinüber. »Ich muss mich um verschiedene Dinge kümmern«, teilte er dem Mann mit dem Besen mit. »Sorg dafür, dass die Rekruten in die Versammlungshalle gebracht werden.« Nachdem er die Tür geöffnet hatte, blieb er kurz stehen und blickte zu der Gruppe zurück. »Willkommen im Haus der flüsternden Stimmen«, sagte er und verschwand.

»Wenn ihr mir dann bitte folgen würdet.« Der grauhaarige Mann fuchtelte mit seinem Besen herum und führte sie erst durch die Eingangshalle und dann einen von Kerzen beleuchteten Gang entlang.

Caspan bemerkte, dass der Fußboden aus glänzendem Parkett bestand und die Wände mit einer kunstvoll geschnitzten Holztäfelung verkleidet waren. Der Korridor sah aus wie ein Museum, denn überall standen und hingen Statuen, Vasen, Waffen und Rüstungen. Die Luft war von einem modrigen Geruch erfüllt, der an eine Gruft erinnerte, die jahrhundertelang nicht mehr geöffnet worden war.

Sara blieb stehen, um eine der Vasen zu betrachten. »Dieses Gebäude heißt also das Haus der flüsternden Stimmen?«

»Meine Güte, das will ich doch hoffen«, kicherte der Mann, »weil ich andernfalls nämlich seit vierzig Jahren am falschen Ort arbeiten würde. Stell dir das mal vor!«

Sara lächelte und ging weiter. »Das wäre wirklich ziemlich peinlich.« Sie zog eine Augenbraue hoch. »Dies ist also das Hauptquartier der Bruderschaft. Wie viele von uns gibt es denn hier?«

Der Mann grinste. »Fragen, Fragen, Fragen! Du steckst so voller Fragen, dass du gleich platzt, junges Fräulein.«

»Tut mir leid«, erwiderte Sara. »Es ist bloß so, dass ich nicht viel über die Bruderschaft weiß.«

»Ich würde vermuten, dass das bei keinem von euch anders ist. Das trifft auf jeden zu, der hierherkommt. Aber keine Bange, wenn die Zeit reif ist, werdet ihr alles erfahren.« Er blieb stehen und streckte ihnen zur Begrüßung die Hand entgegen. »Was bin ich doch unhöflich! Da hab ich mich so darauf konzentriert, euch zur Versammlungshalle zu bringen, dass ich völlig vergessen habe, mich vorzustellen. Ich heiße Gramidge und freue mich, euch zu Diensten sein zu können.« Die Rekruten schüttelten ihm nacheinander die Hand. Dann setzten sie gemeinsam ihren Weg fort. »Ich bin hier der Verwalter. Das Haus der flüsternden Stimmen hat über vierzig Zimmer, dazu kommen noch die Korridore, die Hallen, die Treppen, die Küchen, die Spülküche, die Höfe und das Ausbildungsgelände.«

Der Junge, der als Erster die Prüfung bestanden hatte, stieß einen Pfiff aus. »Da haben Sie sicher viel zu tun.«

Gramidge sah ihn ungläubig an. »Viel zu tun! Das ist ja wohl die Untertreibung des Jahrhunderts, junger Herr. Manchmal wächst mir die Arbeit so über den Kopf, dass ich noch nicht einmal zum Schlafen komme. Einmal war ich derart ins Fegen, Abstauben und Wischen vertieft, dass ich gar nicht mitbekommen habe, wie zwei Tage vergangen sind. Schließlich bin ich eingeschlafen, als ich einen Korridor entlangging – und das habe ich erst bemerkt, als ich gegen eine Tür prallte. Aber beklage ich mich vielleicht? Nein. Niemals. Es zahlt sich nämlich aus, wenn man seine Arbeit gern macht, wisst ihr.« Er blickte zur Decke und ließ seinen Besen nach oben schnellen, um ein Spinnennetz zu beseitigen. »Widerwärtige Kreaturen, diese Spinnen. Schon wenn ich eine sehe, läuft es mir kalt den Rücken runter. Sie versuchen ständig, ins Haus der flüsternden Stimmen einzudringen, und kriechen dann auf ihren dünnen haarigen Beinen überall herum. Bäh! Es ist fast so, als würde das Haus von ihnen belagert.« Er reckte stolz die Brust vor. »Wenn man es so sieht, dann bin ich wohl der tapfere Ritter, der die Zinnen der Burgmauern gegen eine feindliche Horde verteidigt. Ein anregender Gedanke, findet ihr nicht auch?« Er fuchtelte wieder mit seinem Besen herum. »Aber kommt weiter, kommt weiter. Heute Abend gibt es noch viel zu tun.«

Der schwarzhaarige Junge und Sara grinsten sich an. Dann ging es weitere Korridore entlang. Als Caspan und der andere Junge und das andere Mädchen stehen blieben, um sich einen Waffenständer mit alten rostigen Schwertern anzusehen, forderte Gramidge sie auf, sich zu beeilen.

»Ich kenne jeden Winkel dieses Gebäudes besser als meine eigene Hand«, verkündete er, kurz bevor er an einer Abzweigung des Gangs haltmachte. Nachdenklich kratzte er sich am Kopf und kicherte leise in sich hinein. »Na, jetzt sitzen wir aber in der Tinte! Da hab ich so viel geschwatzt, dass ich gar nicht mehr weiß, wo wir sind.« Er spähte in jeden der Gänge, bis er schließlich nickte und mit den Fingern schnippte. »Ah ja, hier geht's lang. Kommt weiter, kommt weiter. Wir haben nicht die ganze Nacht Zeit. Und wir wollen nicht, dass Herzog Connal auf uns warten muss.«

»Ist er das Oberhaupt unseres Ordens?«, fragte Caspan.

»Meine Güte, schon wieder eine Frage«, erwiderte Gramidge. »Wenn Geduld eine Tugend ist, dann sind Jugendliche wohl nicht sehr tugendhaft.« Er hob mahnend den Finger. »Keine weiteren Fragen, bitte.«

Schließlich gelangten sie in eine kleine Halle. Die Wände waren mit Teppichen geschmückt, auf denen Ritterturniere und Schlachten dargestellt waren, und die Decke war von Holzbalken durchzogen. In einer Ecke befand sich ein großer offener Kamin, in dem ein Feuer loderte. Vor dem Kamin standen mehrere Stühle und ein Tisch mit einem großen Krug und einer Anzahl Becher darauf.

Gramidge zeigte auf das Feuer im Kamin. »Macht es

euch bequem. Ich werde den Meistern mitteilen, dass ihr angekommen seid.« Er ging zum hinteren Ende des Raums, blieb kurz stehen und machte kehrt, um die Halle durch die Tür zu verlassen, durch die er sie betreten hatte.

Nervös lächelte Sara die anderen an. »Wir sollten uns hinsetzen.«

»Stimmt.« Caspan ließ seinen Beutel fallen und gesellte sich zu den übrigen Rekruten, die am Tisch Platz genommen hatten. Er griff nach dem Krug und schnupperte. »Hmm, warmer gewürzter Apfelmost.« Er hielt den Krug in die Höhe und sah die anderen fragend an, die daraufhin nickten.

Nachdem Caspan jedem eingeschenkt hatte, lehnten sie sich auf ihren Stühlen zurück. Zum ersten Mal hatte er jetzt die Gelegenheit, sich die anderen genauer anzusehen.

Der schwarzhaarige Junge, der als Erster die Prüfung bestanden hatte, war schlank und drahtig, genau wie Caspan selbst. Sein Mund war zu einem Dauergrinsen verzogen, seine Augen funkelten schelmisch. Außerdem hatte er die nervige Angewohnheit, ständig Fusseln von seinem Umhang zu klauben.

Der andere Junge hatte kurz geschnittenes sandfarbenes Haar und war groß und kräftig gebaut. Irgendwie wirkte er sehr ernst. Sein Gesicht wurde von einem feinen Bartflaum eingerahmt und über seine linke Wange zog sich eine dünne perlgraue Narbe.

Neben ihm saß ein Mädchen, die aussah, als sei sie

so schnell und flink wie ein Frettchen. Auch sie hatte kurz geschnittenes Haar. Ihre Lippen waren voll, ihre Augen von einem Grün, wie Caspan es noch nie gesehen hatte. Im Licht des flackernden Feuers funkelten sie wie Smaragde.

Der schwarzhaarige Junge streckte jedem der anderen freundschaftlich die Hand hin. »Freut mich, euch alle kennenzulernen. Ich heiße Roland. Ich mag gemütliche Spaziergänge am Strand, Holzfeuer und Würstchen.«

Sara schüttelte verwirrt den Kopf. »Was?«

Roland grinste. »Ich wusste, dass das deine Aufmerksamkeit erregen würde.« Er beugte sich zu ihr und flüsterte: »Aber Würstchen mag ich wirklich.«

Alle lachten erleichtert, weil ihre Befangenheit auf einmal verflogen war. Der Junge mit dem sandfarbenen Haar räusperte sich und sagte: »Ich heiße Lachlan.«

Das grünäugige Mädchen hob grüßend die Hand. »Und ich bin Kilt.«

Jetzt war es an Caspan und Sara, sich vorzustellen. Caspan war froh, dass keiner der anderen ihn so herablassend ansah, wie er es vorhin im Hof erlebt hatte. Vielleicht konnte er hier tatsächlich ein neues Leben anfangen und den Makel des Gassenjungen hinter sich lassen. Er trank einen großen Schluck Apfelmost und schmatzte zufrieden mit den Lippen.

»Weiß denn jemand von euch etwas über die Bruderschaft? Außer dass sie professionelle Schatzsucher sind, meine ich«, erkundigte er sich, weil er hoffte, von den

Kadetten etwas über den geheimnisvollen Orden zu erfahren. Doch die anderen schüttelten nur den Kopf.

Roland rieb sich die Hände und kniff verschwörerisch die Augen zusammen. »Das sind richtige Geheimniskrämer, nicht wahr? Deswegen reizt mich das Ganze ja auch so sehr.« Er blickte in der Halle umher. »Das ist ja eine Riesenkarte der Vier Königreiche.« Er ging zu dem Wandteppich hinüber, der an der gegenüberliegenden Seite des Raumes hing. Er war über vier Meter breit und reichte von den Deckenbalken bis zum Fußboden.

»Ich habe schon viele Karten gesehen, aber noch nie eine so detaillierte. Daran müssen viele Leute jahrelang gearbeitet haben«, stellte Sara beeindruckt fest.

Caspan stand auf und gesellte sich zu Roland, um den Wandteppich zu bewundern. Er verstand nicht viel von Geografie und geopolitischen Grenzen. Immerhin wusste er ein wenig über die drei Herzogtümer von Andalon Bescheid. Die zentralen und südlichen Regionen des Königreichs bildeten das Herzogtum von Randerlonia, dem größten und wohlhabendsten der drei Territorien. Die Hauptstadt Briston wurde auf der Karte durch eine Fahne dargestellt, auf der eine Burg und ein rennender Wolf zu sehen waren. Das war das Wappen des Königshauses MacDain.

Sorgfältig studierte er das Land südlich der Hauptstadt, bis er schließlich Floran entdeckte. Zumindest nahm er an, dass der schwarze Punkt am Fluss Floran sein sollte, das einmal der Mittelpunkt seiner Welt gewesen war. Als Caspan jetzt sah, wie klein es auf der Karte wirkte, kam er sich ganz unbedeutend vor, und ihm wurde schmerzlich bewusst, wie wenig er doch über die Vier Königreiche wusste.

Roland stellte sich auf die Zehenspitzen und zeigte auf eine Stadt nördlich von Randerlonia. »Da ist Darrowmere, die Hauptstadt von Lochinbar. Das ist die größte Festung von ganz Andalon. Es heißt, der Bergfried in der Mitte sei uneinnehmbar.« Er nippte an seinem Getränk und leckte sich über die Lippen. »Eines Tages werde ich mich dorthin begeben. Wart's nur ab.«

Caspan nickte. Die Erfahrungen, die er in Floran gemacht hatte, hatten ihn jedoch gelehrt, dass nichts uneinnehmbar war. Er kannte Diebe, die es schafften, in jede Festung einzudringen, ganz gleich, wie stark sie befestigt oder wie schwer sie bewacht war.

Er betrachtete die schneebedeckten Berge, die auf der Karte für Caledon standen, das Land nördlich von Lochinbar, dem kleinsten der andalonischen Herzogtümer. Dort, in Caledon, hausten Clans wilder Hochländer, die Kriegsbemalung und karierte Kilts trugen und mit Zweihändern in den Kampf zogen, begleitet von der Musik ihrer Dudelsäcke und Knochenflöten. Zum Glück für Lochinbar waren die Clans von Caledon untereinander zerstritten und bekämpften sich aufs Heftigste. Sollten sie sich je vereinigen und sich nach Süden wenden, wäre das eine Katastrophe für Andalon.

Roland zeigte auf die gezackte schwarze Linie, die die Grenze von Andalons nördlichstem Herzogtum Dannenland markierte. »Und das werde ich mir auch ansehen.«

Caspans Blick folgte Rolands Finger. »Die Narbe?«

Roland nickte. »Sie soll hundert Meter breit sein und sich von einer Seite des Landes zur anderen erstrecken. Es ist eine natürliche Barriere, die die Roon Tausende von Jahren davon abgehalten hat, in den Norden einzufallen.«

Diese sogenannte Narbe hatte Caspan schon immer fasziniert. Angeblich war sie vor Jahrtausenden bei einem heftigen Erdbeben entstanden, das den Nordteil von Andalon auseinandergerissen hatte. Die auf diese Weise zustande gekommene Kluft hatte sich in der Folge mit Wasser gefüllt, das vom angrenzenden Meer hereingeströmt war.

»Zumindest bisher«, murmelte Caspan.

»Ja, ganz recht.« Kilt drehte sich auf ihrem Stuhl um und zeigte mit ihrem Becher auf den Wandteppich. »Über tausend Jahre lang sind die Roon jenseits der Narbe geblieben. Aber jetzt haben sie beschlossen, nach Süden vorzustoßen.«

»Das stimmt nicht ganz«, schaltete Sara sich ein und verschränkte die Arme vor der Brust. »Das Fell des im Norden lebenden weißen Fuchses ist in Andalon heiß begehrt, sodass es schon immer Handelsbeziehungen mit den südlichen Stämmen der Roon gegeben hat. Deshalb haben die Bewohner von Dannenland die drei großen Brücken über die Narbe gebaut. Ab und zu ist es zu Konflikten gekommen, vor allem in besonders kalten Wintern, wenn die Roon kurz hinter der Grenze Dörfer überfallen haben, weil sie nichts mehr zu essen hatten. Es waren jedoch nie richtige Invasionen. Doch vor rund dreißig Jahren haben die Riesen sich dann unter dem Stamm der Sverker zusammengeschlossen. Nachdem dieser Stamm alle anderen Stämme unterworfen hatte, zogen die Roon nach Süden, nahmen die Narbe ein und haben jetzt offenbar die Absicht, Andalon zu erobern.« Sie trank einen Schluck Apfelmost und tupfte sich mit einem Taschentuch, das sie aus dem Ärmel zog, die Lippen ab. »Eigentlich kann man ihnen das nicht verdenken. Das Land nördlich der Narbe ist eine Eiswüste. Ich an ihrer Stelle würde auch nach Süden vorstoßen, zu den saftigen grünen Weiden von Dannenland.«

Lachlan sah sie erstaunt an. »Das hört sich ja an, als hättest du Sympathien für die Roon.«

Sara schüttelte den Kopf. »Das würde ich so nicht sagen. Ich kann bloß ihre Motive verstehen.«

Lachlan beugte sich vor und legte seine kräftigen Unterarme auf den Tisch. »Und woher weißt du das alles?«

»Ich lese viel.«

Lachlan starrte grimmig in Richtung Karte. »Sollen sie doch kommen. Die nördlichen Legionen werden sich ihnen entgegenwerfen und sie zurücktreiben.«

Roland drehte sich zur Seite und sah Lachlan skeptisch an. »Ich wünschte, ich hätte deinen Optimismus.«

Lachlan zuckte mit den Achseln. »Die Roon bestehen auch nur aus Fleisch und Blut.«

»Ja, aber sie sind ungefähr zwei Meter fünfzig groß und kämpfen mit Klingen und Äxten aus schwarzem Eisen. Ich habe gehört, dass sie keine Angst kennen und bis zum Tod kämpfen.«

Lachlan machte eine wegwerfende Handbewegung. »Wie ich schon gesagt habe: Fleisch und Blut.«

Der bloße Gedanke, den Roon zu begegnen, jagte Caspan entsetzliche Angst ein, und er fragte sich, ob Lachlan nur deswegen so mutig tat, weil er seine neuen Freunde beeindrucken wollte. Caspan wollte ihn gerade fragen, ob er schon einmal einen der Riesen gesehen habe, als Gramidge ganz aufgeregt in die Halle gestürmt kam und sie anwies, ihre Getränke ab- und sich in Reih und Glied aufzustellen.

»Schnell, schnell! Sie kommen!« Er zupfte hier und da einen Umhang zurecht und schob einige von ihnen ein Stück nach vorn, damit die Rekruten das bestmögliche Bild abgaben. Anschließend baute Gramidge sich neben ihnen auf und blickte in Richtung Tür. Den Bauch hatte er so stark eingezogen, dass es aussah, als hätte er tagelang nichts gegessen. Die Rekruten folgten seinem Beispiel und standen stramm.

Man hörte, wie sich Schritte näherten. Dann traten zwei Männer in die Halle. Der Mann rechts war ungefähr Ende vierzig und strahlte Kraft und Autorität aus. Er trug eine graue Tunika, beigefarbene Kniehosen sowie Stiefel und Handschuhe aus dunklem Leder. Über die Schultern hing ihm ein schwarzer, mit Zobelpelz gefütterter Umhang, dessen Saum über den Fußboden schleifte. Der Umhang wurde von einer silbernen Spange in Form eines rennenden Wolfs zusammengehalten, dem Wappen der königlichen Familie. Das Gesicht des Mannes rahmte ein gepflegter, grau melierter Bart ein, und an seiner Seite hing in einer Scheide aus poliertem Leder ein schweres Breitschwert, dessen Knauf mit funkelnden Juwelen verziert war. An einer silbernen Kette um seinen Hals baumelte die Figur eines Wolfs, die aus einem seltsamen schwarzen Metall gefertigt war.

Der zweite Mann war etwa Mitte dreißig und ähnlich gekleidet wie der erste, bloß dass sein Umhang nicht mit Pelz gefüttert war. Caspan bemerkte, dass der Saum seines Umhangs und seine Stiefel mit Schmutz verkrustet waren, während der mit Leder umwickelte Griff seines Langschwerts Schweißflecken aufwies. Sein langes braunes Haar war zu einem Pferdeschwanz zusammengebunden. Er war etwas kleiner als der andere Mann und nicht ganz so kräftig gebaut, hatte aber breite Schultern und sah so aus, als könnte er sich blitzschnell bewegen. Er trug ebenfalls einen Anhänger in Wolfsgestalt um den Hals.

Gramidge schlug die Hacken zusammen, als die Männer die Halle durchquerten und vor ihnen haltmachten. Der kleinere Mann blieb ehrerbietig ein Stück hinter seinem Gefährten zurück und legte die linke Hand auf den Knauf seines Langschwerts.

Gramidge verbeugte sich vor dem bärtigen Mann. »Seid gegrüßt, Herzog Connal, Herr über Dannenland und Oberhaupt der Bruderschaft.«

Der Herzog bedeutete dem Verwalter mit einer knappen Geste zurückzutreten, stemmte die Hände in die Hüften und musterte die Gruppe. Seine Gesichtszüge waren hart, doch in seinen Augen lag etwas Weiches, das Caspan beruhigend fand. Der Herzog nickte zufrieden. »Willkommen im Haus der flüsternden Stimmen. Ich hoffe, euer abendlicher Ritt war nicht zu kalt.«

Caspan hatte noch nie einem Herzog gegenübergestanden und wusste nicht, wie er ihn anreden sollte. Deshalb war er erleichtert, als Roland salutierte und im Namen der Gruppe sagte: »Ein wenig, Mylord.«

Der Herzog nickte und machte eine Handbewegung in Richtung Tisch. »Bitte setzt euch wieder. Nichts wärmt einen in einer kalten Nacht besser auf als ein prasselndes Feuers und ein Becher heißer Apfelmost. Und diese Belohnung habt ihr euch wahrlich verdient.« Er wartete, bis sie alle wieder Platz genommen hatten. Dann deutete er mit einer leichten Neigung des Kopfes auf den Mann, der hinter ihm stand. »Das ist Meister Morgan. Im vergangenen Monat haben er und Meister Scott alle Kadettenschulen des Königreichs nach geeigneten Kandidaten abgesucht. Insgesamt fünfzig Kadetten wurde die Gelegenheit gegeben, an der Prüfung teilzunehmen. Diese Zahl hat sich heute Abend auf fünf reduziert. Ihr dürft es als große Ehre ansehen, dass ihr in den Orden aufgenommen worden seid. Es versteht sich von selbst, dass ich sehr hohe Erwartungen an euch habe. Vielleicht kann ich in den kommenden Jahren anderen Rekruten von euren Heldentaten erzählen.«

Caspan warf einen Blick auf die Wandteppiche und überlegte, ob seine Taten eines Tages tatsächlich Stoff für Heldenlieder und Heldensagen abgeben würden. Ein aufregender Gedanke.

Der Herzog schenkte sich einen Becher mit Apfelmost ein und nahm einen großen Schluck. Nachdem er sich mit dem Ärmel den Mund abgewischt hatte, stellte er seinen Becher auf dem Kaminsims ab und wärmte sich am Feuer die Hände. »Ich nehme an, ihr alle möchtet gern wissen, welche Aufgabe die Bruderschaft hat.« Er blickte über die Schulter zu den Rekruten hinüber, die eifrig nickten. Caspan beugte sich vor und sah den Herzog aufmerksam an. »Nun, die Antwort auf diese Frage hat mit den Dray und den Roon zu tun. Würdet ihr mir vielleicht sagen, was ihr über die Dray wisst?«

Sara hob die Hand und räusperte sich, nachdem der Herzog ihr zugenickt hatte. »Vor langer Zeit, bevor Andalon gegründet wurde und Menschen diese Insel besiedelten, lebte hier das Volk der Dray – große, anmutige Wesen mit grauer Haut. Sie nannten dieses Land Sorthalon, und ihre Kultur war die bedeutendste und mächtigste Kultur, die es je gegeben hat. Selbst die südlichen Stämme der Roon wagten es nicht, die Dray anzugreifen, weil sie Angst vor verheerenden Vergeltungsmaßnahmen hatten. Ihre Städte waren blühende Handelszentren, wo exotische Gewürze, Seide und Edelsteine aus aller Welt feilgeboten wurden. Sie studierten die Sterne und die Natur und stellten magische Artefakte von großer Macht her. Sie hatten wenig mit den Menschen zu tun, denen sie jenseits des Meeres und in dem Land, das wir heute Caledon nennen, begegneten. Sie hielten die Menschen für barbarisch und unzivilisiert und weigerten sich, sie an ihrem Wissen teilhaben zu lassen.«

»Die Dray segelten auch über den Kanal und verbreiteten ihre Kultur im Wüstenkönigreich Salahara«, fügte Roland hinzu, als wolle er sich nicht von Sara ausstechen lassen. »Dlinthon, die Hauptstadt der Dray, war die prächtigste Stadt der Welt. Es heißt, dass man die Türme der Zitadelle aus einer Entfernung von über hundert Kilometern sehen konnte, wenn sich das Licht des Mondes in ihnen spiegelte.«

»Anscheinend haben eure Lehrer an den Kadettenschulen euch eine Menge beigebracht.« Herzog Connal strich sich über den Bart und sah Sara und Roland fragend an. »Und wisst ihr auch, was mit den Dray geschah?«

Caspan rutschte unruhig auf seinem Stuhl hin und her. Er war froh, dass der Herzog nicht ihm diese Frage gestellt hatte. Abgesehen von der Tatsache, dass von den Dray außer Grabhügeln nichts übrig geblieben war, wusste er nicht viel über dieses uralte Volk und fand deshalb das Gespräch sehr lehrreich. Er hatte nie in seinem Leben ein Geschichtsbuch gelesen, geschweige denn diesbezüglichen Unterricht bekommen. Die Wunder alter Kulturen waren in den Gossen von Floran nicht gerade Thema Nummer eins.

Sara warf einen nervösen Blick auf die anderen, dann

sah sie wieder den Herzog an. »Vor ungefähr tausend Jahren sind sie spurlos verschwunden, niemand weiß, warum oder wohin. Manche behaupten, sie seien in einem blutigen Bürgerkrieg untergegangen, der von rivalisierenden Dynastien angezettelt worden sei. Andere vermuten, dass sie von einer unheilbaren Krankheit ausgelöscht wurden. Es wird sogar gesagt, dass sie Sorthalon den Menschen hinterließen, denen es bestimmt war, die nächste große Kultur zu gründen, und dann nach Westen segelten, über das Endlose Meer, um nie mehr zurückzukehren. Sie nahmen all ihr geheimes Wissen mit und überließen ihr Königreich dem Verfall.«

Der Herzog nickte grimmig. »Und damit begann das Zeitalter der Menschen.« Er zog einen Stuhl zu sich heran und stellte den rechten Fuß darauf, um dann mit entrücktem Blick ins Feuer zu starren. »Mehrere Jahrzehnte nach dem Verschwinden der Dray überquerten Räuber und Piraten aus Saxstein den Kanal und siedelten sich im Süden Sorthalons an. Von dort breiteten sie sich nach Norden aus und ließen sich in den verlassenen Städten der Dray nieder. Über hundert Jahre vergingen. Sie gaben das Kriegshandwerk auf und wurden zu Bauern und Händlern. Dennoch kam es zum Krieg, weil ein Heer aus ihrer alten Heimat in das Land einfiel. Nachdem diese Eindringlinge im Süden gelandet waren, zogen sie nach Norden und verwüsteten alles. Die einst so prächtigen Städte der Dray wurden zerstört. Nach fast hundert Jahren kriegerischer Auseinandersetzungen wurden Verträge geschlossen, die endlich Frieden in dieses Land brachten, das nun den Namen Andalon erhielt. Es wurde in die drei Herzogtümer Randerlonia, Dannenland und Lochinbar aufgeteilt. Die Familie MacDain, die behauptete, göttlichen Ursprungs zu sein, gründete auf den Ruinen der Hauptstadt der Dray Briston. Andalon wurde ein bedeutendes, mächtiges Königreich, das den anderen drei großen Königreichen der Menschen – Salahara, Saxstein und Vorsklagov – ebenbürtig war.«

Er betrachtete den Teppich an der Wand. »Alles, was von der Kultur der Dray übrig geblieben ist, sind ein paar Bauwerke und Türme, die die Verheerungen des Kriegs überstanden haben, sowie ihre Gräber, die wir als heilig und unantastbar erachten.« Er wandte den Blick wieder den Rekruten zu. »Jetzt befinden wir uns im Krieg mit den Roon. Andalon hat schon andere Invasionen erlebt, aus Saxstein und Caledon. Es ist uns immer gelungen, unsere Feinde zurückzuschlagen. Doch jetzt haben wir es mit einem Feind zu tun, der keinem anderen gleicht.«

»Warum kommt uns denn keines der anderen Königreiche zu Hilfe, Mylord?«, fragte Caspan, der hoffte, dass sich das nicht allzu naiv anhörte.

Roland schnaubte verächtlich. »In welcher Höhle hast du denn in den letzten zehn Jahren gelebt?«

Sara warf Roland einen missbilligenden Blick zu. Dann wandte sie sich an Caspan und lächelte freundlich. »Wir sind ganz auf uns gestellt. In Vorsklagov, dem großen Reich im fernen Osten, herrscht Bürgerkrieg.

Salahara ist in heftige Kämpfe mit den Korsaren verwickelt, die die Nordküste des Landes erobert haben, und Saxstein, das in den letzten zwei Jahrhunderten zweimal versucht hat, in Andalon einzufallen, würde eher unsere missliche Lage ausnutzen und uns von Süden her angreifen, als uns Hilfe zu schicken. Deshalb kann König Rhys auch nicht sein ganzes Heer nach Norden entsenden.«

Herzog Connal nickte. »Das ist ganz allein unser Kampf.« Er sah Caspan an, dem unter dem durchdringenden Blick des Herzogs immer unbehaglicher zumute wurde. »Ich nehme an, du bist Caspan.«

Der ehemalige Dieb spürte, wie sich seine Kehle zusammenschnürte. »Ja, Mylord.«

Ein feines Lächeln umspielte den Mund des Herzogs. »Raven hat mir gesagt, dass du heute Abend sicher hier sein würdest.« Er griff nach seinem Becher, trank einen Schluck und sah die Rekruten nacheinander an.

»Mein Cousin König Rhys hat die Bruderschaft ins Leben gerufen, um den Verlauf des Kriegs gegen die Roon zu unseren Gunsten zu beeinflussen. Wenn wir diesen Kampf gewinnen wollen, ist es erforderlich, die nördlichen Legionen mit magischen Waffen und Artefakten der Dray auszurüsten.«

»Aber die Grabhügel der Dray dürfen nicht beraubt werden, Mylord«, sagte Lachlan. »Wer das tut, wird mit dem Tod bestraft.«

Der Herzog nickte. »Das ist richtig, aber wir haben eine Sondererlaubnis des Königs.«

Roland riss die Augen auf. Plötzlich hatte er alles begriffen. »Dann sucht die Bruderschaft also nach Waffen und anderen Gegenständen, die in den Gräbern und Grüften der Dray verborgen sind. Anschließend geben wir diese Dinge an die nördlichen Legionen weiter, um sie in ihrem Kampf gegen die Roon zu unterstützen.«

Caspan spürte ein ahnungsvolles Prickeln auf der Haut. Er hatte gehört, dass die Befehlshaber der nördlichen Legionen und altgediente Krieger auf mächtigen Tieren, die sie aus dem Nichts herbeizitierten, in die Schlacht ritten. Außerdem ging das Gerücht, dass diese Soldaten mit magischen Waffen ausgestattet waren, die durch Eisen drangen, und Ringe und Amulette trugen, die ihnen übermenschliche Kräfte und Ausdauer verliehen. Es hieß, fünf solcher Soldaten, von denen einer einen drei Meter großen Affen heraufbeschworen hatte, hätten drei Tage lang einen Bergpass verteidigt, um den Vormarsch von mehreren Hundert Roon aufzuhalten, bis Verstärkung eintraf.

Er hatte diese Geschichten immer als fantasievolle Märchen abgetan, die möglicherweise von den Legionen selbst in die Welt gesetzt worden waren, um den Menschen im Süden Hoffnung zu machen und den Eindruck zu vermitteln, dass die Streitkräfte Andalons schließlich siegen würden. War es möglich, dass diese Geschichten tatsächlich der Wahrheit entsprachen? In den Vier Königreichen gab es keine Magie mehr – außer in den Gräbern der Dray, die über tausend Jahre unversehrt geblieben waren!

»Die Bruderschaft wurde vor zwölf Jahren ins Leben gerufen, nachdem man einen Dieb verhaftet hatte, der in Dannenland ein Hügelgrab der Dray ausgeraubt hatte«, sagte Herzog Connal und riss Caspan aus seinen Gedanken. »In seiner Tasche fand man ein Pergament, das seiner Aussage nach aus dem Grab stammte. Auf dem Pergament stand ein Text in Alter Sprache. Außerdem hing dem Dieb eine Kette mit der Metallstatuette eines Wolfs um den Hals, die er ebenfalls aus dem Grab mitgenommen hatte. Der befehlshabende Offizier war zwar nicht in der Lage, den Text zu lesen, nahm aber an, dass er irgendeinen Bezug zu der Statuette hatte. Deshalb schickte er beide Objekte an den König.«

Mit zusammengekniffenen Augen starrte Caspan den Anhänger an, der dem Herzog um den Hals hing. Bisher hatte er geglaubt, der Herzog trüge die Wolfsfigur, weil sie das Wappen des Königshauses war, aber war das wirklich der Fall? Konnte das nicht die Statuette sein, von der der Herzog eben erzählt hatte?

»Was man über die geraubten Objekte herausfand, erwies sich als eine der größten Entdeckungen, die je über die Dray gemacht worden sind«, fuhr der Herzog fort. »Dem Text zufolge stellte die Statuette ein Wesen von großer Macht dar, das man als Hüter bezeichnete und das man auf magische Weise herbeizitieren musste. Solche Hüter waren die ständigen Gefährten der Dray-Könige, schützten sie vor allen Gefahren und zogen mit ihnen in die Schlacht. Sie begleiteten sie auch ins Jenseits und wurden mit den Königen zusammen begraben.«

Lachlan runzelte die Stirn. »Dann sind die Geschichten über andalonische Befehlshaber, die auf großen Tieren in die Schlacht reiten, also wahr?«

»Wir können diesen Krieg nicht mit herkömmlichen Methoden gewinnen«, erwiderte der Herzog. »Die Roon sind einfach zu mächtig. Gegenwärtig gibt es ungefähr vierzig Soldaten und Befehlshaber, die mit Waffen der Dray ausgestattet sind und von einigen Hütern unterstützt werden. Doch wenn wir den Sieg erringen wollen, müssen wir noch viele andere auf diese Weise ausrüsten.«

Sara sah ihn scharf an und schluckte. »Dann wollen Sie uns also beibringen, wie man in die Gräber der Dray eindringt?«

Caspan bemerkte den besorgten Gesichtsausdruck der anderen Rekruten. Er hatte gehört, dass die Gräber der Dray voller Fallen und verborgener Gänge waren. Wer so kühn beziehungsweise so dumm war, sich dem Befehl des Königs zu widersetzen und in eines dieser Gräber einzudringen, tauchte nur selten wieder auf.

Der Herzog nickte. »Das wird eure Hauptaufgabe sein.«

»Es ist also ein Wettlauf gegen die Zeit«, murmelte Kilt.

»Das schaffen wir schon«, gab Roland sich zuversichtlich.

Kilt verdrehte die Augen. »Gib nicht so an!«

Bei Rolands Worten umspielte ein feines Lächeln den Mund des Herzogs. Er sah die Gruppe mit durchdringendem Blick an. »Von heute an seid ihr Mitglieder der Bruderschaft. Seht zu, dass der Orden stolz auf euch sein kann. Das Schicksal Andalons ruht auf euren Schultern.«

Nachdem der Herzog einen weiteren Schluck Apfelmost getrunken hatte, ging er zu Meister Morgan hinüber und wechselte leise ein paar Worte mit ihm. Dann verließ er die Halle.

»Von jetzt an werdet ihr den Herzog nicht mehr oft zu sehen bekommen«, erklärte Meister Morgan, dessen Hand immer noch auf dem Knauf seines Schwerts ruhte. »Er ist gewöhnlich unterwegs und sucht das Haus der flüsternden Stimmen nur selten auf.« Morgan ging zu einem der Buntglasfenster hinüber und blickte nach draußen. »Dieses Gebäude beherbergt einige der wagemutigsten und tapfersten Menschen des Königreichs. Ihr solltet euch geehrt fühlen, dass ihr hier sein dürft.« Er drehte sich wieder zu ihnen um und hob warnend den Finger. »Aber merkt euch eins: Das hier ist *keine* Kadettenschule. Meister Scott und ich werden euch drei Monate lang ausbilden. Wir werden euch beibringen, wie man Waffen handhabt, Schlösser knackt, Fallen umgeht, alte Sprachen entziffert, steile Mauern erklimmt und sich lautlos fortbewegt. Wir werden meisterhafte Schatzsucher aus euch machen. Eure Ausbildung wird hart sein und wir werden euch alles abverlangen. Es wird Zeiten geben, in denen ihr eure Entscheidung, euch dem Orden anzuschließen, möglicherweise bedauert. Aber denkt immer an eins: So anstrengend die

Ausbildung auch sein mag – eines Tages rettet sie euch vielleicht das Leben.«

Caspan hatte nichts anderes erwartet. Er wollte auf keinen Fall unvorbereitet mit einem gefährlichen Auftrag losgeschickt werden. Je härter die Ausbildung, desto besser, fand er. »Aus wie vielen Mitgliedern besteht denn die Bruderschaft?«, fragte er den Meister.

»Achtzehn.«

»Das sind aber nicht viele«, meinte Sara besorgt.

»Wir sind eine kleine Eliteeinheit«, erklärte Morgan. »Unserer Ansicht nach ist das für uns von Vorteil, wenn wir in fremden Territorien eine Mission zu erfüllen haben, besonders in Salahara oder Caledon. Dort halten sich gegenwärtig die anderen Mitglieder unseres Ordens auf.«

Um in das Wüstenkönigreich Salahara zu gelangen, musste man von Andalons südlicher Hafenstadt Waterpool mehrere Stunden mit dem Schiff zurücklegen. Obwohl seit hundert Jahren Frieden zwischen Andalon und Salahara herrschte, suchten salaharische Korsaren regelmäßig die Sklavenküste heim, und räuberische Nomaden töteten jeden, der sich unterstand, Salaharas scheinbar endlose Sandwüste zu durchqueren. Trotzdem wagten sich immer wieder Schatzsucher nach Salahara, angelockt von dem legendären Reichtum, der in den unter dem Sand begrabenen alten Städten der Dray zu finden war.

Roland beugte sich vor, stützte den Ellbogen auf den Tisch und runzelte die Stirn. »Eins verstehe ich nicht,

Sir, und ich hoffe, Sie nehmen mir meine Frage nicht übel, aber diese Sache beschäftigt mich, seit Herzog Connal uns erzählt hat, welche Aufgabe die Bruderschaft hat.« Der Meister bedeutete ihm, dass er fortfahren möge. »Warum suchen Sie sich Ihre Rekruten nicht im Heer? Warum nehmen Sie Kadetten? Oder warum werben Sie nicht Grabräuber und Diebe an, was noch besser wäre? So würde ich es jedenfalls machen.«

»Nicht jeder Soldat gibt einen guten Dieb ab, und Grabräuber sind nicht unbedingt vertrauenswürdig, auch wenn sie natürlich großes Geschick darin haben, in Grabhügel einzudringen«, erwiderte Morgan – eine Antwort, die Caspan Unbehagen bereitete. »Wir sind nicht bloß Schatzsucher. Gewiss, wir werden mit der Waffenkunde fortfahren, die ihr schon auf der Kadettenschule gelernt habt, und euch beibringen, wie man Fallen entdeckt und sie umgeht, aber ein Großteil eurer Ausbildung wird darin bestehen, dass ihr alte Sprachen lernt und euch mit der Genealogie und mit Landkarten der Dray beschäftigt. Unsere Erfahrung hat uns gelehrt, dass die meisten Diebe und altgedienten Soldaten für solche Dinge wenig übrig haben, weil sie sie für belanglos halten.«

»Belanglos?«, empörte sich Sara. »Studium und Forschung sind doch nicht belanglos!«

Caspan rutschte verlegen auf seinem Stuhl hin und her. Er konnte von Glück sagen, dass seine Eltern ihm Lesen und Schreiben beigebracht hatten, aber von der Alten Sprache der Dray oder von ihrer Geschichte hatte er keine Ahnung. Er hoffte, dass das in den kommenden Monaten nicht zum Problem werden würde.

Der Meister ging zu einem Stuhl und stützte die Unterarme auf die Lehne. »Einige unserer Mitglieder sind ehemalige Diebe und Grabräuber, aber die meisten stammen aus dem Heer. Letztes Jahr haben wir nicht an den Kadettenschulen, sondern im Heer nach potenziellen Rekruten gesucht und fünfzig der besten Soldaten Andalons ausgewählt, die sich dann genau wie ihr einer Prüfung unterziehen mussten. Mehr als ein Viertel von ihnen konnten das Rätsel, das zum zweiten Hinweis führte, nicht lösen. Von denen, die es geschafft haben, waren nur drei in der Lage, den Text in Alter Sprache zu verstehen. Zum Schluss blieb nur eine Frau übrig, die die Prüfung bestand und in die Bruderschaft aufgenommen wurde.«

Lachlan zog eine Augenbraue hoch. »Nur eine?«

Roland rümpfte die Nase. »Und ausgerechnet eine *Frau?*«

»Was gibt's denn daran auszusetzen?«, fragte Kilt.

Roland hob beschwichtigend die Hände. »Absolut nichts. Ich bin nur ein bisschen … na ja, überrascht, das ist alles.«

Kilt holte tief Luft, um etwas zu erwidern, doch der Meister schnitt ihr das Wort ab. »Um ein erfolgreicher Schatzsucher zu sein, muss man wesentlich mehr können, als ein Schwert zu führen und Schlösser zu knacken. Viele Soldaten und Diebe haben weder das Temperament noch die Geduld für das, was wir machen.

Es geht nicht nur ums Kämpfen. Forschung ist eine unserer wertvollsten Waffen. Es kann vorkommen, dass wir das Archiv wochenlang nicht verlassen, weil wir auf alten Karten und in alten Schriften nach Hinweisen auf den Standort von Grabhügeln suchen.« Er sah die Gruppe nachdenklich an. »Die Tatsache, dass ihr die heutige Prüfung bestanden habt, beweist, dass ihr schlau, schnell und entschlossen seid.« Er tippte sich gegen die Schläfe. »Vor allem aber versteht ihr es, euren Verstand zu gebrauchen.«

Sara lächelte stolz. »Das haben wir unseren Lehrern an der Kadettenschule zu verdanken.«

Der Meister nickte. »Seit einem Jahr legt man größeres Gewicht auf eine akademische Ausbildung. Gewiss, Andalon braucht im Kampf gegen die Roon fähige Soldaten, aber das Königreich braucht auch Diplomaten, Strategen, Kartenzeichner und viele andere, die mehr können, als ein Schwert zu schwingen. Wir wussten, dass die Kadettenschulen uns dieses Jahr eine wertvolle Auswahl an geeigneten Rekruten liefern würden. Ich sollte vielleicht auch noch erwähnen, dass einige der Gänge, die sich in den Gräbern der Dray finden, für Erwachsene zu eng sind. Deshalb ist es nützlich, eine Gruppe kleinerer, gewandterer Mitglieder zur Verfügung zu haben, für die solche Gänge kein Problem darstellen. Er sah Lachlan an. »Obwohl ich nicht glaube, dass das für dich gilt.«

»Dann werden wir also wie Frettchen in einen Kaninchenbau geschickt«, stellte Roland grinsend fest.

Der Meister verzog keine Miene. »In gewisser Weise, ja.«

»Warum ist die Bruderschaft denn geheim?«, erkundigte sich Kilt.

»Weil wir auf keinen Fall wollen, dass bekannt wird, dass die Gräber der Dray magische Waffen enthalten, die unsere Soldaten dringend brauchen«, erwiderte Morgan. »Obwohl es verboten ist, in Gräber der Dray einzudringen, gibt es auch noch andere Schatzsucher. Die Gräber sind voller Fallen, sodass nur wenige dieser Eindringlinge lebend wieder herauskommen. Aber manche schaffen es, was dazu führt, dass hin und wieder Artefakte der Dray auf dem Schwarzmarkt auftauchen. Wir wollen das Monopol auf solche Gegenstände behalten.«

Sara stellte ihren Becher auf den Tisch. »Was geschieht denn am Ende unserer dreimonatigen Ausbildung, Sir?«

»Ihr werdet ein paar Prüfungen bestehen müssen. Dann – und nur dann – wird man euch mit einer Mission betrauen.«

»Könnten Sie uns nicht ein paar Hinweise darauf geben, worum es bei diesen Prüfungen geht?«, fragte Roland und zwinkerte dem Meister zu.

Morgan machte ein finsteres Gesicht. »Nein.«

Roland blickte enttäuscht drein und ließ sich auf seinem Stuhl zurücksinken.

Der Meister winkte Gramidge heran. »Du hast eine Stunde Zeit, um mit den Rekruten schnell einen Rundgang durch das Gebäude zu machen und ihnen ihre Zimmer zu zeigen. Sorg dafür, dass sie die Latrinen, die Archive, das Waschhaus, die Büros und die Lagerräume kennenlernen. Anschließend führst du sie dann zum Abendessen in die Große Halle. Oh, und vergiss nicht, ihnen den Ausbildungshof zu zeigen. Dort werden sie nämlich morgen früh bei Meister Scott ihre erste Unterrichtsstunde haben.« Er wandte sich den Rekruten zu. »Schlaft gut und ruht euch gut aus, denn das werdet ihr brauchen. Und jetzt muss ich zu einer Besprechung mit dem Herzog.«

Er verließ die Halle und überließ die Rekruten dem Verwalter.

KAPITEL VIER

Neue Freunde

Nach ihrem Rundgang durch das Haus der flüsternden Stimmen brachte Gramidge die Rekruten auf ihre Zimmer, wo sie eine halbe Stunde Zeit hatten, um ihre Sachen auszupacken und sich etwas frisch zu machen. Danach führte der Verwalter sie in die Große Halle hinunter, erklärte, dass noch allerlei Arbeit auf ihn warte, und verabschiedete sich von ihnen.

Die Halle wurde von einem großen Tisch in der Mitte beherrscht, auf dem verschiedene warme und kalte Fleischspeisen, Schalen mit Obst und Beeren, Körbe mit warmem, frisch gebackenem Brot und Krüge mit gewürztem, mit Honig versetztem Apfelmost standen. Das war weit von den spartanischen Mahlzeiten entfernt, die Caspan sich immer in Floran hatte zusammensuchen müssen. Eifrig machte er sich mit den anderen ans Essen und verschlang zwei Teller voll, um sich schließlich zurückzulehnen und sich zufrieden den Bauch zu reiben.

Roland, der ihm gegenübersaß, grinste ihn an. »Du

siehst aus wie eine Katze, die gerade Milch geschleckt hat. Isst du gern?«

Caspan nickte. »Ich glaube, *gern* ist nicht das richtige Wort. Ich liebe Essen so sehr, dass ich imstande wäre, eine Küche zu heiraten.«

Roland lachte. »Da kann ich dir nur zustimmen.« Er zeigte mit seiner Gabel auf den Umhang, der über Caspans Stuhllehne hing. »Was ich dich vorhin schon fragen wollte … Du kommst von keiner Kadettenschule, stimmt's?«

Langsam schenkte Caspan sich Apfelmost in einen Becher ein und trank einen großen Schluck. Er hatte sich schon gefragt, wie lange es dauern würde, bis man ihm diese Frage stellte. Bisher hatten die Kadetten ihn akzeptiert. Jetzt war der kritische Moment gekommen, in dem er seine Vergangenheit offenlegen musste. Er hoffte, dass ihm niemand einen Strick daraus drehen würde.

Caspan sah Roland gespannt an. »Ich bin ein ehemaliges Mitglied der Schwarzen Hand, der Diebesgilde von Floran.« Er hatte zwar mit dem Gedanken gespielt, sich eine Geschichte auszudenken, die gesellschaftlich akzeptabler war, doch da die Meister seine Vergangenheit kannten, wäre es nur eine Frage der Zeit gewesen, bis die anderen Rekruten die Wahrheit erfahren hätten.

Roland riss überrascht die Augen auf. »Das gibt's ja nicht! Die Schwarze Hand ist die berühmteste Diebesgilde im ganzen Reich!«

Caspan, der im Begriff war, einen weiteren Schluck

zu trinken, setzte den Becher wieder ab. »Ich hatte das Glück, zufällig einem Mitglied der Bruderschaft zu begegnen, und sie hat mir ein Empfehlungsschreiben mitgegeben.«

»Und jetzt bist du hier.« Roland schüttelte verwundert den Kopf. »Na, jedenfalls freue ich mich, dass du zu unserem Team gehörst.«

»Wirklich?« Caspan sah ihn fragend an. Das lief ja weit besser, als er erwartet hatte.

»Wer ist denn geeigneter als ein ehemaliger Dieb, sich einer Vereinigung von Schatzsuchern anzuschließen? Ich weiß, wen ich als Rückendeckung haben möchte, wenn wir mit den Graberkundungen loslegen.« Roland sah Caspan mit unverhohlener Bewunderung an. »Ein ehemaliges Mitglied der *Schwarzen Hand!* Wer hätte das gedacht? Obwohl ich sagen muss, dass ich gleich wusste, dass irgendetwas an dir anders ist, als ich gesehen habe, wie du diese Galerie entlanggerannt bist.«

Caspan lächelte stolz. Es fühlte sich immer gut an, akzeptiert zu werden.

»Wie war dein Leben denn vorher so?«, fragte Roland.

Caspan trank einen Schluck, während seine Gedanken zu den Gassen, Dächern und Kloaken von Floran zurückwanderten. Es war schon jetzt eine Erinnerung, die einen unangenehmen Geschmack in seinem Mund hinterließ. »Einsam, kalt und hungrig.«

Er wünschte, sein Leben hätte mehr romantischen Glanz gehabt. Dann hätte er Roland mit Geschichten von waghalsigen Fluchtmanövern unterhalten können.

Doch was er gesagt hatte, entsprach der Wahrheit. Dieses Leben war Caspan aufgezwungen worden, und er war froh, sich davon befreit zu haben.

Roland sah ihn enttäuscht an und wies mit seiner Gabel auf die vor ihm stehenden Speisen. »Zumindest weiß ich jetzt, warum du so viel isst.«

Caspan seufzte. »Ich kann mich gar nicht mehr erinnern, wann ich das letzte Mal so viel Essen auf einmal gesehen habe. Wo kommst du denn her?«

»Aus einem kleinen Fischerdorf in Randerlonia.«

»Ich kann mir dich überhaupt nicht als Fischer vorstellen.«

Roland schüttelte den Kopf. »Dafür habe ich auch nichts übrig, sehr zum Ärger meiner Mutter und meiner Brüder.« Er fuhr mit dem Finger über den Tisch, während ein entrückter Ausdruck in seine Augen trat. »Mein Vater ist Offizier im andalonischen Heer. So weit ich zurückdenken kann, hatte ich immer nur den Wunsch, in seine Fußstapfen zu treten und Abenteuer zu erleben.« Er lächelte. »Ich werde nie vergessen, wie ich ihn das erste Mal sein Schwert habe ziehen sehen. Wir kamen gerade vom Markt zurück, als er in einer engen Gasse von zwei Männern angerempelt wurde. Ein hitziger Wortwechsel folgte, bis schließlich alle blankzogen. Der Streit endete damit, dass die beiden Männer verwundet davonrannten.«

»Du musst doch große Angst gehabt haben.«

Roland grinste fröhlich. »Überhaupt nicht. Obwohl ich damals noch sehr jung war, hat dieses Erlebnis tief in mir drin etwas ausgelöst. Dadurch konnte ich einen Blick in die Welt werfen, in der mein Vater lebte – eine Welt, die nicht aus Fischerbooten und Netzen und harter Arbeit bestand, sondern aus wehenden Umhängen und blitzenden Klingen. Von dem Tag an verehrte ich meinen Vater abgöttisch.«

Caspan nestelte am Kragen seines Wamses herum, der am Hals scheuerte. »Welcher Einheit gehört er an?«

»Der Eisernen Garde.«

Beeindruckt stieß Caspan einen Pfiff aus. »Die gehören zu den besten Kampftruppen Andalons. Warum hast du denn deinen Vater nicht gebeten, dich am Ende deiner Kadettenausbildung in seine Einheit aufzunehmen? Da hättest du sicher jede Menge Abenteuer erlebt. Jedenfalls hätte ich es an deiner Stelle so gemacht.«

»Darüber nachgedacht habe ich schon, aber ich wollte sehen, wie weit ich es aus eigener Kraft schaffe«, erwiderte Roland, dessen Augen entschlossen funkelten. »Ich habe immer davon geträumt, einem militärischen Eliteorden anzugehören. Und jetzt, da mir das gelungen ist, werde ich mir alle nur erdenkliche Mühe geben, um ein Meister der Bruderschaft zu werden. In ein paar Jahren werde *ich* neue Rekruten ausbilden. Wirst schon sehen.«

Caspan schürzte die Lippen. »Du steckst dir ja hohe Ziele. Ich hätte gedacht, dass es schon eine ausreichend große Leistung ist, überhaupt in die Bruderschaft aufgenommen zu werden.«

Roland zuckte die Achseln. »Warum soll man sich mit der Spitze des Berges begnügen, wenn man nach den Sternen greifen kann? Allerdings wird meine Mutter absolut schockiert sein, wenn ich ihr schreibe, dass ich in eine Eliteeinheit aufgenommen worden bin.« Er trank einen Schluck Apfelmost und kicherte leise in sich hinein. »Sie hält mich nämlich für einen geborenen Clown, der sich schon längst einem Trupp von umherziehenden Spaßmachern hätte anschließen sollen.« Der schwarzhaarige Junge lächelte. »Wie ist denn dein Zimmer?«

Caspans Augen leuchteten auf. »Absolut großartig. Ich kann immer noch nicht glauben, dass jeder von uns ein eigenes Zimmer hat.« Er dachte an den Steinfußboden im Versteck der Schwarzen Hand zurück, wo ihm eine dünne Schicht aus mit Dung verunreinigtem Stroh als Matratze und eine schmutzige zusammengeknüllte Tunika als Kopfkissen gedient hatten. Beim Schlafen hatte er stets die Hand am Stilett gehabt, für den Fall, dass einer der anderen Diebe auf den Gedanken gekommen wäre, in seinen Taschen herumzukramen.

»Ich weiß. Das ist viel besser, als sich mit zwanzig anderen Jungen einen Schlafsaal teilen zu müssen.« Roland grinste bis über beide Ohren. »Auf meiner Schule gab es einen Jungen, der vor dem Zubettgehen immer zu viel gegessen hat. Deshalb wälzte er sich die ganze Nacht stöhnend und rülpsend hin und her. Er machte mehr Lärm als eine Kuh, die an heftigen Blähungen leidet. In einer Nacht wurde es so schlimm, dass ich ihm eine meiner schmutzigen Socken in den Mund gestopft habe.«

Caspan lachte, während Sara, die neben ihm saß, sich zu Roland umdrehte und ihn schockiert ansah. Eigentlich hatte sie sich mit Lachlan und Kilt unterhalten, aber offenbar dennoch mitbekommen, was Roland gesagt hatte. »Jungs *rülpsen* also im Schlaf, ja?«, fragte sie.

Rolands Augen funkelten schelmisch. »Nur bei Vollmond.«

Kilt, die links von Roland saß, schaute ihn an und neigte sarkastisch den Kopf zur Seite. »Ach, wirklich? Und wann wachsen ihnen Flügel? Vorher oder nachher?«

»Nachher natürlich.« Roland grinste, während Kilt die Augen verdrehte. »Ich nehme an, du hast keine Brüder.«

Sie blies die Backen auf und stieß schnaubend die Luft aus. »Nein, glücklicherweise nicht.«

Roland tat so, als wäre er gekränkt. »Das ist aber ziemlich gemein. So schlimm sind wir gar nicht, weißt du.«

»Tatsächlich? Du meinst also, es sei in Ordnung, seine schmutzigen Sachen herumliegen zu lassen, mit vollem Mund zu sprechen, blöde Witze zu erzählen und sich ständig zu kabbeln und zu balgen? Und von eurer Körperpflege – oder eher dem Mangel daran – will ich lieber gar nicht erst reden.«

»Die kommt mir völlig normal vor«, entgegnete Roland. »Was meinst du?«, fragte er Caspan.

»Finde ich auch.«

Kilt stöhnte genervt und rief aufgebracht aus: »Ihr Jungs seid doch alle gleich!«

Lachlan beugte sich vor und richtete den Blick auf Caspan. »Ich habe gehört, was Roland gerade gesagt hat, und muss dir leider mitteilen, dass ich manchmal schnarche. Ich glaube, mein Zimmer liegt neben deinem. Also entschuldige, wenn ich dich stören sollte.«

Caspan winkte ab. »Danke für die Warnung, aber ich glaube nicht, dass es da Probleme geben wird. Die Wände scheinen mir so dick zu sein, dass sie keinen Lärm durchlassen.«

Roland griff nach einem der Körbe, nahm zwei Stück Brot heraus und reichte sie Caspan. »Um ganz sicherzugehen, solltest du dir das hier in die Ohren stopfen.« Grinsend zeigte er auf Lachlan. »Sieh dir bloß mal diesen Riesen an! Da würde ich kein Risiko eingehen.« Er betrachtete die muskelbepackten Arme des Jungen und schüttelte verwundert den Kopf. »So dick sind noch nicht mal meine Schenkel! Womit haben dich deine Eltern als Kind eigentlich gefüttert?«

»Offenbar mit mehreren Kühen pro Tag«, meinte Kilt.

»Und einem Fass Milch«, fügte Roland prustend hinzu.

»Ich war nicht immer so groß und kräftig«, erklärte Lachlan. »Ich habe fünf ältere Brüder, die ständig auf mir herumgehackt haben.«

Kilt verdrehte die Augen und warf Roland und Caspan einen vielsagenden Blick zu. »Versteht ihr jetzt, was ich meine? Ihr Jungs solltet alle zusammengetrieben und auf eine einsame Insel gebracht werden, wo ihr ganz unter euch seid.«

Caspan musterte Lachlan. »Ich kann mir nicht vorstellen, dass jemand auf dir herumhackt.«

»Jetzt ist das auch nicht mehr der Fall. Wenn es trotzdem jemand versucht, macht er schnell Bekanntschaft mit Schläger und Knaller.« Lachlan hob seine geballten Fäuste. Die anderen kicherten.

»Na, jedenfalls sieht es jetzt so aus, als könntest du es deinen Brüdern ordentlich heimzahlen«, sagte Sara. »Sicher ist keiner von denen in einen militärischen Eliteorden aufgenommen worden.«

Lachlan nickte grimmig. »Stimmt. Ich kann's gar nicht erwarten, ihnen das unter die Nase zu reiben, wenn ich wieder zu Hause bin.« Er warf einen fragenden Blick auf Caspans Kleidung. »Und von welcher Kadettenschule kommst du?«

»Von gar keiner«, mischte Roland sich ein, bevor Caspan etwas erwidern konnte. »Es ist ein ehemaliges Mitglied der Schwarzen Hand.«

Lachlan blickte verblüfft drein. »Ich dachte, wir wären alle langweilige alte Kadetten.«

Sara sah Caspan an. »Jetzt verstehe ich auch, warum du während der Prüfung so mühelos auf diese Statue klettern konntest.«

Roland drohte ihr mit dem Finger. »Bild dir ja nicht ein, du könntest ihn als Partner haben, falls wir Paare bilden müssen.« Er legte den Arm um Caspans Schultern. »Er gehört mir.«

Caspan grinste und machte sich von Roland los. Die anderen lachten – bis auf Kilt, die die Arme verschränkte und Caspan misstrauisch musterte, was nur ihm selbst aufzufallen schien. Er ließ sich jedoch nichts anmerken. Für jemand, der befürchtet hatte, von niemandem akzeptiert zu werden, war drei von vier kein schlechter Schnitt.

Sara machte sich wieder daran, mit der Gabel in ihrem Essen herumzustochern. Caspan fiel ein, dass sie das vorher schon eine ganze Weile lang getan hatte. Wenn er es recht bedachte, wirkte sie seit der Begegnung mit Herzog Connal ziemlich niedergeschlagen.

»Ist alles in Ordnung?«, fragte er sie.

Sie legte die Gabel hin, schob ihren Teller beiseite und blickte auf. »Versteht mich nicht falsch – ich fühle mich sehr geehrt, in die Bruderschaft aufgenommen worden zu sein, aber ich hatte immer gedacht, dass ich nach meinem Kadettenjahr einen Monat bei meiner Familie verbringen könnte. Weil alles so schnell ging, hatte ich nun aber kaum Zeit, meinen Eltern wenigstens einen Brief zu schreiben.«

Roland nickte verständnisvoll. »Ich verstehe, was du meinst. Ich fühle mich auch irgendwie betrogen. Ich habe mich wirklich darauf gefreut, nach Hause zurückzukehren und ein paar Wochen mit meinen Brüdern und meiner Schwester zusammen zu sein.« Er zuckte die Achseln. »Nun ja, es kann eben nicht alles immer so kommen, wie wir es haben wollen, stimmt's?«

Lachlan warf Sara einen aufmunternden Blick zu. »Lass den Kopf nicht hängen. Ganz so schlimm ist es gar nicht. Offenbar hast du nicht gehört, was Gramidge während des Rundgangs durch das Haus der flüsternden Stimmen gesagt hat.« Sara sah ihn verständnislos an. »Nach drei Monaten bekommen wir vierzehn Tage Urlaub.«

Darauf war Caspan nicht sonderlich erpicht. Wohin hätte er gehen sollen? Eine Familie hatte er jedenfalls nicht. Obwohl er erst seit ein paar Stunden im Haus der flüsternden Stimmen war, fühlte er sich hier schon zu Hause.

Saras Miene hellte sich auf. »Tatsächlich?«

Lachlan nickte. Sara lächelte, doch dann verdüsterte sich ihre Miene wieder.

»Was ist denn jetzt schon wieder los?«, fragte Kilt spöttisch.

»Drei Monate sind so eine lange Zeit. Das dauert ja ewig, bis die vergangen ist.«

»Nicht wenn man eine Seeschildkröte ist«, wandte Roland ein. Als die anderen ihn verdutzt ansahen, erklärte er: »Die werden über zweihundert Jahre alt. Da vergehen drei Monate wie im Flug.«

»Alles schön und gut, wenn man eine Seeschildkröte ist«, murmelte Sara verdrießlich.

»Also ich bin mir sicher, dass wir hier so viel zu tun haben werden, dass drei Monate wie nichts rum sein werden«, sagte Caspan. »Ehe du dich's versiehst, bist du wieder bei deiner Familie.«

Kilt kicherte höhnisch. »Ich vermisse meine Familie überhaupt nicht.«

Das konnte Caspan, der alles gegeben hätte, um seine

Eltern zurückzubekommen, nicht recht glauben. »Ach, ja?«, entgegnete er.

Kilt musterte ihn von oben bis unten und verzog angewidert den Mund. »Das meine ich ganz ernst«, wandte sie sich an Sara. »Das Jahr, das ich auf der Kadettenschule verbracht habe, war die beste Zeit meines Lebens. Ich konnte es gar nicht erwarten, von meinen Eltern wegzukommen. Und jetzt wo ich hier bin, bin ich glücklicher als je zuvor.«

Sara war schockiert. »Wie kannst du so etwas nur sagen? Das ist ja schrecklich.«

»Es ist die Wahrheit«, gab Kilt schroff zurück. »Ich habe es satt, mir von meinen Eltern ständig alles vorschreiben zu lassen. Das hier ist die erste Sache, die ich jemals allein gemacht habe. Dass die Bruderschaft eine Geheimorganisation ist, ist genau das, was ich brauche. Meine Eltern werden nie erfahren, wo ich bin.«

Sara schüttelte den Kopf. »Ich werde meine Familie besuchen, sobald ich die Möglichkeit dazu habe.« Sie starrte geistesabwesend zur Wand. »Mein Vater ist Archivar an der Bibliothek von Briston. Ich bin in seine Fußstapfen getreten und habe mein ganzes bisheriges Leben zwischen Büchern und Handschriften verbracht.« Sie lächelte sehnsüchtig. »Wenn es irgendwo nach alten Büchern riecht, erinnert mich das sofort an zu Hause.«

»Offenbar sind deine Eltern anders als meine. Meine Eltern saugen allem das Leben aus und verderben einem jeden Spaß. Das ist das erste Mal, dass ich mich wirklich lebendig fühle.« Kilt sah Caspan finster an. »Deine

Eltern sind sicher sehr stolz auf dich«, sagte sie in sarkastischem Ton.

Diese Bemerkung traf Caspan wie ein Schlag ins Gesicht. Nachdem er Kilts Blick einen Moment lang standgehalten hatte, senkte er den Kopf.

Sara warf Kilt einen tadelnden Blick zu. Dann lächelte sie Caspan an. »Das sind sie ganz bestimmt.«

Die Aufrichtigkeit in Saras Stimme tat Caspan gut. Kilt mochte ihn offenbar nicht, doch davon würde er sich sein neues Leben nicht verleiden lassen.

Roland räusperte sich, hob seinen Becher und wartete, bis die anderen seinem Beispiel gefolgt waren. Dann sagte er: »Auf unsere Zukunft in der Bruderschaft! Auf neue Freundschaften!«

Die Rekruten wiederholten den Trinkspruch und stießen mit den Bechern an. Roland knallte seinen Becher so heftig gegen den von Kilt, dass ihr Apfelmost auf die Hand und den Ärmel spritzte. Er entschuldigte sich vielmals bei ihr. Als sie sich wütend die Hand abwischte, grinste er breit und zwinkerte Caspan zu.

Caspan erwiderte sein Grinsen.

KAPITEL FÜNF

Die Ausbildung beginnt

Bei Tagesanbruch hatte sich wabernder Nebel über das Land gelegt.

Fest in die grauen Umhänge gehüllt, die sie in ihren Zimmern vorgefunden hatten, traten die vor Kälte zitternden Rekruten von einem Fuß auf den anderen und bliesen sich in die Hände, um sie etwas aufzuwärmen. Sie hatten sich auf dem Ausbildungsplatz versammelt, einem weitläufigen Hof, der auf drei Seiten vom Haus der flüsternden Stimmen begrenzt wurde. Nach Süden hin erstreckte sich eine grüne, in Richtung Wald abfallende Wiese. Links befand sich ein Säulengang, dessen Wand von Ständern mit hölzernen Übungsschwertern, gefütterten Schutzwämsern und Helmen gesäumt wurde.

Caspan konnte sich nicht erinnern, wann er zum letzten Mal so gut geschlafen hatte. Voller Energie war er erwacht und brannte nun darauf, mit der Ausbildung zu beginnen. Am Abend zuvor hatte er ein Bad genommen und über eine Stunde in der Wanne gelegen, um sich in dem warmen Wasser zu entspannen, was seinen verkrampften Beinmuskeln wohltat. Danach hatte er frische Kleidung angezogen. Zum ersten Mal seit sieben Jahren hatte Caspan nicht mehr nach Gosse gerochen. Wie ein neuer Mensch hatte er sich gefühlt.

Doch als er jetzt die Waffenständer sah, verpuffte seine Begeisterung. Er warf einen nervösen Blick auf die anderen Rekruten, die aufgeregt miteinander schwatzten und überlegten, welche Schwerter sie sich nehmen sollten. Besonders Roland und Lachlan schienen ganz erpicht darauf, ihre Fechtkünste vorzuführen. Doch diese Leidenschaft vermochte Caspan nicht zu teilen. Er hatte noch nie ein Schwert in der Hand gehabt. Die einzige Waffe, mit der er vertraut war, war das Stilett, das er zudem lediglich dazu benutzt hatte, Schlösser zu knacken oder Fensterriegel zu öffnen. Einige Mitglieder der Schwarzen Hand trugen ein Rapier, doch Caspan hatte nie eingesehen, welchen praktischen Nutzen eine solche Waffe für ihn haben sollte. Er hatte schließlich nie die Absicht gehabt, mit dem Schwert auf jemanden loszugehen.

Caspan wurde aus seinen Gedanken gerissen, als Roland laut loslachte. »Was ist denn so lustig?«, fragte Caspan.

»Das da!« Roland zeigte auf die knallrote gestrickte Nachtmütze, die Lachlan auf dem Kopf trug und die bisher offenbar von niemandem bemerkt worden war. Die Bommel hing so nach unten, dass es urkomisch wirkte. »Ich kann einfach nicht glauben, dass du mit so was schläfst! Als Nächstes wirst du dir wohl noch einen Krückstock zulegen!«

Lachlan betastete seinen Kopf und errötete. Dann riss er sich die Nachtmütze herunter und stopfte sie hastig in die Tasche seines Umhangs. »Oje. Eigentlich wollte ich die abnehmen, bevor ich mein Zimmer verlasse.«

»Tja, jetzt kennen wir dein Geheimnis, du kleiner alter Opa.« Roland brach in schallendes Gelächter aus und stimmte ein Lied an:

Klein Tommy aus dem Bettchen schlüpfte
Und seine Bommelmütze lüpfte.
Dann raste er zur Tür hinaus
Und rutschte in ’ner Pfütze aus.

Lachlan gab ihm zum Spaß einen Schubs. »Hör auf damit«, sagte er in einem Ton, der verriet, dass er langsam wütend wurde.

Roland hob beschwichtigend die Hand. »Ganz wie du willst, Klein Tommy.« Er blickte nach links und fuhr vor Schreck zusammen. »Los, beeilt euch, ihr Knallköpfe!«, sagte er. »Stellt euch ordentlich hin. Meister Scott kommt.« Leicht verstimmt leisteten die anderen Rekruten Rolands Aufforderung Folge und stellten sich in Reih und Glied auf.

Der Meister überquerte den Hof und nickte wohlwollend, als er sah, wie die Rekruten sich aufgestellt hatten. »Ich hoffe, es hat euch keine Schwierigkeiten bereitet, hierherzufinden.«

»Überhaupt nicht, Sir«, erwiderte Roland und machte sich zum Sprecher der Rekruten. Caspan unterdrückte ein Grinsen, weil Roland vergessen hatte zu erwähnen, dass Gramidge sie nach dem Frühstück in den Hof geführt hatte.

»Gut. Das Haus der flüsternden Stimmen ist groß, das ganze Gelände sehr weitläufig. Wenn ihr euch mal verirrt, dann orientiert euch daran.« Scott zeigte auf den Ostflügel des Gebäudes, wo ein wuchtiger Turm in die Höhe ragte. »Diesen Turm nennen wir Adlerhorst. Man kann ihn praktisch von überall sehen.« Er schlug seinen schwarzen Umhang zurück und rieb sich die Hände, die in Handschuhen steckten. »Doch genug davon. Lasst uns mit der ersten Unterrichtsstunde beginnen.« Er blickte zum grauen Himmel hoch und lächelte. »Wir können von Glück sagen, dass der Morgen so perfekt ist. Ich liebe die Kälte. Sie belebt einen und macht einen wachsam.« Er zog skeptisch eine Augenbraue hoch. »Aber wie ich sehe, sind einige von euch da anderer Ansicht.«

Sara zupfte an ihrem Umhang herum und zog ihn schließlich noch fester um sich. »Letzte Nacht war es wirklich ein bisschen kalt, Sir.«

Scott nickte. »Hier wird es manchmal ziemlich frostig. Ihr solltet Gramidge bitten, dass er euch noch eine Extradecke gibt. Genauer gesagt: Ich befehle euch, ihn im Laufe des Tages darum zu bitten. Wir wollen schließlich nicht, dass ihr euch erkältet und euren Unterricht versäumt. Aber euch wird bald warm werden, das garantiere ich.« Er lächelte ironisch und bedeutete den Rekruten, ihm zu folgen.

Erst jetzt bemerkte Caspan die fünf Kisten, die am Rand des Hofs aufgestellt waren. Er gesellte sich zum Meister und sah ihn hoffnungsvoll an. »Dann finden heute also keine Fechtübungen statt?«

»Nein.«

Caspan atmete erleichtert auf. »Und was machen wir dann?«

»Wir gehen über den Hof«, erwiderte Scott grinsend. Nachdem sie die Kisten erreicht hatten, befahl Scott den Rekruten, sich auf die Erde zu setzen. Roland blieb stehen. »Gibt es irgendein Problem?«, fragte der Meister.

Roland warf einen Blick auf den Boden. »Wenn es Ihnen nichts ausmacht, würde ich lieber stehen bleiben, Sir.«

Der Meister stemmte die Hände in die Hüften. »Warum?«

»Weil ich mir meinen neuen Umhang nicht schmutzig machen will.«

Bevor Scott dazu kam, etwas zu entgegnen, packte Kilt Roland beim Umhang und zog ihn gewaltsam nach unten. »Nun setz dich doch endlich, du Knallkopf!« sagte sie, sehr zur Erheiterung der anderen Rekruten, die sich den Ärmel vor den Mund hielten, um nicht in Gelächter auszubrechen. »Tut mir leid, Sir«, entschuldigte sich Kilt bei Scott.

Der Meister winkte ab und wandte sich an Roland. »Soll ich dir vielleicht noch ein Kissen bringen?«

»Nein, danke, das ist schon in Ordnung«, erwiderte Roland, dem der Sarkasmus des Meisters entging.

Scott atmete tief durch. »Gut, dann lasst uns endlich anfangen.« Er griff unter seine Tunika und zog sich eine silberne Kette über den Kopf, an der eine kleine Metallfigur hing. Er hielt die Figur in die Höhe. »Hier seht ihr einen der Hüter.«

Alle sogen hörbar die Luft ein und reckten fasziniert den Hals – bis auf Caspan, den es erstaunte, dass keiner der anderen die Metallfiguren bemerkt hatte, die der Herzog und Morgan am vergangenen Abend um den Hals getragen hatten. Doch schließlich hatte ja auch keiner der anderen sieben Jahre lang einer Diebesgilde angehört, in der die Sinne so geschärft wurden, dass man instinktiv Schmuckstücke und Geldbeutel sah.

Kilt kam auf die Knie und heftete den Blick auf die Figur. »Können Sie den Hüter herbeizitieren?«

»Wie heißt er?«, fragte Sara.

Roland streckte begierig die Hand aus. »Kann er Feuer speien?«

Scott hob die Hand, um weitere Fragen zu unterbinden. »Alles zu seiner Zeit. Zunächst möchte ich euch etwas über die Hüter erzählen.« Er ließ die Figur los und kniete sich vor die Rekruten. »Wie man euch gestern Abend mitgeteilt hat, suchen wir in den Gräbern der Dray nach magischen Gegenständen und Waffen. Wenn es sich um ein Königsgrab handelt, finden wir oft einen Hüter, der dem mumifizierten König an einer Kette um den Hals hängt.«

Sara rümpfte die Nase. »Ganz entzückend.«

»Alle Waffen und Ringe, die wir finden, werden König Rhys übergeben, der sie wiederum an die Befehlshaber der nördlichen Legionen weiterreicht«, fuhr der Meister fort. »Auch die Hüter, die wir entdecken, geben wir weiter.« Er machte eine Pause und sah die Rekruten mit verschwörerischer Miene an. »Doch als Belohnung für unsere Tätigkeit gestattet König Rhys jedem Mitglied der Bruderschaft, einen magischen Gefährten zu behalten. Die Hüter sind wesentlich schneller als Pferde und extrem nützlich, wenn es darum geht, große Entfernungen zurückzulegen. Außerdem sind sie tapfere Kämpfer und schützen uns gegen alle feindlichen Kräfte, denen wir ausgesetzt sind.«

Kilt vermochte ihre Aufregung kaum zu zügeln. »Dann bekommt also jeder von uns einen Hüter?«

Der Meister nickte und musste eine Weile warten, bis sich alle wieder beruhigt hatten. »Euer Hüter wird euer engster Gefährte sein. Er wird euch treu ergeben sein, jeden eurer Befehle befolgen und stets bereit sein, sein Leben hinzugeben, um euch zu schützen. Meister Morgan und ich werden euch beibringen, wie ihr eure Hüter abrichten könnt, doch wie tüchtig sie werden, wird letzten Endes davon abhängen, wie viel Zeit ihr mit ihnen verbringt.« Er hob mahnend den Finger. »Aber ich muss euch warnen. Sie sind keine Spielzeuge. Hüter sind extrem mächtige Wesen, die ihr stets freundlich und respektvoll behandeln müsst.«

Nachdem Roland an einem Schmutzfleck auf dem

Saum seines Umhangs herumgerieben hatte, zeigte er auf den Hüter des Meisters. »Und wie funktioniert das Ganze nun, Sir?«

Scott nahm die Figur zwischen Daumen und Zeigefinger und hielt sie hoch. »Das ist eine bildliche Darstellung des Wesens, das auf magische Weise herbeizitiert wird. Die Figuren sind Schlüssel, die ein Portal öffnen, durch das die Hüter von ihrer in unsere Welt gelangen. Auf diesen Schlüssel müsst ihr gut achtgeben. Sollte er zerbrechen, ist die Verbindung zu eurem Hüter für immer zerrissen. Dann sitzt der Hüter in seiner magischen Welt fest und kann nie wieder herbeizitiert werden. Falls euer Hüter verletzt wird, muss er zur Heilung in seine Welt zurückgeschickt werden.« Scott erhob sich. »Aber vielleicht wäre es am besten, wenn ich euch schnell demonstriere, wie es geht.«

Er befahl ihnen sitzen zu bleiben und trat ein Stück zurück. Dann hob er die Figur an seine Lippen und flüsterte ihr etwas zu. Mehrere Meter links von ihm bildete sich eine blaue Rauchwolke, die immer weiter anschwoll und die Gestalt eines großen Tieres annahm, bis schließlich das erstaunlichste Wesen, das Caspan je gesehen hatte, vor ihnen stand. Vor Verblüffung klappte ihm der Unterkiefer herunter.

Was sich dort materialisiert hatte, war nichts Geringeres als ein Drache!

Solch ein Wesen hatte Caspan noch nie in natura zu Gesicht bekommen. Und soviel er wusste, hatte das seit über hundert Jahren niemand. Diese Art von Drachen waren die kleineren Verwandten der riesigen Drachen, die in den Eiswüsten von Vorsklagov lebten, dem östlichsten der Vier Königreiche. Bisher hatte er einen Drachen nur einmal auf einem Wandteppich gesehen, der auf dem Markt zum Verkauf angeboten worden war. Auf diesem Teppich war dargestellt, wie der Drache ein Dorf verwüstete, die Häuser mit seinem feurigen Atem in Brand setzte und die Krieger mit seinem geschuppten Schwanz beiseitefegte.

Der Drache, der vor ihnen stand, war ungefähr so lang wie zwei Pferde, hatte jedoch einen gegabelten Schwanz, der zweimal so lang war wie er und lässig auf der Erde ruhte. Er war so groß wie Scott und seine ledrigen Flügel lagen an den Flanken an. Das Wesen war über und über mit dunkelblauen Schuppen bedeckt, die am Bauch und an den Flügelspitzen ins Türkisfarbene übergingen. Außerdem hatte es einen Streifen silberweißer Schuppen, der sich über seine längliche Schnauze zog.

Der Drache schmiegte seinen Kopf gegen den Meister, der ihn am Kinn kraulte. »Das ist Schimmer«, erklärte er den Rekruten. »Sie ist seit drei Jahren meine engste Freundin. Wir haben schon viele Abenteuer zusammen bestanden und sicher warten noch viele weitere auf uns.«

Kilt war entzückt. »Wie schön sie ist!«

Scott lächelte stolz. »Das finde ich auch.« Er lachte. »Schimmer ist übrigens ebenfalls dieser Ansicht. Eine ihrer Lieblingsbeschäftigungen besteht darin, im Wasser ihr Spiegelbild zu betrachten.« Der Drache knurrte leise und stupste Scott gegen die Schulter. »Wag ja nicht, das abzustreiten, meine eitle Freundin«, sagte der Meister. »In der Zeit, die du insgesamt schon damit zugebracht hast, dein Spiegelbild zu bewundern, hätten wir alle Gräber in Andalon erkunden können.«

Der Drache wandte den Kopf ab. Offenbar war ihm das ein bisschen peinlich. Caspan, der einmal gehört hatte, dass Drachen extrem intelligent seien, überlegte, ob Schimmer wohl verstand, wovon sie sprachen.

»Sind alle Hüter Drachen?«, erkundigte sich Lachlan.

Scott schüttelte den Kopf. »Nein. Meister Morgan und Herzog Connal haben Wölfe. Ein anderes Mitglied unseres Ordens hat einen Bären.«

Roland zog die Augenbrauen hoch. »Einen Bären! Na, das wär doch was! Da würde niemand es wagen, einem blöd zu kommen.« Er schnippte ein Blatt weg, das sich an seine Hose geheftet hatte. »Für wie lange können Sie Schimmer denn herbeizitieren?«

»So lange, wie ich will«, erwiderte Scott. »Aber die meisten Hüter bekommen nach ein paar Tagen Heimweh. Meiner Erfahrung nach ist es am besten, sie jeweils nur für ein paar Stunden herbeizurufen. Oft machen Schimmer und ich abends einen Ritt über den Wald südlich des Hauses der flüsternden Stimmen.«

Kilt faltete verzückt die Hände. »Sie können auf ihr *reiten?«*

»Natürlich.«

Sie klatschte sich gegen den Schenkel. »Dann ist ja alles klar. Ich will auch einen Drachen!«

Rolands Augen leuchteten auf. »Und ich ebenfalls, Sir. Obwohl ich auch bei einem Bären nicht Nein sagen würde.«

»Hüter gehorchen jeweils nur einem Herrn. Glücklicherweise stehen uns fünf magische Wächter zur Verfügung.« Scott klopfte gegen einen Lederranzen, der ihm über der Schulter hing. »Sie sind alle hier drin.«

Roland stieß Lachlan an, der neben ihm saß. »Das heißt, jeder von uns bekommt einen.«

Lachlan sah ihn spöttisch an. »Danke, dass du mich darauf hinweist.«

»Gern geschehen«, erwiderte Roland und zwinkerte Lachlan zu.

Scott verdrehte die Augen und schüttelte den Kopf. Er hielt Schimmers Schlüssel an die Lippen und flüsterte einen Befehl, worauf der Drache sich in eine Wolke blauen Rauchs auflöste. »Sicher fragt ihr euch, wie entschieden wird, wer sich als Erster einen Hüter aussuchen darf«, sagte er zu den Rekruten. »Nun, ihr müsst euch einer Prüfung unterziehen.«

Kilt stöhnte genervt auf und ließ die Schultern sinken. »Woher wusste ich bloß, dass Sie das jetzt sagen würden?«

Roland grinste sie an. »Hast du Angst, dass ich dich wieder schlagen könnte?«

»Das wollen wir doch erst mal sehen, du Knallkopf«, empörte sich Kilt.

Roland machte eine wegwerfende Handbewegung. »Selbst wenn ich dir fünf Tage Vorsprung gäbe, würde ich immer noch gewinnen. Und damit du's nur weißt: Du bist ein viel größerer Knallkopf als ich.«

»Ach ja?«

Roland grinste. *»Ach ja!* Ganz entschieden sogar.«

Roland ahmte Kilts Stimme so überzeugend nach, dass Caspan grinsen musste, was Kilt nicht entging, die ihn wütend anstarrte. »Warum grinst du denn so?«, blaffte sie und murmelte etwas vor sich hin.

Caspan holte Luft, um etwas zu erwidern, besann sich aber eines Besseren und drehte sich weg.

»Deinetwegen, du blöde Gans!«, teilte Roland ihr mit.

Bevor Kilt etwas entgegnen konnte, hob Scott die Hand. »Das reicht jetzt.« Als sich alle wieder beruhigt hatten, zeigte der Meister auf die fünf Kisten. »In jeder dieser Kisten ist ein ganz bestimmter Gegenstand. Wer es als Erster schafft, seine Kiste zu öffnen und mir den Gegenstand zu bringen, hat bei den Hütern die erste Wahl. Dann darf der Zweite, der mir den Gegenstand bringt, sich einen Hüter aussuchen und so weiter.«

Roland betrachtete die Kisten und zuckte die Achseln. »Ist das alles?«

Caspan hatte schon ein oder zwei Mal mit solchen Kisten, die mit Kombinationsschlössern versehen waren, zu tun gehabt und wusste, dass es extrem schwierig sein würde, sie zu öffnen. Es gab zwar ein Schlüsselloch, aber für das brauchte man einen Schlüssel, und Caspan bezweifelte, dass man ihnen einfach einen geben würde. Aufbrechen konnte man die Kisten auch nicht, weil sie mit Eisenbändern beschlagen waren.

»Ich glaube nicht, dass das so einfach ist, wie du annimmst, Roland«, warnte Caspan ihn.

Roland schnaubte verächtlich. »Mumpitz! Das würde meine Großmutter mit verbundenen Augen schaffen!«

»Ist sie denn eine Meisterdiebin?«, fragte Caspan.

»Nein. Sie ist blind wie ein Maulwurf.« Roland grinste. »Aber die Würstchen, die sie macht, sind spitze.«

Scott verdrehte erneut die Augen und rief die Rekruten zur Ordnung. »Ihr könnt die Kisten öffnen, wie ihr wollt.«

»Dürfen wir sie auch aufbrechen, Sir?«, fragte Lachlan in hoffnungsvollem Ton, während er seine Muskeln spielen ließ.

Scott nickte. »Wie ihr es schafft, ist mir egal.« Er zog einige versiegelte Pergamente unter seinem Umhang hervor und gab jedem der Rekruten eins. »Das hier dürft ihr als Hilfsmittel benutzen. Diese Pergamente enthalten alle dieselben Hinweise. Wenn ihr sie entschlüsselt habt, kennt ihr die Zahlen, mit denen sich die Kombinationsschlösser öffnen lassen. Wahlweise könnt ihr den Schlüssel benutzen, den ihr dort drüben findet.« Er drehte sich um und zeigte auf einen Turm, der sich in der Ferne über dem Wald erhob. »Die Schlüssel hängen an der Eingangstür.«

Kilt starrte in Richtung Turm. »Das ist aber ganz schön weit.«

Scott nickte. »Und genau mit dieser Frage müsst ihr euch auseinandersetzen: Wollt ihr versuchen, das Schloss zu knacken, oder wollt ihr zum Turm rennen, um euch einen Schlüssel zu holen?«

Roland grinste Kilt an, gähnte und nickte in Richtung Turm. »Soll ich dich huckepack nehmen?«, stichelte er.

Kilt kniff die Lippen zusammen. »Bild dir bloß keine Schwachheiten ein!«

Roland grinste schelmisch und wollte gerade etwas erwidern, als Meister Scott ihm das Wort abschnitt: »Sonst noch Fragen?« Nachdem die Rekruten einander angesehen hatten, richteten sie den Blick wieder auf Scott und schüttelten den Kopf. »Gut. Dann lasst uns anfangen.«

KAPITEL SECHS

Die Hüter

Scott trabte zu den Waffenständern hinüber und wartete, bis die Gruppe ihm signalisierte, dass sie bereit war. Dann gab er den Startbefehl.

Die Rekruten rissen ihre Briefe auf. Caspan hingegen machte sich gar nicht erst die Mühe, sondern zerknüllte das Pergament und warf es weg. Wenn die Hinweise in einer alten Sprache abgefasst waren, würde er ohnehin nichts damit anfangen können. Er machte sich jedoch keine allzu großen Sorgen, weil er einen anderen Plan hatte, bei dem es nicht darum ging, Hinweise zu entschlüsseln oder zu dem weit entfernten Turm zu rennen. Caspan wollte sich sein Geschick als Dieb zunutze machen, um das Schloss zu knacken.

Er hatte schon Dutzende von Schlössern so geöffnet. Die meisten waren einfach konstruiert gewesen, sodass er noch nicht einmal Licht gebraucht hatte und seine Arbeit im Schutz der Nacht hatte verrichten können. Und so schwierig es auch sein mochte, ein Kombinationsschloss zu knacken, rechnete er sich dabei doch bessere Chancen aus, als wenn er losrannte, um sich einen Schlüssel zu holen. Es würde ein Rennen gegen die Zeit werden, und er entschied sich für die Methode, die ihm die beste Gewinnchance bot.

Er warf einen neugierigen Blick auf die anderen Rekruten, weil er wissen wollte, was sie vorhatten. Sara tigerte auf und ab, studierte die Hinweise im Pergament und flüsterte leise vor sich hin. Kilt raste in Richtung Turm davon, gleich nachdem sie den Brief geöffnet hatte. Wenige Sekunden später setzte Roland ihr fröhlich lachend nach und holte rasch auf, was Kilt, die ständig über die Schulter spähte, sehr beunruhigte. Lachlan wiederum rannte in die entgegengesetzte Richtung und steuerte auf das Haus der flüsternden Stimmen zu.

Caspan kniete sich vor eine der Kisten und konzentrierte sich auf das Schloss.

Er konnte versuchen, das Ohr dagegenzupressen, in der Hoffnung, das leise Klicken zu hören, wenn die Stifte im Innern des Schlosses einrasteten, während er langsam die drei verschiedenen Zahlenscheiben drehte. Mitten in der Nacht, wenn ringsum alles still war, probierte er es gewöhnlich mit dieser Methode, oft mit großem Erfolg. Aber das würde diesmal nicht funktionieren, nicht hier im Freien, wo er von Rolands Gejohle und von Saras Schritten abgelenkt wurde. Stattdessen musste er seine Diebeswerkzeuge zum Einsatz bringen.

Er würde einen der kleinen Drähte, die er ständig bei sich trug, vom Gürtel losmachen und ihn v-förmig zurechtbiegen, um ihn anschließend in das Schlüsselloch zu stecken. Dann würde er die dünne Klinge seines Stiletts zwischen die beiden Drahtteile schieben, damit sie mit dem Mechanismus des Schlosses in Kontakt kämen. Indem er die beiden Teile des Drahtes vorsichtig hin und her bewegte, würde er versuchen, sie wie einen Schlüssel in Position zu bringen. Anschließend würde er einfach sein Stilett tiefer hineinschieben, den Draht drehen und das Schloss öffnen.

In der Theorie ein einfaches Verfahren. Doch die Zeit drängte.

Nachdem er tief Luft geholt hatte, machte Caspan sich daran, den Draht zurechtzubiegen. Nach ein paar Minuten kam Lachlan zurück, bewaffnet mit einem Hammer, den er offenbar aus dem Stall geholt hatte und mit dem er jetzt auf das Schloss einschlug. So stabil die Kiste auch war, Caspan bezweifelte, dass das Schloss Lachlans kräftigen Schlägen lange standhalten würde. Um die Sache noch schlimmer zu machen, kam Roland kurz darauf aus dem Wald zurück und raste unter triumphierendem Gebrüll über die Wiese. Dabei hielt er etwas in die Höhe, was nichts anderes als der Schlüssel sein konnte. Gleich danach erschien auch Kilt, die ihm verbissen nachsetzte. Ein Blick auf Sara, die einen aufgeregten Eindruck machte, verriet Caspan, dass sie kurz davor war, die Zahlenkombination herauszufinden.

Das würde knapp werden!

Caspan schluckte mühselig, weil er einen Kloß im Hals hatte. Daran, wie das obere Drahtende positioniert war, merkte er, dass er es fast geschafft hatte. Jetzt musste nur noch das untere Drahtende einrasten, damit die Kiste aufging.

»Mach schon!«, feuerte er sich an.

Hinter sich hörte er Schritte, die verrieten, dass Roland und Kilt immer näher kamen. Aus den Augenwinkeln nahm er wahr, dass Lachlan sein Schloss fast zertrümmert hatte. Sara rannte gerade zu einer der Kisten und machte sich an der ersten Zahlenscheibe zu schaffen.

Jede Sekunde musste er jetzt damit rechnen, dass alles vorüber war. Trotzdem gelang es Caspan nicht, das untere Drahtende zum Einrasten zu bringen. Er geriet in Panik, drückte sein Stilett noch weiter ins Schloss und bewegte es wie wild hin und her.

Sara war bereits bei der zweiten Zahlenscheibe.

Roland kam rasch näher.

Lachlan hob den Hammer, um dem Schloss den letzten entscheidenden Schlag zu versetzen.

Verzweifelt drückte Caspan fest gegen sein Stilett und drehte es nach rechts. Ein lautes Klicken war zu hören, das alle aufmerken ließ. Mit erhobenem Hammer starrte Lachlan ungläubig auf Caspan. Dann gab er ein wütendes Knurren von sich und führte seinen Schlag aus. Das Schloss seiner Kiste sprang ab.

Caspan riss das Schloss von seiner Kiste. Im selben Moment langte Roland bei seiner Kiste an und steckte den Schlüssel ins Schloss, während Sara die letzte Zahl einstellte.

In perfekter Synchronisation öffneten alle vier Rekruten ihre Kisten und schnappten sich die darin liegenden Kupfermünzen. Dann sahen sie einander an.

Die Zeit schien stehen zu bleiben.

Sara schluckte. Lachlan leckte sich einen Schweißtropfen von der Oberlippe. Roland grinste und zwinkerte den anderen zu.

Als Kilt ihre Kiste erreichte, rannten die Übrigen los und sprinteten über den Hof zu dem Meister, der am anderen Ende auf sie wartete. Es dauerte nicht lange, bis Lachlan, den das Einschlagen auf das Schloss offenbar erschöpft hatte, anfing zu keuchen und zurückfiel. Sara wurde ebenfalls langsamer, ganz im Gegensatz zu Roland, der, obwohl er gerade eine große Strecke zurückgelegt hatte, mit Caspan Schritt hielt und schwer atmend neben ihm herrannte.

»Du kannst … ruhig … aufgeben«, stieß er hervor, während er Caspan von der Seite ansah.

»Ich denke gar nicht dran!«, erwiderte Caspan. Nur noch fünfzig Meter trennten ihn von Meister Scott. Caspan schleuderte seinen Umhang weg und stürmte weiter.

Roland stöhnte und versuchte mit aller Kraft, mit Caspan mitzuhalten, doch jetzt forderte der Lauf zum Turm seinen Tribut. Als er sah, dass der schwarzhaarige Junge zurückblieb, preschte Caspan mit aufgeregt hämmerndem Herzen voran.

»Sieh dich vor! Wenn du dein Tempo nicht zügelst, prallst du gegen die Waffenständer«, warnte Scott, als Caspan bei ihm anlangte und ihm seine Münze reichte. Nur wenige Sekunden später kam auch Roland an. Die Hände in die Hüften gestemmt, sahen die beiden Jungen schwer atmend zu, wie die übrigen Rekruten auf sie zugerannt kamen. Sara traf als Dritte ein, gefolgt von Lachlan und der äußerst verstimmten Kilt.

Scott wartete, bis sie wieder zu Atem gekommen waren. Dann befahl er ihnen, sich zu setzen. Er nickte anerkennend. »Gut gemacht. Ich hätte nicht gedacht, dass ihr es so schnell schafft.«

Roland machte eine wegwerfende Handbewegung. »Das war doch gar nichts, Sir. So was mach ich jeden Morgen nach dem Frühstück.«

Der Meister grinste. »Ach, tatsächlich? Nun, auch wenn das nur eine Prüfung war, ist es gut zu wissen, dass ihr auf die eine oder andere Weise das Geschick habt, Kisten aufzubrechen. Auf die stoßen wir nämlich oft in Gräbern, und wir haben selten viel Zeit, um herauszufinden, was drin ist.«

»Wieso das?«, fragte Sara.

Scott zuckte mit den Achseln. »Aus verschiedenen Gründen. Es kann passieren, dass eine Falle aktiviert worden ist, sodass wir nur noch eine Minute Zeit haben, bevor das ganze Grab einstürzt. Es kann aber auch daran liegen, dass uns eine Horde von Caledonern oder von Briganten auf den Fersen ist.«

Sara stöhnte auf. »Wir sind doch wirklich die reinsten Glückspilze.«

Scott lächelte aufmunternd. »Das seid ihr in der Tat. Bei uns werdet ihr euch keine Minute langweilen. Aber von den Abenteuern, die wir erlebt haben, erzähle ich euch ein andermal, wenn wir mehr Zeit haben. Jetzt solltet ihr euch eure magischen Wächter aussuchen.« Er griff in seinen Ranzen und holte die fünf Figuren heraus, die zum Schutz in kleinen Lederbeuteln steckten. Nachdem er die Kordeln aufgebunden hatte, nahm er die an silbernen Ketten hängenden Metallstatuetten aus dem Beutel und legte sie vor den Rekruten auf die Erde. Diese beugten sich vor, um die magischen Schlüssel zu bestaunen.

Kilt zeigte auf die Figur, die ganz links lag, und schob die Unterlippe vor. »Die da hätte ich zu gern.«

»Wir haben bereits festgelegt, in welcher Reihenfolge ihr eure Wahl treffen dürft.« Scott sah Caspan an und zeigte auf die Figuren. »Dann fang mal an.«

Caspan rieb sich die Hände und trat ein Stück vor, um einen genauen Blick auf die Metallstatuetten zu werfen. Obwohl er jede mehrmals inspizierte, konnte er sich zunächst nicht entscheiden. Schließlich suchte er sich einen Hüter aus, von dem er annahm, dass er ihn am besten schützen würde, und für den das Zurücklegen großer Entfernungen ein Kinderspiel wäre. Er umklammerte die Figur fest, trat zurück und wartete darauf, dass seine Freunde ihre Wahl trafen.

Nachdem das geschehen war, führte Scott die Rekruten zur Mitte des Hofes und befahl ihnen, sich in Reih und Glied aufzustellen. »Eure Hüter haben Königen gedient, die vor langer Zeit gestorben sind«, erklärte er, während er vor ihnen auf und ab schritt. »Seit Jahrhunderten warten sie darauf, von der Astralebene herbeizitiert zu werden, um neuen Herren zu dienen. Jetzt ist die Zeit gekommen, sie aufzuwecken.« Die Rekruten leckten sich nervös über die Lippen, während Scott sich auf ein Knie niederließ und seinen magischen Schlüssel zwischen den ausgestreckten Händen hielt. »Macht mir alles nach. Die Hüter sind stolze Wesen. Sie dienen nur dann einem neuen Herrn, wenn er sich vor ihnen verneigt. Und hört genau hin. Der Hüter wird euch nämlich seinen geheimen Namen zuflüstern. Nur wer seinen wahren Namen kennt, ist imstande, ihn herbeizuzitieren. Diesen Namen dürft ihr niemandem verraten, nicht einmal eurem besten Freund.«

Kilt kratzte sich verwirrt am Kopf. »Wie sollen wir denn unsere Hüter anreden, wenn wir ihren Namen nicht aussprechen dürfen?«

»Der Name, mit dem ihr sie herbeiruft, muss geheim bleiben«, erläuterte Scott. »Diesen Namen müsst ihr in den magischen Schlüssel flüstern, wenn ihr euren Wächter von der Astralebene herbeiholen wollt. Aber ihr müsst eurem Hüter auch einen Alltagsnamen geben – einen Namen, unter dem ihn alle anderen kennen. Und nun verneigt euch vor euren Hütern.«

Sie taten, was Scott von ihnen verlangte. Es dauerte nicht lange, bis Caspan in seinem Kopf eine Stimme hörte, die ihm einen seltsamen Namen zuflüsterte. Er prägte sich den Namen ein und warf einen Blick auf die anderen, die sich nacheinander erhoben und den Meister erwartungsvoll ansahen.

»Jetzt macht das, was ich euch schon gezeigt habe. Führt die Figur an die Lippen und flüstert den geheimen Namen.« Scott zeigte auf Kilt. »Mit dir fangen wir an, bis wir dann zu Caspan kommen. Sobald euer Hüter erscheint, müsst ihr ihm einen Namen geben. Sprecht ihn laut und deutlich aus, damit der Hüter ihn hört. Wenn der Hüter mit dem Namen einverstanden ist, nickt er.«

Nachdem die Rekruten einander angesehen hatten, zitierten sie nacheinander ihre magischen Wächter herbei. Kilts Schneeleopardin war ein anmutiges Wesen, fast so groß wie ein Pferd, mit weißem Fell und Augen, die wie Eis glitzerten. Kilt gab ihr den Namen Wisper. Die Schneeleopardin bekundete ihre Zustimmung, indem sie sich an sie schmiegte. Caspan überlegte, ob die anderen Rekruten genau wie er Mitleid mit Kilt gehabt hatten, weil sie die Prüfung als Letzte bestanden hatte, und sich deshalb ganz bewusst nicht den Hüter ausgesucht hatten, den Kilt unbedingt haben wollte. Unnötig zu sagen, dass Roland der Versuchung nicht hatte widerstehen können, mehrmals die Schneeleopardenstatuette in die Hand zu nehmen und Kilt dabei provozierend anzusehen, bevor er sich dann schließlich für einen anderen Hüter entschied.

Ehrfürchtig starrten die anderen Lachlans Greif an, der den Körper eines riesigen Löwen und Kopf und Flügel eines Adlers hatte. Sein gefährlich anzusehender, gekrümmter Schnabel war über dreißig Zentimeter lang und er hatte wachsame rotbraune Augen mit schwarzen Sprenkeln. Er breitete die Flügel aus und bewegte sie ein paarmal auf und ab, was derartige Windstöße hervorrief, dass die Umhänge von allen ins Flattern gerieten. Nachdem er kurz nachgedacht hatte, gab Lachlan ihm den Namen Klaue, und der Greif reckte stolz den Kopf in die Höhe.

Saras Hüter war ein anmutiger Pegasus mit dunkelgrauem Fell und pechschwarzen Augen. An den Vorderbeinen war das Fell von den Hufen bis zur Hälfte des Schienbeins weiß, sodass es aussah, als trüge der Pegasus weiße Socken. Die Mähne der Stute war ebenfalls weiß, obwohl zwischen den Ohren ein schwarzes Haarbüschel wuchs, das ihr ständig ins Gesicht fiel und sie zwang, den Kopf zu schütteln, damit sie etwas sehen konnte. Als Sara ihr den Namen Wolkentänzerin gab, wieherte sie und scharrte mit dem Huf.

Als Nächster war Roland an der Reihe. Er johlte triumphierend, als er seinen Mantikor herbeizitierte – einen riesigen gelbbraunen Löwen mit gefiederten Flügeln und dem Stachel eines Skorpions am Ende des Schwanzes. Er hatte eine schwarze Musterung im Gesicht, die sich über Nase und Wangen zog und wie eine Maske wirkte. Roland nannte ihn Bandit.

Schließlich war Caspan dran, der seine Aufregung kaum zu zügeln vermochte, als er seinen Hüter herbeizitierte. Alle sogen hörbar die Luft ein und starrten voller Ehrfurcht seinen Drachen an, der genau wie der von Meister Scott aussah, allerdings ein bisschen kleiner war und Augen hatte, die wie Rubine funkelten. Seine

Schuppen waren von hellblauer Farbe, die am Bauch, am Hals und an den Spitzen seiner ledrigen Flügel ins Graue überging. Caspan nannte ihn Raureif, worauf der Drache zustimmend den Kopf neigte.

Zaghaft streckte Caspan die Hand aus. Wie der Drache wohl reagieren würde, wenn er ihn tätschelte? Raureifs Schuppen fühlten sich glatt und kalt an. Sie erinnerten Caspan an eine aus hartem Stahl gefertigte Rüstung. Am Hals und an der Brust waren sie etwas weicher und fassten sich an wie Leder. Zu Caspans Erleichterung schmiegte das große magische Tier seine Wange an ihn.

Scott räusperte sich, um die Rekruten auf sich aufmerksam zu machen. »Den Rest des Unterrichts dürft ihr darauf verwenden, eure neuen Gefährten kennenzulernen. Versucht, ihnen ein paar einfache Befehle beizubringen. Vergesst nicht, dass sie mehrere Jahrhunderte geschlafen haben. Es ist also ganz normal, wenn sie sich zunächst ein bisschen schwer damit tun, Befehle zu befolgen.«

Roland sah den Meister hoffnungsvoll an. »Dürfen wir auch auf ihnen reiten?«

Scott schüttelte den Kopf. »Noch nicht. Es ist besser, damit noch ein Weilchen zu warten.« Mit einer ausholenden Geste zeigte er auf die Hüter. »Gewöhnt sie an den Klang eurer Stimme. Ihre früheren Herren waren Dray, sodass sie sich erst einmal mit einer völlig anderen Sprache vertraut machen müssen.«

Die Rekruten verbrachten die verbleibende Zeit damit, ihre neuen Gefährten kennenzulernen. Zunächst waren die Hüter ziemlich unkonzentriert, beschnupperten ihre neuen Herren und tollten im Gras herum. Caspan versuchte gar nicht erst, Raureif Befehle zu geben. Stattdessen tätschelte er ihm sanft den Hals und erzählte ihm leise, wer er war und wo er herkam. Er hatte keine Ahnung, wie viel der Drache verstand, doch Raureif starrte ihn mit seinen großen roten Augen an, als begriffe er alles.

Roland war ehrgeiziger und schaffte es, Bandit beizubringen, sich auf den Rücken zu legen und Männchen zu machen – sehr zur Erheiterung der Mädchen. Als der Unterricht zu Ende war, schickten die Rekruten ihre Gefährten fort, indem sie den magischen Schlüssel an die Lippen führten und den geheimen Namen flüsterten.

Sara streichelte die Figur, die ihr an der silbernen Kette um den Hals hing. »Wann dürfen wir sie denn wieder herbeirufen, Sir?«

»Erst in der nächsten Unterrichtsstunde.«

Roland ließ die Schultern sinken und raunte Caspan zu: »Das ist ja ziemlich enttäuschend. Ich wollte nämlich einen kleinen mitternächtlichen Flug machen.«

»Wohin denn?«, flüsterte Caspan.

Roland grinste. »Vielleicht hoch zur Narbe, um mir die Roon mal anzusehen.«

Ihr Gespräch verlief ein wenig lauter als beabsichtigt, sodass Meister Scott Roland stirnrunzelnd ansah. »Tatsächlich?«

»Nein, nein, das war nur ein Scherz, Sir«, beschwichtigte ihn Roland.

»Das will ich hoffen. Vergesst nicht, was ich euch gesagt habe: Hüter sind keine Spielzeuge, sondern unglaublich mächtige Wesen, die man respektvoll behandeln muss. Es ist lange her, seit eure Hüter zum letzten Mal herbeizitiert wurden. Bis auf Weiteres werdet ihr sie nur unter meiner Aufsicht rufen.« Scott sah Roland durchdringend an. »Ist das klar?«

Roland nickte. »Sie können sich auf mich verlassen, Sir.«

»Und sei nicht zu erpicht darauf, dir die Roon anzusehen«, warnte ihn der Meister. »Vielleicht dauert es gar nicht mehr lange, bis die Roon unser Land erobern. Dann wirst du dir wünschen, du hättest sie nie zu Gesicht bekommen.« Scott musterte ihn noch eine Weile, dann wandte er sich wieder der Gruppe zu. »Sicher seid ihr hungrig. Geht ins Haus und esst etwas.«

Die Rekruten eilten davon in Richtung der Großen Halle. Dabei hatten sie nun ausreichend Stoff, über den sie aufgeregt schwatzen konnten.

KAPITEL SIEBEN

Relikte und magische Artefakte

Am folgenden Tag kamen die Rekruten im Adlerhorst zusammen, um ihre erste Unterrichtsstunde über die Relikte der Dray zu erhalten. Das Obergeschoss des Turms bestand aus einem runden Raum mit einer Fensternische, durch die nur wenig Licht hereindrang. In Regalen, die die gesamte Wand bedeckten und mit modrigen alten Büchern, Schriftrollen und Pergamenten vollgestopft waren, spendeten Kerzen Licht. Davor standen Tische und Schränkchen voller Keramik und Schmuck. In der Fensternische befand sich sogar ein Waffenständer mit seltsam aussehenden Schwertern. Nachdem die Gruppe von Gramidge ins Zimmer geführt worden war, war dieser sofort wieder verschwunden, um sich einer wichtigen Arbeit zu widmen – die zweifellos darin bestand, einen Schmutzfleck zu beseitigen, den er in einem der Korridore entdeckt hatte.

»Bevor der Meister kommt, sollten wir uns schon ein bisschen umsehen«, schlug Roland vor, rieb sich die

Hände und ging auf Zehenspitzen zu einem der Bücherregale.

»Untersteh dich!«, fuhr Sara ihn an. Roland drehte abrupt den Kopf in ihre Richtung, weil die Schärfe ihres Tons ihn überraschte. »Hier darf man nicht herumschnüffeln. Einige dieser Gegenstände könnten magische Relikte der Dray sein. Wer weiß, welchen Schaden du da anrichten könntest.«

Rolands Augen funkelten schelmisch. »Magische Relikte. Genau das ist doch der springende Punkt.« Er winkte Caspan zu sich. »Komm. Kann sein, dass wir nicht viel Zeit haben.«

Caspan schüttelte den Kopf. »Da mach ich nicht mit, Roland.«

»Wenn du hier irgendwas anfasst, bekommst du es mit mir zu tun!«, warnte Lachlan Roland. »Wir wollen schließlich nicht, dass du uns alle in Schwierigkeiten bringst. Und jetzt setz dich zu uns und benimm dich.«

Roland warf Lachlan einen mürrischen Blick zu, nahm jedoch an einem der Tische in der Mitte des Raums Platz. »In was für eine Meute von Spaßverderbern bin ich da bloß reingeraten.«

Lachlans Augen blitzten zornig auf. »Pass bloß auf!«

»Damit hat das überhaupt nichts zu tun«, erklärte Sara Roland, während sie einige unbeschriebene Pergamente ordentlich aufeinanderschichtete. »Wir müssen uns vorbildlich verhalten, besonders weil wir hier neu sind.«

Roland lümmelte sich auf seinen Stuhl und streckte

die Beine aus. »Tja, dann sieh zu, dass du diese Pergamente richtig stapelst. Du willst doch sicher nicht, dass die Meister dich für unordentlich halten.«

Lachlan holte Luft, um etwas zu erwidern, doch in dem Moment hörten sie, wie jemand die Treppe des Turms hochstieg. Die Rekruten setzten sich gerade hin und starrten erwartungsvoll in Richtung Tür. Welcher Meister wohl diesmal den Unterricht erteilen würde?

Caspan hoffte, dass es Meister Scott sein würde. Der gestrige Tag hatte ihm sehr gefallen, da er die Art des Meisters zu unterrichten mochte. Scott hatte nichts gegen ein bisschen Spaß einzuwenden. Trotzdem behielt er Roland im Auge und sorgte dafür, dass er nicht über die Stränge schlug. Caspan wusste auch zu schätzen, dass der Meister freimütige Diskussionen zuließ und nicht nur, ohne Widerspruch zu dulden, Informationen und Instruktionen weitergab.

Auf die erste Unterrichtsstunde bei Meister Morgan hingegen freute er sich nicht sonderlich, und er nahm an, dass das auch für die anderen Rekruten galt. Gestern Abend hatte der Meister Roland zurechtgewiesen, weil dieser in den Gängen umhergerannt war und so getan hatte, als kämpfte er mit einem Besenstiel gegen die Roon. Es war seit ihrer Ankunft ihre erste Begegnung mit dem Meister gewesen. Morgan hatte Roland zurechtgewiesen und ihm zur Strafe befohlen, dreimal um das gesamte Gebäude zu rennen. Selbst Lachlan, der viel auf Disziplin gab, hielt die Reaktion des Meisters für ungerecht, da Roland sich ja nicht danebenbenommen, sondern nur außerhalb des Unterrichts ein bisschen Unsinn gemacht hatte. Niemand konnte abschätzen, wie hart Meister Morgans Unterricht sein würde, doch Caspan befürchtete das Schlimmste.

Deshalb überraschte es ihn, als die Tür aufging und der ältere Mann hereintrat, dessen Geldbeutel er in Floran gestohlen hatte. Caspan, dem in diesem Augenblick äußerst unbehaglich zumute wurde, rutschte auf seinem Stuhl nach unten. Bei ihrer letzten Begegnung hatte er dem Mann heftig auf die Zehen getreten. Was für ein Pech aber auch, dass ausgerechnet er einer der Meister der Bruderschaft war.

Der Mann durchquerte das Zimmer und setzte sich auf die Kante des Eichentisches, der in der Fensternische stand. Sein langes graues Haar war zurückgebunden, auf seiner Habichtsnase thronte eine Brille. Als er die Gruppe betrachtete, blieb sein Blick kurz an Caspan hängen. Dann lächelte er alle freundlich an.

»Willkommen im Adlerhorst. Ich bin Oswald, das älteste und schönste Mitglied der Bruderschaft.« Die Rekruten, die nicht recht wussten, wie sie reagieren sollten, starrten einander an. Oswald kratzte sich nachdenklich am Kopf. »Gramidge ist da vielleicht anderer Ansicht, aber ich glaube, dass seine Koteletten ihm überhaupt nicht stehen. Was meint ihr?«

Erneut sahen die Rekruten einander verlegen an. Dann grinste Roland und sagte: »Mit dem Alter kommt die Weisheit, Sir. Und wenn Sie tatsächlich das älteste Mitglied des Ordens sind – was ich, ehrlich gesagt, kaum glauben kann, da Sie nicht älter als dreißig wirken –, werden Sie schon wissen, wovon Sie reden.«

Oswald kicherte und klatschte sich auf den Schenkel. »Beim Donner, du gefällst mir. Du heißt Roland, stimmt's?« Der schwarzhaarige Junge nickte. Oswald machte es sich in seinem schwarzen Umhang, der für seine schmächtige Figur viel zu weit schien, bequem. »Nun, ich freue mich, dich kennenzulernen. Besser gesagt: Ich freue mich, euch alle kennenzulernen. Sicher werden wir gute Freunde werden.« Er hielt einen Finger in die Höhe. »Ich muss euch noch darauf aufmerksam machen, dass ich kein Meister der Bruderschaft bin. Ich weiß jedoch zufällig eine Menge über die Dray, und deshalb erteilte ich den Unterricht, in dem ihr etwas über die Alte Sprache und über die Relikte der Dray erfahrt.«

Roland sah ihn überrascht an. »Dann sind Sie also nur ein ganz gewöhnliches Mitglied wie wir?«

»Das würde ich nicht sagen. Ihr seid noch Rekruten. Zu offiziellen Mitgliedern des Ordens werdet ihr erst, wenn eure Ausbildung abgeschlossen ist.« Oswald reckte stolz den Kopf in die Höhe. »Erst dann werdet ihr so sein wie ich.« Als sein Blick erneut an Caspan hängen blieb, umspielte ein ironisches Lächeln seine Lippen. »So sehen wir uns also wieder. Ich hoffe, diesmal verschonst du meine Zehen. Komische Dinger, diese Zehen. Sitzen am Ende des Fußes und machen eigentlich nicht viel. Aber versuch mal zu gehen, wenn dir jemand draufgetrampelt ist.«

Caspan, dem das Blut ins Gesicht schoss, bemerkte, wie seine Freunde ihn schockiert ansahen. »Verzeihen Sie, bitte.«

Oswald grinste. »Mach ich. Obwohl mein kleiner Zeh dir wahrscheinlich noch ein Weilchen grollen wird.« Er klatschte in die Hände. »Also, ich glaube, wir sollten heute mit der Frage anfangen, wie man Relikte der Dray erkennen kann. Wie findet ihr das?«

Sara setzte sich gerade hin und lächelte begeistert. »Großartig.«

Oswald schob seine Brille nach oben und machte eine Geste, die den ganzen Raum einschloss. »Die meisten Artefakte und Relikte der Dray, die wir finden, geben wir an König Rhys und seine Militärberater weiter. Glücklicherweise gestattet er uns, den einen oder anderen Gegenstand zu Ausbildungszwecken zu behalten.«

Kilt ließ den Blick über die Relikte in den Regalen und auf den Tischen schweifen und runzelte die Stirn. »Den einen oder anderen Gegenstand? Aber der Raum ist doch voll davon!«

Oswald nickte und tippte sich gegen die Nase, wobei er sich fast die Brille herunterriss, die er jedoch geschickt auffing und wieder aufsetzte. »Tja, aber nicht alle diese Objekte sind Artefakte der Dray. Und nicht jeder Gegenstand hat magische Kräfte. Genau genommen trifft das nur für zwei Dinge in diesem Raum zu.« Er sah die Rekruten verschmitzt an. »Eure heutige Aufgabe besteht darin, diese zwei Dinge zu finden.«

»Aber wie sollen wir das denn anstellen?«, fragte Roland. »Ich weiß zwar nicht, wie das bei den anderen ist, aber ich persönlich habe noch nie ein Artefakt der Dray gesehen.«

»Gibt es eine bessere Methode, schwimmen zu lernen, als ins kalte Wasser geworfen zu werden?«, entgegnete Oswald mit amüsierter Miene. »Na, worauf wartet ihr denn noch? Dass die Relikte in die Luft springen und rufen *Hier bin ich?«* Er klatschte erneut in die Hände. »Fangt endlich an.«

»Gibt es hier drinnen auch nichts, was uns Schaden zufügen könnte?«, erkundigte sich Kilt.

Roland grinste sie hämisch an und sprang vom Stuhl, um sich die Schmuckstücke in einem der Regale genauer anzusehen. »Was denn? Hast du vielleicht Angst, dass dein Haar grün wird und dir ein Schwanz wächst, wenn du dir einen Ring an den Finger steckst?« Er lachte. »Also das würde ich zu gern erleben!«

Der Lehrer grinste und schüttelte den Kopf. »Tut mir leid, dich enttäuschen zu müssen, aber solche … wie soll ich sagen … interessanten Nebenwirkungen haben die beiden Gegenstände nicht.«

»Schade«, erwiderte Roland. »Ich habe mich schon darauf gefreut zu sehen, wie Kilt sich vor meinen Augen verwandelt.«

»Mach nur so weiter«, zischte Kilt ihn an. »Dann wirst du tatsächlich sehen, wie ich mich verwandle!«

Lachlan brachte Roland mit einem strengen Blick zum Schweigen. Dann trat er mit Sara an einen Tisch in der Nähe der Fensternische, um die dort liegenden

Gegenstände zu inspizieren. Caspan schloss sich Roland an und die beiden Jungen überprüften sorgfältig die vor ihnen ausgebreiteten Artefakte.

»Hast du eine Ahnung, wie wir das bewerkstelligen sollen?«, fragte Roland nach ein paar Minuten, während er sich eine Keramikscherbe gegen das Ohr hielt und sie schüttelte.

»Nein. Aber ich glaube nicht, dass uns deine Methode weiterbringt«, erwiderte Caspan.

Sara, die mitbekam, was sie sagten, warf einen Blick über die Schulter. Als sie sah, wie Roland probeweise an dem Relikt leckte, verdrehte sie die Augen. »Ihr müsst auf den Gegenständen nach Inschriften in Alter Sprache suchen. Das verrät euch mit Sicherheit, dass es ein Relikt der Dray ist.«

»Ein kluger Ratschlag«, stellte Oswald beeindruckt fest.

Roland legte die Keramikscherbe wieder auf den Tisch. »Tja, das hat jedenfalls nicht sehr gut geschmeckt. Ein bisschen nach eingetrocknetem Dreck, wenn ihr mich fragt.«

Caspan fand, dass Saras Ratschlag zwar klug sein mochte, einem aber nichts nutzte, wenn man die Sprachen der Dray nicht verstand. Er kannte noch nicht einmal den Unterschied zwischen Vorsklagovianisch und Salaharisch, ganz zu schweigen von der Alten Sprache. Deshalb hielt er es für besser, sich auf Rolands Urteil zu verlassen. Gewiss, der schwarzhaarige Junge spielte gern den Narren, aber andererseits hatte er als Erster die

Auswahlprüfung bestanden. In ihm steckte mehr, als es den Anschein hatte.

Obwohl mehrere Stunden vergingen, schafften die Rekruten es nicht, die magischen Objekte zu finden. Caspans und Lachlans Geduld war schon lange erschöpft. Ohne große Hoffnung stöberten sie weiterhin in den Relikten herum, damit man ihnen nicht vorwarf, sie würden aufgeben.

Einmal fand Caspan sich unvermittelt neben Kilt wieder. »Das ist, als suchte man in einem Heuhaufen nach einer Stecknadel«, seufzte er.

Sie warf Caspan einen verächtlichen Blick zu und drängte sich an ihm vorbei, um sich einem anderen Regal zuzuwenden. Offenbar wollte sie bei dieser Suche nichts mit ihm zu tun haben. Caspan ignorierte sie und gab sich alle Mühe, Sara und Roland behilflich zu sein.

Rolands Beharrlichkeit überraschte ihn. Er hatte angenommen, der dunkelhaarige Junge würde als Erster das Handtuch werfen. Stattdessen machte er begeistert weiter und gab ständig witzige Bemerkungen von sich, die Caspan immer stärker zu schätzen wusste, je mehr Zeit verstrich. Selbst Lachlan und Kilt konnten sich ein Grinsen nicht verkneifen, als Roland vorschlug, dass sie streiken sollten, bis ihre Arbeitsbedingungen sich besserten.

Gegen Mittag gelang es der Gruppe endlich, die Suche auf vier Relikte einzugrenzen: ein Schwert, zwei Ringe und ein Amulett. All diese Gegenstände bestanden aus einem seltsamen schwarzen Metall und trugen

Inschriften in fremden Sprachen, von denen Sara steif und fest behauptete, dass es sich um Dialekte der Alten Sprache handle.

»Wo hast du denn das gelernt?«, fragte Oswald, als er sich zu den Rekruten gesellte. »Dray-Dialekte werden an den Schulen doch gar nicht unterrichtet, oder?«

Sara schüttelte den Kopf. »Mein Vater hat mir die Alte Sprache beigebracht. Ich beherrsche sie zwar nicht fließend, komme aber ganz gut damit klar.« Sie fuhr mit dem Finger über die Inschrift auf der Klinge des Schwerts. »Ich glaube, hier steht Dor Dlorthern, was Feindschlächter bedeutet. Sicher bin ich mir aber nicht.«

»Nimm das Schwert doch mal in die Hand und sprich den Namen aus«, schlug Oswald vor und bedeutete den anderen, ein Stück zurückzutreten.

Sara hob das Schwert, sah ihre Freunde unsicher an und richtete den Blick auf die Waffe. »Dor Dlorthern.«

Bei dem, was dann geschah, rissen alle vor Staunen Mund und Augen auf.

Die Inschrift leuchtete grellgrün auf. Dann verwandelte sich die Klinge in eine graue, schattenhafte Substanz. Sara schrie erschrocken auf und hätte das Schwert fast von sich geschleudert, doch Lachlan trat rasch hinzu und half ihr, die Waffe festzuhalten.

Oswald nickte anerkennend. »Gut gemacht. Du hast den ersten magischen Gegenstand gefunden.«

Sara schluckte und starrte das Schwert verwundert an. »Aber das wäre mir nie gelungen, wenn Sie mir nicht geraten hätten, die Inschrift vorzulesen.«

»Die magischen Waffen und Schmuckstücke der Dray lassen sich nur aktivieren, indem man ihre Inschriften vorliest«, erklärte Oswald. »Das ist so ähnlich wie beim Herbeizitieren der Hüter. Natürlich wissen wir nicht, wie die Magie im Einzelnen funktioniert, da wir noch nicht hinter die Geheimnisse der Arkanwissenschaften dieses Volks gekommen sind. Einstweilen bleibt uns also nichts anderes übrig, als weiterhin fleißig nach Artefakten zu suchen und sie uns zunutze zu machen.«

Sara gab Lachlan das Schwert, der es hin und her schwang. »Es ist so leicht wie eine Feder«, stellte er fasziniert fest. »Was für eine Art Schwert ist das denn?«

»Wir nennen diese Schwerter Schattenklingen. Sie sind die mächtigsten Waffen, die wir bisher entdeckt haben. Sie wiegen so gut wie gar nichts, sodass der, der sie führt, nie ermüdet. Außerdem sind sie imstande, Stahl zu durchdringen.«

Vor lauter Aufregung funkelten Rolands Augen. »Könnten Sie uns das nicht mal vorführen?«

Oswald schüttelte den Kopf. »Vielleicht ein andermal.« Er streckte Lachlan die Hand hin, der ihm das Schwert reichte. Nachdem Oswald etwas in Alter Sprache gesagt hatte, verwandelte die Klinge sich wieder in schwarzen Stahl. »Sicher wird Meister Morgan, bei dem ihr eure Fechtübungen habt, euch das gerne zeigen.«

Roland verdrehte die Augen. »Na prima. Ich kann's kaum erwarten.«

Oswald grinste. »Morgan ist zwar ziemlich streng, aber es gibt in ganz Andalon keinen besseren Fechtlehrer als ihn. Achtet genau auf das, was er euch sagt. Von ihm könnt ihr eine Menge lernen. Aber zurück zum Thema.« Er zeigte auf die drei übrigen Relikte. »Ein Objekt müsst ihr noch finden.«

Sara trat an den Tisch, musterte die Ringe und nahm einen in die Hand. »Ich glaube, der hier könnte es sein.«

»Und wie kommst du darauf?«

Sara kniff die Augen zusammen, um den schwarzen Metallreif und die Inschrift zu studieren. »Weil der andere Ring und das Amulett die Namen von Frauen tragen. Ich weiß, dass es bei den Dray Sitte war, den Namen des Besitzers in ein Schmuckstück zu ritzen.« Sie drehte den Ring hin und her. »Die Inschrift verstehe ich nicht, aber ich bin mir sicher, dass es sich um einen Dray-Dialekt handelt.«

Roland spähte ihr über die Schulter und nickte. »Ja, da muss ich dir zustimmen. Das ist ohne Zweifel ein ganz seltener Dialekt.«

Lachlan, der Rolands Witzeleien satthatte, schnaubte wütend und drängte ihn zur Seite. »Dann versteht also niemand von uns die Inschrift?«, fragte Lachlan die anderen, die daraufhin den Kopf schüttelten.

Oswald hielt Sara die Hand hin. »Gestattest du?« Sara gab ihm den Ring, den er sich an den rechten Zeigefinger steckte. *»Inthol florandal«,* sagte er.

Roland starrte den alten Mann erwartungsvoll an. »Und? Welcher Zauber ist jetzt gewirkt worden?«

»Das verrät euch die Inschrift.« Oswald hielt den Finger mit dem Ring in die Höhe, sodass alle die in den schwarzen Reif eingravierten Buchstaben lesen konnten, die jetzt grün leuchteten. »Du hattest recht mit deiner Vermutung, dass es sich um einen seltenen Dialekt handelt. Es gibt nur sehr wenige Leute in den Vier Königreichen, die diesen Dialekt verstehen. Glücklicherweise bin ich einer von ihnen. Die Inschrift lautet übersetzt *Schnelle Füße.*«

Roland runzelte die Stirn. »Und warum bewegen sie sich dann nicht schnell?«

»Vielleicht weil er sich noch gar nicht bewegt hat!«, rief Kilt ungehalten aus.

Roland rieb sich das Kinn und nickte. »Ah, verstehe.« Er zeigte mit dem Finger auf den hinteren Teil des Raums. »Äh, Oswald, würde es Ihnen etwas ausmachen, rasch mal da rüberzurennen?«

Oswald lächelte entgegenkommend und setzte sich in Bewegung. Caspan riss verblüfft die Augen auf. Noch nie zuvor hatte er jemanden so schnell laufen sehen. Oswald war kaum losgerannt, da stand er auch schon am anderen Ende des Raums, das zehn Meter entfernt war.

»Wirklich eindrucksvoll!« Roland applaudierte.

Caspan wies auf das Schwert, das Oswald immer noch in der Hand hielt. »Stellt euch einmal vor, dass man dabei gleichzeitig das Schwert schwingt. Das wäre eine tödliche Kombination.«

Oswald zog den Ring vom Finger und gesellte sich wieder zu ihnen. »Und deshalb müssen wir unermüdlich in den Gräbern der Dray nach magischen Gegenständen suchen. Ich bin der festen Überzeugung, dass die Bruderschaft den Sieg über die Roon herbeiführen wird. Hoffentlich versteht ihr jetzt, warum es so wichtig ist, die Alte Sprache zu lernen. Diese Gegenstände sind nutzlos, wenn man die Inschriften nicht lesen und den Zauber nicht auslösen kann.«

Caspan nickte. Er hatte das Gefühl, als wäre er im Begriff, einen steilen Berg zu erklimmen. Er war sicher, dass seine Geschicklichkeit als Dieb der Bruderschaft von großem Nutzen sein würde, doch in anderen Bereichen – zum Beispiel wenn es um alte Sprachen ging – hatte er nichts vorzuweisen. Er hatte auch noch nie ein Schwert in der Hand gehalten und sah der ersten Unterrichtsstunde bei Meister Morgan mit Bangen entgegen. Caspan befürchtete, dass er dann zum Gespött des ganzen Ordens würde.

Roland klatschte sich auf den Schenkel und setzte sich auf die Kante eines Tischs. »Also nach dem, was Sie gesagt haben, hat sich meine Meinung über die Sprachen der Dray geändert. Ich hätte nie gedacht, dass sie irgendwie nützlich sind. Klar, unsere Lehrer haben immer gesagt, wie wichtig sie sind und so, aber einen praktischen Nutzen konnte ich nie darin erkennen – es sei denn, man wollte irgendwelche Bücherwürmer beeindrucken, was auf meiner Wunschliste nicht gerade an erster Stelle steht.«

Sara warf ihm einen finsteren Blick zu, ehe sie sich Oswald zuwandte. »Werden Sie uns denn in Alter Sprache unterrichten?«

»Ich wünschte, das wäre möglich.« Er steckte das Schwert in den Waffenständer zurück und blickte aus dem Fenster. »Aber morgen früh muss ich nach Salahara aufbrechen, um mich dort mit anderen Mitgliedern unseres Ordens zu treffen. Ich werde eine Weile weg sein und nehme an, dass einer der Meister für mich einspringt.« Er schaute über die Schulter zu den Rekruten hinüber. »Vor meiner Reise wollte ich jedoch unsere neuen Rekruten kennenlernen, und ich bin froh, dass ich diese Gelegenheit hatte.«

»Sind Raven und Thom auch in Salahara?«, fragte Caspan, weil er ihnen bisher noch nicht im Haus der flüsternden Stimmen begegnet war.

Oswald nickte. »Eine ganze Gruppe von uns ist dort unten, um einige Gräber zu erkunden, die wir gerade erst entdeckt haben. Natürlich bin ich nicht mehr so jung wie früher, sodass ich nicht viel tauge, wenn es darum geht, gegen Briganten zu kämpfen, Gänge entlangzukriechen und an Seilen hochzuklettern.« Er tippte sich bedeutungsvoll gegen die Schläfe. »Aber ich bin in der Lage, fast jede Inschrift, auf die wir stoßen, zu übersetzen. In den Gräbern der Dray finden sich oft Rätsel, die man lösen, und kryptische Botschaften, die man entschlüsseln muss, damit man nicht in eine Falle tappt. In solchen Situationen bin ich besonders nützlich.« Er lächelte traurig. »Aber wie es aussieht, nähert sich unsere Unterrichtsstunde ihrem Ende.«

Sara zog einen Flunsch. »Wann werden wir Sie wiedersehen?«

»Wer weiß?« Oswald zuckte die Achseln. »Vielleicht erst dann, wenn ihr eure Ausbildung abgeschlossen habt und vollwertige Mitglieder der Bruderschaft seid.« Er hielt mahnend einen Finger in die Höhe. »Zum Abschluss möchte ich gern noch Folgendes sagen und das solltet ihr euch gut merken.«

»Lassen Sie mich raten. Gramidge muss seine Koteletten abrasieren?«, fiel Roland ihm ins Wort.

Caspan musste sich ein Grinsen verkneifen. Lachlan fand das Ganze jedoch nicht lustig und boxte den schwarzhaarigen Jungen heftig gegen die Schulter.

Roland heulte vor Schmerz auf und rieb sich die Stelle, an der Lachlan ihn getroffen hatte. »He! Das war aber nicht sehr nett!«

»Es war auch nicht nett, Oswald zu unterbrechen!«, entgegnete Lachlan. »Du musst lernen, den Mund zu halten.« Er richtete den Blick auf den Lehrer. »Was wollten Sie gerade sagen?«

Oswald räusperte sich. »Offenbar bringt jeder von euch eine andere Begabung mit. Auch eure Persönlichkeiten sind sehr verschieden. Obwohl eure Ausbildung gerade erst begonnen hat, spürt man jetzt schon, dass es innerhalb der Gruppe Reibereien und Spannungen gibt.« Er hob erneut den Finger. »Ihr müsst lernen, als Team zusammenzuarbeiten. Davon könnte eines Tages euer Leben abhängen.«

Diese abschließenden Worte lasteten schwer auf Caspan, als er den anderen die Wendeltreppe des Turms hinunter folgte. Der heutige Unterricht hatte ihn vor allem an seine eigenen Grenzen erinnert. Um auf den Straßen von Floran zu überleben, hatten seine Fingerfertigkeit und seine Gewandtheit ausgereicht, doch hier lagen die Dinge anders. Glücklicherweise hatte jeder der Rekruten Fähigkeiten, die die der anderen ergänzten. Jetzt mussten sie es nur noch schaffen, miteinander auszukommen.

Das, fürchtete Caspan, würde vielleicht der schwierigste Teil der Ausbildung sein.

KAPITEL ACHT

Wie der Herr, so der Hüter

Während der dritten Unterrichtsstunde mit den Hütern, die im Laufe der Woche stattfand, kristallisierten sich allmählich die Persönlichkeiten der magischen Tiere heraus.

Meister Scott führte die Rekruten auf die Wiese hinunter. Während er am Rande des Waldes auf einem alten Baumstumpf saß und eingesalzene Schweinefleischstreifen aß, überwachte er das Treiben der Rekruten. Ab und zu drückte er sich anerkennend aus, doch meistens kritisierte er sie und hielt ihnen vor, dass sie ihre Befehle nicht bestimmt genug erteilten. Nach einer Stunde rief der Meister die Rekruten zu sich und forderte sie auf, sich vor ihm zu versammeln.

»Da ihr jetzt einige Zeit mit euren Hütern verbracht und sie kennengelernt habt, müsst ihr damit anfangen, sie abzurichten«, verkündete er. »Heute beginnen wir damit, euren Gefährten beizubringen, Wache zu halten. Das ist einer der elementarsten und wichtigsten Befehle, die sie lernen müssen. Die Hüter sind so groß, dass sie die wenigsten Gräber betreten können. Deshalb lassen wir sie oft draußen Wache halten.« Er zeigte mit seinem Jagdmesser auf einen Wagen, der am Rande der Wiese stand. »Ich möchte, dass ihr euren Hütern befehlt, den Wagen zu bewachen, während ihr in den Wald geht und euch dort ein paar Minuten lang versteckt. Meldet sich jemand freiwillig als Erster?«

Rolands Hand schoss in die Höhe. Der Meister nickte, und Roland, der unbeschwert grinste, führte Bandit zum Wagen hinüber. Der schwarzhaarige Junge griff unter seinen Umhang und holte eine schwarze Schärpe heraus, die er dem Mantikor um den Kopf band.

»Was soll denn das?«, fragte Sara.

»Nur ein kleines Accessoire.« Roland trat zur Seite, damit jeder die Banditenmaske, die er in der Nacht zuvor angefertigt hatte, sehen konnte. »Wie findet ihr das?«

Scott seufzte und verdrehte die Augen. »Dann fang mal an.«

Roland nickte aufgeregt und führte Bandit vor den Wagen. Dann beugte er sich vor und flüsterte dem Mantikor ins Ohr: »Okay, Kumpel, jetzt geht's los. Also blamier mich nicht.« Die Hände in die Hüften gestemmt, trat er ein Stück zurück. »Platz!«, befahl er in energischem Ton. Doch der Mantikor blieb stehen und sah ihn blinzelnd an.

»Du willst es mir wohl besonders schwer machen, wie?«, murmelte Roland. Nachdem er dem Meister nervös zugelächelt hatte, trat er hinter Bandit, stellte sich auf die Zehenspitzen und drückte den Mantikor mit aller Kraft nach unten, bis dieser saß. Roland nickte zufrieden und rannte wieder nach vorn, um sich vor seinem Hüter aufzubauen. »Halt Wache!«, befahl er, ehe er sich umdrehte und auf den Wald zuging. Roland warf seinen Freunden einen stolzen Blick zu. »Seid nicht allzu betrübt, wenn ihr den hohen Maßstab, den ich gesetzt habe, nicht erreichen könnt.«

Kaum hatte er diese Worte gesagt, als Bandit sich von hinten an ihn anschlich, eine seiner Pranken ausstreckte und Roland zu Boden schubste.

Mit Ausnahme von Scott und Lachlan brachen alle in schallendes Gelächter aus. Selbst Roland musste lachen, was Bandit nur noch mehr zu ermutigen schien. Erst beim siebten Anlauf schaffte Roland es endlich, den Wald zu erreichen, ohne dass der Mantikor ihm folgte und versuchte, ihn zu Fall zu bringen.

»Haben Sie nicht gesagt, dass die Hüter früher Könige der Dray bewacht haben?«, fragte Roland Scott, als er aus dem Wald zurückkam und Bandit mit einem Stück Fleisch belohnte, das er aus dem kleinen Beutel an seinem Gürtel holte.

»So ist es.«

»Warum benimmt er sich dann so, wie er es tut? Ich kann mir einfach nicht vorstellen, dass man Bandit je die Bewachung eines Grabs anvertraut hat. Er schafft es ja noch nicht einmal, ein paar Minuten lang einen Wagen zu bewachen! Es ist fast so, als wäre er nie abgerichtet worden.«

Scott lächelte sanft. »Du darfst nicht vergessen, dass

eure Hüter Hunderte von Jahren nicht herbeizitiert worden sind. Ihr habt sie aus einem tiefen Winterschlaf gerissen, sodass sie jetzt ein paar Wochen brauchen werden, um sich wieder daran zu gewöhnen, Befehle auszuführen, ganz abgesehen davon, dass sie sich mit einer neuen Sprache vertraut machen müssen.«

Roland seufzte und drohte Bandit mit dem Finger. »Dann sieh mal zu, dass du nicht zu lange brauchst, denn es gefällt mir überhaupt nicht, dass du versuchst, mich umzuschubsen, sobald ich dir den Rücken zudrehe. Dabei könnte nämlich leicht jemand verletzt werden – und mit jemand meine ich *mich.«* Er versuchte, Bandit wütend anzustarren, der den Kopf zur Seite legte und Roland mit seinen großen gelbbraunen Augen treuherzig ansah. Es dauerte nicht lange, bis ein breites Grinsen auf Rolands Gesicht erschien und er seinen Hüter zu sich winkte, um ihm noch ein Stück Fleisch zu geben. »Ach, ich kann dir einfach nicht böse sein.«

Caspan, Sara und Kilt erging es mit ihren Hütern nicht viel besser. Diese waren zwar nicht so frech wie Bandit, weigerten sich aber, beim Wagen zu bleiben. Nachdem jeder von ihnen es ungefähr ein halbes Dutzend Mal versucht hatte, gelang es den Rekruten endlich, sich den strengen Befehlston anzueignen, der erforderlich war. Caspan stellte außerdem fest, dass sein Befehl schneller befolgt wurde, wenn er dabei mit dem Zeigefinger auf Raureif wies.

Nur Lachlan meisterte die Aufgabe beim ersten Versuch. Sein Greif Klaue hockte sich gehorsam auf den

Wagen und ließ den Blick seiner rotbraunen Augen volle zehn Minuten lang wachsam über die Wiese schweifen, bis Lachlan schließlich zurückkam.

»Anfängerglück«, murmelte Roland.

Wie sich herausstellte, hielt Lachlans »Anfängerglück« den ganzen Unterricht über an. Lachlan und Klaue taten sich auch bei den nächsten beiden Aufgaben hervor. Bei der ersten ging es darum, ein Übungsschwert aus dem Waffenständer im Säulengang holen zu lassen, bei der zweiten, einen Wasserschlauch ausfindig zu machen, den der Meister irgendwo auf der Wiese versteckt hatte. Am Ende des Vormittags beneideten alle anderen Lachlan. Caspan bewunderte seine Bescheidenheit, denn Lachlan brüstete sich überhaupt nicht mit seinem Erfolg und nahm die Glückwünsche des Meisters mit stiller Zurückhaltung entgegen.

»Na, was meint ihr zum Verlauf des heutigen Unterrichts?«, fragte Scott, nachdem sie ihre Hüter fortgeschickt hatten und vor ihm im Gras saßen.

»Ich habe den Eindruck, dass ich einen Komplizen gefunden habe«, lautete Rolands Kommentar.

Kilt verdrehte die Augen. »Als ob du allein nicht schon schlimm genug wärst!«

»Glauben Sie, das alles ist bloß ein Zufall, Sir?«, erkundigte sich Sara.

»Wie meinst du das?«, erwiderte Scott.

»Nun, wir haben uns unsere Hüter nach ihrer Erscheinung ausgesucht, aber wir hatten keine Ahnung, was für einen Charakter sie haben. Doch alle scheinen eine Persönlichkeit zu haben, die unserer eigenen sehr ähnlich ist.«

Darüber hatte Caspan bisher noch gar nicht nachgedacht. Sara hatte recht. Anscheinend existierte eine geradezu unheimliche Ähnlichkeit zwischen der Persönlichkeit der Rekruten und der ihrer magischen Gefährten.

Saras Pegasus war ruhig und sanft und wartete geduldig mit Sara, obwohl sie bei allen drei Aufgaben jeweils als Letzte an der Reihe waren. Das magische Pferd passte genau auf alles auf und galoppierte sofort über die Wiese, um nach Kilts Schneeleopardin zu sehen, als diese bei der Rückkehr vom Waffenständer im nassen Gras ausrutschte.

Trotz seines grimmigen Aussehens war Bandit ein ebensolcher Spaßvogel wie Roland. Der geflügelte Löwe stand selten still und ließ sich leicht von all den Geräuschen ablenken, die aus dem Wald zu ihnen drangen. Jedes Mal, wenn ein Vogel vorüberflog, breitete der Mantikor seine Flügel aus und wurde unruhig, als würde er am liebsten zum Himmel aufsteigen und dem Vogel hinterherjagen. Er versuchte ständig, Roland umzuschubsen oder sich von hinten an ihn anzuschleichen, um den Futterbeutel zu ergattern, der am Gürtel seines Herrn hing. Überdies hatte auch Bandit ganz entschieden etwas dagegen, sich schmutzig zu machen, und war in einem fort dabei, sich die Pfoten zu lecken und sich das rehbraune Fell zu putzen.

Lachlans Greif Klaue war stark und stolz. Caspan hatte

oft gehört, wie man Adler und Löwen als edle, königliche Geschöpfe bezeichnete, und wenn er sich den Greif so ansah, begriff er, warum. Klaue reckte das Haupt auf fast herrische Weise in die Höhe, während sein eindrucksvoller gekrümmter Schnabel in der Sonne glitzerte und er mit seinen rotbraunen Augen alles aufmerksam beobachtete.

Kilts Schneeleopardin Wisper war genauso temperamentvoll und aufbrausend wie ihre Herrin. Sie schien wenig Geduld zu haben und schritt, wenn es nichts zu tun gab, gereizt auf und ab. Die Gesichtszüge der Großkatze hatten etwas Brütendes, was durch die dunklen Flecken um ihre Augen und dadurch, dass sich ihr Maul an den Rändern leicht nach unten zog, noch hervorgehoben wurde. Wisper zeigte nur gegenüber Kilt Zuneigung. Wenn einer der anderen Rekruten versuchte, sie zu streicheln, reckte sie hochmütig den Schwanz in die Höhe und stolzierte davon. Caspan knurrte sie sogar an, sodass er schnellstens die Hand mit der Mohrrübe zurückzog, die Sara ihm gegeben hatte, um die Hüter zu füttern. Kilts selbstgefälliges Grinsen verflüchtigte sich jedoch, als Raureif daraufhin ankam und die Großkatze herausfordernd anstarrte. So groß die Schneeleopardin auch war – der Drache überragte sie noch um einiges. Sie knurrte verächtlich und machte sich davon.

Das war der erste Beweis dafür, wie sehr Raureif darauf bedacht war, Caspan zu beschützen. Der Drache wich ihm nicht mehr von der Seite und behielt Kilt und ihre Schneeleopardin dabei im Auge. Raureif war zwar nicht so zurückhaltend und scheu wie Saras Pegasus, schien aber, wie Caspan feststellte, misstrauisch zu sein. Vielleicht war der Drache genau wie er und wartete erst einmal ab, ob andere sein Vertrauen auch verdienten.

Caspan ertappte sich oft dabei, wie sein Blick in Raureifs Augen versank – tiefen Teichen der Weisheit, die ihn in ihren Bann schlugen und ihn daran erinnerten, dass die Hüter uralte Geschöpfe waren, hervorgebracht von einer längst vergessenen Magie. In der Vergangenheit hatte Raureif einen der Könige der Dray bewacht, während er jetzt einem ehemaligen Straßendieb diente. Zum ersten Mal, seit er Raureifs neuer Herr geworden war, fragte Caspan sich, ob er diesen Diener verdiente, und was der Drache wohl von ihm hielt.

»Herzog Connal glaubt, dass die Hüter imstande sind, in unsere Seele zu blicken und zu erkennen, was für Menschen wir sind«, antwortete Meister Scott auf Saras Frage und riss Caspan dadurch aus seinen Gedanken. »Das würde zweifellos erklären, warum sie eine solch innige Bindung mit ihrem Herrn eingehen.«

Roland spitzte die Lippen und nickte. »Das leuchtet mir ein. Es heißt ja auch, dass Hunde Angst riechen können.« Er kicherte in sich hinein. »Obwohl ich sagen muss, dass das Einzige, was mein Hund Pirat riechen konnte, die Apfelkuchen waren, die meine Mutter zum Abkühlen aufs Fensterbrett gestellt hatte. Ihr könnt euch gar nicht vorstellen, wie oft ich diesem Hund als

Kind hinterhergerannt bin, um ihm einen Apfelkuchen abzujagen.«

»Nun ja, Hüter sind ein kleines bisschen intelligenter als Hunde«, gab der Meister zu bedenken. »Ich glaube nicht, dass du befürchten musst, Bandit würde jemals Kuchen stehlen.«

Sara sah Roland skeptisch an. »Es sei denn, Roland stiftet ihn dazu an, was mich nicht im Geringsten überraschen würde.«

Roland tat so, als wäre er gekränkt. »Wie bitte? Ich werde ein geradezu vorbildlicher Herr sein. Bandit und ich werden große Dinge vollbringen. Wart's nur ab!«

Kilt schnaubte verächtlich. »Das kann ich mir lebhaft vorstellen. Eure Gesichter werden im ganzen Königreich auf Steckbriefen zu sehen sein, weil ihr wegen Würstchendiebstahls gesucht werdet.«

»Ha, du kennst mich schon zu gut.« Roland grinste.

»Der Ausdruck *Herr* gefällt mir nicht so recht«, meinte Lachlan. »Das hört sich so an, als sei Klaue mein Untergebener, wo ich doch in Wirklichkeit das Gefühl habe, dass wir enge, gleichberechtigte Freunde sind.«

Caspan nickte. »Das geht mir bei Raureif genauso.«

»Und mir ebenfalls«, fügte Sara hinzu.

»Also so weit sind Bandit und ich noch nicht.« Roland sah seine Freunde betreten an. »Ich bin doch nicht so nervig wie Bandit, oder?«

Lachlan schüttelte mit ausdrucksloser Miene den Kopf. »Nein, du bist noch viel schlimmer.«

Alle lachten, während Scott Sara, Lachlan und Caspan

einen anerkennenden Blick zuwarf. »Es ist schön, dass ihr bereits so ein starkes Band zwischen euch und euren Hütern spürt. Es wird sich im Laufe der Jahre noch verfestigen. Die Hüter werden euer Leben lang eure Gefährten sein. Sie werden sich all eure Stärken aneignen und all eure Schwächen ausgleichen. Sie werden immer für euch da sein. Einen ergebeneren und treueren Gefährten werdet ihr nie finden.«

Roland tat so, als wischte er sich eine Träne aus dem Auge. »Das war wunderschön, Sir.«

Scott schmiss ein Büschel Gras nach dem schwarzhaarigen Spaßvogel. »Ich glaube, damit sollten wir den heutigen Unterricht abschließen. Während wir hier beschäftigt waren, hat Gramidge für euch im Archiv einen Stapel Karten zu den drei Herzogtümern Andalons und zu Caledon zurechtgelegt. Bitte geht nach dem Mittagessen direkt dorthin.«

»Karten!«, stöhnte Roland. »Könnten wir nicht einfach hierbleiben und unsere Hüter abrichten? An so einem schönen sonnigen Tag will ich nicht in einem muffigen alten Archiv rumhocken.«

Der Meister setzte an, etwas zu erwidern, doch Sara kam ihm zuvor. »Archive sind nicht *muffig*. Archive sind Schatzkammern des Wissens, in denen Aufzeichnungen über unsere Geschichte aufbewahrt werden. Du wirst nie einen guten Schatzsucher abgeben, wenn du keine Karten lesen kannst und nicht lernst, wo die Gräber der Dray liegen. Du wirst noch nicht einmal wissen, wie man sie finden kann, und stattdessen ziellos durch

Andalon irren.« Sie wandte sich dem Meister zu. »Habe ich recht, Sir?«

Scott grinste. »Besser hätte ich es auch nicht ausdrücken können.«

Roland verdrehte die Augen. »Na großartig. Dann also auf zu den Karten!«

KAPITEL NEUN

Das Geheimnis des Stahls

Nachdem eine Woche vergangen war, versammelten sich die Rekruten im Hof, um zum ersten Mal Fechtunterricht zu erhalten.

Caspan war überzeugt, dass er bisher im Unterricht gut abgeschnitten hatte. Beim Hindernislauf durch den Wald war er zusammen mit Roland Erster geworden, und die Aufgabe, die man ihnen letzte Nacht gestellt hatte, hatte er als Einziger erfolgreich bewältigt. Dabei war es darum gegangen, sich unbemerkt an Meister Morgan anzuschleichen und einen Gegenstand von dem Wagen, den er bewachte, zu stehlen. Auch beim Erklimmen der Fassade des alten Turms im Wald hatte Caspan alle beeindruckt. Zum Erstaunen der anderen Rekruten hatte er das nämlich geschafft, ohne ein Seil zu Hilfe zu nehmen.

Besonders stolz war er, als er die anderen unbeschadet durch eine von Fallen strotzende Grabanlage nördlich des Hauses der flüsternden Stimmen führte. Die Bruderschaft benutzte diese Anlage zu Ausbildungszwecken und hatte die Fallen entsprechend verändert. Wenn Druck auf bestimmte Steine ausgeübt wurde, quoll aus Löchern in der Wand weißer Kreidestaub, und Falltüren öffneten sich in Gruben, die statt der sonst üblichen zugespitzten Pfähle voller Wasser waren.

Die Gruppe hatte mehrere Stunden gebraucht, um den Weg durch die unterirdische Anlage zu finden. Caspan und Roland gingen meist voran, obwohl Kilt, die darauf zu brennen schien, sich zu beweisen, sich oft an Caspan vorbeidrängte, um einen Gang oder eine Kammer zu inspizieren. Beim Betreten des Grabs hatte Caspan einen Moment lang befürchtet, dass Lachlan auf Roland losgehen würde. Der schwarzhaarige Junge nahm die ganze Aufgabe nicht sonderlich ernst und ließ die einzige Laterne, die ihnen zur Verfügung stand, beinahe fallen. Glücklicherweise atmete Lachlan mehrmals tief durch, um sich zu beruhigen, und begab sich ans Ende der Gruppe, damit er möglichst weit entfernt von Roland war. Danach riss Roland sich jedoch zusammen und ging mit konzentriertem Gesichtsausdruck neben Caspan her. Oswalds Mahnung, dass sie lernen mussten, als Team zusammenzuarbeiten, lag Caspan sehr am Herzen, und er glaubte, dass in dieser Hinsicht noch nicht alle Hoffnung verloren war.

Zu seiner großen Überraschung hatte Caspan auch Fortschritte in alten Sprachen gemacht. Obwohl er ohne jede Begeisterung an Meister Scotts diesbezüglicher erster Unterrichtsstunde teilgenommen hatte, hatte er stets Oswalds Hinweis im Hinterkopf behalten, dass Kenntnisse der Alten Sprache zu den wichtigsten Fertigkeiten gehörten, die sich ein Schatzsucher aneignen musste. Während des Unterrichts saß er jedes Mal neben Sara, die immer Zeit fand, ihm zu helfen. Außerdem bot sie an, ihm abends manchmal Nachhilfeunterricht zu geben, was er gern annahm. Dabei stellte Caspan überrascht fest, dass sie ihr Angebot auch auf Lachlan ausgedehnt hatte.

»Damals auf der Kadettenschule haben mich alle für dumm gehalten, weil ich nicht lesen konnte«, hatte der muskulöse Junge ihnen in der ersten Nachhilfestunde anvertraut. »Aber ich bin nicht dumm. Es ist nur so, dass die Wörter auf den Seiten vor meinen Augen zu verschwimmen scheinen.« Er senkte beschämt den Kopf. »Deswegen haben meine Brüder mich ständig gehänselt. Sie haben mich festgehalten und gesagt, ich soll mal was lesen. Danach sind sie dann hysterisch lachend davongerannt.«

»So etwas Trauriges habe ich noch nie gehört. Vielleicht ist ja mit deinen Augen etwas nicht in Ordnung«, sagte Sara voller Mitgefühl.

Lachlan schüttelte den Kopf. »Alles andere kann ich gut sehen.« Zornig tippte er auf das aufgeschlagen vor ihm liegende Buch. »Manchmal scheinen die Buchstaben verkehrtrum dazustehen oder sogar ganz von der Seite zu verschwinden.« Er ließ die Schultern hängen. »Das alles war mir so peinlich, dass ich mich immer ganz hinten im Klassenzimmer versteckt habe. Wenn ich dann doch einmal im Unterricht etwas vorlesen sollte, redete ich mich raus, indem ich zum Beispiel behauptete, ich hätte einen rauen Hals oder könne die Stelle nicht finden. Deshalb fing ich an, Bücher zu hassen. Als ich einmal eins im Gang der Schule fand, habe ich es in Fetzen gerissen.«

Sara lächelte sanft. »Dann bist du also zu einem Wortmörder geworden und hast einen heimlichen Krieg gegen Bücher geführt.«

Trotz Saras Mitgefühl war Caspan davon überzeugt, dass sie als Bücherwurm eine solche Tat für Frevel hielt.

Lachlan seufzte. »Wenn du es so ausdrückst, hört es sich richtig aufregend an. Aber glaub mir, es ist nicht schön, ständig als dumm bezeichnet zu werden.«

Sara klopfte ihm aufmunternd auf die Schulter. »Na, dann wollen wir doch mal sehen, ob wir da Abhilfe schaffen können.«

Auch beim Abrichten von Raureif machte Caspan kontinuierlich Fortschritte. In dieser Hinsicht waren alle Rekruten derart gut vorangekommen, dass Meister Scott ihnen am Vortag erlaubt hatte, zum ersten Mal auf den Hütern zu reiten. Sara und Kilt ritten über die Wiese, um zu lernen, wie man die Hüter durch Druck der Knie lenkte, damit man die Hände für Waffen frei hatte. Die Jungen hingegen erhoben sich mit ihren Hütern in die Lüfte.

Was nicht so ganz der Wahrheit entsprach, wie Caspan zugeben musste. Sie mussten sich damit begnügen, ihren magischen Gefährten beizubringen, einige Meter über dem Boden zu schweben. Bevor sie das in

Angriff nehmen konnten, mussten sie ihnen Geschirr und Sattel anlegen, was allein über eine Stunde dauerte. Und als die Hüter dann endlich abgehoben hatten, erwies es sich als ungemein schwierig, Scotts Beispiel zu folgen und dafür zu sorgen, dass die magischen Tiere reglos in der Luft verharrten. Raureif neigte dazu, nach links abzudriften, sodass Caspan ständig gezwungen war, ihn nach rechts zu reißen. Der Drache war unglaublich schwer und kräftig, und es dauerte nicht lange, bis Caspan die rechte Schulter wehtat.

Lachlan und Roland erging es nicht besser. Scott bestand darauf, dass sie einen Abstand von zwanzig Metern zueinander einhielten. Trotzdem passierte es immer wieder, dass ihre Hüter abschwenkten und gegeneinanderprallten. Als Roland einmal versehentlich von Klaues Flügel gestreift wurde, wäre er fast aus dem Sattel gefallen. Es gelang ihm jedoch, sich an Bandits Hals zu klammern und sich festzuhalten.

Gegen Ende des Unterrichts belohnte Scott die Jungen damit, dass er ihnen erlaubte, eine Runde über der Wiese zu drehen, wobei er ihnen allerdings verbot, höher als drei Meter aufzusteigen. Lachend und johlend flogen die Rekruten in Richtung Wald davon, und während der Wind ihr Haar zerzauste, fühlten sie sich wie Götter.

Obwohl Roland damit prahlte, der größte Reiter aller Zeiten zu sein, knallte er fast gegen die Bäume am Rand des Walds. Wie es für ihn typisch war, hatte er nicht auf die Richtung geachtet und stattdessen seine

Freunde darauf aufmerksam gemacht, dass er freihändig flog. Von ihren Warnschreien aufgeschreckt, war es Roland gerade noch gelungen, nach links auszuweichen und haarscharf an den Bäumen vorbeizuschrammen.

»Das war knapp«, hatte er hinterher zugegeben. »Obwohl Bandit und ich die Sache voll im Griff hatten.«

Heute sollten sie nun zum ersten Mal Unterricht im Fechten haben, und Caspan befürchtete, dass er sich bis auf die Knochen blamieren würde.

Meister Morgan zeigte auf die Waffenständer. »Dort drüben findet ihr eine große Auswahl an Schwertern. Sucht euch eins aus, das zu eurem Kampfstil passt. Nehmt euch auch ein gefüttertes Schutzwams und einen Helm. In zehn Minuten will ich euch in voller Montur wieder hier sehen.« Er musterte die Gruppe, die gehorsam vor ihm stand, mit strengem Blick. »Worauf wartet ihr noch? Auf eine schriftliche Einladung? Los jetzt!«

Mit Roland an der Spitze rasten die Rekruten zu den Waffenständern hinüber. Caspan hielt sich zurück und beobachtete erst einmal, welche Schwerter seine Freunde sich aussuchten, bevor er sich selbst für eins entschied. Sara und Kilt bewaffneten sich mit Langschwertern. Lachlan wählte einen schweren Zweihänder mit breiter Klinge aus, Roland ein leichtes schmales Rapier. Nachdem Caspan ein wenig nachgedacht hatte, kam er zu dem Schluss, dass es am sichersten wäre, sich ebenfalls ein Langschwert zu nehmen. Es lag nicht zu schwer in seiner Hand, und die Länge der Klinge hatte etwas Beruhigendes, weil man sich damit einen Gegner vom Leib halten konnte. Nachdem er seinen Umhang abgelegt und sich ein Schutzwams angezogen hatte, schnappte er sich einen Helm und rannte mit dem Schwert in der Hand mit den anderen zurück. Alle stellten sich in Reih und Glied vor dem Meister auf.

»Das ging schnell. Gut gemacht. Auf diese Weise werdet ihr mehr Zeit für eure Übungen haben.« Morgan schritt die Reihe der Rekruten ab und sah sich an, welche Schwerter sie sich ausgesucht hatten. »Hm, interessant. Eure Wahl verrät eine Menge über euren Kampfstil.« Er blieb vor Lachlan stehen. »Du verlässt dich ganz auf deine Kraft, um deinen Gegner zu besiegen, und hoffst, dass du ihn mit ein paar mächtigen Streichen deines Schwerts überwältigen kannst. Stimmt's?«

Lachlan reckte stolz das Kinn in die Höhe. »Ja, Sir.«

Der Meister ließ den Blick die Reihe entlangschweifen und zeigte auf das Rapier, das Roland in der Hand hielt. »Und du ziehst es vor, deinen Feinden mit Geschwindigkeit beizukommen. Du hast dir eine Klinge ausgesucht, die schwer zu meistern ist. In der Hand eines geschickten Schwertkämpfers ist ein Rapier unglaublich schnell, aber es schränkt einen auch ein, weil man damit nur zustoßen kann. Wenn der Gegner einem zu nahe kommt, gerät man in echte Schwierigkeiten.«

Roland drückte die Brust raus. »Dann muss ich eben dafür sorgen, dass ich ihn immer auf Distanz halte, Sir.«

Morgan stemmte die Hände in die Hüften und musterte den Jungen. »An Selbstvertrauen fehlt es dir jedenfalls nicht, das muss ich zugeben.« Dann wandte er sich Kilt zu, nickte dabei jedoch in Rolands Richtung. »Bleibt abzuwarten, ob sein Geschick als Schwertkämpfer seinem Selbstbewusstsein gleichkommt. Findest du nicht auch?«

»Ja, Sir.« Sie lächelte Roland mit frostiger Miene an. »Nichts für ungut.«

Roland wartete, bis der Meister weitergegangen war. Dann drehte er sich zu Kilt und schnitt eine Grimasse, mit der er sie nachäffte. Sie starrte ihn wütend an und streckte ihm die Zunge raus.

In solchen Situationen wurde Caspan klar, wie verschieden Morgan doch von seinem wesentlich entspannteren Kollegen Scott war. Während Scott oft lächelte und den Rekruten gestattete, ihm Fragen zu stellen, blickte Morgan stets finster und nachdenklich drein. Die Rekruten lernten zwar eine Menge bei ihm, doch sein Unterricht war immer eine ernsthafte Angelegenheit. Wenn er Roland und Kilt dabei erwischt hätte, wie sie Grimassen schnitten, hätte er sie zur Strafe hundert Runden um die Wiese drehen lassen. Scott hingegen hätte höchstwahrscheinlich gegrinst und das Gesicht auf noch albernere Weise verzogen.

»Nun zu unserer ersten Fechtstunde«, sagte Morgan, nachdem er die Inspektion der Rekruten beendet hatte. »Das Einzige, worauf man sich im Kampfgetümmel wirklich verlassen kann, ist das hier.« Er schlug den Umhang zurück und klopfte auf die an seiner Seite hängende Waffe – ein zweischneidiges Langschwert mit schweißfleckigem Ledergriff und einem Knauf, der die Form einer Katzenpfote hatte. Selbst Caspan, der wenig von Schwertern verstand, musste zugeben, dass es eine prächtige Waffe war. »Das ist Kralle. Sie ist seit einem Jahrzehnt eine meiner besten Freundinnen.« Morgan hob einen Finger, um seinen Worten Nachdruck zu verleihen. »Wenn ihr lernt, wie man eine Klinge beherrscht, werdet ihr eine Bereicherung für die Bruderschaft sein.«

Caspan senkte bedrückt den Blick. Das galt nicht für ihn.

»Ich werde euch viele Dinge beibringen, aber die wichtigste Lektion ist, dass ein guter Schwertkämpfer das hier …«, der Meister tippte sich gegen den Kopf, »… ebenso benutzen muss wie sein Schwert. Und damit will ich nicht sagen, dass man seinem Gegner einen Kopfstoß verpassen soll, wenn er einem zu nahe kommt.« Die Rekruten quittierten diesen seltenen Versuch des Meisters, witzig zu sein, mit zurückhaltendem Gelächter. »Euer Hirn und euer Schwert müssen eins werden. Derjenige mit dem stärksten Arm gewinnt selten einen Schwertkampf. Alles läuft darauf hinaus, wie schlau ihr seid. Ein Schwertkampf ist ein Wettstreit der geistigen Fähigkeiten. Deshalb müsst ihr lernen, die Bewegungen eures Gegners zu deuten und vorauszusehen, was er vorhat.« Er schwieg einen Moment, damit sie über das Gesagte nachdenken konnten. »Zunächst einmal möchte ich sehen, wie geschickt ihr mit einer Klinge umzugehen versteht«, fuhr er fort. »Das wird mir zeigen, womit ich mich auseinanderzusetzen habe. Ich werde euch in Paare aufteilen, die dann zum Zweikampf antreten müssen. Vergesst einfach, dass ich da bin, während ich umhergehe und euch zusehe. Da ihr zu fünft seid, wirst du …« Er zeigte auf Lachlan »… da drüben an einem der Trainingspfosten üben. Dann fangt mal an.«

Caspan wünschte, er wäre zu einem der gepolsterten Trainingspfosten geschickt worden. Voller Neid sah er zu, wie Lachlan zu den Pfosten hinübermarschierte. Davon waren auf der rechten Seite des Hofs über ein Dutzend in die Erde gerammt worden. Im Gegensatz zu realen Gegnern schlugen diese Pfosten nie zurück und würden ganz gewiss nicht versuchen, den Meister durch ausgefallene Gegenangriffe zu beeindrucken. Caspan war auch nicht gerade begeistert, als Morgan ihm Kilt zuteilte. Diese hatte bisher keinerlei Anstalten gemacht, ihre Abneigung gegen Caspan zu verhehlen. Sie war sogar dazu übergegangen, ihn hinter seinem Rücken als »Gossenratte« zu bezeichnen.

Kilt winkte Caspan mit ihrem Schwert ein Stück von den anderen weg, damit sie genug Platz für ihren Zweikampf hatten. »Was bin ich doch für ein Glückspilz«, murmelte sie vor sich hin und musterte ihn angewidert.

Caspan wollte gerade erwidern, dass auch er nicht unbedingt vor Freude platze, als Kilt ihn angriff. Er sprang zurück und riss sein Schwert hoch – mit einer Geschwindigkeit, die ihn selbst überraschte –, sodass es ihm gelang, ihren Schlag zu parieren. Ihre nächste Attacke bekam er jedoch kaum mit. Sie drehte sich auf dem linken Fuß und trat ihn gegen die Brust, sodass er zu Boden geschleudert wurde.

»Immer fair bleiben!«, ermahnte Morgan die trainierenden Rekruten. Caspan bemerkte, dass Roland im Kampf innegehalten hatte und Kilt drohende Blicke zuwarf. »Ich will nicht sehen, wie gut ihr euch gegenseitig treten könnt, sondern wie gut ihr mit einem Schwert umzugehen versteht«, fügte Morgan hinzu. »Treten kann jeder Vagabund.«

»Ja, Sir.« Kilt lehnte sich ihr Schwert gegen die Hüfte und krempelte sich die Ärmel hoch. Dabei starrte sie Caspan mit einem boshaften Grinsen an. Sie wartete, bis der Meister sich Roland und Sara zugewandt hatte. Dann flüsterte sie: »Wie passend, dass du im Dreck liegst. Dort gehörst du nämlich hin, du Gossenratte.«

Caspan kochte vor Wut. Das war das erste Mal, dass sie ihm das ins Gesicht sagte.

Doch er würde schon dafür sorgen, dass es das letzte Mal war.

Zähneknirschend rappelte er sich hoch, ohne auf den Schmerz in seiner Brust zu achten, und stürzte sich auf sie. Kilt, die den Angriff vorausgesehen hatte, parierte ihn mühelos. Dann trat sie vor und hämmerte mit dem Holzknauf ihres Schwerts auf Caspans Helm ein. Obwohl das Wollfutter des Helms die Schläge dämpfte, hatte Caspan den Eindruck, als würden in seinem Kopf Glocken läuten. Er taumelte zurück und fiel auf die Knie.

Als das Läuten in seinem Kopf aufgehört hatte, erhob er sich wieder und ging mit erhobenem Schwert auf Kilt los. Er ließ seine Klinge auf sie niedersausen, doch Kilt wich dem Hieb geschickt aus, trat mit dem Absatz ihres Stiefels auf sein Schwert und drückte es gegen den Boden. Ehe er sich's versah, lag Caspan wieder auf dem Rücken und starrte zum Himmel hoch, während ihm erneut der Kopf von einem Schlag gegen den Helm dröhnte.

Caspan stützte sich auf sein Schwert und stemmte sich auf ein Knie. Vor seinen Augen verschwamm alles. Er war noch nicht imstande, ganz aufzustehen, wollte aber Kilt nicht die Genugtuung geben, ihn am Boden liegen zu sehen.

»Zurück in den Dreck, wo du hingehörst«, hörte er sie sagen, bevor sie ihm von hinten einen Stoß versetzte und er nach vorn kippte.

Caspan, der immer wütender wurde, rollte sich auf den Rücken und spuckte den Dreck aus, der ihm in den Mund geraten war. Er starrte zu Kilt hoch, die mit verächtlichem Gesichtsausdruck hin und her ging und ihr Schwert aggressiv durch die Luft sausen ließ. Caspan beschloss, nicht länger nach den Regeln des Meisters zu spielen. Wenn Kilt aus dieser Unterrichtsstunde einen Straßenkampf machen wollte, dann sollte ihm das nur recht sein.

Er stand auf und ging wutentbrannt auf sie zu, doch in dem Moment legte sich ihm eine Hand auf die Schulter. »Ich glaube, wir sollten die Partner wechseln. Caspan, du gehst dort hinüber«, sagte Morgan und zeigte auf die Trainingspfosten. Dann befahl er Roland, mit Kilt zu trainieren, und Lachlan mit Sara.

Caspan war sich nicht sicher, ob der Meister diesen Partnerwechsel von vornherein geplant oder ob er seinetwegen eingegriffen hatte. Nachdem er Kilt noch einen wütenden Blick zugeworfen hatte, ging er zu den Trainingspfosten hinüber.

Als er an Roland vorüberkam, grinste dieser und flüsterte: »Zeit für eine kleine Revanche.«

Caspan blieb stehen. »Wie?«

Roland klopfte ihm auf die Schulter. »Pass gut auf, damit du nichts verpasst.«

Während Lachlan und Sara mit dem Training anfingen, suchte Caspan sich einen Pfosten aus und stellte sich so hin, dass er Roland und Kilt im Blick hatte.

Kilt, die der Sieg über Caspan in Hochstimmung versetzt hatte, bewegte die Schulter ihres Schwertarms hin und her und winkte den schwarzhaarigen Jungen heran. Roland hob die Hand, um ihr zu signalisieren, dass sie warten solle. Anschließend kniete er sich hin, um einen Schmutzfleck von einem seiner Stiefel zu entfernen. Kilt seufzte ungeduldig und murmelte etwas vor sich hin, ohne zu bemerken, wie Roland Caspan zuzwinkerte. Mit schelmischem Grinsen erhob sich Roland, gähnte übertrieben herzhaft und bedeutete Kilt, sie solle angreifen. Mit erhobenem Schwert stürmte sie auf ihn los, als Roland ihr plötzlich den Dreck, den er eben von der Erde aufgehoben hatte, ins Gesicht schleuderte.

Sie schrie auf und ließ ihre Waffe fallen. Roland brach in derartiges Gelächter aus, dass er fast über seine eigenen Füße gestolpert wäre. Nachdem er Caspan erneut zugezwinkert hatte, sah er Kilt an. »Ist nicht so schön, wenn man selbst etwas einstecken muss, nicht wahr?«

»Halt den Mund!«, befahl Morgan, worauf Rolands Grinsen sich sofort verflüchtigte. »Kaum drehe ich dir den Rücken zu, benimmst du dich daneben.« Er sah Roland finster an. »Wann habe ich dir denn gesagt, du sollst mit Dreck werfen? Dabei hättest du sie verletzen können.«

Roland senkte beschämt den Blick. »Tut mir leid, Sir. Da ist es ein bisschen mit mir durchgegangen.«

Morgan stieß Roland mit dem Finger gegen die Brust, sodass der Junge zurückwich. »Sieh zu, dass das nicht wieder vorkommt.«

Roland schluckte und nickte. »Jawohl, Sir.«

Der Meister starrte ihn mit aufeinandergepressten Lippen an. »Dann dreh mal zehn Runden um den Hof, damit du wieder zu dir kommst. Nun mach schon, bevor ich's mir anders überlege und dir zwanzig Runden aufbrumme! Und halte beim Rennen dein Schwert über dem Kopf.« Als Roland sich in Bewegung setzte, schickte Morgan ihm noch einen tadelnden Blick hinterher.

Kilt verlangte, dass jemand ihr einen Wasserschlauch reiche, und Lachlan tat ihr rasch den Gefallen. Caspan war nicht entgangen, wie angewidert der kräftige Junge dreingeblickt hatte, als Roland den Dreck geworfen hatte. Offenbar hielt Lachlan einen so hinterhältigen Trick für unehrenhaft.

Nachdem Kilt sich den Dreck aus den Augen gewaschen hatte, schmiss sie den leeren Wasserschlauch nach Roland, der den Hof gerade zum dritten Mal umrundete. Dann stürmte sie davon. Morgan befahl den Rekruten zu bleiben, wo sie waren, und folgte ihr. Als es dem Meister endlich gelungen war, Kilt dazu zu überreden, wieder zu den anderen zurückzukommen, hatte Roland bereits seine letzte Runde hinter sich gebracht. Morgan zwang Roland, sich bei Kilt zu entschuldigen, und forderte die Rekruten auf, vor ihm Platz zu nehmen.

»Wenn ihr eure Ausbildung nicht ernst nehmt, fliegt ihr schnellstens hier raus«, sagte er und sah sie nacheinander durchdringend an. Nur Lachlan hatte den Mut, dem Blick des Meisters standzuhalten. »Diese Ausbildung könnte euch eines Tages das Leben retten. Also hört auf, meine Zeit zu vergeuden, und beweist mir, dass ihr es wert seid, in die Bruderschaft aufgenommen worden zu sein. Das bedeutet nicht, anderen Dreck ins Gesicht zu werfen oder sich gegenseitig zu Brei zu schlagen. Ich bin in keiner Weise erpicht darauf, einen von euch mit gebrochenen Knochen auf die Krankenstation schicken zu müssen. Das würde nämlich niemandem etwas nutzen.« Nachdem er Kilt und Roland streng angesehen hatte, fügte er hinzu: »Es ist gut, miteinander zu wetteifern, aber nicht so, dass man sich gegenseitig verletzt oder demütigt.« Er atmete scharf aus und verschränkte die Arme vor der Brust. Allmählich schien sein Zorn nachzulassen. »Ihr müsst lernen, eure Streitigkeiten beizulegen und als Team zusammenzuarbeiten. Wenn ihr euch ständig in den Haaren liegt, werdet ihr in den Gräbern der Dray nicht lange überleben. Bevor ihr euch's verseht, habt ihr eine Falle aktiviert, und das wäre das Ende von euch allen. Nun möchtet ihr sicher gerne hören, was ich von euren Fechtkünsten halte, wie?«

Als Caspan seinen Helm absetzte und sich einige feuchte Haarsträhnen aus der Stirn wischte, bemerkte er den gespannten Gesichtsausdruck der anderen. Außerdem sah er, wie Kilt ihm und Roland einen mörderischen Blick zuwarf.

Der Meister kniete sich vor sie. »Trotz eurer Neigung zum Herumalbern seid ihr eigentlich alle sehr gut. Jetzt verstehe ich, warum ihr auf euren Kadettenschulen zu den Besten gezählt habt.«

Nach Morgans Lob drückten die anderen stolz die Brust heraus. Caspan konnte sich jedoch nicht vorstellen, dass das Kompliment sich auch auf ihn bezog. Im Gegenteil. Er war sicher, dass der Meister eine ellenlange Liste von Kritikpunkten zusammengestellt hatte und vielleicht nur auf eine Gelegenheit wartete, unter vier Augen mit ihm zu sprechen. Caspan starrte niedergeschlagen zu Boden und wagte es nicht, den Meister anzusehen. Er hoffte, dass Morgan ihm zumindest die Peinlichkeit ersparen würde, ihn in Anwesenheit der anderen zu kritisieren.

Zu seiner Erleichterung stand der Meister auf und zeigte auf die Trainingspfosten. »Sicher kennt ihr diese Geräte schon von der Schule her. Es gibt keine bessere Methode, um seine Angriffstechnik zu perfektionieren.« Er forderte sie mit einer Handbewegung auf, sich zu erheben. »Ich werde euch zunächst einmal ein paar Hiebkombinationen zeigen. Die werdet ihr dann so lange wiederholen, bis sie euch in Fleisch und Blut übergegangen sind. Wir machen erst weiter, wenn jeder von euch die Abfolge der Hiebe beherrscht. Und ich verbitte mir weitere Albernheiten. Habe ich mich da klar ausgedrückt?«

Sie nickten und folgten Morgan zu den Pfählen. Caspan befürchtete, dass er es nicht schaffen würde, sich die Hiebtechnik anzueignen, und dass man ihm vorwerfen würde, den Fortgang der Übungen aufzuhalten. Der Meister borgte sich Saras Schwert aus und bedeutete den Rekruten mit der Waffe, ein Stück zurückzutreten. »Folgendes sollt ihr gleich nachmachen. Achtet darauf, wo ich die Schläge anbringe: Kopf, Rumpf, Kopf, Rumpf. Das ist eine Viererkombination – einfach, aber sehr wirkungsvoll. Der letzte Hieb zielt darauf, den Gegner zu überrumpeln.« Er demonstrierte das Manöver mehrmals hintereinander mit dem Holzschwert. Seine Bewegungen waren so perfekt aufeinander abgestimmt, als hätte er das schon Tausende von Malen gemacht. Nachdem Morgan Sara ihr Schwert zurückgegeben hatte, zeigte er auf die Pfosten. »Sucht euch einen aus und übt, bis ich sage, dass ihr aufhören könnt.«

Caspan, der sich weit fortwünschte, schlich bedrückt zu einem der gepolsterten Trainingspfosten und machte sich zusammen mit den anderen daran, die Hiebkombination einzuüben. Um sich zu vergewissern, dass er es richtig machte, blickte er verstohlen zu Lachlan hinüber. Morgan schritt von Pfahl zu Pfahl und überprüfte, wie sich die einzelnen Rekruten anstellten.

Nach einer Weile blieb er hinter Lachlan stehen. »Konzentrier dich auf deine Technik. Ich will nicht sehen, wie hart du zuschlagen kannst. Das kann jeder Rohling. Denk daran, dass ein guter Schwertkämpfer ebenso sein Hirn wie seine Klinge gebrauchen muss.«

»Ja, Sir.« Lachlan nickte und setzte die Übung fort, diesmal indem er nicht ganz so kräftig zuschlug.

Der Meister schritt weiter die Reihe ab, bis er zu Roland kam. Nachdem er den Jungen einen Moment lang beobachtet hatte, trat er vor und legte ihm die Hand auf die Schulter. »Das hier ist kein Wettbewerb, bei dem wir herausfinden wollen, wer die Hiebkombination am häufigsten durchführen kann. Also mach langsamer, sonst wirst du zu schnell müde. Konzentrier dich lieber darauf, deine Technik zu perfektionieren.«

Roland wischte sich den Schweiß von der Stirn und nickte. Caspan seufzte erleichtert auf – sah er doch, dass die anderen Rekruten gar nicht so weit fortgeschritten waren, wie er anfänglich geglaubt hatte. Mit ein bisschen Glück würde er es heute vielleicht schaffen, den Unterricht zu überstehen, ohne allzu negativ aufzufallen.

Doch es dauerte nicht lange, bis Morgan hinter ihm stehen blieb. Caspan schloss die Augen und hoffte inständig, dass der Meister weitergehen würde. Er gab sich alle erdenkliche Mühe, während er die nächsten Hiebe ausführte, doch Morgan packte ihn beim Handgelenk und hielt seinen Schwertarm fest.

»Du darfst dein Schwert nicht so verkrampft umklammern«, sagte der Meister. »Und dein Handgelenk ist so unbeweglich wie eine Metallstange. Du musst deinen Griff lockern. Du wirst feststellen, dass du auf diese Weise deine Klinge viel besser in der Gewalt hast.« Er trat zurück, um die Positur zu begutachten, die Caspan eingenommen hatte. Dann zeigte er nach unten. »Und stell dich etwas breitbeiniger hin, sonst könnte es passieren, dass du über deine eigenen Füße stolperst.«

Caspan tat, was Morgan von ihm verlangte. »Ist es so besser?«, fragte er Morgan.

Der Meister umkreiste ihn und musterte ihn von oben bis unten. »Ein wenig, aber du stehst immer noch zu aufrecht da. Kauer dich ein bisschen zusammen und verteile dein Gewicht gleichmäßig auf deine Beine.« Er besserte Caspans Griff um das Schwert nach und führte seine Hand, um langsam ein paar Hiebe anzubringen. »Siehst du? Das ist viel bequemer!«

Caspan achtete so sehr auf seine Beinstellung, dass er sein Schwert fallen ließ. Rasch hob er es auf, seufzte resigniert und starrte zum Haus der flüsternden Stimmen hinüber. Wenn er doch bloß wieder in seinem Zimmer wäre, wo niemand ihn kontrollierte! Er bemerkte, dass die anderen Rekruten innegehalten hatten und ihn beobachteten. Kilt grinste höhnisch. Caspan ließ seine Klinge sinken und starrte zu Boden. »Mit mir verschwenden Sie bloß Ihre Zeit. Ich bin nicht dafür geeignet, mit einem Stück Stahl herumzufuchteln.«

»Ist ein Schwert für dich denn nur *ein Stück Stahl?«* Morgan zog sein Schwert und strich liebevoll über die Klinge. »Ein gutes Schwert ist ein Kunstwerk. Um es anzufertigen, braucht mancher Meisterschmied mehrere Monate, weil er den Stahl immer wieder falten und aushämmern muss, um alle Unreinheiten aus dem Metall zu beseitigen. Der Schwertschmied haucht der Klinge Leben ein. Viele Leute glauben sogar, ein Schwert hätte eine Seele.« Er reichte Caspan sein Schwert. »Hier, führ ein paar Hiebe damit aus. Hör zu, wie es durch die Luft zischt, und erzähl mir dann, was es dir gesagt hat.«

Caspan schielte zu den anderen Rekruten hinüber. Dann sah er den Meister ungläubig an. »Aber das ist doch nur ein Schwert. Es kann doch nicht *sprechen.«*

Morgan stellte sich hinter ihn und drehte Caspan an den Schultern so herum, dass er seinen Kameraden und Kameradinnen den Rücken zukehrte. »Achte nicht auf die anderen. Konzentrier dich auf das Schwert. Schließ die Augen und verlangsame deinen Atem.« Er hielt Caspan die Augen zu und flüsterte ihm ins Ohr: »Spürst du das Gewicht des Schwerts in deiner Hand? Fühlst du die Textur des Ledergriffs? Jetzt verteile das Gewicht gleichmäßig über deinen ganzen Schwertarm, von den Fingern bis zur Schulter. Stell dir vor, das Schwert ist eine Verlängerung deiner Hand, mit der du unauflöslich verbunden bist. Stahl und Fleisch werden eins. Wenn du so weit bist, führ einen Hieb aus. Dann wirst du hören, wie es zu dir spricht.«

Es kam Caspan unglaublich lächerlich vor, wie er mit geschlossenen Augen dastand und von seinen neuen Freunden beobachtet wurde. Doch dann konzentrierte er sich auf das Schwert, das er in der Hand hielt. Nachdem er tief Luft geholt hatte, stellte er sich vor, wie er die Hiebe nacheinander ausführte, wobei er seine ganze Aufmerksamkeit nicht auf den Vorgang als solchen richtete, sondern auf die durch die Luft zischende Waffe. Als Caspan so weit war, öffnete er die Augen und führte die Hiebkombination aus. Einen flüchtigen Moment lang spürte er, wie sich etwas in ihm regte – etwas, was er nicht in Worte zu fassen vermochte. Zwischen ihm und dem Schwert war eine Verbindung entstanden, die sich blitzschnell wieder verflüchtigte. Aber er hatte tatsächlich etwas gespürt.

Roland johlte und applaudierte. »Gut gemacht, Caspan. Das war perfekt.«

»Das hätte ich nicht besser machen können«, bemerkte Lachlan.

Caspan lächelte stolz und drehte sich Morgan zu, der ihm aufmunternd auf die Schulter klopfte. »Hat Kralle zu dir gesprochen?«, fragte er.

Caspan starrte das Schwert an, als sähe er es zum ersten Mal, und nickte. »Ja, Sir. Bitte bringen Sie mir noch mehr bei.«

KAPITEL ZEHN

Der Schatten des Nordens

Am folgenden Tag fühlte Caspan sich niedergeschlagen. Er wanderte durch die Gänge des Hauses der flüsternden Stimmen, bis er zur Versammlungshalle gelangte. Dort schenkte er sich aus dem Krug, den er aus der Küche geholt hatte, einen Becher Apfelmost ein und nahm vor dem offenen Kamin Platz. Seufzend ließ er den Blick durch die Halle schweifen. Er wusste nicht so recht, was ihn eigentlich hierhergeführt hatte, und dachte an den Tag zurück, an dem er seine neuen Freunde kennengelernt hatte. Seitdem war so viel geschehen, dass es ihm vorkam, als wären bereits Monate vergangen. Dabei waren es in Wirklichkeit keine vierzehn Tage.

Er verstand selbst nicht, warum er so bedrückt war. Zu Anfang war die gestrige Fechtübung schrecklich gewesen, doch dann hatte Meister Morgan ihm etwas über Schwerter beigebracht, was er bisher nicht gewusst hatte. Es war fast so, als hätte Caspan etwas Lebendiges in Kralle gespürt, etwas, was ihm flüsternd etwas mitgeteilt und seine Hand beim Ausführen der Hiebe gelenkt hatte. Da er noch nie zuvor eine Klinge in der Hand gehabt hatte, war er unglaublich stolz auf seine Leistung und hatte letzte Nacht beim Zubettgehen still in sich hineingelächelt, als er an die ermunternden Blicke zurückdachte, die Lachlan, Roland und Sara ihm zugeworfen hatten. Trotzdem war er beim Aufwachen unruhig und besorgt gewesen. Erst jetzt, als sein Blick auf den Wandteppich mit der Karte der Vier Königreiche fiel, wurde ihm klar, woher dieses Gefühl kam.

Caspan starrte auf die Region nördlich von Dannenland, jenseits der Narbe, wo sich die von den Roon bewohnten Eiswüsten erstreckten. Fröstelnd zog er seinen Umhang fester um sich. Die tätowierten Riesen jagten ihm entsetzliche Angst ein.

Sosehr Caspan es auch genoss, Raureif abzurichten und seinen Fertigkeiten als Dieb den letzten Schliff zu geben – die Fechtübung hatte ihn auf brutale Weise an den militärischen Aspekt der Bruderschaft erinnert sowie daran, dass er eines Tages vielleicht mit den Roon konfrontiert würde. Dazu käme es jedoch nur dann, wenn die nördlichen Legionen überrollt wurden und die weißhäutigen Riesen weiter nach Süden vorstießen.

Im tiefsten Innern war Caspan davon überzeugt, dass dies nur eine Frage der Zeit war.

Er hatte immer um die Bedrohung gewusst, die von den Roon ausging, selbst als er noch in Floran gewesen war, und deshalb überraschte es ihn, wie beunruhigt er sich seit dem Aufwachen fühlte. Vielleicht lag es daran, dass es jetzt so vieles gab, für das es sich zu leben lohnte, und dass er befürchtete, all das zu verlieren. Er trank einen Schluck Apfelmost, um sich zu beruhigen, und kickte ein Stück glühende Kohle, das aus dem Kamin gefallen war, auf den Rost zurück.

In Gedanken versunken saß Caspan eine Weile da, bis er hörte, wie sich Schritte näherten. Er drehte sich um und sah Gramidges stämmige Gestalt zur Tür hereinkommen. Caspan lächelte den Verwalter freundlich an. Er war gern mit ihm zusammen und plauderte oft mit ihm nach dem Abendessen in der Großen Halle.

»Ah, Caspan«, rief Gramidge überrascht aus. »Was führt dich denn hierher? Hast du keinen Unterricht?«

Caspan schüttelte den Kopf. »Der fängt erst später an. Ich brauchte einfach ein bisschen Ruhe und Frieden. Ich hoffe, ich störe Sie nicht.«

Gewöhnlich suchten die Rekruten diesen Teil des Hauses nie auf. Nicht etwa, weil man ihnen verboten hätte, hierherzukommen. Der Raum hatte einfach nichts besonders Interessantes an sich und lag außerdem weit von ihren Zimmern entfernt.

»Nicht im Geringsten, Jungchen. Ich komme oft hierher, wenn ich über etwas nachdenken muss, und setze mich dann auch immer dorthin.« Er zeigte mit seinem Besen auf den Stuhl neben Caspan. »Darf ich mich zu dir gesellen?«

Caspan lächelte. »Gern.«

Der Verwalter durchquerte die Halle und ließ sich auf den Stuhl plumpsen. »Ah, das tut gut.« Er streckte die Beine aus und klopfte sich gegen die massive Brust. »Bleib jung und schlank, sag ich immer, sonst ist dein späteres Leben eine einzige Plage.« Er schloss genüsslich die Augen und drehte sein Gesicht dem Sonnenlicht zu, das durch eines der Buntglasfenster ins Zimmer fiel. »Tja, so sieht's aus.«

Caspan betrachtete ihn einen Moment lang und trank einen weiteren Schluck Apfelmost. »Was haben Sie gemacht, bevor Sie hierhergekommen sind?«

»Ich? Ich habe schon immer im Dienst der MacDains gestanden.« Gramidge öffnete die Augen und sah Caspan mit einem Blick an, der irgendwie entrückt wirkte. »Als ich ungefähr in deinem Alter war, wurde ich zu dem Schmied auf der Burg des Königs in Briston in die Lehre gegeben, nur dass damals nicht Rhys König war, sondern sein Vater Dan. Nun, wie sich herausstellte, war ich für diese Arbeit nicht geeignet, aber da ich pflichtbewusst und fleißig war, wurde ich dem Oberverwalter der Burg übergeben. Um es kurz zu machen: Als Angehöriger des Dienstpersonals habe ich mich dann nach oben gearbeitet, bis ich schließlich zum Verwalter des Hauses der flüsternden Stimmen ernannt wurde. Bevor man das Gebäude zum Hauptquartier der Bruderschaft machte, war es ein königliches Jagdschloss. Damals hieß es Hampton Hall.«

Gramidge lächelte versonnen. »Ah, das waren noch Zeiten. An manchen Abenden wimmelte es hier nur so von Gästen – Cousins des Königs, Herzöge, Barone und ihre Gefolgschaft. Die Gänge hallten von Lärm und Gelächter wider. Oh, und die Bankette und Tänze, die in der Großen Halle stattfanden! So viel Fröhlichkeit und Ausgelassenheit habe ich nie wieder erlebt, Jungchen.«

»Jetzt geht es hier viel ruhiger zu. Fehlt Ihnen da denn nichts?«

Gramidge schüttelte den Kopf. »Nein. Alles hat seine Zeit. Heute hätte ich nicht mehr die Geduld, mich mit solchen Festivitäten zu befassen. Die Erinnerungen, die mit diesen Räumen und Hallen verknüpft sind, reichen aus, um mir Gesellschaft zu leisten.« Er grinste und rieb sich über sein stoppliges Kinn. »Außerdem habe ich schon genug damit zu tun, euch Bande alles hinterherzuräumen.«

Caspan grinste. »Dann kennen Sie Herzog Connal also schon eine Weile?«

Der Verwalter nickte. »So lange ich zurückdenken kann. Er wurde in Briston geboren und aufgezogen und war ein Spielgefährte von König Rhys, als sie beide noch Kinder waren. Ich habe miterlebt, wie aus dem rebellischen eigensinnigen Jüngling, der Connal damals war, der prächtige Mann wurde, der er heute ist.«

Caspan zog eine Augenbraue in die Höhe. »Ich kann mir gar nicht vorstellen, dass der Herzog jemals ein Unruhestifter gewesen sein soll.«

Gramidge beugte sich vor und senkte die Stimme. »Ich könnte dir ein oder zwei Geschichten über den Herzog erzählen, die ein ganz anderes Licht auf ihn werfen würden. Heranwachsende Jungs sind nun mal heranwachsende Jungs, ob nun königliches Blut in ihren Adern fließt oder nicht.« Grinsend lehnte Gramidge sich zurück. »Aber natürlich werde ich dir diese Geschichten nicht erzählen. Das wäre nicht anständig von mir, nicht wahr?«

»Vermutlich nicht.«

Nachdem sie eine Weile schweigend zusammengesessen hatten, fragte Gramidge: »Was bedrückt dich, Jungchen?«

Caspan sah den Verwalter überrascht an. »Ist das so offensichtlich?«

»Hättest du dich sonst hier verkrochen, während die anderen Rekruten in der Großen Halle sind? Also, worum geht's? Es heißt ja, geteiltes Leid sei halbes Leid.«

Caspan kaute auf seiner Unterlippe herum. Er war daran gewöhnt, seine Gedanken für sich zu behalten. Schließlich waren seine Diebeskumpane in der Schwarzen Hand nicht gerade verständnisvolle Zuhörer gewesen. Doch er hatte das Gefühl, dass er sich Gramidge anvertrauen konnte. Der Verwalter hatte etwas an sich, was er so behaglich wie eine alte Decke fand.

»Glauben Sie, die Roon werden bis hierher vorstoßen?«, fragte er.

»Ich hoffe nicht.« Gramidge schaute in der Halle umher. »Spinnweben zu beseitigen ist eine Sache, aber es wäre etwas völlig anderes, diese Mauern gegen die Roon zu verteidigen.« Er runzelte die Stirn und richtete den Blick wieder auf Caspan. »Warum machst du dir deswegen Sorgen?«

Caspan zuckte mit den Achseln. »Vermutlich weil ich bisher eigentlich nichts gehabt habe. Jetzt habe ich ein neues Zuhause und neue Freunde.« Er senkte den Blick und ließ den Apfelmost langsam im Becher kreisen. »Das alles will ich nicht verlieren.«

Der Verwalter lächelte sanft. »Ich versteh zwar nichts von Krieg und Schlachten, Jungchen, aber ich glaube, da machst du dir unnötig Sorgen. König Rhys wird nie zulassen, dass der Norden überrannt wird, sondern die Grenze bis zum letzten Atemzug verteidigen. Außerdem macht die Bruderschaft ständig neue magische Waffen und Hüter ausfindig. Ich bin sicher, dass wir damit den Krieg gewinnen.«

Caspan sah ihn hoffnungsvoll an. »Meinen Sie?«

»Natürlich. Erst im letzten Monat hat die Bruderschaft in einem Grab in Salahara ein geheimes Lager entdeckt, in dem über ein Dutzend magischer Schwerter und Bögen lagen. Diese Artefakte sind an Generäle und altgediente Krieger weitergegeben worden. Und kurz bevor du hier angekommen bist, hat Meister Scott ganz in der Nähe in einem Grabhügel ein besonders schönes Schwert gefunden, dessen Klinge aus einem seltsamen Material besteht, das wie grauer Rauch aussieht. Sie durchschneidet Eisen, als wäre es Butter. Jetzt ist das Schwert in Besitz von General Stene, dem Oberbefehlshaber des königlichen Heeres. Dann sind da noch all die magischen Ringe, auf die die Bruderschaft gestoßen ist – Ringe, die ihrem Träger die Kraft von zwölf Männern verleihen. Mit solchen Waffen und

Gegenständen werden wir den Krieg gewinnen, da bin ich sicher. Und sollten die Roon tatsächlich bis hierher gelangen, werden genügend Helden zur Verteidigung von Andalon aufstehen.« Er beugte sich vor und zeigte bedeutungsvoll auf Caspan. »Diese Helden werden aus den unerwartetsten Ecken kommen, vielleicht sogar aus den Gossen von Floran, wo sie ein erbärmliches Leben geführt haben.«

Caspan rutschte unruhig auf seinem Stuhl hin und her. »Meinen Sie mich? Das glaube ich nicht. Ich eigne mich nicht zum Helden.«

»Stell dein Licht nicht unter den Scheffel, Jungchen. Es hat Helden gegeben, die noch seltsamerer Herkunft waren als du.«

»Es ist sehr freundlich von Ihnen, das zu sagen, aber ein ehemaliger Dieb wird wohl kaum den Verlauf des Krieges beeinflussen können«, erwiderte Caspan mit verschmitztem Grinsen.

Gramidge blieb jedoch ernst. »Ich bin sicher, dass Meister Scott da anderer Ansicht wäre.«

Caspan runzelte die Stirn. »Was hat er denn mit alldem zu tun?«

»Du kannst natürlich nicht wissen, dass beide Meister ein Loblied auf dich gesungen haben. Sie sind sehr mit den Fortschritten, die du und die anderen Rekruten gemacht haben, zufrieden. Die Meister setzen große Hoffnungen auf dich.« Der Verwalter rieb sich das Kinn und sah Caspan nachdenklich an. Dann beugte er sich vor und flüsterte: »Erinnerst du dich noch an deine erste

Begegnung mit Herzog Connal? Wenn mich nicht alles täuscht, hat er euch damals von einem Dieb erzählt, der in ein Grab der Dray eingedrungen ist und den magischen Schlüssel eines Wolfs bei sich hatte, als man ihn erwischte. Erinnerst du dich daran?« Caspan nickte. Er wusste zwar nicht, worauf Gramidge hinauswollte, war aber trotzdem neugierig geworden. »Du wirst es vielleicht nicht glauben, aber dieser fünfzehnjährige Dieb war Meister Scott.«

Caspan schnappte nach Luft. »Nein!«

Gramidge lehnte sich auf seinem Stuhl zurück. »Warum sollte ich dir etwas vorlügen? Sicher wird er dir diese Geschichte eines Tages selbst erzählen, aber vorerst wäre ich dir dankbar, wenn du die Sache für dich behältst. Nicht dass ihm seine Vergangenheit peinlich wäre, aber zweifellos möchte er derjenige sein, der dir davon berichtet.« Caspan nickte. Diese Enthüllung musste er erst einmal verdauen. »Es überrascht mich, dass du so schockiert bist. Meister Morgan hat euch doch erzählt, dass einige Mitglieder der Bruderschaft ehemalige Diebe und Grabräuber sind.«

»Ja, aber ich habe nicht damit gerechnet, dass einer von ihnen ein *Meister* der Bruderschaft ist.«

»Warum nicht?«, fragte Gramidge.

»Ich dachte, er stammte aus dem Heer und wäre vielleicht Offizier in einer der Legionen gewesen.«

»Das trifft für Morgan zu. Er war früher Fechtlehrer und wurde vor ungefähr zehn Jahren von der Bruderschaft angeworben, um Kampftechnik zu unterrichten.

Viele der Gräber, die die Bruderschaft erkundet, liegen in Caledon und Salahara. Bei Scharmützeln mit Briganten und Hochländern verloren wir seinerzeit zu viele Mitglieder. Deshalb holte man Morgan, der der Bruderschaft das Kämpfen beibringen sollte.« Er zeigte mit dem Finger auf Caspan. »Aber Scott war nicht anders als du, Jungchen. Vom sechsten Lebensjahr an hat er in der Unterwelt von Briston gelebt. Es heißt, er sei einer der besten Taschendiebe der Stadt gewesen. Und jetzt ist er Meister im königlichen Orden der Schatzsucher. Wie du siehst, können ehemalige Diebe es manchmal sehr weit im Leben bringen. Sie sind auch imstande, bedeutende Taten zu vollbringen – Taten, die dem Krieg gegen die Roon einen anderen Verlauf geben können.« Er lächelte. »Helden müssen nicht unbedingt große Krieger oder Könige sein, Caspan. Sie müssen nur an sich selbst glauben.«

Gramidge ließ Caspan ein Weilchen Zeit, um über all dies nachzudenken. Dann erhob er sich und forderte den Jungen mit einer Handbewegung auf, sich ihm anzuschließen. »Aber du musst aufhören, dich mit Dingen zu beschäftigen, die noch nicht geschehen sind. In deinem Alter darf man einfach noch nicht zum alten Griesgram werden. Wenn du weiterhin so viel grübelst, wirst du eines Morgens mit einem Gesicht wie dem meinen aufwachen. Nicht dass ich hässlich wäre oder so etwas. Ich finde bloß, dass ein Fünfzehnjähriger nicht mit solch einem Gesicht durch die Gegend laufen sollte.«

Caspan lachte und stand auf. Jetzt fühlte er sich viel besser. »Danke, Gramidge.«

Der Verwalter hob seinen Besen und wischte einige Dreckflusen weg, die von einem der Deckenbalken hingen. »Gern geschehen, Jungchen. Und jetzt lass uns zu den anderen gehen.«

KAPITEL ELF

Die Vergangenheit eines Diebs

»Pass bloß auf«, meinte Roland und zeigte auf Caspans Tunika. »Du hast da noch eine saubere Stelle. Das sollten die Meister lieber nicht sehen, sonst könnten sie annehmen, dass du dich nicht genügend ins Zeug gelegt hast!«

Caspan lachte. Er war von Kopf bis Fuß mit Schlamm und Dreck beschmiert. In seine Stiefel war derart viel Matsch eingedrungen, dass es mit jedem Schritt, den er machte, zwischen seinen Zehen quietschte.

Mittlerweile war der zweite Monat der Ausbildung angebrochen, und heute hatten die Rekruten das härteste Hindernisrennen absolviert, das die Meister ihnen je abverlangt hatten. In der Nacht zuvor hatte es wie aus Kübeln geschüttet, sodass der Waldboden zum reinsten Morast geworden war. Dann waren da Dutzende von Holzhürden gewesen, über die die Rekruten hatten klettern, Netze, unter denen sie hatten hindurchkriechen, und Bäche, über die sie sich mithilfe von Seilen, die an überhängenden Ästen befestigt waren, hatten schwingen müssen. Überdies mussten sie den Hindernislauf in unter einer Stunde hinter sich bringen. Um die Sache noch schlimmer zu machen, war Morgan die ganze Zeit neben ihnen hergetrabt, hatte Befehle gebrüllt und alles, was sie machten, kritisiert. Selbst nachdem sie den Lauf erfolgreich und in der vorgegebenen Zeit beendet hatten, hatte der strenge Meister ihnen lediglich befohlen, ins Haus zurückzukehren und sich zu waschen.

Caspan warf einen Blick auf Roland. »Du hast gut reden!«

»Wieso?«

»Na sieh dich doch mal an. Du hast ja kaum Schlamm abbekommen.«

Roland reckte das Kinn in die Höhe. »Das, mein lieber Cas, liegt daran, dass ich Wert auf mein Äußeres lege.« Er musterte die anderen und grinste. »Was man nicht über jeden hier sagen kann.«

Sara verdrehte die Augen. »Oh, Mann. Der einzige Grund, warum du so sauber bist, ist der, dass du bis zum Schluss deinen Umhang nicht abgelegt hast, du Witzbold!« Sie lachte und schüttelte den Kopf. »Du hättest mal sehen sollen, wie lächerlich es gewirkt hat, als du mit flatterndem Umhang durch den Wald gerannt bist.«

Grinsend zog Roland sich den Kragen seiner blitzsauberen Tunika hoch. »Neid ist doch etwas Schreckliches.«

Kilt zwinkerte Sara zu, während sie sich einen Schlammklumpen vom Stiefel kratzte und ihn nach Roland warf. Roland kreischte auf und zeigte vorwurfsvoll auf den braunen Fleck, den der Schlamm auf seiner Tunika hinterlassen hatte. »Vielen herzlichen Dank! Jetzt muss ich sie doch noch waschen!«

Kilt schnaubte verächtlich. »Wenn du dich weiterhin so mädchenhaft benimmst, wirst du noch ganz andere Sachen abbekommen!«

Lachlan bewegte vorsichtig die Schultern hin und her, um herauszufinden, wie verspannt seine Muskeln waren. »Ich glaube, wir haben uns heute ganz gut gemacht. Der Meister hat zwar nichts gesagt, aber ich habe gemerkt, wie beeindruckt er war. Wir haben wirklich als Team zusammengearbeitet. Wir sollten stolz auf uns sein.«

Die anderen drei nickten zustimmend. Caspan war jedoch anderer Ansicht. Sicher, jeder hatte sich kooperativ gezeigt – bis auf Kilt. Selbst als sie sich abgemüht hatte, über eine Holzhürde zu kommen, und er ihr hatte helfen wollen, hatte sie seine Hand weggeschlagen, als wäre er aussätzig. Während des ganzen Hindernislaufs hatte sie nicht ein einziges Mal seine Hilfe angenommen, geschweige denn ihm die ihre angeboten. Caspan fiel auf, dass Kilt keinen der anderen wie ihn behandelte. Ihre Verachtung und ihr Abscheu waren ausschließlich für ihn reserviert.

Als sie das Haus der flüsternden Stimmen erreichten, gingen sie geradewegs zum Waschhaus, wo ein Bad auf sie wartete. Gramidge wollte nicht, dass sie mit ihren schmutzigen Stiefeln über seinen kostbaren Fußboden latschten, und hatte in der vergangenen Woche dieses

Verfahren eingeführt, nachdem Lachlan von der Haustür bis zu seinem Zimmer eine Dreckspur hinterlassen hatte. Zwischen dem Baderaum der Jungen und dem der Mädchen befand sich eine hölzerne Trennwand und auf Hockern lagen Handtücher und saubere Kleidung bereit.

Die Jungen zogen sich aus und stiegen in die Wannen. Noch nie in seinem Leben war Caspan für ein heißes Bad so dankbar gewesen. Er spürte, wie das warme Wasser in seine Haut drang und seine schmerzenden Muskeln lockerte, sodass er sich wie neugeboren fühlte.

Roland legte sich ein feuchtes Handtuch übers Gesicht und stemmte seine Füße gegen den Rand der Wand. »Ah, so lässt es sich aushalten«, sagte er mit einem wohligen Seufzer.

Lachlan gähnte. »Das kannst du laut sagen. Was steht denn heute Nachmittag auf dem Stundenplan?«

»Fechtübungen«, sagten Caspan und Roland im Chor. Sie lachten. Das war mittlerweile bei den Jungen zum Running Gag geworden, weil jetzt jeden Nachmittag Fechtübungen stattfanden.

Roland drehte sich zu Caspan. »Übrigens wollte ich dich noch zu den Fortschritten, die du gemacht hast, beglückwünschen. Inzwischen bringst du es sogar fertig, ein Schwert am Griff festzuhalten.«

»Sehr witzig.« Caspan bespritzte ihn mit Wasser. Dann lehnte er sich in der Wanne zurück und ließ die Arme über den Rand baumeln. Er war stolz darauf, dass er es seit seiner ersten Fechtstunde so weit gebracht hatte.

Er hatte sich alle Grundtechniken angeeignet, war aber noch weit davon entfernt, so gewandt wie Lachlan, Roland und Kilt mit einem Schwert umgehen zu können. Trotzdem war er sicher, dass er ihnen, wenn er weiterhin fleißig übte, eines Tages ebenbürtig wäre.

»Allerdings muss ich sagen«, fügte Roland nach einer Weile hinzu, »dass Sara dich noch übertrumpft. Sie schafft es noch nicht einmal …«

»Darf ich dir mitteilen«, rief Sara hinter der Trennwand, »dass ich alles hören kann. Also überleg dir genau, was du jetzt sagst!«

Roland grinste und zwinkerte Caspan zu. »Ohren wie ein Luchs hat die.« Er spitzte nachdenklich die Lippen. »Oder vielleicht doch eher wie ein Bluthund. Du weißt, welche Hunde ich meine? Das sind die mit den Schlappohren.«

Sara stieß ein lautes Lachen aus, dem jedoch jede Fröhlichkeit fehlte. »Wenn du so weitermachst, könnte es passieren, dass du gleich ein Bündel schmutzige Kleidung an den Kopf kriegst!«

Roland blickte ängstlich in Richtung Trennwand. »Das würdest du nie wagen!«

»Red nur weiter, dann wirst du es schon rausfinden.«

Glücklicherweise riss Roland sich zusammen, sodass Sara ihre Drohung nicht wahr machte. Nachdem sie sich fast eine Stunde im Wasser entspannt hatten, kleideten sie sich an und gingen zum Mittagessen in die Große Halle.

Caspan zog sich als Letzter der Gruppe an. Beim Verlassen des Waschhauses bemerkte er, dass die Mädchen ihre Handtücher auf dem Boden hatten liegen lassen. Um Gramidge einen Gefallen zu tun, ging er zurück und hob sie auf. Gerade als er fertig war, kam Kilt in den Raum gestürmt und fing an, hektisch nach etwas zu suchen. Da sie nicht fündig wurde, stöhnte sie auf und warf Caspan einen wutentbrannten Blick zu.

»Was hast du damit gemacht?«, fragte sie.

»Womit?« Caspan hatte keine Ahnung, was sie meinte.

»Stell dich doch nicht dumm, du Ratte!« Sie kam drohend auf ihn zu. »Mein magischer Schlüssel ist weg! Du hast ihn vom Haken an der Wand genommen, wo ich ihn hingehängt hatte!«

»Hab ich nicht.«

»Wag es ja nicht, mich anzulügen! Warum lungerst du denn sonst hier rum?« Kilt schob ihr Gesicht so nahe an das von Caspan heran, dass er ihren heißen Atem auf den Wangen spüren konnte. Sie stieß ihm mit dem Finger gegen die Brust. »Die Katze lässt eben das Mausen nicht. Du bist eine schmutzige, verkommene Ratte und solltest in die Kloake zurückkehren, aus der du hervorgekrochen bist! Niemand hier traut dir. Die anderen tolerieren dich nur und sagen nichts gegen dich, um dich nicht zu verärgern, weil sie befürchten, dass du sonst in ihre Zimmer einbrichst und ihnen alles stiehlst.« Sie stieß ihm erneut mit dem Finger gegen die Brust. »Also, wo ist er?«

Ihre Worte waren wie Peitschenschläge. Trotzdem blieb Caspan ruhig. Damals in Floran hatte er sich auch alle möglichen Beschimpfungen anhören müssen. Außerdem war Kilt so aufgebracht, dass jeder Versuch, vernünftig mit ihr zu reden, ohnehin gescheitert wäre. Das Beste, was er im Moment tun konnte, war, sich umzudrehen und zu gehen. Kilt packte ihn jedoch bei der Schulter und riss ihn zurück.

»Wie kannst du es wagen, jemandem dem Rücken zuzudrehen, der weit über dir steht, du Gossenratte!« Sie schubste ihn so heftig, dass er zurücktaumelte. »Und jetzt rück den Schlüssel raus, sonst verprügle ich dich!«

Hatte sie wirklich gerade behauptet, dass sie weit über ihm stand? Das war mehr, als Caspan ertragen konnte. Er straffte die Schultern und starrte sie herausfordernd an. »Ich hab doch schon gesagt, dass ich ihn nicht habe. Also lass mich in Ruhe!«

»Und wenn nicht? Was passiert dann?« Kilt schubste ihn erneut, doch diesmal hielt Caspan ihr stand. Sie kam mit geballten Fäusten auf ihn zu.

»Was ist hier los?«, rief eine Stimme vom Nebeneingang. Caspan drehte sich um und sah, wie Meister Scott zur Tür hereintrat.

»Da hast du ja noch mal Glück gehabt, du Ratte!«, zischte Kilt Caspan in giftigem Ton zu. »Aber glaub ja nicht, dass du ungeschoren davonkommst. Ich werde dem Meister erzählen, was du gemacht hast.« Sie lächelte boshaft. »Wollen wir doch mal sehen, ob er solch eine verlogene Gossenratte wie dich im Orden behalten möchte.« Sie drängte sich an ihm vorbei und steuerte auf Scott zu, um mit ihm zu reden, doch Caspan kam ihr zuvor.

»Sie behauptet, dass ich ihren magischen Schlüssel gestohlen habe, Sir.«

»Behauptet?«, wiederholte Kilt in ungläubigem Ton. »Ich habe gesehen, wie er ihn von der Wand genommen hat! Er muss ihn in der Tasche haben.«

Was für eine Lügnerin! Caspan drehte sich zu ihr und starrte sie empört an. Scott hob seufzend die Hand und sah Caspan an. »Stimmt das?«

»Nein!« Es kränkte ihn, dass der Meister an ihm zweifeln konnte. Caspan überlegte, ob an Kilts Behauptung, dass niemand hier ihm traue, etwas Wahres dran war.

Kilt war unerbittlich. »Glauben Sie kein Wort von dem, was er sagt. Durchsuchen Sie seine Taschen. Dann werden Sie feststellen, dass er nichts als ein Lügner und ein Dieb ist!«

Scott hob warnend den Finger. »Das reicht jetzt«, sagte er zu ihr. Nachdem er Caspan einen Moment lang betrachtet hatte, stieß er erschöpft die Luft aus und setzte dazu an, etwas zu sagen, zögerte jedoch, als er den verletzten und enttäuschten Ausdruck in Caspans Augen sah.

»Soll ich meine Taschen leeren, Sir?«, fragte Caspan.

Der Meister schüttelte den Kopf. »Das wird nicht nötig sein.«

»Was? Sie wollen ihn also laufen lassen?«, brauste Kilt auf.

Scott sah sie ruhig an. »Caspan hat mir sein Wort gegeben. Als Mitglied dieses Ordens glaube ich ihm.«

Kilt schäumte vor Wut. »Aber ich habe gesehen, wie er den Schlüssel gestohlen hat!«

»Ich bin sicher, dass das alles nur ein Missverständnis ist«, erwiderte Scott.

»Ich fasse es nicht!« Kilts Augen verengten sich zu Schlitzen. »Wenn Sie nichts unternehmen, werde ich mich an Herzog Connal wenden. Mal sehen, ob er mit der Sache auch so lax umgeht.«

Scott warf ihr einen strengen Blick zu. »Du vergisst dich. Stell dich sofort dort drüben hin und halt den Mund. Ich werde erst wieder mit dir reden, wenn du dich beruhigt hast.«

Kilt starrte Scott trotzig an. Dann stürmte sie an Caspan vorbei zur Wand. Der Meister hakte die Daumen hinter seinen Gürtel und sah Caspan an. »Würdest du mir bitte erzählen, was passiert ist?«

Caspan erklärte gerade, dass er dageblieben war, um die Handtücher der Mädchen wegzuräumen, als Roland anstolziert kam. Nachdem er dem Meister und Caspan einen fröhlichen Gruß zugerufen hatte, ging er zu Kilt hinüber und sagte etwas zu ihr. Anschließend gab er ihr etwas, das er aus seiner Tasche holte. Dann ging er lächelnd an Caspan und Scott vorbei und wollte zum Haus der flüsternden Stimmen zurückschlendern.

»Was hast du ihr da gerade gegeben?«, fragte der Meister.

»Wispers magischen Schlüssel«, antwortete Roland. »Ich hab ihn während des Hindernisrennens im Schlamm gefunden. Die Kette muss Kilt vom Hals gerutscht sein. Ich wollte ihr den Schlüssel schon vorhin zurückgeben, hab es aber vergessen.« Er zuckte die Achseln und setzte seinen Weg fort. »Na ja, ist ja nichts passiert. Ist ja niemand ausgerastet und hat jemand anderen beschuldigt, ein Dieb zu sein.«

Scott klopfte Caspan wohlwollend auf die Schulter. »Jetzt geh mal lieber in die Halle, bevor Roland alles aufisst.«

Caspan lächelte und folgte Roland. Nachdem er ein paar Schritte gegangen war, blieb er jedoch stehen und blickte zum Meister zurück. »Danke, dass Sie mir geglaubt haben, Sir.«

Scott nickte. Dann wandte er sich Kilt zu. »Komm mal her, junge Dame«, rief er. »Ich glaube, du bist mir einige Erklärungen schuldig.« Bevor Kilt zum Meister hinüberging, warf sie Caspan noch einen vernichtenden Blick zu.

»Hab ich was verpasst?«, fragte Roland, der am Nebeneingang auf Caspan wartete.

Caspan schüttelte den Kopf. »Nur Kilts ganz normales Verhalten.«

Die Jungen gingen den Korridor entlang, der zur Großen Halle führte, doch Essen war das Letzte, wonach Caspan gerade der Sinn stand. Was Kilt gesagt hatte, beunruhigte ihn zutiefst. War sie nur gehässig, oder misstrauten ihm die anderen – die er für seine Freunde hielt – tatsächlich?

Stabilität war etwas, was er viele Jahre lang nicht gekannt hatte, und er hatte Angst, dass sein neues Leben –

mit Freunden, magischen Wächtern und dem Haus der flüsternden Stimmen – keinen Bestand haben würde. Dauernd stellte er sich vor, dass er eines Morgens aufwachte und feststellte, dass er wieder in Floran war, dass seine Begegnung mit Raven und die Aufnahme in der Bruderschaft nichts als ein Traum gewesen war. Caspan wünschte, er könnte diese Unsicherheit hinter sich lassen, um nur noch nach vorn zu blicken und all die Möglichkeiten, die die Bruderschaft ihm bot, zu nutzen, doch diese Unsicherheit saß nun einmal tief in ihm und kam vielleicht von seinem Instinkt, niemandem zu trauen. In Floran hatte ihm diese Einstellung gute Dienste geleistet, doch jetzt war er Teil eines Teams. Er hoffte, dass sie ihn hier nicht zugrunde richten würden. Er wollte unbedingt akzeptiert werden, fürchtete aber, dass Kilts Hass ihn dazu zwingen könnte, sich in seinen Panzer zurückzuziehen und wieder zum einsamen Wolf zu werden.

»Du bist auf einmal so still«, stellte Roland fest.

»Ich habe gerade über Kilt nachgedacht. Ich verstehe es einfach nicht. Ich habe nie etwas getan, um sie zu kränken. Trotzdem mag sie mich einfach nicht.«

Roland zog eine Augenbraue in die Höhe. »Sie *mag* dich nicht? Tut mir leid, dir das jetzt sagen zu müssen, aber sie *hasst* dich.«

Caspan verzog das Gesicht. »Danke. Das habe ich gebraucht. Jetzt fühle ich mich gleich besser.«

Roland lächelte stolz. »Hey, dazu sind Freunde doch da, oder?« Er neigte nachdenklich den Kopf. »Aber da du das Thema gerade angeschnitten hast … sie hat dich von Anfang an nicht gemocht.« Er schnippte mit den Fingern und kniff die Augen zusammen. »Wenn ich mich recht erinnere – was gewöhnlich der Fall ist, weil ich unglaublich schlau bin –, hat alles begonnen, als sie erfahren hat, dass du früher zur Schwarzen Hand gehört hast. Das war bei unserer ersten Mahlzeit in der Großen Halle. Vielleicht ist sie mal von einem Mitglied deiner Diebesgilde ausgeraubt worden.«

Caspan nickte. »Aber warum sollte sie dann mich persönlich dafür verantwortlich machen?«

»Das ist ja das Schöne an Vorurteilen. Einen echten Grund braucht man für sie nicht.« Roland wedelte mit der Hand hin und her. »Jetzt seh ich alles deutlich vor mir. Kilt war zu Besuch in Floran und schlenderte vergnügt die Straßen entlang. Gerade hatte sie an einem Treffen der Gesellschaft geborener Verlierer teilgenommen und war jetzt dabei, alle, an denen sie vorüberkam, aufs Übelste zu beschimpfen.« Caspan lachte und gab ihm zum Spaß einen Schubs. »Was denn? Es muss doch lebensecht wirken. Also stör mich bitte nicht. Ich glaube, ich komme der Sache gerade auf den Grund.« Roland wedelte erneut mit der Hand hin und her. »Sie ging also die Straße entlang, sah jeden finster an und beschimpfte ihn, als plötzlich … peng!« Er klatschte so laut in die Hände, dass Caspan zusammenzuckte. »Als es plötzlich passierte: Ihr wurde blitzartig klar, dass sie der größte Schwachkopf auf Erden ist.«

Caspan grinste und schüttelte den Kopf. »Und was ist mit der Schwarzen Hand?«

»Darauf komm ich gleich. Kaum hatte sie das erkannt, als sich ihr verstohlen eine Hand näherte – eine *Hand* in einem *schwarzen* Handschuh, wie ich hinzufügen muss – und ihr ihren Geldbeutel stahl, der die gesamten Ersparnisse der Familie enthielt, mit denen sie sich eine neue Persönlichkeit kaufen wollte.« Er kicherte in sich hinein. »Mann, hat die einen Aufstand gemacht! Sie schwor, dass sie von diesem Tag an jeden Taschendieb der Welt und besonders die Mitglieder der Schwarzen Hand hassen würde.« Er sah Caspan an. »Na, was sagst du dazu?«

Caspan lachte erneut. »Abgesehen davon, dass du ein ausgemachter Quatschkopf bist?« Sie bogen um eine Ecke und gingen ein paar Stufen hinunter. »Möglicherweise hast du ja recht. Vielleicht wurde sie tatsächlich von einem Mitglied der Schwarzen Hand ausgeraubt. Das würde jedenfalls erklären, warum sie mich nicht mag.«

Roland hob mahnend einen Finger.

»Okay, warum sie mich hasst.«

Roland nickte zufrieden. »Gut. Denk daran, dass wir uns an die Tatsachen halten müssen.« Selbstgefällig strich er seinen Umhang glatt. »Es kann natürlich auch daran liegen, dass sie neidisch ist, weil du mit dem bestaussehenden Jungen von ganz Andalon befreundet bist. Da würde schließlich jeder grün vor Neid werden.«

Caspan verdrehte die Augen. Dann sah er Roland ernst an. »Ich werde dich jetzt etwas fragen und ich möchte eine ehrliche Antwort.«

Roland grinste. »Ich weiß genau, was du mich fragen

willst. Du willst wissen, ob ich die Mädchen während des Hindernislaufs absichtlich bei jeder Gelegenheit mit Schlamm bespritzt habe.« Sein Grinsen wurde noch breiter. »Selbstverständlich. Und ich wäre gern bereit, die ganze Strecke noch einmal zu laufen, nur um das zu wiederholen. Solche Gelegenheiten darf man sich nicht entgehen lassen.« In dem Moment bemerkte er Caspans ernsten Gesichtsausdruck. »Aber darum geht es nicht, oder?«

Caspan schüttelte den Kopf. »Traust du mir?«

»Jedenfalls redest du nicht lange um den heißen Brei herum.« Roland sah ihn verwirrt an. »Na klar. Wieso?«

Caspan zuckte die Achseln. »Nur weil Kilt da was gesagt hat.«

Roland machte eine wegwerfende Handbewegung. »Über das, was die sagt, würde ich mir keine Gedanken machen. Aber wir anderen würden dir unser Leben anvertrauen.« Für einen Spaßvogel wie Roland war das eine Aussage von seltener Ernsthaftigkeit, die Caspan beruhigend fand. »Hör mal, wenn du willst, bitte ich meine Großmutter, dir ihr Geheimrezept für Würstchen zu schicken. Reicht das als Beweis aus?«

Caspan lachte. »Solche extremen Maßnahmen sind wirklich nicht nötig.«

»Aber mal im Ernst, Cas, du hast nie etwas getan, was mich an dir hätte zweifeln lassen.« Roland runzelte die Stirn. »Obwohl ich sagen muss, dass ich mich oft frage, wer vor drei Wochen beim Abendessen das letzte Stück Kuchen gegessen hat.«

Caspan boxte ihn scherzhaft gegen den Arm. »Du und deine Versessenheit aufs Essen!«

»Danke, dass du mich daran erinnerst.« Roland klopfte ihm fröhlich auf die Schulter. »Los, lass uns ein Wettrennen zur Großen Halle machen. Mir hat gar nicht gefallen, wie Lachlan vorhin diese Platte mit Wachteln beäugt hat.«

Lachend und johlend raste Roland den Gang hinunter. Caspan setzte ihm nach, fest entschlossen, seinen Freund zu überholen und sich zumindest eine Wachtel zu sichern.

KAPITEL ZWÖLF

Raven

Außer den Meistern und Gramidge bekamen die Rekruten im Haus der flüsternden Stimmen nur selten andere Leute zu Gesicht. Mitunter wurden sie mitten in der Nacht von Schritten und fremden Stimmen geweckt, weil Mitglieder des Ordens von einer Mission zurückkehrten. Am folgenden Morgen fanden Caspan und seine Freunde dann in der Großen Halle zwei oder drei Unbekannte vor, die, in die schwarzen Umhänge der Bruderschaft gehüllt, am Tisch saßen und sich angeregt mit einem der Meister unterhielten. Die Rekruten hatten fast nie Gelegenheit, mit diesen Schatzsuchern zu sprechen, weil diese sich bald auf ihre Zimmer zurückzogen, um sich auszuruhen. Meist brachen sie vor Anbruch des Abends wieder auf, um irgendwo in Andalon oder Salahara ein weiteres Grab der Dray zu erkunden.

Eines Morgens gingen Caspan und Lachlan früher als sonst in die Große Halle hinunter, da sie vor dem Unterricht bei Meister Morgan ein paar Extrafechtübungen einlegen wollten. Überrascht stellte Caspan fest, dass Raven vor dem Kamin saß und sich die Hände wärmte, während sie mit Meister Scott plauderte. Als sie hinter sich Schritte hörte, schaute sie über die Schulter und begrüßte Caspan mit einem breiten Lächeln. Raven winkte die Jungen heran und forderte sie auf, sich zu ihnen zu gesellen.

»Meister Scott hat mir gerade erzählt, wie beeindruckt er von den Fortschritten ist, die du gemacht hast«, sagte sie strahlend und streckte Caspan die Hand entgegen, der sie freudig schüttelte. Sie musterte ihn von oben bis unten. »Es ist wirklich schön, dich wiederzusehen, Caspan. Obwohl ich sagen muss, dass ich dich kaum wiedererkenne.«

Caspan lächelte. »Seit unserer letzten Begegnung hat sich einiges geändert.«

»Und alles zum Besten, da bin ich mir ganz sicher.« Raven streckte auch Lachlan die Hand hin. »Ich bin Raven. Caspan und ich sind … nun ja, alte Freunde.« Sie grinste zu Caspan hinüber, um dann wieder Lachlan anzusehen. »Also, da du sehr groß bist und so breite Schultern wie ein Ochse hast, nehme ich an, dass du … Lachlan bist.« Er nickte und schüttelte ihr die Hand. Sie blickte Scott an und klopfte sich nachdenklich mit dem Zeigefinger gegen die Wange. »Was wohl bedeutet, dass noch Sara und Kilt fehlen und …?«

»Roland«, ergänzte Scott mit amüsiertem Grinsen. »Obwohl ich glaube, dass du seinen Namen nicht so schnell wieder vergessen wirst, wenn du ihn erst einmal kennengelernt hast.«

Raven zog eine Augenbraue hoch. »Er hinterlässt also einen Eindruck, ja?«

Der Meister grinste. »So könnte man es ausdrücken.«

»Wie geht es euch hier?«, fragte Raven die Jungen, nachdem sie neben ihr und Scott Platz genommen hatten. »Bestimmt haben die Meister sich gut um euch gekümmert. Ich brenne darauf, alles über eure Ausbildung zu erfahren.« Raven bemerkte den magischen Schlüssel, der Caspan um den Hals hing, und beugte sich vor, um ihn genauer zu betrachten. Anschließend lehnte sie sich grinsend auf ihrem Stuhl zurück. »Überrascht mich nicht, dass du dir einen Drachen ausgesucht hast. Wenn ich mich recht erinnere, hast du ja nicht gerade Höhenangst.«

Caspan kicherte und dachte an den Tag zurück, als Raven und Thom ihn über die Dächer von Floran verfolgt hatten. »Das ist Raureif«, erklärte er, während er zärtlich über die kleine Metallfigur strich.

»Ich hoffe, sie ist nicht zu schwer zu bändigen.«

»Er«, stellte Caspan richtig.

Raven lächelte und hob beschwichtigend die Hand. »Entschuldige. Er.«

»Caspan macht sich bemerkenswert gut«, sagte Scott. »Genau genommen gilt das für alle Rekruten.« Er zeigte auf Lachlan. »Du müsstest mal sehen, wie er hier mit dem Schwert umgeht. Den würde ich in einem Kampf nur ungern als Gegner haben.« Lachlan senkte bescheiden den Blick. »Und Caspan ist der geschickteste Dieb, der mir seit Langem untergekommen ist. Er klettert Wände hoch wie eine Eidechse und schafft es, jedes Schloss zu knacken.« Scott verstrubbelte Caspan die Haare. »Ja, wir sind sehr stolz auf unsere neuen Rekruten.«

Raven sah Caspan erwartungsvoll an. »Na? Willst du mir denn gar nichts über dein neues Leben erzählen?«

Sie plauderten mindestens eine halbe Stunde lang. Gespannt lauschte Raven allem, was Caspan zu sagen hatte, insbesondere als er von dem starken Band berichtete, das sich zwischen ihm und Raureif gebildet hatte. Nach einer Weile gesellten sich Sara, Kilt und Roland zu ihnen. Letzterer riss das Gespräch bald an sich und versuchte, Raven zu beeindrucken, indem er ihr von seinen Heldentaten erzählte.

Schließlich war es Zeit für den Fechtunterricht. Da Caspan nicht zu spät kommen wollte, verabschiedete er sich notgedrungen von Raven. Sie sagte, dass sie vor Anbruch des Abends zu einer Mission im Herzogtum Dannenland aufbrechen müsse, machte aber mit ihm aus, ihn nach dem Mittagessen am Schießstand in der Nähe des Waldes noch einmal zu treffen.

»Ich habe den Eindruck, dass du dich gut eingelebt hast«, sagte Raven, als sie sich später dort trafen. Sie hatte sich nahe den Heuballen, die beim Bogenschießen als Ziele dienten, auf einen Baumstumpf gesetzt.

Caspan nickte, während er einen Pfeil an die Sehne seines Bogens legte. »Ich habe einige wirklich gute Freunde gefunden.« Er zog die Sehne zurück, zielte und schoss. Raven applaudierte, als sich der Pfeil unmittelbar neben der aufgemalten roten Zielscheibe ins Heu bohrte. Caspan spielte mit dem Gedanken, Raven von Kilt und ihrem Verhalten ihm gegenüber zu erzählen, entschied sich dann aber dagegen, weil er sich nicht den Spaß am Bogenschießen verderben wollte.

»Du bist kein schlechter Schütze«, stellte Raven fest. »Hast du Lust auf einen kleinen Wettkampf?«

Caspan legte sich den Bogen über die Schulter. »Klar. Wie lauten die Regeln?«

»Jeder hat drei Schuss. Wer der Zielscheibe am nächsten kommt, gewinnt.«

Er trat zurück und ließ Raven den Vortritt. »Nur zu!«

»Du klingst ja sehr zuversichtlich.« Grinsend erhob sie sich und hob ihren Köcher und ihren Bogen vom Boden auf.

Er zuckte lässig die Achseln. »Ich habe auch allen Grund dazu.«

»Ach, tatsächlich? Na, wir werden ja sehen.« Raven nahm einen Pfeil aus dem Köcher und richtete ihn auf die Zielscheibe. Das Lächeln verflüchtigte sich aus ihrem Gesicht und wich einem entschlossenen Ausdruck. Dann feuerte sie den Pfeil ab, der fast mitten im Zentrum landete. Raven sah Caspan an, während sich ihre Lippen wieder zu einem Lächeln verzogen. »Meinst du, das kannst du übertrumpfen?«

Grinsend trat Caspan vor und legte einen Pfeil an die Sehne. »Man nennt mich nicht von ungefähr Caspan, den Treffsicheren.« Während er die Sehne zurückzog, spürte er, wie sich die Spannung auf den Eibenbogen übertrug. Dann schoss er. Der Pfeil traf zwar den Heuballen, aber fast fünfzig Zentimeter neben dem aufgemalten Ziel.

Raven warf ihm einen amüsierten Blick zu. »Wie war das noch mal? Caspan, der Treffsichere?«

Caspan räusperte sich und merkte, wie er rot wurde. »Tja, äh … ich dachte, ich gebe Ihnen einen Vorsprung.«

»Sehr großzügig von dir.« Raven machte ihren nächsten Pfeil bereit und schoss. Abermals hatte sie gut gezielt und der Pfeil bohrte sich kaum einen Zentimeter neben ihrem ersten Pfeil ins Heu. Sie drehte sich zu Caspan zurück. »Jetzt bist du wieder dran.«

Sein Puls beschleunigte sich. Er zog einen neuen Pfeil aus dem Köcher, trat zwei Schritte vor und zielte. Im Gegensatz zum Schwertkampf, wo er nur langsam Fortschritte machte, hatte er sich das Bogenschießen schnell angeeignet. Wenn er nachmittags hier übte, gelang es ihm normalerweise, mehrere Pfeile direkt ins Ziel zu schießen. Jetzt hingegen, wo er Raven so sehr beeindrucken wollte, hatte er Angst, völlig zu versagen.

Caspan schoss. Diesmal bohrte sich sein Pfeil schon näher an der Mitte ins Heu, wenn auch immer noch eine gute Handbreit von Ravens zweitem Pfeil entfernt. Raven schubste ihn mit einer Hüftbewegung beiseite und setzte zu ihrem letzten Schuss an.

»Denken Sie daran, dass das Ihr letzter Pfeil ist«, stichelte Caspan. »Wär doch schrecklich peinlich, wenn Sie nicht treffen würden«

»Falls du gerade versuchst, mich abzulenken – das klappt nicht«, sagte Raven, die konzentriert ihr Ziel anpeilte. »Ich habe schon oft mitten im wildesten Kampfgetümmel mit dem Bogen geschossen. Bilde dir also bloß nicht ein, deine piepsige Stimme könnte mich jetzt nervös machen.«

»Piepsige Stimme? Was soll das denn heißen?«

Raven grinste und schoss. Ihr Pfeil landete direkt im Ziel. Sie senkte den Bogen und sah Caspan an. »So. Ich glaube, ich habe die Partie entschieden.«

»Sie ist aber noch nicht vorbei.« Caspan lockerte die Schultern und legte seinen letzten Pfeil an die Sehne. »Ich kann immer noch gewinnen, wenn ich Ihren Pfeil mit meinem spalte.«

»Ah ja? Da bin ich aber gespannt.«

Caspan zwinkerte ihr zu und visierte sein Ziel an. Gerade als er im Begriff war zu schießen, senkte er seinen Bogen und schubste Raven zu Boden. »Vorsicht!«, schrie er. »Da kommt ein Drache!«

Raven lag wie benommen im Gras und starrte ängstlich zum Himmel hoch. Als sie wieder in Caspans Richtung blickte, stand er neben dem Heuballen und zeigte schelmisch grinsend auf seinen letzten Pfeil, der direkt neben Ravens drittem Pfeil in der Mitte der Zielscheibe steckte.

»Unentschieden, würde ich sagen«, meinte Caspan.

Lachend rappelte Raven sich hoch. »Du mieser Betrüger!«

»Wie bitte?«

»Du bist doch nur rübergerannt und hast den Pfeil eigenhändig ins Heu gesteckt!«

Caspan tat völlig unschuldig. »Hab ich nicht. Ist doch nicht meine Schuld, wenn Sie meinen Schuss nicht gesehen haben. Ich glaube, Sie sind einfach eine schlechte Verliererin.«

Kichernd wischte Raven sich den Schmutz von der Kleidung und setzte sich wieder auf den Baumstumpf. »Erinnere mich daran, dass ich mich nie wieder auf einen Wettstreit mit dir einlasse. Es sei denn, wir gehören zum selben Team.«

Caspan setzte sich neben sie auf einen Baumstamm. »Normalerweise bin ich viel besser als heute. Ich wollte Sie unbedingt schlagen, war aber so nervös, dass ich nicht richtig zielen konnte.«

Raven nickte. »Meister Scott hat mir schon erzählt, dass du fürs Bogenschießen echtes Talent hast. Aber du musst dich daran gewöhnen, auch unter Druck zu schießen. Wenn du meinst, es wäre schlimm gewesen, gegen mich anzutreten, dann warte erst mal ab, wie es ist, wenn drei wutentbrannte Clansangehörige auf dich zustürmen.«

Die Erwähnung von Clansangehörigen ließ vor Caspans innerem Auge Bilder des caledonischen Hochlands entstehen. »Ich kann es kaum erwarten, bis wir endlich unsere Ausbildung abschließen und uns an die Erkundung von Gräbern der Dray machen. Ich möchte unbedingt Salahara und Caledon sehen.«

»Das sind schöne, aber sehr gefährliche Länder.«

Raven zog einen Pfeil aus ihrem Köcher und strich über die Befiederung. »Ich bin gerade erst aus Salahara zurückgekehrt, wo wir einen Grabhügel der Dray untersucht haben.«

»Oswald hat mir schon erzählt, dass Sie dort unten sind.«

»Es war in der Nähe der Sklavenküste, mitten im Territorium der Korsaren. Unnötig zu sagen, dass es zu einigen Auseinandersetzungen mit Piraten und Briganten gekommen ist. Glücklicherweise hatten wir Thom dabei, der in einem Kampf ziemlich nützlich ist.« Sie steckte den Pfeil in den Köcher zurück, zog einen anderen heraus und hielt ihn sich vor die Augen, um nachzuprüfen, ob er gerade war. »In Caledon ist es nicht viel sicherer. Dort streifen ständig Banden von Clansangehörigen über das Hochland. Wegen dieser Patrouillen mussten wir schon etliche Missionen abbrechen.«

Caspan kniff die Augen zusammen. »Und den Roon sind Sie noch nie begegnet?« Seit dem Gespräch, das er vor mehreren Wochen mit Gramidge geführt hatte, hatte er mit niemandem mehr über die Riesen geredet. Insgeheim dachte er jedoch unablässig an sie.

Raven schüttelte den Kopf. »Zum Glück sind die Dray nie über die Narbe hinaus vorgestoßen, sodass es in der nördlichen Wildnis keine Gräber gibt, die wir erkunden könnten. Was ganz gut ist. Briganten und Clansangehörige sind schon schlimm genug. Da kann man auf Riesen, die mit Tätowierungen übersät sind und keine Angst vor dem Tod haben, voll und ganz verzichten.«

Caspan nickte. »Finde ich auch. Ich hoffe, dass ich die Roon nie zu Gesicht bekomme.«

Raven bemerkte seinen ängstlichem Gesichtsausdruck. Sie legte ihren Pfeil beiseite und lächelte Caspan beruhigend an. »Wir brauchen uns keine Sorgen zu machen. Es ist nur eine Frage der Zeit, bis die Waffen und die Hüter, die wir den nördlichen Legionen bereits geliefert haben, Wirkung zeigen. Du hättest mal den Bogen sehen sollen, den ich vor Kurzem in Salahara entdeckt habe. Er bestand aus schwarzem Holz, in das magische Runen eingeritzt waren, die strahlend grün leuchteten. Ich habe schon etliche Waffen gefunden, aber dieser Bogen war unvergleichlich. Wenn man die Sehne zurückzog, erschien ein schattenhafter magischer Pfeil, der sogar durch Marmor drang. Den würden noch nicht einmal die Kettenhemden der Roon aufhalten.«

»Oswald hat uns im Unterricht ein ganz ähnliches Schwert gezeigt.«

Raven nickte. »Eine Schattenklinge.«

»Letzte Woche hat Meister Morgan dieses Schwert zum Unterricht mitgebracht.« Caspan kicherte leise vor sich hin. »Roland musste ein normales Schwert hochhalten, das der Meister dann in Stücke hackte. Als er fertig war, stand Roland mit fest geschlossenen Augen da und hatte nur noch den Griff in der Hand.«

»Das hat Morgan sicher genossen«, vermutete Raven grinsend. »Ich kann mir nicht vorstellen, dass er und Roland gut miteinander auskommen.«

»Eher selten.« Caspan blickte sehnsüchtig zum Himmel hoch und träumte von fernen Ländern. »Hoffentlich dauert es nicht mehr lange, bis ich Sie bei einer dieser Missionen begleiten darf. Mir gefällt es hier zwar, aber es gibt noch so viel von der Welt, was ich sehen möchte.«

»Das wäre schön.« Raven hob warnend den Finger. »Aber nur, wenn du diesmal darauf verzichtest, mit einem gestohlen Geldbeutel über die Dächer zu rennen.«

Caspan lachte und legte die Hand aufs Herz. »Das verspreche ich.«

Am späten Nachmittag, gerade als der Himmel allmählich dunkel wurde, brach Raven auf. Es stimmte Caspan traurig, sie auf ihrem furchterregenden magischen Wolf Schatten davonreiten zu sehen. Wenn sie nicht gewesen wäre, hätte Caspan nie die Gelegenheit bekommen, sich der Bruderschaft anzuschließen. Er fühlte sich Raven zu tiefstem Dank verpflichtet und wusste, dass er immer noch in den Kloaken von Floran dahinvegetieren würde, wenn sie sich nicht zufällig begegnet wären.

In dieser Nacht lag er lange wach und dachte über das caledonische Hochland und das Wüstenkönigreich Salahara nach. Es war fast, als könnte er hören, wie diese Länder ihm allerlei zuraunten und ihn mit der Aussicht auf Abenteuer lockten.

Doch es gab noch einen anderen Grund, warum er nicht schlafen konnte. Seit dem Gespräch mit Gramidge beunruhigte ihn etwas. Jeder schien davon überzeugt zu sein, dass die von der Bruderschaft entdeckten Waffen und die Hüter im Krieg eine entscheidende Rolle spielen und Andalon den Sieg sichern würden. Doch jeder schien die Tatsache zu übersehen, dass die Bruderschaft bereits vor zwölf Jahren gegründet worden war, die magischen Waffen Andalon aber noch immer nicht zum Sieg verholfen hatten. Das Einzige, was er je gehört hatte, war, dass die Roon immer weiter nach Süden vordrangen. Sicher, ab und zu errangen die nördlichen Legionen einen Sieg, aber sonderlich häufig kam das nicht vor.

Nachdem er seinen Kopf bequemer hingelegt hatte, schloss Caspan die Augen. Er fürchtete, dass es wohl nicht mehr lange dauern würde, bis die Roon im Süden einfielen.

KAPITEL DREIZEHN

Der kleinste Bruder

Kilt rempelte Caspan so heftig an, dass ihm der Sattel aus den Händen fiel. Ohne zurückzublicken, geschweige denn, sich zu entschuldigen, setzte sie ihren Weg zur Wiese fort. Wisper tapste lautlos hinter ihr her und knurrte Caspan im Vorübergehen verächtlich an.

Seufzend hob Caspan seinen Sattel wieder auf und gesellte sich zu den anderen. Lachlan und Sara warfen ihm mitfühlende Blicke zu, während Roland sich mit einem Klumpen Erde bewaffnete und diesen nach Kilt schleuderte, die ihm gerade den Rücken zukehrte. Als der Erdklumpen von ihrer Schulter abprallte, wirbelte sie herum und sah Roland finster an, der sich ein Grinsen nicht verkneifen konnte.

Die Meister hatten ihnen befohlen, sich mit ihren Hütern am oberen Rand der Wiese einzufinden, wo ihnen weiterer Reitunterricht erteilt werden sollte. Inzwischen ging auch der zweite Monat der Ausbildung zu Ende und die Rekruten hatten ihren magischen Wächtern alle erforderlichen Grundbefehle beigebracht. Wie der Fechtunterricht fand das Training mit den Hütern jeden Tag statt. Letzte Woche war Scott von den Fortschritten, die sie gemacht hatten, so beeindruckt gewesen, dass er ihnen einige neue Tricks beigebracht hatte, die sie sich schnell angeeignet hatten. Für heute hatte er ihnen versprochen, dass Morgan und er ihnen einige kompliziertere Reittechniken zeigen würden. Caspan war so aufgeregt, dass er in der Nacht zuvor kaum ein Auge zugemacht hatte. Er würde nicht zulassen, dass Kilt ihm den Tag verdarb.

Bevor er zum Stall hinübergegangen war, hatte Caspan Raureif herbeizitiert. Sein Drache wartete – zusammen mit den andern Hütern – auf ihn und knurrte leise vor sich hin, während er Kilt und Wisper wütend anstarrte.

»Lass dich von denen nicht ärgern«, flüsterte er Raureif ins Ohr und kraulte ihn unter dem Kinn. »Es ist nicht Kilts Schuld, dass sie so angenehm wie Sodbrennen ist.«

Vielleicht bildete Caspan es sich nur ein, aber er meinte, den Drachen glucksend lachen zu hören. Forschend blickte er Raureif tief in die Augen. »Kannst du mich verstehen?«, fragte Caspan mit gedämpfter Stimme, damit seine Freunde nichts mitbekamen.

Der Drache erwiderte seinen Blick. Dann blinzelte er und schaute zum Himmel hoch, wo gerade ein Falke entlangflog. Caspan lächelte und kratzte Raureif hinter dem Ohr. »Vermutlich nicht. Heute steht uns etwas Tolles bevor: unser erster richtiger Ritt.« Er beugte sich vor, um seinem Hüter ins Ohr zu flüstern: »Machs mir nicht zu schwer, ja?«

»Nun seht euch mal diese zwei an«, lenkte Roland die Aufmerksamkeit der anderen Rekruten auf Caspan und seinen Drachen. »Man könnte schwören, sie sind ein Liebespaar.«

Mit Ausnahme von Kilt, die mit finsterem Gesicht etwas vor sich hin murmelte, lachten alle. Während er Raureif sattelte, kicherte Caspan in sich hinein.

Die Meister gesellten sich zu den Rekruten. Nachdem Morgan seinen Wolf Fang herbeizitiert hatte, geleitete er Kilt und Sara über die Wiese, wo sie sich mit ihren Hütern zwischen Hindernissen durchschlängeln und über Hürden springen mussten, die Gramidge und er zuvor aufgestellt hatten. Saras Hüter Wolkentänzerin war auf freier Strecke eindeutig schneller als die beiden anderen, doch da Kilts Schneeleopardin und der Wolf des Meisters großes Geschick beim Überwinden der hölzernen Barrieren zeigten, gelang es ihnen, die Zeit aufzuholen und mit dem Pegasus gleichzuziehen.

Die Technik, die Morgan den beiden Mädchen beibrachte, sah unglaublich schwierig aus. Wenn sie mit ihren Hütern über offenes Gelände galoppierten, mussten sie sich nach rechts aus dem Sattel lehnen und versuchen, mit der Hand das Gras zu berühren. Sobald sie dies gemeistert hatten – und sie einige Male fast aus dem Sattel gefallen waren –, brachte er ihnen bei, das linke Bein über den Sattel zu schwingen und, während sie sich am Sattelknopf festhielten, beide Füße auf dem

Boden aufzusetzen. Danach mussten sie wieder in den Sattel springen, um das Manöver auf der anderen Seite zu wiederholen. Vorsichtshalber ließ Morgan sie diese Technik zuerst einmal üben, ohne dass ihre magischen Gefährten sich von der Stelle rührten. Nach einigen erfolgreichen Versuchen dirigierten die Mädchen ihre Hüter behutsam über die Wiese und nahmen das Manöver erneut in Angriff. Sara glückte das Ganze gleich beim ersten Mal, während Kilt – sehr zu Rolands Erheiterung – nur deswegen nicht zu Boden stürzte, weil sie sich an ihren Sattelknopf klammerte. Erst nachdem sie fast fünfzig Meter über die Erde geschleift worden war, gelang es ihr, sich wieder in den Sattel zu ziehen.

So schwierig und gefährlich die Technik auch aussehen mochte – sehr tief konnten die Mädchen nicht fallen, ganz im Gegensatz zu den Jungen, die einen Sturz vom Himmel riskierten. Vielleicht war das der Grund, warum Sara so selten mit Wolkentänzerin flog. Gewiss, ihr Pegasus konnte es nicht mit der Geschwindigkeit aufnehmen, die die Hüter der Jungen an den Tag legten, doch notfalls hätte Wolkentänzerin, ein großes anmutiges Pferd, auch eine kurze Strecke fliegen können. Aus Caspans Sicht ließ sich das Umreiten von Hindernissen überhaupt nicht mit einem Flug zum Himmel vergleichen, und er verstand nicht, warum Sara es vorzog, auf der Erde zu bleiben.

Caspan wurde aus seinen Gedanken gerissen, als Scott Schimmer herbeizitierte und den Jungen einige Instruktionen erteilte, um anschließend mit ihnen zu einem Flug über den Wald aufzubrechen. Zunächst waren sie sehr vorsichtig und hielten genügend Abstand zu den Wipfeln der höchsten Bäume. Scott achtete sorgfältig darauf, dass die Jungen die Manöver, die er ihnen beibrachte, korrekt ausführten. Es dauerte nicht lange, bis der Meister zufrieden nickte und vorschlug, die Geschwindigkeit zu erhöhen.

Während sie über dem grünen Meer dahinsausten und ihre Umhänge im Wind flatterten, brachen die Jungen in fröhliches Gejohle aus. Noch nie waren sie so schnell geflogen, noch nie hatte Caspan sich so frei und ungebunden gefühlt. Er spürte, wie Raureifs Brust sich mit jedem Atemzug dehnte, spürte bei jedem Flügelschlag, welch ungeheure Kraft in dem Drachen steckte. Trotzdem fühlte Caspan sich sicher, weil Raureif unverzüglich auf jeden seiner Befehle reagierte. Außerdem war er fest im Sattel angeschnallt.

Als sie den Rand des Waldes erreicht hatten, stieg Scott mit den Jungen noch höher auf. Er brachte ihnen bei, wie man sich Windströmungen zunutze machte und senkrecht nach oben oder unten flog. Am Ende des Unterrichts hatten die Rekruten sogar gelernt, wie man in der Luft plötzlich anhielt. Obwohl sie die Kunst des Fliegens bei Weitem noch nicht beherrschten, war Scott sehr von ihren Leistungen beeindruckt.

»Ich hätte nie gedacht, dass es so viel Spaß macht«, sagte Caspan, nachdem sie auf der Wiese gelandet und von ihren Hütern gestiegen waren.

Roland starrte zu Kilt hinüber, die immer noch auf

Wisper um die Hindernisse herumritt. »Sie hätte dir den Spaß fast verdorben.«

Caspan zuckte die Achseln und machte eine wegwerfende Handbewegung. »Das lasse ich aber nicht zu. Wenn sie ein Problem mit mir hat, muss sie irgendwie damit umgehen. Ich kann meine Vergangenheit nicht ändern. Und mich selbst werde ich ganz bestimmt nicht ändern.«

Lachlan nickte zustimmend. »Gut gebrüllt.«

Doch Roland schüttelte den Kopf. »Du bist viel zu geduldig, Cas. Ich an deiner Stelle hätte sie schon längst zur Rede gestellt.« Er grinste. »Oder aber einer Kuh einen Besuch abgestattet und Kilt etwas Feuchtes und Dampfendes unters Kopfkissen gelegt.« Er stieß Caspan mit dem Ellbogen an. »Sag mir Bescheid, falls du Interesse hast.«

»Ich begebe mich doch nicht auf dein Niveau«, erwiderte Caspan lachend.

Roland machte sich daran, seinen Sattel abzunehmen. »Also das Angebot steht nach wie vor, falls du es dir anders überlegen solltest.« Er griff nach den Zügeln, warf sich den Sattel über die Schulter und führte Bandit zum Stall.

»Warum hast du es denn so eilig?«, fragte Caspan.

»Ach, aus gar keinem bestimmten Grund«, entgegnete Roland. »Ich hab mir gerade gedacht, ich geh mal auf mein Zimmer, um dort vor dem Mittagessen ein bisschen … äh … aufzuräumen.«

Caspan runzelte die Stirn. »Wirklich?«

Lachlan verdrehte die Augen. »Hast du denn nicht gehört, dass es heute Würstchen gibt?«

»Mehr brauchst du nicht zu sagen.«

Grinsend blickte Lachlan Roland hinterher, der gerade über die Wiese trabte, weil er unbedingt vor den anderen in der Großen Halle sein wollte. Dann schlang Lachlan die Arme um den Hals seines Greifs. Caspan fand es seltsam, dass jemand, der so selten Gefühle zeigte wie Lachlan, so liebevoll mit seinem Hüter umging.

Plötzlich wurde Lachlan bewusst, dass Caspan ihn beobachtete. Er ließ seinen Hüter los und räusperte sich. »Sosehr ich meine Brüder auch hasse – wenn sie nicht gewesen wären, hätte ich Klaue nie kennengelernt. Ihre ständigen Sticheleien haben mich dazu gebracht, dass ich mich einem militärischen Eliteorden angeschlossen habe. Vermutlich sind sie also auf eine verdrehte Art irgendwie für mein neues Leben hier verantwortlich.«

»Na, ich bin jedenfalls froh, dass du bei uns bist. Man hat nicht jeden Tag Gelegenheit, mit jemandem zu trainieren, der so groß und kräftig ist wie ein Roon.« Caspan lächelte.

Lachlan starrte geistesabwesend in die Ferne. »Abgesehen davon, dass meine Brüder mir die Kindheit zur Hölle gemacht haben, habe ich dir noch nicht viel über sie erzählt, oder?« Caspan schüttelte den Kopf. »Also wenn du meinst, ich bin groß und stark, dann solltest du erst mal Darryl sehen, meinen ältesten Bruder. Im Vergleich zu ihm bin ich der reinste Knirps.«

Caspan stieß einen Pfiff aus. »Ist ja nicht zu fassen.«

Lachlan nickte. »Er ist fast dreißig Zentimeter größer als ich und gebaut wie ein Schrank.« Unwillkürlich rieb er sich über das Kinn. »Ich habe noch nie jemanden kennengelernt, der so hart zuschlagen kann wie er. Oder so starrköpfig ist.«

Caspan runzelte die Stirn. »Das verstehe ich nicht. Sollten Brüder nicht zusammenhalten?«

»Nicht in meiner Familie. Bei uns fliegen manchmal so die Fetzen, dass man sich wie im Krieg vorkommt. Mein Vater war nicht viel zu Hause, sodass meine arme Mutter zusehen konnte, wie sie mit uns fertigwurde. Wir haben sie fast in den Wahnsinn getrieben. Oft stürmte sie aus dem Haus und sagte, sie komme nie zurück.« Er lächelte wehmütig. »Sie kam immer zurück. Ich glaube, das ist das Großartige an Müttern. Sie sind immer für dich da, ganz gleich, was für ein Teufelsbraten du bist.«

Caspan hatte seine Mutter vor so langer Zeit verloren, dass er sich kaum mehr an ihr Gesicht erinnern konnte. Er versuchte, nicht allzu viel über das Leben nachzudenken, das er geführt hatte, bevor er sich der Schwarzen Hand angeschlossen hatte. Die Erinnerungen daran waren einfach zu schmerzhaft. Vielleicht würde er, wenn er älter war und besser mit diesen Dingen umgehen konnte, einmal nach Floran zurückgehen und sein altes Wohnviertel aufsuchen. Möglicherweise hätten die Erinnerungen, die die vertrauten Straßen und Häuser auslösten, dann eine tröstliche Wirkung auf ihn. Eines Tages vielleicht …

»Ich habe immer davon geträumt, von zu Hause abzuhauen und mich dem Heer des Königs anzuschließen«, fuhr Lachlan fort. »Um später dann als berühmter Krieger zurückzukehren. Ich konnte es gar nicht erwarten, den Ausdruck im Gesicht meiner Brüder zu sehen, denen dann nichts anderes übrig bleiben würde, als mich zu respektieren.« Er sah Caspan an. »Tja, das ist die Geschichte meines Lebens. Tut mir leid, wenn ich dich gelangweilt habe.«

»Das hast du nicht. Jeder von uns hat seine Gründe, warum er hier ist.«

Lachlan wies mit dem Kopf auf Kilt, die gerade am anderen Ende der Wiese von ihrer Schneeleopardin stieg. »Bloß bei ihr kennen wir die Gründe nicht. Wir wissen nur, dass sie ihre Eltern nicht ausstehen kann.«

Caspan starrte nachdenklich zu dem Mädchen hinüber. »Sie ist schon sehr seltsam. Ich bin sicher, dass sie irgendein dunkles Geheimnis hat und dass ihre Eltern und ich etwas damit zu tun haben.«

Lachlan sah Caspan erstaunt an. »Du? Wie soll das denn gehen? Du kennst ihre Eltern doch gar nicht, oder?«

Caspan schüttelte den Kopf. »Nein. Aber jedes Mal, wenn ihre Eltern im Gespräch erwähnt werden, führt das dazu, dass sie sich mir gegenüber mehrere Tage lang aggressiv verhält. Findest du das nicht ein bisschen komisch?«

Lachlan zuckte die Achseln. »Da könnte was dran sein. Wer weiß.«

»Roland meint, dass sie vielleicht mal von einem Taschendieb ausgeraubt worden ist, möglicherweise sogar von einem Mitglied der Schwarzen Hand, und mich dafür verantwortlich macht.«

»Wie auch immer, jedenfalls hast du dich ihr gegenüber sehr zurückgehalten.« Lachlan klopfte ihm auf die Schulter. »Ich glaube nicht, dass ich so viel Selbstbeherrschung hätte.«

Caspan seufzte. »Mir bleibt eigentlich gar keine andere Wahl. Sie hat nun mal beschlossen, dass sie mich nicht mag. Sie deswegen zur Rede zu stellen würde die Sache doch nur noch schlimmer machen.«

»Man kann vor seinen Problemen nicht davonlaufen«, wandte Lachlan ein.

»Nun ja, wir werden sehen.«

Caspan spielte mit dem Gedanken, Lachlan zu fragen, ob er mit Kilt einmal in seinem Namen sprechen würde. Lachlan war der einzige Rekrut, den Kilt zu respektieren schien. Was wahrscheinlich daran lag, dass Lachlan so stark war. Er entschloss sich jedoch, Lachlan nicht darum zu bitten. Auf den Straßen von Floran war er so lange allein zurechtgekommen, dass es ihm gegen den Strich ging, bei der Lösung seiner Probleme nicht allein klarzukommen. Außerdem war es nicht fair, Lachlan in einen Konflikt hineinzuziehen, mit dem er nichts zu tun hatte.

Lachlan warf einen Blick in Richtung Hauptgebäude und schüttelte mit spöttischer Miene den Kopf. Roland hatte gerade die Eingangstür erreicht. Nachdem er über die Schulter geschaut hatte, um sich zu vergewissern, dass er der Erste war, reckte er triumphierend die Faust in die Luft.

»Da ich in einem Haus voller Fieslinge und Leute, die ihre Witze ständig auf meine Kosten gerissen haben, aufgewachsen bin, überrascht es mich, wie tolerant ich Roland gegenüber inzwischen bin«, sagte Lachlan. »In den ersten Tagen hier war ich immer kurz davor, ihm eine runterzuhauen.«

»Das habe ich bemerkt. Der arme Roland! Seine Sticheleien sind ja nicht böse gemeint. Er kann einfach nicht anders.«

Lachlan nickte. »Er kann einem gewaltig auf die Nerven gehen, vor allem wenn er in Unterrichtsstunden herumalbert, in denen es für uns um überlebenswichtige Dinge geht. Und weißt du, was am ärgerlichsten ist? Dass er wahrscheinlich der Begabteste von uns ist. Damals in Briston hat er als Erster die Prüfung bestanden, und ich bezweifle, dass ich ihn in einem Schwertkampf besiegen könnte. Ich bin zwar stärker als er, aber er ist unglaublich schnell. Wenn es ums Klettern und Anschleichen geht, bist du normalerweise Erster, aber er bleibt nie weit hinter dir zurück. Allerdings hat er keinerlei Ehrgeiz und scheint sich nie über irgendetwas Sorgen zu machen. Das macht mich rasend!«

Caspan kicherte. »Er hat wirklich großes Talent, andere gegen sich aufzubringen, besonders Meister Morgan.«

»Bei dem sollte er sich in Acht nehmen. Morgan wird sich nicht alles bieten lassen, sondern irgendwann explodieren. Wollen wir mal hoffen, dass das nicht passiert, wenn wir dabei sind. Vor Morgan habe ich nämlich selbst Angst.«

»Ich hätte nicht gedacht, dass du vor irgendetwas Angst hast.« Caspan sah ihn verwirrt an.

»Nur vor Meister Morgan«, flüsterte Lachlan. »Aber erzähl es bloß niemand.«

Caspan legte die Hand aufs Herz und grinste. »Ich werde schweigen wie ein Grab. Wir sollten auch langsam ins Haus gehen. Wenn wir Roland zu lange allein lassen, bleibt vom Essen nichts mehr übrig.«

Lachlan führte Klaue in Richtung Stall. »Stimmt. Und ich habe keine Lust, die Reste von gestern zu essen.«

KAPITEL VIERZEHN

Das Team wird zusammengeschweißt

Am liebsten hätte Caspan Rolands Angebot, Kilt Kuhdung unters Kopfkissen zu stopfen, angenommen. Die Rekruten hatten die Aufgabe bekommen, eine Mauer des Hauses der flüsternden Stimmen zu erklimmen. Sie war vier Stockwerke hoch und hatte nur wenige Vorsprünge, an denen man sich festhalten konnte. Die Rekruten durften einen Enterhaken und ein Seil benutzen, mussten das Ganze aber in weniger als fünf Minuten bewältigen. Um die Sache noch schlimmer zu machen, waren sie in zwei Mannschaften aufgeteilt worden. Unglücklicherweise hatte Meister Scott entschieden, dass Caspan und Kilt die Aufgabe zusammen lösen sollten.

Kilt kniete am Fuß der Mauer und bereitete die Ausrüstung vor. Caspan wartete mit verschränkten Armen in der Nähe. Als er versucht hatte, ihr zu helfen, hatte sie ihm einen vernichtenden Blick zugeworfen und ihn weggeschubst. Er sah zu seinen Freunden hinüber und seufzte. Sie arbeiteten gut zusammen und befestigten den Enterhaken so am Seil, wie Meister Scott es ihnen gezeigt hatte. Caspan beobachtete, wie Kilt den Knoten schlang – eindeutig nicht so, wie der Meister es vorgemacht hatte. Offenbar überstürzte Kilt alles, weil die anderen einen Vorsprung hatten.

Was nicht weiter verwunderlich ist, da sie als Team zusammenarbeiten, dachte Caspan. Es ging ihm zwar gegen den Strich, Kilt als Partnerin zu haben, er wusste aber auch, dass sie mit der Aufgabe nie rechtzeitig fertig werden würden, wenn er ihr jetzt nicht half.

»Lass mich es mal versuchen«, bot er an und kniete sich neben sie.

Sie schlug seine Hand weg. »Verschwinde.«

Frustriert atmete Caspan durch, war aber nicht bereit, so schnell aufzugeben. »Man kann das viel besser machen, weißt du. Ich zeig's dir.«

Kilt starrte ihn unverwandt an. »Ich kann auf deine Ratschläge verzichten.«

Ihr feindseliger Ton brachte das Fass zum Überlaufen. Caspan hatte es endgültig satt, wie sie ihn behandelte. Er erhob sich und stemmte die Hände in die Hüften. »Was habe ich dir eigentlich getan?«

»Du kapierst es einfach nicht, oder?« Als er sie verständnislos ansah, stand Kilt ebenfalls auf und schob ihr Gesicht so nahe an seins heran, dass ihre Nasen sich fast berührten. Damit die anderen nichts mitbekamen, senkte sie die Stimme. »Du bist ein ehemaliger Straßendieb – eine Gossenratte!«, sagte sie in giftigem Ton. »Ich will nichts mit dir zu tun haben.«

Caspan riss sich zusammen und blieb ruhig. Kilt war

auch unter normalen Umständen sehr aufbrausend. Wenn er sich auf einen Streit mit ihr einließ, würde das die Sache nur noch schlimmer machen. »Jetzt sind wir alle Diebe.«

Kilts Augen verengten sich zu Schlitzen. »Nein, sind wir nicht. Lachlan, Roland, Sara und ich sind *Schatzsucher.* Wir drücken niemandem in einer dunklen Gasse ein Messer gegen die Kehle, um ihm sein hart verdientes Geld zu klauen. Wir sind nicht wie du.«

Caspan schluckte. Er hatte noch nie jemanden mit einem Messer bedroht. Er war immer stolz auf seine Fähigkeit gewesen, Geldbeutel stehlen zu können, ohne dass seine Opfer etwas davon merkten. »Du kennst mich doch überhaupt nicht.«

Kilt stieß ihn mit dem Finger gegen die Brust. »Da hast du völlig recht! Und jetzt lass mich in Ruhe. Ich trau dir nicht über den Weg und will mich ganz bestimmt nicht mit dir anfreunden.«

Am liebsten wäre Caspan einfach weggegangen, aber diese Genugtuung gönnte er Kilt nicht. Außerdem wollte er bei Scott nicht den Eindruck erwecken, er hätte aufgegeben, weil ihm die Aufgabe zu schwierig war. Er überlegte, ob der Meister sie deswegen in dieselbe Gruppe gepackt hatte, weil er sie zwingen wollte, zusammenzuarbeiten und die Spannung abzubauen, die zwischen ihnen bestand.

Hastig befestigte Kilt den Enterhaken, ließ das Seil mehrmals um ihren Kopf kreisen – und zwar so, dass Caspan ein paar Schritte zurücktreten musste, um den

Enterhaken nicht abzubekommen – und schleuderte den Haken zum Dach. Dann kletterte sie das Seil hoch, ohne vorher zu prüfen, ob es ihr Gewicht aushielt.

Als sie fast oben war, kam es zur Katastrophe.

Das Seil löste sich vom Haken. Kilt schrie auf und griff verzweifelt nach dem Dachvorsprung, den sie jedoch verfehlte. Caspan und seine Freunde erstarrten und mussten hilflos zusehen, wie sie abstürzte – doch dann verfing sich ihr Umhang am Sims eines offenen Fensters. Ihr Sturz wurde abrupt gebremst und sie baumelte zehn Meter über dem Sandsteinpflaster.

Glücklicherweise hatte sich Kilts Umhang um ihren linken Oberarm gewickelt, was sie davor bewahrte, erdrosselt zu werden. Doch sie war nicht in der Lage, das Fenstersims zu erreichen. Und ihr Umhang riss langsam von der Stelle, an der er sich verfangen hatte, ab.

Meister Scott rief Kilt mit lauter Stimme zu, sie solle sich nicht bewegen. Rasch nahm er seinen Umhang ab, packte ihn am oberen Ende und befahl Roland, das untere Ende zu ergreifen. Mit diesem behelfsmäßigen Sprungtuch stellten sie sich unter Kilt. Sara schlug entsetzt die Hand vor den Mund und legte ihren Kopf an Lachlans Brust.

Caspan handelte ganz instinktiv. Er fasste nach seinem magischen Schlüssel, weil er vorhatte, mit Raureif zu Kilt zu fliegen. Doch dann fiel ihm wieder ein, dass sie ihre Figuren alle Gramidge übergeben hatten, damit neue, stabilere Ketten angefertigt werden konnten. Rolands Kette war nämlich beim Bogenschießen gerissen, sodass er seinen magischen Schlüssel vorübergehend verloren hatte.

Da er befürchtete, dass Kilt nur noch Sekunden blieben, raste Caspan zum Seil der zweiten Gruppe hinüber, das bereits am Dach hing. Blitzschnell kletterte er nach oben, bis er auf Kilts Höhe war, die sich jedoch außerhalb seiner Reichweite befand.

In panischer Angst streckte sie die Hand nach ihm aus. Ihr Umhang zerriss noch weiter, sodass sie ein paar Zentimeter nach unten sackte. Sie schrie auf und streckte erneut die Hand nach Caspan aus, griff jedoch ins Leere.

»Nicht bewegen!«, befahl Caspan. »Ich komm zu dir. Aber du darfst dich nicht bewegen.«

Er stieß sich von der Wand ab und schwang sich nach links, dann nach rechts. Nachdem er sich abermals von der Wand abgestoßen hatte, gelangte er in Kilts Nähe und wollte sie gerade packen, als ihr Umhang vom Fenstersims abriss. Einen schrecklichen Moment lang begegneten sich ihre Blicke. Dann fiel sie.

Caspan streckte sich verzweifelt nach ihrer Hand, konnte sie jedoch nicht erreichen. Stattdessen erwischte er den Saum ihres Umhangs. Das Gewicht des stürzenden Körpers riss Caspan fast in die Tiefe. Trotzdem schaffte er es, Kilt zum Seil zu ziehen, an dem sie sich sofort festklammerte.

Es dauerte eine Weile, bis Kilt sich von diesem Erlebnis erholt hatte, das fast tödlich für sie ausgegangen wäre. Dann kletterte sie langsam und vorsichtig nach unten.

Sara kam angerannt und umarmte Caspan und Kilt. Als sie Caspan losließ, war der Kragen seiner Tunika nass von ihren Tränen. »Du warst einfach toll!«, sagte sie.

Lachlan klopfte ihm auf den Rücken. »Unglaublich, wie du das geschafft hast.«

Neben Lachlan tauchte Roland auf. »Dasselbe hatte ich gerade vor. Allerdings wollte ich es mit dem Kopf nach unten und geschlossenen Augen machen. Das wäre *wirklich* eindrucksvoll gewesen.« Er duckte sich weg, weil Lachlan ihm eins auf den Kopf geben wollte, sah Caspan an und grinste. »Aber ganz im Ernst, Cas, das war super.«

Scott drängte sich an ihnen vorbei, um nach Kilt zu sehen. Nachdem er Caspan die Hand geschüttelt hatte, drehte er sich dem grünäugigen Mädchen zu. »Du kannst von Glück sagen, dass du noch am Leben bist, Kilt. Lass dir das eine Lehre sein und vergiss nie zu überprüfen, ob der Haken auch fest sitzt.« Er wies mit dem Kinn auf Caspan. »Du verdankst ihm dein Leben.«

Kilt wischte sich mit dem Ärmel über die Nase und schniefte, vermied es jedoch, Caspan in die Augen zu sehen. »Danke«, murmelte sie und wollte sich davonmachen.

Roland starrte sie ungläubig an. »Was denn? War das etwa alles? Das kann nicht dein Ernst sein!« Kilt blieb stehen und sah ihn an. »Caspan hat sein Leben riskiert, um dich zu retten. Wenn er nicht gewesen wäre, wärst du jetzt platt wie ein Pfannkuchen – und obendrein mausetot! Was hältst du denn davon, ein bisschen Dankbarkeit zu zeigen?«

Kilt zuckte die Achseln. »Ich habe doch Danke gesagt. Was erwartest du denn sonst noch von mir? Soll ich ihm die Füße küssen?«

»Ja! Und außerdem solltest du ihm in den nächsten sechzig Jahren das Frühstück servieren. Er hat dir gerade *das Leben gerettet!«*

Caspan legte seinem Freund beschwichtigend die Hand auf die Schulter. »Lass gut sein, Roland. Das lohnt sich nicht.«

»Nein, tut mir leid, Cas«, widersprach Roland. »Seit wir hier sind, behandelt sie dich wie Dreck, und das verdienst du nicht.« Er sah Kilt finster an. »Es ist ja kein großes Geheimnis, dass du Taschendiebe nicht magst. Vielleicht hat dich einer von ihnen früher mal beklaut. Vielleicht magst du sie aber auch deswegen nicht, weil sie gezwungen sind, sich in Kloaken rumzudrücken und sich mühselig durchs Leben zu schlagen. Aber das spielt keine Rolle. All das ist kein Grund, auf Caspan sauer zu sein. Er hat sein Leben für dich riskiert, und du drehst dich einfach um und gehst davon, als wäre nichts geschehen, du undankbare blöde Kuh!«

Kilt starrte Roland trotzig an und holte Luft, um etwas zu erwidern, überlegte es sich aber anders und senkte den Blick. Nachdem sie eine Weile nachdenklich an ihrer Oberlippe herumgekaut hatte, hob sie den Kopf und betrachtete Caspan einen Moment lang. Dann ging sie mit ausgestreckter Hand langsam auf ihn zu.

»Trotz all dem, was Roland gesagt hat, bin ich dir dankbar.«

Caspan zögerte kurz, bevor er ihre Hand schüttelte. »Gern geschehen. Ich bin sicher, du hättest das auch für mich getan.«

Doch der zweifelnde Blick, den Kilt ihm zuwarf, ließ darauf schließen, dass das nicht der Fall war. Die Feindseligkeit und der Hass waren zwar aus ihren Augen verschwunden, doch Caspan merkte ganz deutlich, dass sie ihm immer noch misstraute. Immerhin hatte sie den ersten Schritt gemacht, um ihre Voreingenommenheit ihm gegenüber zu überwinden. Vielleicht würden sie eines Tages ja doch noch Freunde werden.

»Wie wär's, wenn wir heute Nachmittag früher Schluss machen?«, schlug Meister Scott den Rekruten vor. »Sicher wollt ihr euch nach diesem langen Tag ein bisschen ausruhen. Also räumt hier alles weg und geht euch waschen. Aber in zwei Stunden erwarte ich euch zurück.«

Sara runzelte die Stirn. »Warum denn?«

Ein verschmitztes Lächeln umspielte die Lippen des Meisters. »Oh, ich dachte, dass ihr heute Abend vielleicht gern in den Durstigen Wandersmann gehen möchtet.« Die Rekruten brachen in begeistertes Gejohle aus. »Ich nehme an, das bedeutet *Ja.*«

Die Taverne Zum Durstigen Wandersmann war die einzige in ganz Uckfield Heath, dem nächstgelegenen Dorf, das man zu Pferd in ungefähr einer Viertelstunde erreichen konnte. Die Rekruten hatten Gramidge schon mehrmals nach Uckfield Heath begleitet, um Lebensmittel für die Küche zu holen, waren aber noch nie in der Taverne gewesen. Sie brannten darauf, den Apfelmost zu probieren, den es dort gab und der dem Verwalter zufolge unvergleichlich war.

Roland gab sich gleichgültig und gähnte. »Wenn ihr mir gut zuredet, komme ich vielleicht mit.« Er zuckte zusammen, als Lachlan ihm eine Kopfnuss gab. Roland hob zum Schutz die Hände und entfernte sich einen Schritt von dem kräftigen Jungen. »Hey, wofür war das denn?«

»Dafür, dass du so ein Blödmann bist.« Lachlan sah Scott an. »Was ist denn der Anlass für die Einladung, Sir?«

Der Meister sah die Rekruten nacheinander an. »Einige von euch müssen zwar noch ihre Differenzen beilegen, aber heute war der erste Tag, an dem ihr alle als Team zusammengearbeitet habt. Ich glaube daher, ihr habt wirklich Grund zum Feiern.« Er zwinkerte Caspan zu. »Oh, übrigens versuche ich gerade, Meister Morgan dazu zu überreden, dass er euch auf einen Ausflug mitnimmt.«

»Wohin?«, fragte Roland argwöhnisch. »Ich glaube, der einzige Ort, wo er mich gern hinbringen würde, wäre das Stadtgefängnis, um mich dort wegzusperren.«

Der Meister kicherte leise. »Meine Lippen sind versiegelt. Morgen werdet ihr alles erfahren.« Pfeifend ging er davon, während die Gruppe überlegte, was sie da wohl erwarten würde.

KAPITEL FÜNFZEHN

Zum Durstigen Wandersmann

Roland hob seinen Krug mit Apfelmost. »Auf uns!«

Caspan stieß mit den anderen darauf an, dass sie endlich ein richtiges Team geworden waren. Er lehnte sich auf seinem Stuhl zurück, verschränkte die Hände hinter dem Kopf und schloss die Augen. Vom Knistern der Holzscheite im Kamin eingelullt, ließ er seine Gedanken nach Floran zurückschweifen. In der Vergangenheit hatte er meist nur deswegen Tavernen aufgesucht, um in dem Abfall, den man nach Geschäftsschluss auf die Straße warf, nach Essensresten zu suchen. Allzu oft hatte das dazu geführt, dass er mit einem streunenden Hund aneinandergeraten war. Caspan konnte sich überhaupt nicht mehr daran erinnern, wann er das letzte Mal irgendwo Platz genommen und eine ordentliche Mahlzeit bestellt hatte.

Roland stieß ihn mit dem Ellbogen an. »Hey, sag bloß nicht, dass du dabei bist einzunicken, du Schlafmütze. Der Abend hat doch gerade erst angefangen.«

Lächelnd öffnete Caspan die Augen. »Ich habe nur

darüber nachgedacht, wie sehr mein Leben sich verändert hat, seit ich zur Bruderschaft gehöre. Noch vor zwei Monaten wusste ich nicht, wo ich meine nächste Mahlzeit herbekommen sollte – und sieh dir mal an, wie es mir jetzt geht.«

»Tja, jetzt sitzt du neben einem Würstchenfanatiker.« Lachlan beugte sich über den Tisch und betrachtete Rolands Teller. »Obwohl du bereits seit über einer Stunde isst, scheint die Portion auf deinem Teller nicht viel kleiner geworden zu sein.«

Roland lächelte stolz. »Ich habe ja auch den Bauernteller für vier Personen bestellt.«

»Für vier!« Lachlan tippte mit dem Finger gegen eines der fettigen Würstchen und verzog angewidert das Gesicht. »Sieh dir bloß mal an, wie das Fett da rausquillt. Mir ist schleierhaft, wie man so was essen kann, und dann noch einen ganzen Teller voll.«

Roland nahm eines der Würstchen und fuchtelte damit drohend vor Lachlans Gesicht herum. »Würstchen sollte man nie beleidigen. Die sind nämlich sehr empfindlich. Also entschuldige dich gefälligst!«

»Bei einem Würstchen?«

»Das ist kein gewöhnliches Würstchen. Das ist Herr Lecker.«

Lachlan lachte. »Ich denke überhaupt nicht daran …«

Roland schlug ihn mit dem Würstchen auf den Arm. Anschließend hielt er Herrn Lecker für eine weitere Attacke bereit. »Sag jetzt sofort das Zauberwort oder mach dich auf was gefasst!«

Lachlan schob seinen Krug von dem schweren ledergebundenen Buch weg, das Sara mitgenommen hatte. Sie las bei jeder Gelegenheit, um sich über die Dray und die Geschichte der Vier Königreiche zu informieren.

»Okay. Es tut mir leid.« Lachlan schüttelte den Kopf. »Dass du mich mit einem Würstchen bedrohst, ist einfach unglaublich.« Es hatte, wie Caspan wusste, mal eine Zeit gegeben, wo Lachlan dem schwarzhaarigen Spaßvogel in einer solchen Situation eine runtergehauen hätte, doch jetzt kapitulierte er einfach vor Roland.

Roland grinste Caspan an und biss in Herrn Lecker. »Also wirklich, die Jugend von heute! Vor nichts hat die noch Respekt.«

Caspan lachte. »Wie schmecken denn diese Würstchen im Vergleich zu denen von deiner Großmutter?«

»Ihre Würstchen sind *unvergleichlich*«, erwiderte Roland versonnen.

»Denkst du nie an zu Hause?« Caspan senkte die Stimme, damit Sara nichts hörte. Sie sprach oft davon, wie gern sie ihre Familie besuchen würde, und verbrachte den größten Teil ihrer Freizeit in der Bibliothek des Hauses der flüsternden Stimmen. Caspan nahm an, dass der Geruch von Pergament und alten Büchern sie an ihren Vater, den Archivar, erinnerte.

Roland drehte seinen Krug zwischen Daumen und Zeigefinger hin und her. »Manchmal schon«, sagte er mit einem abwesenden Ausdruck in den Augen. Dann ließ er den Blick über seine Freunde schweifen. »Aber jetzt habe ich ja eine neue Familie.« Er klopfte Caspan auf die Schulter und der ehemalige Straßendieb lächelte ihn warm an. Roland kniff die Augen zusammen und beugte sich über Kilts Teller. »Was um alles in der Welt hast du dir denn da bestellt?«, fragte er.

Sie stocherte mit ihrer Gabel in einem Stück Fisch herum. »Weiß ich nicht genau. Aber es hörte sich gut an, als die Kellnerin es beschrieben hat.«

Roland rümpfte die Nase. »Riechen tut es jedenfalls so, als sei da etwas schon vor sehr langer Zeit verendet.«

Das fand Caspan auch. Während die Gerichte der anderen sehr appetitlich waren, sah Kilts Essen wie Hundefutter aus.

Sie schob ihren Teller von sich. »Danke. Jetzt hast du mir endgültig den Appetit verdorben.«

Roland grinste. »Ich will dich doch nur davor bewahren, dass du nachts Bauchschmerzen bekommst.«

Caspan schob seinen Teller, der noch halb voll war, zu Kilt. »Hier. Ich bin satt.«

Nachdem Kilt den Teller misstrauisch beäugt hatte, sah sie Caspan an. »Warum willst du mir denn dein Essen geben?« Als sie seinen enttäuschten Gesichtsausdruck bemerkte, hob sie entschuldigend die Hand. »Bist du sicher?«

»Ich bekomm keinen Bissen mehr runter.« Caspan rieb sich über den Bauch.

Kilt zuckte die Achseln. »Wie du meinst.« Sie verschlang das Essen und wischte die Soße mit Brotstücken auf.

Caspan drehte sich zu Roland. »Hast du irgendetwas

über Morgans geheimnisvollen Ausflug in Erfahrung gebracht?«

Scott hatte die Rekruten nach Uckfield Heath begleitet, um Lebensmittel zu besorgen, und Roland hatte dem Meister während des ganzen Ritts mit Fragen zugesetzt, um etwas über den Ausflug herauszubekommen. Das hatte jedoch nur dazu geführt, dass Scott, der seine Ruhe haben wollte, ihn ans Ende der Gruppe geschickt hatte.

Roland fuhr mit dem Finger über die Maserung des Holztischs. Dann blickte er auf und schüttelte den Kopf. »Nein. Obwohl ich es immer wieder versucht habe. Aber ich wünschte, wir würden den Ausflug mit Scott machen. Morgan hat mich auf dem Kieker.«

Caspan grinste. »Nur weil du dich dauernd danebenbenimmst.«

»Seit dem Tag, als ich Kilt Sand ins Gesicht geworfen habe, hackt er auf mir herum.« Roland seufzte.

Caspan heuchelte Mitgefühl. »Du armer Kerl! Und natürlich hast du nichts gemacht, um ihn zu verärgern.«

»Ich bin so unschuldig wie ein neugeborenes Kind.«

Caspan zog eine Augenbraue hoch. »Ah ja? Du scheinst vergessen zu haben, dass du Kilts Stiefel mit Schlamm gefüllt und ihre Kleidung versteckt hast. Beide Male hat Morgan dich dabei erwischt.«

»Außerdem hast du den Griff ihres Lieblingsschwerts mit Fett eingerieben«, mischte sich Lachlan ein.

Roland grinste. »Hast wohl gerade lange Ohren gemacht, was?«

Nachdem Lachlan Caspan zugezwinkert hatte, sagte er zu Roland: »Wenigstens habe ich keine Stimme, die sich wie das Meckern einer Ziege anhört. Erstaunlich, dass sich bisher keiner von den anderen Gästen beschwert und verlangt hat, dass man dich wieder in den Stall bringt.«

Roland klatschte mit den Händen auf den Tisch und brach in schallendes Gelächter aus. »Sehr witzig.« Er tat so, als wischte er sich eine Träne aus dem Auge. »Übrigens gratuliere ich dir.«

Verwirrt schüttelte Lachlan die Hand, die Roland ihm entgegenstreckte. »Wozu?«

»Stell dich nicht so dumm.« Roland lächelte spitzbübisch. »Es fällt doch auf, dass du endlich so was wie eine Persönlichkeit entwickelt hast.«

Ehe Roland sich's versah, hatte Lachlan sich über den Tisch gebeugt, um ihn in den Schwitzkasten zu nehmen und ihm die Haare zu verstrubbeln. »Du hast Glück, dass ich guter Laune bin. Sonst würde ich mit deinen Haaren den Fußboden aufwischen.«

»Hey, sachte.« Roland befreite sich aus Lachlans Griff und strich sich das Haar glatt. »Es ist schwer, die ganze Zeit so gut auszusehen.«

Kilt verdrehte die Augen. »Meine Güte.«

»Ist doch nicht meine Schuld, dass ich so attraktiv zur Welt gekommen bin.« Roland seufzte frustriert.

»Und auch so bescheiden. Vergiss das nicht«, fügte Sara in sarkastischem Ton hinzu.

»Selbstverständlich.« Roland warf einen Blick auf den

Brief, den sie während ihres Aufenthalts in der Taverne geschrieben hatte und der jetzt zusammengefaltet in ihrem Buch lag. »Hast du schon wieder an deinen Vater geschrieben?«

»Ich schreibe nur ein Mal pro Woche«, erwiderte Sara leicht verschnupft. Sie klopfte lächelnd auf das Buch. »Nur noch einen Monat dauert die Ausbildung. Dann gehe ich für zwei Wochen nach Hause zurück. Ich kann es kaum erwarten, meine Eltern wiederzusehen.«

Roland runzelte die Stirn. »Wir sind dir wohl nicht gut genug, wie?«

Lachlan schnaubte genervt. »Ein Tag – nein, eine Stunde – mit dir reicht aus, um einen in den Wahnsinn zu treiben!«

»Eine Stunde? Eher eine Minute!«, schlug Kilt vor.

»So was von undankbar!«, sagte Roland zu Caspan. »Ich gebe mir alle Mühe, ihr langweiliges Leben ein bisschen abwechslungsreicher zu machen, und das habe ich nun davon!«

Caspan lachte. »Hey, zieh mich da nicht mit rein«, wehrte er ab.

»Wieso bist du denn so sicher, dass wir vierzehn Tage Urlaub bekommen?«, fragte Roland. »Vergiss nicht, dass uns am Ende der Ausbildung noch Prüfungen erwarten. Wenn wir die nicht bestehen, gibt es keinen Urlaub. Scott hat mir erzählt, dass wir die Prüfungen erst nach einem weiteren Monat Ausbildung wiederholen dürfen.«

»Dann müssen wir eben dafür sorgen, dass wir nicht durchfallen«, stellte Sara entschlossen fest.

»Also ich weiß jedenfalls, dass ich nach den Prüfungen nicht nach Hause zurückkehren werde«, sagte Kilt missmutig. »Ich werde im Haus der flüsternden Stimmen bleiben.«

»Dann sieht es so aus, als wären wir zu zweit«, sagte Caspan.

Kilt zuckte mit den Achseln. »Wie du meinst.«

Sara sah Caspan neugierig an. »Dann willst du also nicht zu deiner Familie?«

Er schüttelte den Kopf. »Ich habe keine Geschwister und meine Eltern habe ich schon vor langer Zeit verloren. Das Leben ist ziemlich hart, wenn man jung ist und niemanden hat, der sich um einen kümmert. Deswegen habe ich mich auch der Schwarzen Hand angeschlossen.«

Sara schlug sich die Hand vor den Mund. »Das tut mir leid. Das wusste ich nicht.«

»Ich glaube, das wusste niemand von uns«, murmelte Kilt.

»Ist schon in Ordnung«, sagte Caspan. »Damals wusste ich nicht, wo das alles enden würde, aber ich denke, jetzt hat sich alles zum Guten gewendet.«

Sara wandte sich Kilt zu. »Du magst deine Eltern wirklich nicht, stimmt's?«

Kilt machte ein finsteres Gesicht. »Dass ich sie nicht mag, ist eher untertrieben. Ich hoffe, dass ich sie nie wiedersehen muss.«

»Das ist ja schrecklich! Was haben sie dir denn angetan?«

»Glaub mir, das möchtest du gar nicht wissen.« Kilt rang sich ein Lächeln ab. »Außerdem dachte ich, wir seien zum Feiern hierhergekommen. Also Schluss mit dem ganzen Gerede über Eltern oder unser Zuhause oder Prüfungen, die uns bevorstehen. Lasst uns einfach den Abend genießen.«

Lachlan klopfte auf den Tisch. »Dem kann ich nur zustimmen.« Er winkte die Kellnerin heran. »Noch eine Runde Apfelmost, bitte.« Er lehnte sich zurück und lächelte seine Freunde an. »Lasst uns einen Abend daraus machen, den wir nie vergessen werden.«

Nachdem sie gegessen hatten, blieben die Gefährten noch in der Taverne und unterhielten sich über ihre bisherige gemeinsame Ausbildung, wobei viel und oft gelacht wurde. Ungefähr eine Stunde später kamen ein Lautenspieler und eine Sängerin hinter dem Tresen hervor. Zunächst spielten sie Musik zum Tanzen und sehr zum Amüsement der anderen Gäste kletterte Roland auf den Tisch und fing an zu steppen. Dabei tat er so, als schwänge er den Saum eines Kleides hin und her.

Am lustigsten wurde es, als die Sängerin sich auf Lachlans Schoß setzte, ihm zärtlich durchs Haar strich und ein langsames, schwüles Liebeslied zum Besten gab. Der Junge wurde knallrot, was seine Freunde mit schallendem Gelächter quittierten. Doch nach einer Weile fand auch er das Ganze ziemlich komisch. Ein schwaches Grinsen erschien auf seinen Lippen. Es wurde allmählich immer breiter, bis er schließlich in das Lachen der anderen einstimmte.

Nachdem die Sängerin sich entfernt hatte, klopfte Roland Lachlan auf die Schulter. »Na, bist du nicht froh, dass du hierhergekommen bist? So was passiert einem nicht alle Tage.«

Lachlan lockerte seinen Kragen und trank einen Schluck Apfelmost. »Glücklicherweise nicht.«

Sara verkündete, dass es Zeit zum Aufbruch sei. Unmittelbar nachdem Meister Scott die Lebensmittel gekauft hatte, war er zum Haus der flüsternden Stimmen zurückgekehrt und hatte Sara Geld gegeben, damit sie für alle bezahlen konnte. Außerdem hatte er ihr eingeschärft, dass die Rekruten vor Mitternacht zurück sein müssten.

Während Sara ihr Buch an sich nahm und zum Tresen hinüberging, um die Rechnung zu begleichen, fiel Caspan eine Gruppe von sechs halbwüchsigen Jungen auf, die am anderen Ende des Raums saßen. Er zog sich die Kapuze seines Umhangs über den Kopf, damit er sie unauffällig beobachten konnte. Einer der Jungen zeigte auf Kilt und machte eine Bemerkung über sie, worauf seine Freunde vor Lachen brüllten. Sie sahen aus wie eine Bande von Schlägern, hatten lange ungepflegte Haare und trugen verschmutzte, mit Flicken übersäte Sachen. Kurzum, sie sahen nach Ärger aus.

Roland bemerkte sie ebenfalls. »Wir sollten besser gehen«, raunte er Caspan zu, der zur Antwort nickte.

»Hoffentlich sehen Lachlan und Kilt sie nicht«, flüsterte Caspan, während er seine Freunde in Richtung Ausgang drängte. Kilt würde es ganz und gar nicht gefallen, wenn man sich über sie lustig machte. Und Caspan bezweifelte, dass Lachlan einfach dabeistehen und zulassen würde, dass man sie verspottete.

Doch die Hoffnung, eine Auseinandersetzung zu vermeiden, schwand, als Kilt einen Blick über die Schulter warf, um herauszufinden, was da eigentlich vor sich ging. Sobald ihr klar geworden war, dass die sechs Schläger sich über sie lustig machten, ging sie zu ihrem Tisch hinüber.

»Guten Abend, Jungs. Gibt es irgendein Problem?« Sie stemmte die Hände in die Hüften und starrte die Jungen herausfordernd an.

Einer der Jungen wischte sich mit dem Ärmel über den Mund und zog die Nase hoch. »Schön, dass du rübergekommen bist. Wir müssen dir nämlich eine Frage stellen.« Er und seine Freunde brachen in hysterisches Gelächter aus, und es dauerte eine Weile, bis sie sich wieder beruhigt hatten. »Rasierst du dir das Gesicht?« Der Junge grinste hämisch und sah Kilt gespannt an. Einer seiner Gefährten lachte so sehr, dass er fast vom Stuhl fiel.

Caspan und Roland durchquerten den Raum und stellten sich schützend neben Kilt. Roland legte ihr die Hand auf die Schulter und versuchte sie wegzuziehen. »Komm schon, Kilt. Die sind es nicht wert, dass man sich mit ihnen abgibt.«

Kilt schüttelte seine Hand ab. Dann stützte sie sich auf den Tisch und beugte sich vor, um den Jungen, der gesprochen hatte, unverwandt anzusehen. »Nein, tu ich nicht. Allerdings könnte ich mir vorstellen, dass sich ein haariger Affe wie du einmal pro Stunde rasieren muss.«

Das Grinsen verschwand aus dem Gesicht des Jungen. Er kniff die Augen zusammen, stand langsam auf und stieß Kilt mit dem Finger gegen die Brust. »Du traust dich was, du Miststück! Sieh dich lieber vor, sonst könnte dir was Unangenehmes passieren.«

Kilt starrte ihn nach wie vor feindselig an. »Und du hast eine hässliche Visage, aber dafür kannst du wahrscheinlich nichts.«

Wütend schlug der Junge mit der Faust auf den Tisch, sodass die Krüge seiner Freunde umfielen und Rotwein sich über Tisch und Fußboden ergoss. Die in der Nähe sitzenden Gäste räumten eilig ihre Plätze.

»Mal sehen, wie gut du noch grinsen kannst, wenn du keine Zähne mehr hast!«, drohte der Junge und holte mit der Faust aus.

Doch Kilt war schneller und wich dem Schlag aus. Dann rammte sie dem Jungen das Knie in den Schritt, sodass er sich vor Schmerz zusammenkrümmte.

Kilt zog ihre Tunika zurecht und grinste die anderen Schläger an. »Na, möchte noch jemand was sagen?«

Alle fünf Jungen sprangen auf. Caspan blickte rasch über die Schulter. Er hoffte, dass die anderen mitbekommen hatten, was hier vor sich ging. Erleichtert sah er, wie Lachlan gerade heraneilte. Sara stand mit entsetzt aufgerissenen Augen an der Tür und presste sich ihr Buch gegen die Brust.

Caspan wandte sich wieder den Schlägern zu. Nachdem er seinen Umhang zurückgeschlagen hatte, gesellte er sich zu Roland, der vor Kilt getreten war. »Halt dich bereit«, sagte er. »Jetzt wird's brenzlig.«

Roland nickte. »Ich glaube, das wäre jetzt der richtige Zeitpunkt, um zu verschwinden.«

Langsam wichen sie zurück, doch in dem Moment griffen die Jungen an. Caspan packte die Kante des Tischs, hob ihn an und kippte ihn auf ihre Angreifer. Zwei von ihnen gingen fluchend zu Boden, während die anderen drei sich auf die Rekruten stürzten. Der Typ rechts – ein großer Junge mit dunklen Augen – hob einen Krug vom Boden auf und holte damit aus, um ihn Roland überzuziehen, der instinktiv einen Schritt nach vorn machte, um die Attacke mit der linken Hand abzuwehren. Dann versetzte er dem Jungen einen derartigen Schlag gegen die Brust, dass dieser zurücktaumelte und nach Atem rang.

Rechts von Caspan duckte Kilt sich gerade unter einem Fausthieb weg. Sie machte eine Drehung und trat ihrem Gegner mit dem Hacken ihres Stiefels gegen die Brust. Während er sich japsend zusammenkrümmte, rammte Kilt ihm den Ellbogen in den Rücken, sodass er stöhnend zu Boden ging.

Caspan hingegen wurde von dem Schläger, der es auf ihn abgesehen hatte, überrumpelt. Der Typ stürzte sich auf ihn und rempelte ihn so mit der Schulter an, dass er rücklings auf einen Tisch fiel. Völlig überrascht versuchte Caspan, wieder hochzukommen, doch in dem Moment warf der andere Junge sich auf ihn. Verzweifelt bemühte sich Caspan, die Schläge, die auf ihn einprasselten, abzuwehren, doch es dauerte nicht lange, bis er einen Kinnhaken abbekam. Vor Schmerz verschwamm ihm alles vor Augen. Er bedeckte sein Gesicht mit den Unterarmen, um einen weiteren Treffer zu verhindern.

Caspan wusste nicht genau, wie lange er den Schlägen seines Gegners ausgesetzt war, doch es schien eine Ewigkeit zu dauern, bis der Junge endlich weggezerrt wurde. Als er zwischen seinen Unterarmen hindurchspähte, sah er, wie Lachlan den Typ zu Boden schmetterte.

Gleichzeitig nahm er wahr, wie einer der zwei noch aufrecht stehenden Schläger mit voller Wucht nach Kilt ausholte. Doch sie sprang zur Seite und trat ihm in den Hintern, sodass er gegen einen Tisch geschleudert wurde. Mit wütendem Gebrüll schnappte er sich einen Hocker und ging damit auf Kilt los. Sie griff nach einem Stuhl und hielt ihn vor sich, um den Angriff ihres Gegners abzuwehren. Als die beiden Möbelstücke aufeinanderprallten, gingen sie zu Bruch. Holzteile flogen durch die Luft, ein Stuhlbein knallte dem Schläger gegen die Schläfe. Er wankte zurück und hielt sich den Kopf.

Mit dem letzten der Angreifer – der sogar noch größer und kräftiger als Lachlan war – musste Roland sich auseinandersetzen. Der riesige Kerl schleuderte Tische und Stühle beiseite, als bestünden sie aus Pappe, und trieb den Rekruten in der Nähe des Kamins in die Enge. Da er nicht mehr ausweichen konnte, sprang Roland vor und versetzte dem Jungen einen kräftigen

Kinnhaken. Sein Gegner sah ihn bloß höhnisch an. »Ist das alles, was du kannst?«, fragte er und wischte sich mit dem Ärmel über den Mund.

Zum ersten Mal in seinem Leben fehlten Roland die Worte. Ängstlich trat er einen Schritt zurück und hob die Fäuste, um die Schläge seines Gegners abzuwehren, die gleich auf ihn einprasseln würden.

Caspan raste durch den Raum und schlängelte sich behände zwischen den umgekippten Stühlen und Tischen durch. Doch er wusste, dass er es nicht mehr rechtzeitig schaffen würde, denn Rolands Gegner holte bereits zum Schlag aus.

Die Faust schnellte auf ihn zu wie ein Schinken, der von einer Wurfmaschine abgefeuert worden war. Roland riss den rechten Unterarm vors Gesicht, um die Wucht des Schlages abzumildern, was ihm auch gelang. Trotzdem taumelte er zurück, prallte mit dem Kopf gegen einen Holzbalken und zuckte vor Schmerz zusammen. Dann machte er sich auf den nächsten Angriff des Kolosses gefasst.

Caspan stieß einen Schrei aus, was Rolands Gegner ablenkte, wenn auch nur ganz kurz. Doch mehr Zeit brauchte der ehemalige Straßendieb nicht. Caspan sprang auf einen langen Tisch und glitt flink über die Platte, bis er zu den zwei Kämpfenden gelangte. Dann sprang er dem Schläger auf den Rücken und schlang ihm die Arme um den Hals.

Der Riese wand sich wie wild hin und her, um Caspan abzuschütteln, der sich jedoch fest an ihn klammerte. Schließlich stieß der Junge, dessen Gesicht allmählich blau anlief, Roland brutal zur Seite, wankte zur Wand hinüber und knallte rückwärts gegen sie. Caspan schrie auf, ließ los und sackte zu Boden.

Der Schläger streckte die Hand aus, packte Caspan und drückte ihn gegen die Wand. Mit geballter Faust holte er aus und richtete sie wie einen Rammbock auf Caspans Gesicht. Verzweifelt versuchte der Rekrut, sich zu befreien, jedoch vergeblich.

Wie aus dem Nichts tauchte plötzlich Lachlan auf und schmiss den Koloss zu Boden. Während Caspan langsam die Knie wegknickten und Roland sich wieder hochrappelte, rangen Lachlan und der Schläger miteinander. Es war ein Kampf zwischen ebenbürtigen Gegnern, doch schließlich gelang es Lachlan, sich rittlings auf den anderen zu setzen und ihm einen derartigen Schlag zu verpassen, dass er sich ergab.

Lachlan stand auf und sah den Jungen finster an. »Niemand vergreift sich an meinen Freunden. Und jetzt verschwindet, sonst werde ich *richtig* wütend!«

Stöhnend eilten die arg lädierten Schläger aus der Taverne. Der Junge, der den Streit vom Zaun gebrochen hatte, blieb an der Tür stehen, fluchte leise und zog einen Dolch aus dem Gürtel. Er packte die Klinge bei der Spitze, winkelte den Arm an und zielte mit dem Dolch auf Lachlan.

Einer der Gäste stieß einen Warnruf aus. Alle Anwesenden erstarrten.

Lachlan funkelte den Jungen wütend an und trat

einen Schritt auf ihn zu. »Steck den Dolch weg, du Feigling.«

Caspan stellte sich neben Lachlan und drohte dem Angreifer mit dem Finger. »Das solltest du lassen. Das hier war nichts als eine Schlägerei. Lassen wir das Ganze auf sich beruhen.«

»Du hast gut reden.« Der Junge wischte sich mit dem Unterarm über seine eingeschlagene Nase. »Sieh dir mal an, was dieses Miststück mit mir gemacht hat!«

Lachlan schnaubte verächtlich. »Das hast du dir selbst zuzuschreiben.«

Dem Schläger zitterten vor Wut die Hände. »Mann, bist du tapfer! Mal sehen, wie gut du einem Dolch ausweichen kannst!«

Caspan baute sich vor Lachlan auf und breitete die Arme aus. »Nein! So soll dieser Abend nicht enden.«

Der Schläger spuckte verächtlich aus. »Meinst du?« Seine Kinnmuskeln spannten sich, und er holte mit dem Dolch noch weiter aus – doch in diesem Moment stürzte er zu Boden, weil Sara, die die ganze Zeit an der Tür gestanden hatte, ihm ihr schweres Buch auf den Kopf geknallt hatte. Sie kickte den Dolch außer Reichweite und trat ihm in den Hintern, um seinen Abgang zu beschleunigen. Dann drehte sie sich zu ihren Freunden um, die ihr begeistert applaudierten.

»Unglaublich, was du da gerade gemacht hast!«, rief Kilt.

Sara grinste und straffte stolz die Schultern. »Wieso? Darf ich denn nicht den Müll raustragen?«

KAPITEL SECHZEHN

Die Reise nach Norden

Am nächsten Tag fuhren die Rekruten wie gewohnt mit ihrem Training fort. Caspan und Roland zogen sich ihre Kapuze tief ins Gesicht, damit niemand die Prellungen und blauen Flecken, die sie sich bei der Schlägerei zugezogen hatten, bemerkte. Glücklicherweise war es sehr kalt, sodass die Meister nicht fragten, warum sie ständig die Kapuze aufbehielten.

Die Rekruten wollten auf keinen Fall, dass die Meister erfuhren, was am vergangenen Abend geschehen war. Es war ein großer Vertrauensbeweis der Meister, sie allein in die Taverne gehen zu lassen, und die Rekruten wollten nicht als verantwortungslos gelten. Bis zu der Auseinandersetzung mit den sechs Schlägern hatten sie sich königlich amüsiert und befürchteten jetzt, dass man ihnen verbieten würde, jemals wieder den Durstigen Wandersmann aufzusuchen. Nicht dass sie sehr scharf darauf gewesen wären, das demnächst zu wiederholen, weil sie dann möglicherweise abermals dieser Bande begegnet wären.

Als die Freunde in der Großen Halle beim Abendessen zusammensaßen, trat Scott zu ihnen und brachte den geheimnisvollen Ausflug zur Sprache. »Wer ist denn nun daran interessiert, mit Meister Morgan einen Ausflug zu machen?«, fragte er.

Rolands Augen leuchteten auf und er klatschte mit der flachen Hand auf den Tisch. »Sie brauchen nur zu sagen, wann es losgeht, Sir.«

Scott grinste. »Neulich ist mit einem Raben eine Botschaft eingetroffen. Oben im Norden haben einige Mönche angeblich etwas entdeckt, was für unseren Orden von Interesse sein könnte. Morgan wird morgen in aller Frühe aufbrechen. Ich habe ihm vorgeschlagen, euch mitzunehmen.«

»Tatsächlich? Und was hat er dazu gesagt?«, erkundigte sich Roland zögernd.

Caspan war sich sicher, dass Morgan nicht gerade darauf brannte, mit einem lästigen Jungen wie Roland auf die Reise zu gehen.

Scott rieb sich das Kinn. »Ehrlich gesagt schien er zunächst nicht sonderlich begeistert zu sein. Aber ich habe es geschafft, ihn davon zu überzeugen, dass es gut für eure Ausbildung ist.«

Lachlan trank seinen Becher leer und wischte sich mit dem Ärmel den Mund ab. »Dann wäre das also geklärt. Treffen wir uns vor Tagesanbruch im Stall?«

Scott schüttelte den Kopf. »Nein. Pferde wären für eine solche Reise zu langsam. Ihr werdet auf euren Hütern reiten.«

Kilts Augen funkelten vor Aufregung. Während des Frühstücks hatten die Rekruten ihre magischen Schlüssel zurückerhalten, und Kilt spielte an der Figur herum, die ihr an einer neuen silbernen Kette um den Hals hing. »Toll! Unser erster richtiger Ausflug mit den Hütern!«

Der Meister hob warnend die Hand. »Freu dich nicht zu früh. Ihr werdet alle fliegen, deshalb musst du dich einem der Jungen anschließen. Ich möchte, dass du dich zu Caspan auf Raureif setzt.«

Caspan dachte, dass es enttäuschend genug für Kilt war, nicht auf Wisper reiten zu dürfen. Nachdem sie jetzt auch noch erfahren hatte, dass sie mit ihm zusammen fliegen sollte, wäre er nicht überrascht gewesen, wenn sie sich geweigert hätte überhaupt mitzukommen.

»Und aus welchem Grund?«, fragte sie den Meister in kaltem Ton.

Scott zuckte lässig die Achseln. »Aus keinem besonderen Grund. Ich glaube nur, dass es gut für dich wäre, das ist alles.«

Kilt warf einen Blick auf Caspan und atmete tief durch, bevor sie den Meister wieder ansah. Sie nickte mürrisch. »Wie Sie meinen, Sir.«

Scott wandte sich an Sara. »Das Beste wäre, wenn du auch bei einem der Jungen aufsitzen würdest. Ihr habt eine ziemlich lange Strecke vor euch, und ich bezweifle, dass Wolkentänzerin dem gewachsen ist.«

Sara nickte.

»Sie kann bei mir mitreiten«, bot Roland eilig an.

Caspan musste ein Grinsen unterdrücken. Er hatte den Verdacht, dass Roland deswegen unbedingt den Sattel mit Sara teilen wollte, weil er so zu vermeiden hoffte, dass Meister Morgan bei ihm aufsaß. Dieser würde sich jetzt zu Lachlan gesellen müssen.

Scott sah Roland scharf an. »Wenn du dir irgendwelche albernen Späßchen erlauben solltest, wird Meister Morgan dich ohne jeden Zweifel umgehend zum Haus der flüsternden Stimmen zurückschicken.«

Caspan nahm an, dass Scott das sagte, um Sara zu beruhigen. Sie flog nicht gern und mochte die Kapriolen nicht, zu denen Roland und Bandit neigten.

Roland salutierte vor dem Meister. »Sie können sich auf mich verlassen, Sir.«

»Woher wissen die Mönche denn von uns?«, fragte Caspan. »Ich dachte, die Bruderschaft wäre eine Geheimorganisation.«

»Das sind wir auch«, erwiderte der Meister. »Aber es hat sich ergeben, das die Mönche uns schon ein- oder zweimal behilflich waren und uns Unterkunft gewährt haben, als wir in ihrer Gegend waren, um Gräber zu erkunden. Sie wissen zwar nicht genau, was wir tun, aber ihnen ist bekannt, dass wir direkt dem König unterstehen und uns für alte Grabstätten der Dray interessieren.«

»Glauben Sie, dass wir zu so einer Reise schon imstande sind?«, erkundigte sich Sara.

»Ihr habt im Lauf der vergangenen Woche beeindruckende Fortschritte gemacht. Wenn ich nicht glauben würde, dass ihr dem Ganzen gewachsen seid, hätte ich Meister Morgan nicht gebeten, euch mitzunehmen.« Scott setzte sich auf die Kante des Tischs und verschränkte die Arme vor der Brust. »Findet euch eine Stunde vor Tagesanbruch vorm Haus der flüsternden Stimmen ein.«

»Wie lange wird die Reise denn dauern?«, fragte Sara.

»Fast den ganzen Vormittag. Zum Mittagessen müsstet ihr im Kloster eintreffen.«

Roland rieb sich den Bauch und leckte sich über die Lippen. »Hört sich gut an.«

»Dabei kommen wir doch wohl nicht in die Nähe der Roon, oder?«, erkundigte sich Caspan besorgt bei Scott.

»Die befinden sich jenseits des Flusses Trenter und werden von den nördlichen Legionen am Vormarsch gehindert. Das Kloster liegt etliche Kilometer südlich des Flusses.« Scott lächelte Caspan beruhigend an. »Du brauchst dir keine Sorgen zu machen. Morgan wird euch nirgendwo hinbringen, wo es gefährlich ist.« Er beugte sich über den Tisch und nahm sich ein Stück Kuchen. »Er hat vor, die Nacht im Kloster zu verbringen und am nächsten Morgen zurückzufliegen, ihr braucht also nicht viel Gepäck mitzunehmen. Und seid ja pünktlich.« Er biss in den Kuchen, wünschte der Gruppe einen guten Abend und verließ die Halle.

Nachdem die Rekruten ihr Abendessen beendet und mit Gramidge ausgemacht hatten, sie vor Tagesanbruch zu wecken, gingen sie auf ihre Zimmer. Caspan packte eine Extrahose und sein abgetragenes Lederwams ein, nur für den Fall, dass es unterwegs regnete. Außerdem nahm er aus alter Gewohnheit sein Stilett und eine Laterne mit. Er las noch eine Weile, um sich im Übersetzen eines Textes in Alter Sprache zu üben, dann legte er sich ins Bett.

Während er behutsam über den magischen Schlüssel strich, der ihm um den Hals hing, blickte er durchs Fenster zu den Wolken hoch, die an der Mondsichel vorüberzogen. Vor lauter Vorfreude auf das morgige Abenteuer brauchte er lange, um einzuschlafen.

Als am Horizont der schwarze Samt der Nacht verblasste und in dämmriges Grau überging, machten die Rekruten sich auf die Reise. Wie vorher vereinbart, saß Caspan zusammen mit Kilt auf Raureif, Sara ritt bei Roland mit, Morgan bei Lachlan. Die Hüter waren mit speziellen Doppelsätteln ausgerüstet, die die Rekruten aus dem Stall geholt hatten. Die Sättel waren vorne so gearbeitet, dass sie die Beine der Reiter schützten, während sie hinten eine Erhöhung hatten, die verhinderte, dass die Reiter aus dem Sattel rutschten.

Morgan schien guter Laune zu sein und begrüßte die Rekruten sogar mit einem Lächeln, was Roland veranlasste, Caspan verblüfft anzusehen. Trotzdem bemerkte Caspan, dass Roland sich alle Mühe gab, dem Meister aus dem Weg zu gehen. Er zitierte Bandit so weit wie möglich von Morgan entfernt herbei und unterließ es, den Meister zu fragen, ob er seinen Mantikor richtig gesattelt und geschirrt habe. Obwohl Rolands Augen unternehmungslustig funkelten, verkniff er sich jede Bemerkung, die Morgan hätte verärgern können.

Mit dem Meister und Lachlan an der Spitze flogen sie über die Wälder, die sich nördlich des Hauses der flüsternden Stimmen erstreckten. Sie legten ein gleichmäßiges Tempo an den Tag und blieben stets nur wenige Meter über den Baumwipfeln. Sobald sie den Wald hinter sich hatten und die Strahlen der Morgensonne das Land in goldenes Licht tauchten, befahl Morgan Lachlan, die Geschwindigkeit zu erhöhen und weiter aufzusteigen.

Caspan lehnte sich in seinem Sattel zurück und warf einen Blick auf die Landschaft unter ihm. Aus dieser Höhe sah alles ganz anders aus. Die Flüsse, die sich durch das Land schlängelten, erinnerten an die schimmernden, von Schnecken hinterlassenen Spuren, das Vieh auf den Weiden ähnelte Ameisen, und die Dörfer und Weiler wirkten wie aus Bauklötzen zusammengesetzt.

Die Sonne stand schon hoch am Himmel, als sie eine Region mit sanft geschwungenen, bewaldeten Hügeln überquerten. Morgan zeigte nach links, um die Rekruten auf eine befestigte Stadt aufmerksam zu machen. »Das ist Darrowmere.«

Caspan war stark beeindruckt, als er die Befestigungsanlagen der Stadt erblickte. Darrowmere lag auf einem hohen Hügel und war von einer dreifachen Mauer umgeben, um die sich Felder und Wiesen ausbreiteten. Auf einer Felsnase des Hügels erhob sich eine Festung aus weißem Stein. Caspan wusste aus all den Geschichten, die er schon gehört hatte, dass dies der sogenannte Bergfried war, die Festung von Herzog Bran MacDain, dem Bruder des Königs und Herrn des Nordens. Er regierte sein Land, das Herzogtum Lochinbar, mit eiserner Faust und verteidigte die nordöstliche Grenze Andalons gegen die immer wieder aus Caledon einfallenden Räuberbanden.

Als er nach Osten sah, erblickte Caspan in der Ferne das mit Heidekraut bedeckte Hochland und die von Schnee gekrönten Berge Caledons. Er stellte sich vor, wie Gruppen von Clansangehörigen in karierten Kilts über das Hochland streiften und die seenreichen Täler vom klagenden Klang der Dudelsäcke widerhallten. Die Caledoner bekriegten sich unablässig untereinander und trugen Fehden aus, deren Ursprünge Hunderte von Jahren zurückreichten. Ein Zusammenschluss der Clans hätte katastrophale Folgen für Lochinbar gehabt. Da es schon schwierig genug war, die Roon abzuwehren, wäre eine weitere Invasion kaum zu verkraften gewesen. Deshalb blieb Bran MacDain, während der Krieg im Norden tobte, in seiner weißen Festung, um mit eiserner Entschlossenheit die östliche Flanke des Reichs zu sichern und vor Feinden zu schützen.

Ungefähr eine Stunde später erreichten sie ihr Ziel.

Nachdem Morgan Lachlan eine entsprechende Instruktion erteilt hatte, bogen die Rekruten nach rechts ab und sanken mit ihren Reittieren langsam tiefer. Sie folgten, nur wenige Meter über dem Wasser fliegend, dem Lauf des Flusses, bis sie in eine dichte Nebelbank gerieten. Wegen der extrem schlechten Sicht drosselten sie ihr Tempo und blieben nah beieinander, um vorsichtig durch den grauen wabernden Nebel zu gleiten. Nur das Knarren ihrer Sättel und der Flügelschlag der Hüter waren zu hören. Ansonsten herrschte rundum Totenstille.

Nachdem sie eine Weile stromaufwärts geflogen waren, tauchte plötzlich der Kopf eines riesigen Tiers mit langem Hals aus dem Nebel auf!

Lachlan schrie erschrocken auf und zog scharf die Zügel an. Caspan und Roland folgten seinem Beispiel und zerrten an den Zügeln, bis ihre Hüter steil in die Höhe stiegen. Als Caspan nach unten starrte, erkannte er, dass es sich bei dem Drachenkopf um die geschnitzte Galionsfigur am Bug einer großen Kriegsgaleere handelte, die lautlos den Fluss entlangglitt. Die Reling wurde auf beiden Seiten von Holzschilden mit Eisenbuckeln gesäumt, während der einzige Mast, dessen Segel eingerollt war, wie ein Speer nach oben ragte. Doch es waren die Gestalten an Bord des Schiffes, die vor allem anderen Caspans Aufmerksamkeit auf sich zogen.

Am Bug der Galeere stand in gebieterischer Pose ein ungefähr zwei Meter fünfzig großer Roon! Er hatte den rechten Fuß gegen die Rückseite des Drachenhalses gestemmt und hielt eine Doppelaxt in der Hand, deren schartige Schneiden von zahllosen Kämpfen Zeugnis ablegten. Trotz der Kälte war der muskulöse Oberkörper des Roon nackt. Seine Haut wirkte so fahl wie die einer Leiche. Eine Seite seines Gesichts war schwarz bemalt, über die Brust und die Schultern zogen sich schwarze, spiralförmige Tätowierungen. Sein silbergraues Haar wallte ihm über den Rücken. Mit erbarmungslosem Blick spähte er in den Nebel. Neben ihm befand sich ein Mann – der Größe nach zu urteilen ein Mensch –, der in einen grauen Umhang gehüllt war, dessen Kapuze er sich tief ins Gesicht gezogen hatte.

Die anderen Roon an Bord des Schiffes saßen an den Rudern, die sie so geschickt ins Wasser tauchten, dass nicht das geringste Geräusch zu hören war. Ihre Ruderschläge waren perfekt aufeinander abgestimmt. Bei einigen von ihnen war wie bei dem Roon am Bug der Oberkörper nackt, während andere Umhänge aus Wolfsfell, Lederwämser, Kettenhemden oder einen Brustschutz aus gehärtetem Leder trugen, der durch Metallschuppen verstärkt wurde. Ihre Waffen – Streitäxte und Breitschwerter aus schwarzem Stahl – schimmerten im diffusen Licht, das durch den Nebel sickerte.

Morgan blickte zu den Rekruten zurück und legte warnend den Finger auf die Lippen. Dann zeigte er nach oben, um zu signalisieren, dass sie noch höher aufsteigen sollten. Wenn sie Glück hatten, konnten sie sich in den Nebel zurückziehen, bevor sie entdeckt wurden.

Doch in diesem Moment ertönte von unten ein heiserer Warnschrei. Caspan spähte zu der Galeere hinunter und sah, wie der Krieger am Bug mit seiner Streitaxt auf ihn und seine Gefährten zeigte. Caspan gefror das Blut in den Adern.

»Aufsteigen!«, brüllte Morgan.

Caspan rammte Raureif die Hacken in die Flanken, worauf der Drache so schnell nach oben schoss, dass der Junge und Kilt fast aus dem Sattel katapultiert worden wären. Sie klammerten sich mit aller Kraft fest und folgten den anderen. Trotz des immer dichter werdenden Nebels konnte Caspan ausmachen, wie die Krieger der Roon von den Ruderbänken aufsprangen und nach ihren Waffen griffen.

Ein Speer zischte an Raureif vorbei. Mit hämmerndem Herzen riss Caspan seinen Drachen nach rechts, um weiter vom Schiff wegzukommen, das mittlerweile nur noch verschwommen zu erkennen war. Nur noch ein paar Sekunden – dann wären sie in Sicherheit.

Von unten näherte sich das Pfeifen einer in die Höhe geschleuderten Axt, das mit einem dumpfen Schlag endete. Raureif krümmte sich vor Schmerz zusammen und stieß ein entsetzliches Kreischen aus. Dann stürzte er ab.

Caspan bemühte sich, Raureif unter Kontrolle zu bekommen, doch der Drache reagierte nicht mehr auf seine Befehle. Sie fielen tiefer und kamen der Kriegsgaleere immer näher. Die Roon wappneten sich mit ihren Schilden, um sich auf den Nahkampf vorzubereiten. Nicht dass Caspan glaubte, er, Kilt und sein verletzter

Hüter würden viel gegen sie ausrichten können. Bei dieser Überzahl der Feinde würde das Ganze in einem Massaker enden.

Indem er die Zügel nach rechts riss, gelang es Caspan, Raureif vom Schiff weg und zur Mitte des Flusses hin zu lenken. Fast wäre der Drache ins Wasser gefallen, doch alles, was passierte, war, dass seine Füße nass wurden, weil er sich mit schwerfälligen Flügelschlägen wieder in die Höhe schraubte. Caspan hielt verzweifelt nach seinen Freunden Ausschau, die jedoch nirgendwo zu entdecken waren. Das Einzige, was er sah, waren die Speere, die durch den Nebel sausten und Raureif knapp verfehlten. Caspan kauerte sich im Sattel zusammen und trieb seinen Drachen an, bis sie endlich die Galeere hinter sich gelassen hatten und in Sicherheit waren.

Caspan richtete sich auf und wischte sich mit der Hand den Schweiß von der Stirn. Nachdem sie noch einige Hundert Meter geflogen waren, lichtete sich der Nebel. Caspan spähte nach unten und suchte nach einer Stelle am Flussufer, wo er mit seinem verletzten Hüter landen konnte.

Ihm stockte der Atem.

Kilt klammerte sich erschrocken um seine Taille.

Auf dem Fluss wimmelte es von Galeeren der Roon.

KAPITEL SIEBZEHN

Die Roon

Statt auf ein einzelnes Schiff auf Erkundungsfahrt waren sie auf eine ganze Invasionsflotte gestoßen.

Als die Krieger auf den Galeeren den Drachen erblickten, brach auf den Decks hektische Aktivität aus. Kriegshörner erschollen, die Männer verließen die Ruderbänke und griffen zu ihren Waffen. Es dauerte nicht lange, bis Pfeile, Äxte und Speere durch den Nebel zischten. Wie durch ein Wunder schaffte Raureif es irgendwie, unbeschadet durch den tödlichen Hagel zu kommen, den Fluss hinter sich zu lassen und auf einer Wiese eine Bruchlandung zu machen. Durch den Aufprall wurden Caspan und Kilt aus dem Sattel geschleudert. Nachdem sie ein Stück über den Boden gerollt waren, rappelten sie sich hoch.

Caspan spuckte den Dreck aus, der ihm in den Mund geraten war, und wankte zu Kilt hinüber. »Bist du in Ordnung?«

Sie zitterte vor Angst und starrte zum Fluss zurück, wo sie die Roon gesehen hatten. Beide konnten die

Kriegshörner der Riesen und das Platschen ihrer Ruder hören. Diesen Geräuschen folgte ein Knirschen, als die Kiele der Schiffe auf den Sand am Ufer des Flusses gesetzt wurden. Dann sprangen die Riesen von den Booten, wie sich dem dumpfen Poltern und dem Klirren von Waffen und Kettenhemden entnehmen ließ.

Die Roon verfolgten sie.

»Wir müssen von hier weg!«, flüsterte Kilt voller Angst.

Obwohl Caspan wusste, dass sie recht hatte, konnte er Raureif nicht im Stich lassen. Er rannte zu seinem Hüter hinüber. Erst jetzt bemerkte er, dass die Axt, die sich in die Brust des Drachen gebohrt hatte, während der Landung zu Boden gefallen war. Das große Tier versuchte, seine Wunde am Gras zu scheuern, und knurrte dabei – teils vor Schmerz, teils vor Wut.

»Caspan, wir müssen verschwinden!«, rief Kilt ihm hinterher. »Als wir gelandet sind, habe ich durch eine Lücke im Nebel das Kloster gesehen. Es ist nur wenige Hundert Meter von hier entfernt. Aber wir müssen sofort los!«

Caspan kniete sich neben Raureif und streichelte ihm liebevoll über die Schnauze. Unter normalen Umständen hätte der Drache genüsslich die Augen geschlossen und seine Wange gegen Caspans Hand geschmiegt, doch jetzt hatte er unerträgliche Schmerzen, die seinen ganzen Körper immer wieder erbeben ließen. Nach einem besonders heftigen Anfall blickte er Caspan tief in die Augen, als bäte er ihn zu gehen.

Caspan traten die Tränen in die Augen. Er schlang

die Arme um Raureifs Hals. Wenn er doch bloß die Schmerzen seines Hüters hätte lindern können! »Ich lasse dich nicht allein«, flüsterte er. Dann drehte er sich zu Kilt zurück. »Geh schon vor. Wir kommen nach.«

Kilt schüttelte den Kopf. »Wir beide wissen, wie das enden würde.« Sie rannte zu Caspan, packte ihn beim Arm und versuchte, ihn mit sich zu ziehen. Als er Widerstand leistete, sah sie ihn flehend an. »Ich mag dich zwar nicht besonders, aber ich werde dich nicht hier zurücklassen. Außerdem kannst du Raureif sowieso nicht helfen. Hast du vergessen, was Meister Scott gesagt hat? Wenn unsere Hüter verletzt sind, muss man sie zur Heilung in ihre magische Welt zurückschicken.«

Das hatte Caspan in dem ganzen Wirrwarr in der Tat vergessen. »Du hast recht«, sagte er voll neuer Hoffnung. Er griff nach seinem magischen Schlüssel und führte ihn an die Lippen. Raureif knurrte ärgerlich. Offenbar wollte er nicht fortgeschickt werden, sondern seinen Herrn bis zum Tod beschützen. Trotz der Schmerzen in seiner Brust stellte der Hüter sich auf die Hinterbeine, breitete die Flügel aus und reckte den Kopf in die Höhe, um zu demonstrieren, dass er noch genug Kraft zum Kämpfen hatte. Doch das würde Caspan nicht zulassen. Es bestand immer noch die Möglichkeit, dass Kilt und er es schaffen würden, rechtzeitig zum Kloster zu gelangen. Es war also nicht nötig, dass Raureif zurückblieb, um ihnen Rückendeckung zu geben.

»Tut mir leid, mein Freund«, sagte Caspan, bevor er den geheimen Namen des Drachen flüsterte. Raureif brüllte empört und schlug mit dem Schwanz, dann löste er sich in blauen Rauch auf.

In diesem Moment tauchten fünf Roon-Krieger aus dem Nebel auf.

Caspan schnappte sich die Axt, die Raureif getroffen hatte, und schwang sie drohend in Richtung der Riesen. Die Waffe war unglaublich schwer, der Schaft so dick, dass er kaum die Hand um ihn schließen konnte. Er bezweifelte, dass er lange damit würde kämpfen können. Kilt baute sich neben ihm auf, einen knorrigen Ast in den zitternden Händen. Caspan wusste, dass Kilt und er keine Chance gegen die immer näher kommenden Riesen haben würden. Ihre einzige Hoffnung war, um ihr Leben zu rennen.

Plötzlich nahm Caspan aus den Augenwinkeln eine undeutliche Bewegung wahr. Eine große weiße Gestalt kam durch den Nebel gerast, stürzte sich auf den Roon ganz links und schleuderte ihn zu Boden. Dann wandte die Gestalt sich dem nächsten Riesen zu, wich der Klinge aus, mit der dieser automatisch nach ihr ausholte, und rammte ihm den Kopf gegen die Brust. Während der Roon ächzend zusammensackte, warf die weiße Gestalt sich auf einen weiteren Riesen und sprang ihm mit gefletschten Zähnen und ausgefahrenen Krallen in den Nacken. Der Roon ließ sein Schwert fallen, taumelte zurück und versuchte, seine Angreiferin abzuschütteln, wurde jedoch zu Boden gerissen. Nachdem er noch einen erstickten Schrei ausgestoßen hatte, erschlaffte sein Körper.

Voller Ehrfurcht beobachtete Caspan, wie Wisper von dem zu Boden gegangenen Riesen abließ, zu Kilt eilte und sich verteidigungsbereit neben sie stellte. Das Mädchen musste die Schneeleopardin unmittelbar nach der Bruchlandung herbeigerufen haben. Offenbar hatte Wisper im Nebel gelauert, um über die Roon herzufallen.

Die Schneeleopardin duckte sich, fletschte ihre langen Zähne und knurrte wütend. Die Muskeln ihrer Hinterbeine spannten sich, als sie zum Sprung ansetzte, um die übrigen Roon zu attackieren.

Doch die Riesen hatten keine Angst, denn sie stürmten, ohne zu zögern, auf die Rekruten und die Schneeleopardin los. Vielleicht spornte sie dabei ihr Glaube an, dass nur Krieger, die im heroischen Kampf gefallen waren, Aufnahme in die Halle der Götter fanden. Wisper knurrte gereizt und sprang nach vorn, um die Roon aufzuhalten.

Caspan und Kilt nutzten die Gelegenheit und rannten in die entgegengesetzte Richtung davon. Caspan warf die schwere Streitaxt weg, die ihn nur beim Laufen behindert hätte. Er war davon überzeugt, dass ihre einzige Chance darin bestand, das Kloster zu erreichen. Da er gesehen hatte, wie mühelos Wisper einen der Riesen erledigt hatte, ging er davon aus, dass die Schneeleopardin auch mit den übrigen Roon fertigwerden würde. Doch es würde nicht lange dauern, bis weitere Roon auftauchten. Das konnte er dem Waffengeklirr und den schweren, sich rasch nähernden Schritten entnehmen, die an sein Ohr drangen. Wenn Kilt und er nicht schnellstens flüchteten, waren sie so gut wie tot. Wisper war zwar eine gute Kämpferin, doch er bezweifelte, dass sie imstande war, sie zu beschützen und gleichzeitig gegen die Roon zu kämpfen.

Nachdem sie eine ganze Weile gerannt waren, befürchtete Caspan schon, dass sie sich im Nebel verirrt hatten – als plötzlich die Mauern des Klosters vor ihnen auftauchten. Am Tor standen ihre Freunde, zusammen mit etwa zwanzig in Kutten gehüllten Mönchen. Bandit und Klaue hockten oben auf der Mauer, um das mit Eisen beschlagene Tor zu bewachen.

Sara eilte auf Caspan und Kilt zu und umarmte sie. Als sie Caspan wieder losließ, bemerkte er, dass ihr Tränen in den Augen standen. Sie boxte ihn gegen die Schulter. »Mach das ja nie wieder! Wir haben uns schreckliche Sorgen gemacht. Nachdem wir gesehen hatten, wie Raureif getroffen wurde, haben wir euch aus den Augen verloren.« Sie warf einen Blick über seine Schulter und sah Caspan besorgt an. »Ist Raureif …«?

»Er ist in Ordnung«, beruhigte Caspan sie. »Ich habe ihn fortgeschickt, damit seine Verletzung heilen kann.« Sara seufzte erleichtert auf. Caspan schaute sich suchend um. Jetzt war *er* besorgt.

»Wo ist Morgan?«

»Auf der Suche nach dir«, erklärte Lachlan, der sich zusammen mit Roland zu ihnen gesellte. »Er hat uns befohlen, hier bei den Mönchen zu warten, dann ist er wieder losgezogen. Ich dachte, er hätte dich gefunden und dich hierhergeschickt.«

Caspan schüttelte den Kopf. »Nein. Wir hatten einfach Glück, weil Kilt kurz vor unserer Bruchlandung das Kloster entdeckt hat.« Er spähte in den Nebel. »Ich hoffe, ihm passiert nichts.«

»Ich glaube nicht, dass wir uns allzu große Sorgen machen müssen.« Roland zeigte auf die Hüter, die das Tor bewachten, und auf die Mönche, die Caspan bisher nicht weiter beachtet hatte. Jetzt bemerkte er, dass sie über ihren schwarzen Kutten Kettenhemden trugen und mit Breitschwertern bewaffnet waren.

»Morgan hat vergessen, uns zu erzählen, dass dieses Kloster dem Ritterorden von Saint Justyn gehört«, sagte Roland.

Unter anderen Umständen hätte Caspan diese Information beruhigt. Dieser Ritterorden war eine Vereinigung von Kriegermönchen, die sich in gleichem Maße dem Kampf wie dem Gebet verschrieben hatten. Wenn sie irgendwo vor Feinden in Sicherheit waren, dann hier. Doch ein Heer der Roon war nun mal kein gewöhnlicher Feind.

Er sah Roland ernst an. »Nicht einmal sie werden die Roon aufhalten können.« Als er den besorgten Gesichtsausdruck seiner Gefährten bemerkte, erklärte er: »Kilt und ich haben auf dem Fluss Hunderte von Schiffen gesehen, mit Tausenden von Kriegern.«

»Was?«, stieß Sara hervor.

Als Caspan an das Heer der Roon zurückdachte, fing sein Herz an zu rasen. Er atmete tief durch und verbarg seine Hände unter seinem Umhang, damit niemand sah, wie sehr sie zitterten. »Wir sind auf eine Invasionsflotte gestoßen.« Er blickte seine Freunde einen nach dem anderen an. »Und wir sind mitten in diese Invasion hineingeraten.«

»Bist du sicher, dass du das gesehen hast?«, fragte einer der Mönche, der eine gebieterische Stimme und ein stark ausgeprägtes Kinn hatte. Er war nicht sehr groß, hatte aber breite Schultern und schien kräftig wie ein Ochse zu sein. Ein kleines weißes Kreuz, das auf die linke Brustseite seiner Kutte gestickt war, unterschied ihn von den anderen Mönchen. »Kann es nicht eine Sinnestäuschung gewesen sein?«

Caspan und Kilt schüttelten gleichzeitig den Kopf. Die Augen des Mönchs blitzten entschlossen auf und er winkte einen seiner Brüder heran. »Hansen, du musst sofort nach Norden reiten. Mach die nördlichen Legionen ausfindig und teile ihnen mit, dass die Roon ein Heer nach Süden geschickt haben, um ihnen in den Rücken zu fallen. Wenn sie sich nicht zurückziehen, werden sie umzingelt und müssen sich mit zwei Heeren auseinandersetzen. Nimm Antony und zwei Extrapferde mit.« Er legte dem Mönch eine Hand auf die Schulter und sah ihn durchdringend an. »Reite schnell und sieh zu, dass die Botschaft ankommt.«

»Ja, Lord Brok.« Hansen salutierte und eilte davon.

Mit einem Fingerschnippen beorderte Lord Brok einen anderen Mönch zu sich, der gehorsam strammstand. »Daniel, bring die Mitglieder der Bruderschaft in die Bibliothek. Zeig ihnen, was wir entdeckt haben.«

Der Mönch verbeugte sich und der Lord drehte sich zu den Rekruten um. »Seit über zweihundert Jahren schützen uns diese Mauern, doch eine Armee der Roon werden sie nicht aufhalten können. Wenn der Kampf beginnt, solltet ihr wieder weit weg von hier sein.«

Daniel bedeutete den Rekruten, ihm zu folgen, doch diese sahen sich kurz an und kehrten ihm den Rücken zu. Daniel räusperte sich verlegen und zuckte ratlos mit den Achseln.

»Gibt es ein Problem?«, fragte Lord Brok.

Lachlan nickte. »Unser Meister ist noch da draußen. Ohne ihn werden wir nicht hineingehen.«

Caspan rechnete damit, dass der Lord widersprechen würde, doch stattdessen nickte er, während ein Lächeln über sein strenges Gesicht huschte. »Dann warten wir alle hier auf ihn.« Er hob warnend den Finger. »Aber sobald die Roon auftauchen, gehen wir hinein. Dann wird man euch in die Bibliothek führen, ob euer Meister nun da ist oder nicht.«

Kilt holte tief Luft, möglicherweise, wie Caspan annahm, um dem Lord mitzuteilen, dass sie sich nicht von der Stelle rühren würde, bis ihre Schneeleopardin zurückkam. Doch in diesem Moment verstummten alle und starrten in den Nebel.

Jemand – oder etwas – näherte sich mit großer Geschwindigkeit dem Kloster.

KAPITEL ACHTZEHN

Das Grab des Ro Dool

Zuerst tauchte Wisper auf, die wie ein weißer Blitz durch den grauen Nebel schoss. Ihr folgte Meister Morgan, der Fang mit der flachen Seite seines Schwerts antrieb und den Wolf durch Druck seiner Knie lenkte. Hinter ihnen kamen Dutzende von Roon, die ihrer fliehenden Beute mit schwerfälligen Schritten nachsetzten.

Die mit Bögen bewaffneten Mönche gaben den Verfolgten Deckung, was die Riesen zwang, sich zu formieren und aus ihren Schilden einen Schutzwall zu bilden, hinter dem sie ihre Äxte und Speere hervorschleuderten. Da sie zu exponiert waren, zogen sich Caspan und seine Freunde mit mehreren Mönchen eilig zum Kloster zurück. Einige der Bogenschützen sicherten ihren Rückzug ab, um anschließend ebenfalls hinter das Tor zurückzuweichen. Oben auf der Mauer erschienen weitere Bogenschützen, die einen Pfeilhagel auf die Riesen niedergehen ließen und zwei von ihnen zu Boden streckten.

Lord Brok wartete, bis Morgan, Wisper und Fang im Kloster in Sicherheit waren. Dann befahl er den Mönchen, die noch draußen waren, sich zurückzuziehen. Die Roon rückten hinter ihrem Schildwall vor, wurden jedoch abermals von den Bogenschützen aufgehalten. Als Caspan über die Schultern der Kriegermönche vor ihm spähte, sah er weitere Roon aus dem Nebel auftauchen. Statt hinter dem Schildwall zu bleiben, rasten sie links um ihn herum und stürmten auf das Tor zu, bis auch sie mit Pfeilen zurückgetrieben wurden. Doch jetzt mussten die Bogenschützen sich mit zwei verschiedenen Gruppen befassen, die sich langsam auf das Kloster zuschoben.

Lord Brok hatte fast schon die relative Sicherheit des Tors erreicht, als der Schildwall sich öffnete und ein gigantischer Krieger herausgestürmt kam. Er war fast dreißig Zentimeter größer als die anderen Roon und schwang in jeder Hand eine Doppelaxt. Sein muskelbepackter Oberkörper und sein Gesicht waren mit Narben und Tätowierungen übersät, aus seinen Augen blitzte die blanke Wut. Ohne auf die Pfeile zu achten, die sich in seine Brust bohrten, raste er weiter und holte mit einer seiner Äxte aus, um sie auf Lord Brok niedersausen zu lassen. Dieser harrte jedoch tapfer aus und wartete, bis die Letzten seiner Brüder sich ins Kloster zurückgezogen hatten.

Der Mönch fing die Axt mit seinem Breitschwert ab, doch die Wucht des Schlags zwang ihn in die Knie. Der Roon ließ einen von unten geführten Schlag seiner zweiten Axt folgen, der den Lord nach hinten katapultierte und ihm sein Schwert aus der Hand riss. In seiner Benommenheit schaffte der Mönch es nur ganz knapp, sich zur Seite zu rollen, um dem nächsten Angriff zu entgehen. Die Axt bohrte sich wenige Zentimeter neben seinem Gesicht in die Erde. Weitere Pfeile trafen den Roon, der jedoch immer noch nicht zu Boden ging und eine seiner Äxte hob, um Lord Brok den Todesstreich zu versetzen. Verzweifelt versuchte der Mönch, wieder auf die Beine zu kommen, und starrte hilflos zu der über ihm schwebenden Axt hoch. Doch gerade als der Roon mit lautem Gebrüll zuschlug, kam Fang mit Morgan aus dem Tor gejagt. Die Klinge des Meisters blitzte auf. Der Krieger ließ seine Äxte fallen und kippte wie ein gefällter Baum nach vorn, wobei er Lord Brok nur knapp verfehlte.

Morgan wich einer Axt aus, die einer der Riesen hinter dem Schildwall voller Wut nach ihm geworfen hatte. Dann riss der Meister Fang herum und donnerte auf den Lord zu, der sich gerade hochrappelte. Nachdem Morgan sein Schwert in die linke Hand genommen hatte, lehnte er sich nach rechts und packte den Mönch um die Taille. Während seine Füße über den Boden schleiften, wurde das Oberhaupt der Ritter von Saint Justyn durch das Tor in den kleinen Hof gebracht, wo Morgan ihn vorsichtig auf den Steinplatten absetzte. Nachdem man das schwere, mit Eisen beschlagene Tor geschlossen hatte, verrammelten es einige Mönche unter Mithilfe von

Lachlan, Caspan und Roland mit einem massiven hölzernen Querbalken.

Lachlan stützte die Hände auf die Knie und atmete tief durch. »Das wird sie nicht lange aufhalten.«

Lord Brok wischte sich den Schmutz von der Kleidung und klopfte Morgan dankbar auf die Schulter. Einer seiner Brüder reichte ihm ein Schwert. »Hoffentlich verschafft euch das genug Zeit, um das, was wir in der Bibliothek entdeckt haben, in Augenschein zu nehmen.« Er hielt nach Daniel Ausschau und entdeckte ihn oben auf der Mauer, wo er die Roon mit Pfeilen beschoss. Lord Brok befahl ihm, herunterzukommen und die Gruppe in eines der Nebengebäude zu begleiten.

Während Klaue, Wisper und Bandit vor der Tür Wache hielten, folgten die Rekruten, der Meister und Fang Daniel, der sie einen schwach beleuchteten Korridor entlangführte. Nachdem sie an mehreren geschlossenen Türen vorbeigekommen waren, brachte der Mönch sie in eine muffige Bibliothek, deren Wände von hohen Bücherregalen voller staubbedeckter Schriftrollen, Pergamente und alter ledergebundener Bücher gesäumt wurden. Daniel nahm eine Fackel aus einer Halterung nahe der Tür und führte die Gruppe in eine Ecke des Raums, wo man die Bücherregale zur Seite geschoben hatte. In der Wand dahinter befand sich eine Vertiefung, an die sich ein mehrere Meter langer Gang anschloss, der vor einer versiegelten Tür aus Stein endete. In die Tür waren seltsame Zeichen eingeritzt.

»Darauf sind wir hier unten bei Baumaßnahmen gestoßen«, erklärte der Mönch. Er reichte Morgan die Fackel und trat beiseite, damit der Meister in die Vertiefung spähen konnte.

»Eine solche Schrift haben wir noch nie gesehen. Wir glauben, dass es Schriftzeichen der Dray sein könnten.«

Neugierig blickte Caspan Morgan über die Schulter. Die Zeichen auf der Tür schienen in der Tat Buchstaben der Dray zu sein, waren ihm aber nicht vertraut.

Roland drängte sich neben ihn und nickte. »Gar kein Zweifel, das sind …«

Morgan brachte ihn zum Schweigen, indem er die Hand hob. Er trat in die schmale Vertiefung und hielt die Fackel vor die Tür, um sich die Schriftzeichen genauer anzusehen. »Das ist eine sehr alte Dray-Sprache, die außerhalb der Bruderschaft nur wenige kennen.« Er drehte sich zu Daniel zurück. »Es war gut, dass Sie uns Bescheid gesagt haben. Sie sind nämlich auf ein Königsgrab der Dray gestoßen.«

Der Mönch atmete erleichtert auf. »Und wir haben schon befürchtet, dass Sie Ihre Reise hierher umsonst gemacht haben. Gelegentlich entdecken wir auf den Feldern und im Gemüsegarten Keramikscherben, was uns zu der Vermutung gebracht hat, dass das Kloster an einer Stelle errichtet wurde, wo sich früher eine Ansiedlung der Dray befunden hat. Aber so etwas wie das hier haben wir noch nie gesehen. Jetzt können wir zumindest …«

Vom Hof her war eine Reihe dumpfer Schläge zu hören.

Sara schluckte und erschauerte. »Die Roon sind am Tor!«

Daniel packte das Breitschwert, das ihm an der Seite hing, beim Griff und ging auf die Tür der Bibliothek zu. »Ihr solltet euch beeilen«, rief er über die Schulter zurück. »Erkundet das Grab und verschwindet von hier, solange es noch geht.« Er blieb an der Tür stehen und blickte zurück. »Viel Glück.«

Morgan kam aus der Nische hervor. »Und was wird dann aus euch?«

»Wir haben immer gewusst, dass die Roon eines Tages diese Mauern angreifen würden.« Daniel knirschte mit den Zähnen. »Es wird sie teuer zu stehen kommen, dass sie in unser Land eingefallen sind.«

Morgan starrte den Mönch düster an. »Gegen die Roon können Sie nicht gewinnen. Ist Ihnen das klar?«

Daniel presste die Lippen aufeinander. »Die Ritter von Saint Justyn weichen nie im Kampf zurück. Wir werden das Kloster bis zum letzten Mann verteidigen.« Er zog seine Klinge und eilte den Gang hinunter.

»Wir müssen uns in der Tat beeilen«, sagte Morgan und befahl Sara und Lachlan, Fackeln von der Wand der Bibliothek zu holen. Dann winkte er sie zu sich. »Sara, ich möchte, dass du Wolkentänzerin hier postierst, für den Fall, dass die Roon bis in die Bibliothek vordringen.«

»Was ist mit Fang?«, fragte Caspan, während Sara Wolkentänzerin herbeizitierte und ihr den Befehl gab, Wache zu halten.

Morgan tätschelte den Hals des Wolfs. »Fang wird mit

uns kommen, weil er daran gewohnt ist, Gräber zu erkunden. Er hat mich bei mehr als einer Gelegenheit auf Fallen aufmerksam gemacht und mir das Leben gerettet.« Er sah die Rekruten nacheinander an. »Wir wissen nicht, was uns im Grab erwartet, also bleibt in meiner Nähe und fasst nichts an. Fang und ich gehen voran, dann kommen Caspan, Sara, Lachlan, Kilt und am Ende Roland.«

»Ist ja klar, dass ich ans Ende muss«, hörte Caspan Roland murmeln, als der Meister, gefolgt von Fang, durch die Öffnung in der Wand trat. »Andererseits braucht er als Nachhut vielleicht einen erfahrenen Kämpfer – einen, der im Alleingang fünfzig Roon aufhalten kann.«

»Sicher ist das der Grund«, flüsterte Kilt in sarkastischem Ton. »Und jetzt sei still, damit dein Gerede mich nicht ablenkt und ich in eine Falle tappe.«

Während Caspan überlegte, ob Roland wohl irgendetwas ernst nehmen konnte, folgte er dem Meister und seinem Wolf zur Tür. Er spürte, wie nervös und angespannt alle waren. Morgan strich mit der Hand über die Inschrift und flüsterte die Übersetzung der fremdartigen Worte vor sich hin. Die Roon hämmerten so heftig gegen das Tor, dass von den schweren Steinblöcken, die die Decke des Gangs bildeten, Staub und Schmutz herabrieselten. Außerdem spürte Caspan, wie der Boden unter seinen Füßen vibrierte. Besorgt blickte er zu Sara zurück. Zu seiner Überraschung machte sie gar keinen beunruhigten Eindruck, sondern verfolgte gespannt, was der Meister tat.

Morgan fuhr mit der Hand über die Tür, bis er einen kleinen Vorsprung ertastete, auf den er nach kurzem Zögern drückte. Ein leises Klicken war zu hören, dann ging die Tür knirschend auf.

Jenseits der Tür war alles finster.

Aus dem Grab schlug ihnen abgestandene Luft entgegen, sodass die Gefährten sich den Ärmel vor die Nase hielten. Mit Fang und Morgan an der Spitze traten sie vorsichtig ein. Nachdem sie sich durch Spinnweben hindurchgearbeitet hatten, gingen sie einige Stufen hinunter, die zu einer großen Kammer führten. Die Decke wies unzählige kleine Löcher auf und in die hintere Wand war eine weitere Tür aus Stein eingelassen.

Am Fuß der Treppe blieb Morgan stehen. Nachdem er den Raum sorgfältig in Augenschein genommen hatte, schickte er Fang vor. Der Wolf machte eine Runde durch die Kammer und beschnüffelte die Wände und den Fußboden. Dann stellte er sich vor die Tür am anderen Ende des Raums und blickte zu seinem Herrn zurück.

»Alles in Ordnung.« Morgan bedeutete den anderen, ihm zu folgen.

»Zumindest im Moment«, murmelte Sara, während sie misstrauisch zur Decke hochspähte.

Lachlan hob seine Fackel, um die Löcher in der Decke zu betrachten. »Wozu die wohl dienen? Was meint ihr?«

Roland, der am Fuß der Treppe stehen blieb, zuckte mit den Achseln. »Vielleicht kommen da Schlangen raus oder Spinnen. Oder sogar Giftpfeile.«

Sara erschauerte. »Könntest du deine Gedanken bitte für dich behalten? Hier ist es auch so schon gruselig genug.«

Roland hob beschwichtigend die Hand und lehnte sich gegen die Wand. »Ich hab ja nur versucht, Lachlans Frage zu beantworten. Ich glaube, ich bleibe lieber hier, um uns alle rauszuhauen, wenn Hunderte von tätowierten Riesen die Treppe runtergestürmt kommen.«

Sara schloss die Augen und atmete tief durch. »Roland!«

»Das reicht jetzt«, sagte Morgan in strengem Ton. »Und lehn dich nicht gegen die Wand. Dadurch könntest du eine Falle auslösen.« Er bat Lachlan und Kilt, die Kammer im Auge zu behalten, besonders die Decke, und forderte Caspan und Sara auf, ihm zur Tür am anderen Ende des Raums zu folgen. »Was haltet ihr davon?« Er zeigte auf die Buchstaben, die in die Tür eingeritzt waren.

»Die sehen so ähnlich aus wie die am Eingang«, stellte Caspan fest.

Sara nickte. »Das ist die gleiche Sprache.« Mit zusammengekniffenen Augen betrachtete sie die Inschrift. *»Hier liegt der vierte König der …«* Sie hielt inne und wies auf die letzten Worte. »Das da verstehe ich nicht.«

Morgan sah sie überrascht an. »Ich wusste gar nicht, dass du diese Sprache lesen kannst.«

Sie lächelte bescheiden. »Während unserer ersten

Sprachstunde bei Meister Scott habe ich im Archiv ein Buch über alte Dray-Sprachen gefunden. Er hat mir erlaubt, es eine Weile auszuleihen.«

»Das ist schön. Vielleicht kann ich ja auf dich zurückgreifen, wenn ich Probleme mit der Übersetzung habe.« Morgan zeigte auf die Inschrift. »Diese Zeile bedeutet: *Hier liegt Ro Dool, der vierte Herrscher der Flor-Thendoln-Dynastie.«*

Saras Augen blitzten erregt auf. »Vielleicht finden wir drinnen ja magische Waffen oder sogar einen Hüter.«

»Oder ein paar Speere, die uns in den Bauch schießen!«, sagte Caspan verdrossen.

Morgan gab zustimmendes Gemurmel von sich. »Genau das ist das Problem. Diese Zeile …« Er zeigte auf einen Satz am oberen Rand der Tür. »… warnt davor, in die Grabkammer einzudringen.«

Sara studierte die Worte einen Moment lang, bevor sie sie laut vorlas. *»Wer … des Königs … ewige …«* Sie sah Morgan an. »Heißt das nächste Wort *Ruhe?«*

Er schüttelte den Kopf. »Schlaf.«

»Wer des Königs ewigen Schlaf stört, wird unter dem Sand von Salahara verschwinden … nein, halt … *lebendig begraben werden.«* Sara trat erschrocken von der Tür zurück. »Das hört sich eher an wie ein Fluch! Bitte haltet mich davon ab, jemals das Wüstenkönigreich zu betreten!«

Morgan sprach den Namen des Dray-Herrschers leise vor sich hin, als suchte er in seinem Gedächtnis nach etwas. »Von Ro Dool habe ich noch nie gehört, und er wird auch nicht in den Genealogien erwähnt, die ich studiert habe. Vielleicht war er ein unbedeutender König. Aber wir werden kein Risiko eingehen.« Der Meister tätschelte Fang den Kopf. »Tut mir leid, mein Freund, aber für dich ist das Abenteuer jetzt zu Ende.« Der Wolf winselte flehentlich und schmiegte sich an Morgans Schenkel. »Du hast uns hierhergeführt, und dafür danke ich dir, aber ich kann es nicht riskieren, dass du in einer Falle zu Schaden kommst.« Morgan hob seinen magischen Schlüssel und schickte seinen Hüter fort. Dann wandte er sich wieder den Rekruten zu. »Geht alle zur Treppe zurück. Nur Caspan bleibt hier.«

Sara gesellte sich als Erste zu Roland. »Glauben Sie, dass eine Falle in die Tür eingebaut ist?«, fragte sie, während sie zum Meister blickte.

Morgan nickte und leckte sich über die Lippen. Als Kilt und Lachlan sich ebenfalls zur Treppe zurückgezogen hatten, sah er Caspan an. »Ich habe dich gebeten hierzubleiben, weil du so flink bist. Außerdem hast du in solchen Dingen weit mehr Erfahrung als die anderen. Es lässt sich nicht voraussagen, was passiert, sobald ich diese Türe öffne. Wenn es eine Falle ist, werden wir wohl kaum die Möglichkeit haben, sie zu umgehen. Tritt zur Seite und halte dich von den Löchern in der Decke fern. Sobald die Tür offen ist, rennen wir beide in das Grab, durchsuchen es und schnappen uns, was uns in die Hände fällt. Hoffentlich schaffen wir es, unversehrt wieder rauszukommen. Normalerweise würde ich so etwas nicht überstürzen, aber jetzt bleibt uns nichts anderes übrig. Wenn wir zu lange warten, könnte es passieren, dass Roland uns tatsächlich raushauen muss. Ich weiß nicht, wie es dir geht, aber mir gefällt diese Vorstellung ganz und gar nicht. Bist du bereit?«

Caspan trat zur Seite, atmete tief durch und nickte. Nachdem der Meister auf drei kleine Vorsprünge im Türsturz gedrückt hatte, sprang er zur Seite und stellte sich neben Caspan.

Knirschend ging die Tür auf …

Im selben Moment wurde ein Mechanismus ausgelöst, der bewirkte, dass Sand aus den Löchern in der Decke quoll. Noch alarmierender war, dass sich am Fuß der Treppe eine Steinplatte von oben herabsenkte.

Wenn sie sich nicht beeilten, würden sie lebendig begraben werden.

»Los!«, schrie Morgan und raste, gefolgt von Caspan, in die Grabkammer.

Abgesehen von einem Steinsarkophag, der in der Mitte stand, war die Kammer leer. Sie schoben den Deckel zur Seite. Caspan erschauderte, als er die verwesten Überreste des Königs sah. Das Gesicht war zu einem höhnischen Grinsen verzogen. Er löste ein zusammengerolltes Pergament aus den skelettierten Fingern und eilte Morgan hinterher.

Sie stürmten aus dem Raum, strauchelten jedoch im Sand, der wie ein rauschender Wasserfall auf sie niederprasselte, sie fast in die Knie zwang und in ihren Augen brannte. Nur die aufgeregten Schreie seiner Freunde verhinderten, dass Caspan die Orientierung verlor. Er zog sich die Kapuze über den Kopf und bahnte sich den Weg durch den tödlichen Sandregen. Dabei verlor er Morgan aus den Augen. Er meinte, ihn links von sich husten und fluchen zu hören, war sich aber nicht sicher. Die Luft war so voller Sand, dass er kaum noch atmen konnte und das Gefühl hatte, gleich würden ihm die Lungen platzen. Wie durch ein Wunder gelang es ihm, die Treppe zu erreichen, deren erste Stufen bereits ebenfalls im Sand versanken. Lachlan, Kilt und Sara versuchten verzweifelt, sich gegen die herabsinkende Steinplatte zu stemmen. Lachlan strengte sich so an, dass seine Halsadern anschwollen, doch selbst er hatte nicht genug Kraft, um die massive Steinplatte aufzuhalten, die jetzt nur noch einen Meter von der hohen Sandschicht entfernt war.

Caspan sank auf die Stufen. »Wo ist Roland?«, stieß er krächzend hervor.

»Da drinnen!«, rief Sara, die versuchte, durch den niedergehenden Sand zu spähen. »Wir konnten ihn nicht davon abhalten, nach dir und Morgan zu suchen.«

»Was?« Caspan rappelte sich hoch und schickte sich an, in die Kammer zurückzulaufen.

Sara hielt ihn fest. »Bist du verrückt? Das würdest du nicht überleben!«

»Ich werde die zwei nicht im Stich lassen!« Caspan versuchte, sich von Sara loszureißen, die ihn jedoch fest umklammerte und ihn – sehr zu seiner Überraschung – die Treppe hochschob.

»Du kannst da nicht wieder reingehen! Wir können nichts mehr für sie tun!«

Bedrückt starrte Caspan auf die sich niedersenkende Steinplatte. Wenn er doch bloß etwas hätte unternehmen können! Aber Sara hatte recht. In ein paar Sekunden wäre die Kammer abgeriegelt und Roland und Morgan wären für immer und ewig eingeschlossen.

Lachlan stieß ein lautes Brüllen aus und bot seine letzten Kräfte in dem Versuch auf, die Steinplatte festzuhalten. Doch sie entglitt seinen und Kilts Händen und senkte sich, bis sie den Sand erreicht hatte. Er schrie frustriert auf und hämmerte mit den Fäusten gegen den Stein, um dann schwer atmend zurückzutreten.

Stille breitete sich aus.

Kilt kletterte aus dem Sand und sah Caspan und Sara niedergeschlagen an. »Ich kann einfach nicht glauben, dass sie nicht mehr da sind.«

Caspan starrte sie mit ausdruckslosem Blick an und schluckte. Er hatte gewusst, wie gefährlich es war, in Gräber der Dray einzudringen, doch er hatte nicht damit gerechnet, schon bei der ersten Expedition einen seiner besten Freunde und Morgan zu verlieren. Sara fing an zu schluchzen. Caspan legte den Arm um sie und zog sie an sich. Gern hätte er etwas Tröstliches gesagt, doch ihm fiel nichts ein.

»Was sollen wir jetzt …?«

Kilt verstummte abrupt, als sich eine Hand aus dem Sand unter der Steinplatte schob und suchend umhertastete. Lachlan packte die Hand und zog mit aller Kraft daran. Kilt, Sara und Caspan eilten ihm zu Hilfe, und es dauerte nicht lange, bis ein Kopf aus dem Sand auftauchte.

Roland hustete und spuckte Sand aus, um anschließend breit zu grinsen. »Ihr wolltet mich doch wohl nicht zurücklassen, oder?«

Sie holten ihn aus dem Sand und stellten überrascht fest, dass er wiederum Morgan hinter sich herzog. Nachdem sie auch den Meister ausgegraben hatten, setzten sie ihn und Roland auf die Stufen und reichten jedem von ihnen einen Wasserschlauch.

Roland trank einen großen Schluck und goss sich Wasser über die Augen. »Bitte mutet mir so was nie wieder zu. Da hätte ich doch fast mein Leben in den Sand gesetzt.«

»Du bist einfach unglaublich«, meinte Lachlan.

Roland grinste. »Ich weiß.« Als er den Kopf schüttelte, rieselte ihm Sand auf die Schultern. »Seht euch bloß mal meine Haare an!«, jammerte er.

»Ich weiß nicht, ob ich dich umarmen oder dir eins auf die Nase geben soll«, sagte Sara. »Ich dachte, ihr wärt beide verloren.«

Morgan nahm einen großen Schluck Wasser und atmete tief durch. »Einen Moment lang dachte ich das auch. Ich hatte die Orientierung verloren und konnte den Ausgang nicht finden, bis mich plötzlich jemand packte und mich zur Treppe zog.« Er sah Caspan an. »Ich dachte, du wärst es.« Er richtete den Blick auf Roland und streckte ihm die Hand hin. »Aber du warst es. Ich weiß nicht, wie ich dir danken soll. Du hast mir das Leben gerettet.«

Roland wischte Morgans Worte beiseite und gab sich

bescheiden. »So was mache ich doch praktisch jeden Tag.«

Morgan zog eine Augenbraue hoch und lachte. »Ach, tatsächlich?« Sein Gesicht nahm einen ernsten Ausdruck an. »Das war sehr tapfer von dir. Ich werde nie vergessen, was du getan hast.« Roland lächelte stolz und Lachlan klopfte ihm anerkennend auf die Schulter. »Hast du das Pergament noch?«, fragte der Meister Caspan.

Das hatte Caspan völlig vergessen. Überrascht stellte er fest, dass es in seinem Gürtel steckte. Er konnte sich nicht erinnern, wann er es dort hingetan hatte. Er nickte.

»Dann habt ihr also tatsächlich etwas gefunden?«, fragte Kilt und starrte die Pergamentrolle an. »Was ist es denn?«

Caspan zuckte mit den Achseln, entrollte das Pergament und legte es auf eine Stufe. Sara beugte sich vor und leuchtete mit ihrer Fackel auf das Pergament. »Sieht aus wie eine Landkarte.« Caspan zeigte auf die seltsamen Symbole, die sich an den Rändern entlangzogen, und fuhr mit dem Finger über die dunklen Linien, die vermutlich die Grenzen fremder Länder darstellten. »Aber ich verstehe nicht …«

Vom Tor her ertönte ein lauter Knall, der bis in den Treppenschacht widerhallte. Die Freunde sahen sich an. Das rief ihnen in Erinnerung, dass sie sich noch mit den Roon auseinandersetzen mussten.

Morgan rollte die Karte zusammen, steckte sie in die

Innentasche seines Umhangs und bedeutete den Rekruten, ihm zu folgen. »Kommt. Wir müssen von hier fort.«

Nachdem sie die Bibliothek durchquert hatten, eilten sie zusammen mit Wolkentänzerin in den Hof. Klaue, Wisper und Bandit hielten immer noch am Eingang Wache. Die Mönche oben auf der Mauer waren nach wie vor dabei, die Roon mit Pfeilen zu beschießen. Vor dem Tor, das bei jeder Attacke von draußen vibrierte und ächzte, hatte sich unter Führung von Lord Brok eine große Gruppe von Mönchen versammelt.

Caspan drehte sich zu Morgan. »Wir können sie nicht einfach im Stich lassen.«

»Das ist nicht unser Kampf«, erwiderte der Meister mit grimmiger Miene. »Wir müssen dafür sorgen, dass dies hier …«, er klopfte auf die Karte in seinem Umhang, »… in Sicherheit gebracht wird.« Er betrachtete Lord Brok und seine tapfere Schar, holte tief Luft und wandte sich wieder den Rekruten zu. »Wir müssen aufbrechen.« Morgan befahl Kilt und Sara, Wolkentänzerin und Wisper fortzuschicken. Als die Hüter sich in blauen Rauch aufgelöst hatten, ließ er die Rekruten vor Klaue und Bandit Aufstellung nehmen. »Da wir es nicht riskieren können, Raureif herbeizurufen, wird Caspan bei Lachlan und mir aufsitzen. Kilt, du reitest bei Roland und Sara mit. Das wird zwar ein bisschen eng in den Sätteln werden, aber wir werden es schon schaffen.«

Roland kletterte auf seinen Mantikor und rutschte nach vorn, um für Sara Platz zu machen. »Mit Ihnen ist es wirklich nie langweilig«, sagte er zu Morgan.

Der Meister grinste. Nachdem er einen letzten Blick auf Lord Brok geworfen hatte, forderte er die anderen mit einer Handbewegung auf, ebenfalls aufzusitzen. »Fliegt in Richtung Süden und …«

Das Krachen des Tors, das in den Hof stürzte, schnitt ihm das Wort ab.

Die Roon strömten herein und warfen sich auf die Verteidiger.

KAPITEL NEUNZEHN

Die Flucht aus Saint Justyn

Die Mitte der Verteidigungsreihe, die die Mönche bildeten, hielt dem Ansturm stand, doch die Flanken wurden von den Roon brutal auseinandergesprengt. Einige der Riesen machten sich daran, die Kerntruppe um Lord Brok zu umzingeln, die erstaunlicherweise nicht zurückwich, obwohl von allen Seiten schwarze Klingen auf sie einschlugen. Andere tätowierte Krieger rasten die zur Mauer führende Treppe hoch, um unter den Bogenschützen ein Blutbad anzurichten. Und eine weitere Gruppe von Riesen stapfte durch den Hof direkt auf die Rekruten zu.

Morgan gab Caspan die Karte, zog sein Schwert und trat den Roon entgegen. »Verschwindet von hier!«, schrie er den Rekruten über die Schulter zu, um sich im selben Moment unter einem Axthieb wegzuducken. Der Meister drehte sich auf dem linken Fuß und trat dem angreifenden Roon so gegen die Brust, dass dieser zurücktaumelte. Dann schlug er wild mit dem Schwert auf die anderen vier Roon ein, die daraufhin zurücksprangen und den Meister in sicherem Abstand umkreisten. Morgan hob seine Klinge, um jederzeit zum Angriff übergehen zu können.

Auf dem Hof lagen überall herrenlose Waffen herum. Lachlan und Kilt schnappten sich je ein Schwert und eilten Morgan zu Hilfe. Nachdem sie zwei Roon in den Rücken gefallen waren und sie zurückgetrieben hatten, gesellten sie sich zu Morgan. Klaue setzte Lachlan nach, wandte sich jedoch zur Seite, um eine Gruppe von Riesen abzufangen, die auf die Treppe zusteuerte. Der Greif sprang in die Luft, stürzte sich von oben auf die Roon und schleuderte einen von ihnen gegen eine Mauer. Die anderen tätowierten Krieger versuchten, den Hüter zu attackieren, der sie jedoch in Schach hielt, indem er mit seinen spitzen Krallen nach ihnen schlug und mit dem Schnabel auf sie einhackte, bis er sie schließlich in einer Türnische in die Enge getrieben hatte.

Caspan und Sara bewaffneten sich mit Bögen und Köchern, die sie ebenfalls im Hof fanden. Sie zwangen die zwei Riesen, die es geschafft hatten, an Morgan vorbeizukommen, hinter ihren Schilden in Deckung zu gehen, nachdem sie dem einen einen Pfeil in die Brust geschossen hatten, während der andere einen in den Schenkel bekam. Jetzt machten sich Caspans Schießübungen im Haus der flüsternden Stimmen bezahlt, und es erfüllte ihn mit grimmiger Genugtuung, als sein zweiter Pfeil sein Ziel fand.

Morgan, Lachlan und Kilt nutzten die Gelegenheit und zogen sich zurück. Als sie fast schon bei Caspan und Sara angelangt waren, war plötzlich lautes, den Kampfeslärm übertönendes Gebrüll zu hören. Die Gefährten drehten sich um und erblickten einen monströsen Roon, der sich durch die Riesen am Tor drängte und mit einer seiner beiden gewaltigen Doppeläxte drei Mönche und zwei seiner eigenen Gefährten beiseitefegte. Der kolossale Roon stürmte in den Hof und steuerte auf Morgan und die Rekruten zu.

Caspan gefror das Blut in den Adern. Das war doch nicht möglich! Das war der mit Pfeilen gespickte Roon, den Morgan vor dem Tor des Klosters getötet hatte.

Der Meister schubste Lachlan und Kilt zur Seite. »Verschwindet, schnellstens!« Nachdem er die Klinge seines Schwerts geküsst hatte, wandte er sich dem auf ihn zurasenden Berserker zu.

Doch keiner der Rekruten war gewillt, Morgan im Stich zu lassen. Caspan und Sara schossen rasch hintereinander je zwei Pfeile ab, von denen sich drei in die Brust des Riesen bohrten und ihn zurücktaumeln ließen. Unterdessen scherten Lachlan und Kilt nach links und rechts aus, um den Roon in die Zange zu nehmen. Morgan warf den Rekruten einen erzürnten Blick zu, weil sie seinen Befehl nicht befolgten. Dann schüttelte er resigniert den Kopf und griff nach seinem magischen Schlüssel, um Fang herbeizuzitieren.

Dadurch abgelenkt sah der Meister nicht, wie der gigantische Roon eine seiner Äxte nach ihm schleuderte. Kilt stieß einen Warnschrei aus, sodass Morgan gerade noch rechtzeitig aufblickte. Leise vor sich hinfluchend, sprang er zur Seite, war jedoch nicht schnell genug. Der dicke Schaft der Waffe traf ihn mit einem ekelhaft knackenden Geräusch an der Schläfe. Er wankte zurück, ließ sein Schwert fallen und sackte zu Boden.

Der Riese holte mit seiner anderen Axt aus und stapfte auf den gefallenen Meister zu. Wild brüllend stürzte sich Lachlan, der sein Schwert mit beiden Händen gepackt hatte, von der Seite auf ihn. Kilt griff mit erhobenem Schwert von der anderen Seite an. Caspan und Sara bemühten sich nach Kräften, den Roon abzulenken, indem sie ihre letzten Pfeile auf ihn abschossen. Doch das hinderte den Riesen nicht daran, sich Lachlan zuzuwenden.

Zischend fuhr die Axt des Roon durch die Luft und sauste auf Lachlan nieder. Sara schrie auf und drehte sich weg, weil sie das nicht mit ansehen konnte. Doch Lachlan, der den Angriff vorausgeahnt hatte, tauchte unter dem Axthieb weg und schnellte auf den Roon zu. Eine Klinge blitzte auf, und der Riese taumelte zurück, während er sich die Hand gegen den Leib presste. Im selben Moment langte Kilt bei dem Roon an und attackierte ihn mit einem schwungvollen Schwerthieb, den der Riese jedoch mit seiner Axt parierte. Ehe Kilt wusste, wie ihr geschah, streckte der Roon die Hand aus und packte sie am Hals.

Caspan, der sich nicht traute zu schießen, senkte seinen Bogen und rannte zu Kilt. Lachlan sprintete ebenfalls auf den Riesen zu, der Kilt in die Höhe hob und mit seiner Axt ausholte. Caspan war klar, dass er es nie rechtzeitig schaffen würde. Deshalb warf er seinen Bogen nach dem Roon, der diesen an der Schulter traf, ohne die geringste Reaktion hervorzurufen. Nur Lachlan war nahe genug, um Kilt zu retten, doch der Riese stieß den Jungen zu Boden, indem er Kilt wie einen Schild benutzte.

Kilt schrie entsetzt auf, als das tätowierte Ungeheuer sich daranmachte, sie mit der Axt zu töten. In dem Moment raste Bandit an Caspan vorbei und schlug dem Roon mit der Tatze die Axt aus der Hand. Überrascht ließ der Riese Kilt fallen und drehte sich dem Mantikor zu – um dann mit einem weiteren Tatzenhieb durch die Luft geschleudert zu werden. Der Riese knallte gegen die Mauer und sackte zu Boden.

Roland blickte von Bandits Rücken zu Caspan herunter, der gerade Kilt und Lachlan half, wieder aufzustehen. »Ich dachte, ihr könntet vielleicht etwas Hilfe brauchen.«

Kilt rieb sich den Hals und hob ihr Schwert auf. »Ich hatte alles unter Kontrolle.«

»Tja, wir werden noch ein bisschen mehr Hilfe brauchen, wenn wir mit *denen* fertigwerden wollen.« Lachlan zeigte mit dem Schwert auf eine große Gruppe von Roon, die, da sie jetzt nicht mehr befürchten mussten, versehentlich von dem Berserker getötet zu werden, von Lord Brok und seinen Mönchen abgelassen hatten und auf sie zukamen. »Ich glaube, wir sollten schnellstens Morgans Rat befolgen und von hier verschwinden.«

Kilt kletterte auf Bandits Rücken. »Da kann ich dir nur zustimmen.«

Sara nahm hinter ihr Platz, zog einen Pfeil aus dem neuen Köcher, den sie aufgelesen hatte, und legte ihn an die Sehne ihres Bogens. Sie sah zu Lachlan und Caspan hinunter und deutete mit dem Kopf auf Morgan, während sie auf einen der Riesen anlegte. »Ich gebe euch Deckung, während ihr den Meister holt. Aber beeilt euch!«

Lachlan befahl Klaue, sich aus dem Kampf zurückzuziehen und sich neben Bandit zu stellen. Dann rannte er zusammen mit Caspan zu Morgan. Der Meister hatte einen schlimmen Bluterguss an der Schläfe, war aber bei Bewusstsein. Nachdem sie das Schwert des Meisters aufgehoben hatten, stützten sie ihn mit den Schultern und brachten ihn zu Klaue. Caspan schnallte Morgan auf dem Sattel fest, setzte sich vor ihn und umklammerte den Sattelknopf. Lachlan schwang sich auf seinen Greif und stieß ihm die Hacken in die Flanken. Klaue schlug mehrmals mit den mächtigen Flügeln und hob ab, wobei er geschickt den Äxten und Speeren auswich, welche die Roon nach ihm warfen. Bandit stieß ein Brüllen aus, das die Riesen entsetzt innehalten ließ, und folgte dem Greif.

Die Rekruten stiegen in den Nebel auf, wo sie in Sicherheit waren. Nach einer Weile durchstießen sie die dichte graue Decke und machten in der Luft halt.

Roland rutschte auf dem Sattel nach vorn und reckte den Hals, um Morgan besser sehen zu können. Als er den Bluterguss sah, zuckte er erschrocken zusammen und warf Caspan einen fragenden Blick zu. »Wie geht es ihm?«

»Er stöhnt in einem fort und murmelt ständig vor sich hin«, antwortete Caspan. »Wir müssen ihn zu einem Arzt bringen.«

»Pass bloß auf, dass er nicht runterfällt«, sagte Sara besorgt.

Caspan drehte sich um und überprüfte die Gurte. »Da brauchst du dir keine Sorgen zu machen. Er ist gut festgeschnallt.« Er sah seine Freunde an und erschauerte, als er an den Kampf zurückdachte. »Das war knapp.«

Kilt atmete tief durch und betastete ihren Hals. »Das kann man wohl sagen.« Sie spähte in den Dunst unter ihnen, aus dem Waffengeklirr zu hören war, das darauf schließen ließ, dass Lord Broks Mönche immer noch tapfer Widerstand leisteten. »Und was machen wir jetzt?«

»Wir verschwinden von hier und fliegen mit der Landkarte zum Haus der flüsternden Stimmen zurück.« Saras Ton machte klar, dass sich diese Frage eigentlich von selbst beantwortete.

Lachlan blickte nach unten. »Ich lasse die Mönche nur ungern im Stich, aber gegen so viele Feinde sind wir machtlos. Sara hat recht. Uns bleibt nichts anderes übrig, als mit der Karte zurückzufliegen. Das hat Morgan uns ja auch befohlen.«

Roland kaute nachdenklich auf seiner Unterlippe herum. »Aber was ist mit den Roon?«

»Lord Brok hat doch Reiter losgeschickt, um die nördlichen Legionen zu warnen«, erwiderte Kilt.

Caspan zog skeptisch die Augenbrauen hoch. »Und was ist, wenn sie nicht durchkommen?«

Sara schob den Bogen und den Köcher zurecht, die ihr über der Schulter hingen. »Wir müssen einfach hoffen, dass sie es schaffen.«

Caspans Augenbrauen kletterten noch höher die Stirn hinauf. Er wollte so weit wie möglich von den tätowierten Riesen weg, aber er wusste auch, dass die nördlichen Legionen benachrichtigt werden mussten. »Das ist das reinste Glücksspiel«, sagte er. »Darauf lasse ich mich nicht ein.«

Sara kniff die Augen zusammen. »Was soll das heißen?«

»Wir selbst müssen die nördlichen Legionen warnen. Nur so können wir sicherstellen, dass die Nachricht ankommt.«

Sara stemmte die Hände in die Hüften. »Das hier ist kein Spiel, Caspan.«

Er nickte ernst. »Ich weiß. Und genau deshalb müssen wir es so machen, wie ich gesagt habe.«

»Er hat recht. Wenn die Legionen überraschend von Süden her angegriffen werden, werden sie vernichtet«, mischte sich Roland ein.

Dankbar für die Unterstützung, nickte Caspan ihm zu. »Morgan hat uns erzählt, dass man von hier mit dem Pferd nur eine Stunde braucht, um zu den Legionen zu gelangen. Wir würden dafür lediglich ein Viertel der Zeit benötigen. Außerdem gibt es dort Ärzte, die sich um Morgan kümmern können.«

Sara dachte eine Weile nach, dann seufzte sie resigniert. »Vermutlich hast du recht.«

Roland rieb sich das Kinn und kniff verschwörerisch die Augen zusammen. »Wie wär's denn, wenn wir die Roon mit ihren eigenen Waffen schlagen?«

»Ich mag es nicht, wenn du so ein Gesicht machst. Das bedeutet immer, dass du etwas ausheckst«, sagte Kilt.

»Was hast du vor?«, fragte Caspan.

Roland leckte sich über die Lippen. »Wir könnten den Roon eine Falle stellen. Zunächst müssten wir die nördlichen Legionen benachrichtigen und dafür sorgen, dass zumindest eine von ihnen nach Süden marschiert. Gleichzeitig sollten einige von uns nach Darrowmere fliegen. Wenn wir Bran MacDain dazu überreden können, seine Streitkräfte nach Norden zu schicken, könnte man die Roon in die Zange nehmen. Das würde ein Massaker geben. Was haltet ihr davon?«

Lachlan nickte begeistert. »Ein brillanter Plan.«

»Ich glaube, so sollten wir es machen«, stimmte Caspan zu.

Sara spitzte die Lippen. »Aber was geschieht dann mit der Landkarte?«

Caspan klopfte auf das Pergament, das hinter seinem Gürtel steckte. »Die muss warten. Das könnte *die* Chance sein, um den Krieg zu unseren Gunsten zu entscheiden.«

»Und wenn Herzog Bran euch nicht glaubt?«

Caspan zuckte die Achseln. »Dann haben wir es wenigstens versucht. Wir haben schließlich nichts zu verlieren.«

Daraufhin erhob niemand mehr Einwände. Rolands Augen funkelten vor Aufregung. »Also machen wir es wirklich so, wie ich vorgeschlagen habe?«, fragte er. Als die anderen nickten – selbst Sara stimmte, wenn auch zögernd, mit ein –, warf er sich stolz in die Brust. »Wer fliegt nach Süden?«

Caspan dachte kurz nach. »Lachlan und ich. Es wird zwar ein bisschen länger dauern, bis wir die Festung erreichen, aber dann kann Morgan sich wenigstens in einem richtigen Bett erholen und muss nicht im Zelt eines Militärlagers liegen.« Da niemand ihm widersprach, blickte er seine Freunde traurig lächelnd an. »Dann müssen wir wohl erst einmal voneinander Abschied nehmen.«

Sara lächelte ihn aufmunternd an. »Wir sitzen schneller, als wir denken, alle wieder im Durstigen Wandersmann zusammen und trinken Apfelmost.«

»Das wäre schön«, meinte Kilt.

Roland grinste. »Ich hätte nichts dagegen, mir noch mal einen Bauernteller für vier Personen zu bestellen. Also dann, lasst uns den Roon eine Lektion erteilen.« Er salutierte, wünschte den anderen viel Glück und lenkte seinen Mantikor nach Norden.

Sara drehte sich noch einmal im Sattel um und winkte Caspan und Lachlan zu. »Seid vorsichtig«, rief sie.

»Ihr auch«, flüsterte Caspan. Dann machten sich die Jungen, auf deren Schultern jetzt das Schicksal Andalons ruhte, auf die Reise zu Bran MacDains weißer Festung.

KAPITEL ZWANZIG

Der Bergfried

Eine Stunde später ließ Lachlan Klaue hinter einem Wäldchen landen, das auf einem Hügel in der Nähe von Darrowmere lag. Nachdem er den Greif fortgeschickt hatte, trug er Meister Morgan zusammen mit Caspan einen Weg entlang, der auf die Tore der befestigten Stadt zuführte.

Lachlan hatte direkt zum Bergfried fliegen wollen, der Festung von Herzog Bran MacDain, doch davon hatte Caspan abgeraten. Er glaubte nicht, dass man sie freundlich empfangen würde, wenn sie unangekündigt dort auftauchten. Stattdessen hätte man sie höchstwahrscheinlich sofort verhaftet.

Außerdem war er sich überhaupt nicht sicher, wie die Einwohner von Darrowmere auf Klaue reagieren würden. Der Greif war eine bedrohlich wirkende Erscheinung, sodass man damit rechnen musste, dass der Hüter von Bogenschützen abgeschossen würde, wenn sie sich der Stadtmauer näherten. Die Jungen kamen zu dem Schluss, dass es klüger war, ihre magischen Schlüssel unter ihren Tuniken zu verstecken und so wenig Aufsehen wie möglich zu erregen.

Nachdem sie das Stadttor passiert hatten, machten sie sich an den Aufstieg zur weißen Festung. Ab und zu blieben sie stehen, um nach Morgan zu sehen und ihren schmerzenden Muskeln eine Ruhepause zu gönnen. Viele Passanten warfen ihnen betroffene Blicke zu, doch niemand bot ihnen Hilfe an, was Lachlan maßlos ärgerte. Caspan hingegen überraschte es nicht im Geringsten. Da er auf den Straßen von Floran aufgewachsen war, wusste er, dass die meisten Leute es vorzogen, nicht in die Angelegenheiten anderer hineingezogen zu werden. Es war sicherer, einfach wegzuschauen und so zu tun, als wäre nichts geschehen, was Caspan ganz recht war. Je weniger Aufmerksamkeit sie erregten, desto besser.

Es schien ewig zu dauern, bis sie endlich das Tor der Festung erreichten. Vor dem hochgezogenen Fallgatter standen zwei Wächter. Der Größere von ihnen beäugte Caspan und Lachlan misstrauisch, als sie den verletzten Meister herantrugen. »Was wollt ihr?«, fragte er barsch und stampfte mit dem Schaft seiner Hellebarde auf den Boden, um seinen Worten Nachdruck zu verleihen.

Caspan wischte sich mit dem Ärmel über die Stirn und schob sich ein paar schweißnasse Haarsträhnen aus dem Gesicht. »Wir müssen Herzog Bran dringend eine Botschaft überbringen.«

Der zweite Wächter – ein kleiner Mann mit dem Gesicht eines Nagetiers – stocherte mit einem schmutzigen Fingernagel zwischen seinen Zähnen herum, um die Rekruten anschließend mit einer Handbewegung fortzuscheuchen. »Verschwindet und stehlt uns nicht die Zeit.«

Caspan starrte den Wächter an. »Dann werden Sie dem Herzog erklären müssen, warum Sie jemand weggeschickt haben, der wichtige Informationen über die Roon hat.«

Der Mann sah sie einen Moment lang mit zusammengekniffenen Augen an. Dann richtete er den Blick auf den verletzten Meister. Nachdem er seinem Kameraden etwas zugeflüstert hatte, eilte er durch das Tor und kam kurz darauf mit einem Offizier zurück, der Morgan rasch in Augenschein nahm und befahl, den Meister auf die Krankenstation zu bringen. Dann rief er zwei andere Wächter herbei, um die Rekruten nach drinnen zu eskortieren. Sie durchquerten einen Hof und wurden in den Hauptturm geführt, wo Caspan und Lachlan in einem kleinen Audienzraum warten mussten.

Nachdem sie eine Weile schweigend dagesessen hatten, stand Lachlan auf und schaute aus einem der Fenster. Er stieß einen Pfiff aus. »Von hier oben hat man eine sagenhafte Sicht. Wenn sich ein Heer nähert, bemerkt man es, lange bevor es die Stadtmauern erreicht.«

»Wir wollen hoffen, dass es nie so weit kommt«, murmelte Caspan bedrückt.

Lachlan lächelte ihn aufmunternd an. »Hey, warum bist du denn so niedergeschlagen? Bisher ist doch alles gut gegangen.«

Caspan erwiderte Lachlans Lächeln, doch die Wächter, die an der Tür warteten, beunruhigten ihn. »Ich werde mich erst besser fühlen, wenn wir mit Herzog Bran gesprochen haben. Obwohl jede Minute zählt, hat man uns hier wie Verbrecher eingesperrt.«

Lachlan warf einen Blick auf die Wächter und zuckte mit den Achseln. »Mach dir deswegen keine Sorgen. Ich würde genauso handeln, wenn Fremde den Herzog sprechen wollten.«

»Wahrscheinlich hast du recht«, seufzte Caspan. »Trotzdem gefällt es mir nicht, dass man uns hier wie Feinde behandelt.« Vorsichtshalber zog er die Landkarte hinter dem Gürtel hervor und steckte sie in einen seiner Stiefel.

Caspan hatte zwar jedes Zeitgefühl verloren, schätzte aber, dass mehrere Stunden vergangen sein mussten, bis draußen Schritte zu hören waren.

»Na endlich«, murmelte er und erhob sich, als drei Männer den Raum betraten.

Der Mann in der Mitte trug einen schwarzen Umhang, dessen Saum mit Schmutz und Schlamm verkrustet war. Als er die Jungen erblickte, schlug er seine Kapuze zurück und sah sie mit seinen blauen Augen durchdringend an. Sein Haar war schweißnass und ungehalten wischte er sich eine Strähne aus der Stirn. Das Löwenemblem auf seinem Lederwams wies ihn als wichtige Persönlichkeit aus. *Vielleicht ein Militärbefehlshaber,* dachte Caspan. Diese Vermutung wurde durch das Breitschwert, das ihm an der Seite hing, und seine gebieterische Miene untermauert.

Links von ihm stand ein junger Mann in prachtvoller Kleidung, dessen Haltung etwas Königliches an sich hatte. Er war nicht viel älter als Caspan und Lachlan, doch seine wachsamen grauen Augen verrieten ein Selbstvertrauen und eine Lebenserfahrung, die weit über seine Jahre hinausgingen.

Der dritte Mann war ungefähr Ende fünfzig. Seine schütteren Haare waren grau meliert, seine Augen von unzähligen Fältchen umrahmt. Er war ziemlich groß, stand aber gebeugt da. Caspan bemerkte, dass sein rechter Zeigefinger und sein Daumen Tintenflecken aufwiesen. Möglicherweise war er also Schreiber oder etwas Ähnliches.

Der Mann mit dem schwarzen Umhang seufzte ungehalten, während er einen seiner Lederhandschuhe abstreifte und sich damit in die Handfläche klatschte. »Ich hoffe in eurem Interesse, dass es um etwas Wichtiges geht«, sagte er.

»Wir haben Lord MacDain eine wichtige Nachricht zu überbringen«, erwiderte Caspan.

»Dann heraus damit«, verlangte der Mann barsch.

Caspan sah Lachlan an, schluckte und richtete den Blick wieder auf den Mann im Umhang. »Sie ist nur für Lord MacDains Ohren bestimmt.«

Der Mann blinzelte mehrmals hintereinander, als hätte er sich verhört. »Nur für seine Ohren?« Er stieß ein Lachen aus, dem jede Fröhlichkeit fehlte. »Vielleicht sollte ich dann den Herzog, der gerade in einer Beratung ist, herholen? Sicher wird er alles stehen und liegen lassen, weil zwei …«, er machte eine Pause und musterte sie verächtlich, »… *Jungen* ihn sprechen wollen.« Er ließ seinen Handschuh erneut auf seine Handfläche niedersausen. »Ich bin General Brett, Befehlshaber der Achten Legion. Herzog Bran hört, was ich höre. Also raus mit der Sprache!«

Lachlan straffte die Schultern und stand stramm. »Wir haben eine Invasionsflotte der Roon entdeckt, Sir.«

Brett starrte ihn an. »Wo?«

»Am Kloster von Saint Justyn. Es sind Tausende von Kriegern.«

Die Augen des jungen Edelmannes blitzten alarmiert auf. »Wir müssen sofort meinen Vater benachrichtigen«, sagte er zu dem General.

Brett hob abwehrend die Hand und schüttelte den Kopf. »Lord MacDain ist in einer Beratung, Prinz Dale. Mit solchen … Gerüchten sollte man ihn nicht behelligen.« Er wandte sich den Rekruten zu. »Tausende, sagt ihr?« Die Jungen nickten. »Ich habe Kundschafter in diese Gegend geschickt. Wieso haben sie mir nichts von dieser …«, er machte eine wegwerfende Handbewegung, »… *Invasionsflotte* berichtet?«

»Die Roon waren gerade erst dabei, sich auszuschiffen, als wir ankamen«, entgegnete Lachlan. »Vielleicht haben Ihre Kundschafter sie noch nicht entdeckt.«

»Unmöglich«, gab Brett abrupt zurück. Er sah sie misstrauisch an und wippte auf den Hacken auf und ab. »Und was erwartet ihr jetzt von mir?«

»Dass Sie Ihre Streitkräfte nach Norden schicken, um

die Roon aufzuhalten«, sagte Caspan. »Offenbar wollen sie den nördlichen Legionen in den Rücken fallen. Wir sollten sie in ihrer eigenen Falle schnappen.«

Brett lächelte boshaft. »Und du hast so viel Erfahrung, dass du Generälen raten kannst, wo sie ihre Streitkräfte hinschicken sollen?« Grimmig presste er die Lippen aufeinander. »Interessant, dass ihr mit dieser Neuigkeit genau an dem Tag ankommt, da wir von Kundschaftern erfahren haben, dass sich im Grenzland ein Heer caledonischer Krieger formiert hat.« Er rief die Wächter in den Raum und sah Caspan und Lachlan abermals durchdringend an. »Woher soll ich wissen, dass ihr keine caledonischen Spione seid, die man hierhergeschickt hat, um Alarm zu schlagen und uns zu veranlassen, unsere Streitkräfte gegen einen Feind loszuschicken, den es nicht gibt, damit die Caledoner ungehindert hier einfallen können?«

Caspan sah Lachlan an. Die Unterstellungen des Generals beunruhigten ihn zutiefst. Er richtete den Blick wieder auf Brett und schüttelte den Kopf »Wir sind keine Spione«, versicherte er ihm.

Brett schnaubte verächtlich und bedeutete den Wächtern, die Jungen zu ergreifen. »Das wird sich herausstellen, wenn man euch foltert.«

»Was?«, stieß Lachlan hervor.

Die Wächter traten hinter die Rekruten, und einer versuchte, Lachlan das Schwert abzunehmen. Lachlan drehte sich blitzschnell um und stieß den Wächter weg. Caspan legte ihm beschwichtigend die Hand auf die

Schulter und hob die andere Hand, um zu signalisieren, dass er sich ergab. »Wir alle müssen uns erst einmal beruhigen. Wir werden mitkommen, ohne Widerstand zu leisten.« Mit einem Nicken veranlasste er Lachlan, sein Schwert zu übergeben, während die Wächter ihre schon halb gezogenen Klingen in die Scheide zurückschoben. »Sie machen einen großen Fehler«, sagte er zu Brett, als sie aus dem Raum geführt wurden.

Der General starrte ihn verächtlich an, während Dale, wie Caspan bemerkte, äußerst besorgt dreinblickte.

KAPITEL EINUNDZWANZIG

Prinz Dale

Lachlan tigerte in der engen Zelle auf und ab und fuhr sich frustriert mit der Hand durch die Haare. »Ich kann einfach nicht glauben, dass wir im Kerker gelandet sind.« Er trat nach dem Strohsack, der in der Ecke lag. »Da sind wir hierhergekommen, um diese Leute vor der Invasion der Roon zu warnen, und dann werden wir beschuldigt, Spione zu sein, und eingesperrt. Das ist doch lächerlich!« Er knirschte mit den Zähnen und ballte die Fäuste. »Aber ich lasse mich von niemandem foltern.«

Caspan spähte durch das Gitterfenster in der Zellentür und seufzte. Der Gefängniswärter saß ein Stück weiter unten in einer Nische des Gangs. Das Licht der flackernden Fackel an der gegenüberliegenden Wand spiegelte sich in der Klinge seiner Hellebarde. »Ich werd uns hier rausbringen. Aber ich kann erst etwas unternehmen, wenn der Wächter weggeht oder einschläft«, flüsterte er.

Lachlan stöhnte. »Obwohl wir schon seit mehreren

Stunden hier sind, hat er sich nicht ein einziges Mal von der Stelle gerührt.« Er trat zu Caspan an die Tür und blickte ebenfalls nach draußen. »Du solltest das Schloss jetzt knacken«, murmelte er. »Es ist ja nur ein Wächter da, und um den kann ich mich kümmern, bevor er Alarm schlägt. Das ist vielleicht unsere einzige Chance. Je länger wir warten, desto größer wird die Gefahr, dass der Folterknecht kommt.«

Caspan kaute auf seiner Unterlippe herum, während er die Entfernung zu dem Gefängniswärter abschätzte. Dann atmete er tief durch und nickte. »In Ordnung. Aber es muss gleich beim ersten Mal klappen. Deshalb dürfen wir keine Fehler machen. Sobald ich das Schloss aufbekommen habe, knöpfst du dir den Wächter vor. Anschließend holen wir Morgan, schlagen uns ins Freie durch, zitieren Klaue herbei und fliegen davon.«

Lachlan lächelte nervös. »Wie du das sagst, hört es sich ganz einfach an.« Er trat zur Seite, damit Caspan genug Platz hatte, um das Schloss in Augenschein zu nehmen. »Schade, dass die Zelle so klein ist. Sonst könnte man Klaue gleich herbeirufen.«

Die Wächter hatten Caspan nicht gründlich genug durchsucht. Er zog das Stilett aus der Scheide, die an seinem linken Unterarm befestigt war. Nachdem er sich hingekniet hatte, führte er die schmale Klinge in das rostige Schloss ein. Lautlos bewegte er die Klinge hin und her, bis er spürte, dass sie im Inneren des Schlosses einrastete. Er nickte Lachlan zu, um ihm zu signalisieren, dass er sich bereithalten solle.

In dem Moment hallten im Korridor Schritte wider, die sich der Zelle näherten. Caspan sprang auf und presste den Rücken gegen die Wand neben der Tür, während Lachlan sich auf der anderen Seite bereit machte, den Folterknecht, den sie erwarteten, zu überrumpeln.

Mehrere Sekunden vergingen – Sekunden voller Angst. Die Schritte machten unmittelbar vor der Tür halt und das Licht einer Laterne fiel durch das Gitterfenster. Mit hämmernden Herzen warteten die Jungen darauf, dass die Tür sich öffnete und sie um ihr Leben kämpfen mussten.

»Ich muss mit euch reden«, sagte jemand in leisem Ton.

Caspan sah Lachlan fragend an. Er erkannte die Stimme von Prinz Dale wieder. Nachdem er das Stilett in die Scheide zurückgeschoben hatte, trat er zum Fenster und erblickte den Prinzen, der von zwei Männern in purpurroten Umhängen begleitet wurde.

Caspan presste das Gesicht gegen das Gitter und flüsterte: »Sie glauben uns, nicht wahr?«

Der Prinz schüttelte langsam den Kopf. »Ich weiß nicht, wem ich glauben soll.« Er schaute Caspan tief in die Augen. »Aber ich denke, ihr solltet meinem Vater Bericht erstatten, damit er sich selbst ein Urteil bilden kann.«

Caspan atmete erleichtert auf. »Danke.«

»Das heißt aber nicht, dass ich euch freilasse. Ihr werdet unter der Bewachung meiner Leibwächter, der Purpurroten Klingen, stehen.« Dale blickte über die Schulter und winkte den Gefängniswärter heran, um die Tür aufzuschließen. »Gebt mir euer Wort, dass ihr keinen Fluchtversuch unternehmt«, sagte er.

Caspan wandte sich Lachlan zu, der nickte. »Das versprechen wir«, teilte Caspan dem Prinzen mit.

»Gut.« Der Prinz trat zurück, als die Tür aufging. »General Brett weiß nicht, dass ich hier unten bin, und ich möchte, dass das so bleibt.« Er nahm die zwei purpurroten Umhänge, die einer seiner Leibwächter über dem Arm trug, an sich und reichte sie den Rekruten. »Legt diese Umhänge an und verhaltet euch mucksmäuschenstill. In dieser Burg wimmelt es von Bretts Spionen.«

Caspan hüllte sich in den Umhang und zog sich die Kapuze über den Kopf. »Was ist mit unserem verletzten Gefährten?«

»Der ist bereits in meinen Privatgemächern. Mein Arzt kümmert sich um ihn.« Dale wartete, bis Lachlan sich ebenfalls in den Umhang gehüllt hatte. Dann bedeutete er ihnen, seinen Leibwächtern und ihm zu folgen.

Er führte sie aus dem Gefängnis und durch die leeren Gänge des Bergfrieds, bis sie im Obergeschoss eines Turms ankamen und vor einer eisenbeschlagenen Tür haltmachten, die von einer weiteren Purpurroten Klinge bewacht wurde. Dale begleitete die Jungen ins Zimmer, während die Leibwächter draußen blieben.

Am einzigen Fenster des Raums stand der grauhaarige Mann mit den tintenfleckigen Fingern und unterhielt sich mit einem großen, breitschultrigen Mann mit strengen Gesichtszügen. Doch der Blick der Rekruten fiel sofort auf das Himmelbett in der Ecke des Zimmers, in dem Morgan lag. Als sie näher kamen, schob er den neben ihm stehenden Arzt zur Seite und stemmte sich auf einen seiner Ellbogen hoch, wobei er vor Schmerz zusammenzuckte. Dann sah er sich verwirrt im Zimmer um. »Wo sind wir?«

Lachlan lächelte ihn beruhigend an. »Im Bergfried.«

»Im Bergfried?«, wiederholte Morgan erstaunt. Er ließ den Kopf aufs Kissen zurücksinken, schloss die Augen und schob den Verband um seine Stirn zurecht. »Das Letzte, woran ich mich erinnere, ist dieser Riese, der auf mich zukam.«

»Dann sind Sie den Roon also tatsächlich begegnet?«, fragte Dale und winkte die am Fenster stehenden Männer zum Bett. Er wies mit dem Kopf auf den grauhaarigen Mann. »Das ist Bill, der Vertraute und Schreiber meines Vaters. Und das …«, er zeigte auf den großen Mann, »… ist mein Vater, der Herr des Nordens, Herzog Bran MacDain.«

Caspan und Lachlan verbeugten sich, und der Lord forderte sie auf, sich auf die Kante des Betts zu setzen. Nachdenklich rieb er sich das Kinn und räusperte sich, bevor er sagte: »Mein Sohn hat mir erzählt, ihr habt interessante Neuigkeiten für mich.«

Caspan nickte. »Wir sind nördlich von hier, beim Kloster Saint Justyn auf ein Heer von Roon gestoßen.

Wir glauben, dass die Riesen die nördlichen Legionen angreifen wollen. Einige unserer Freunde haben sich dorthin begeben, um die Soldaten zu warnen. Wir sind hierhergekommen, weil wir versuchen wollen, Sie zu überreden, Ihre Streitkräfte gegen die Roon loszuschicken und sie mit ihren eigenen Waffen zu schlagen.«

Bran klopfte sich mit dem Zeigefinger gegen die Lippen. »Und warum sollte ich euch glauben?«

»Weil wir treue Untertanen Ihres Bruders, des Königs, sind«, sagte Morgan, der zu schwach war, um sich erneut aufzurichten. »Wir sind Angehörige einer Geheimorganisation, die die Bruderschaft heißt und von Ihrem Bruder zum Schutz Andalons ins Leben gerufen wurde.«

Bran warf Bill einen fragenden Blick zu. Der Schreiber zuckte mit den Achseln und musterte Morgan, der die Augen geschlossen hatte. »Diese Organisation muss aber sehr geheim sein, wenn noch nicht einmal Bill davon gehört hat.« Er wandte sich an seinen Schreiber. »Schick einen Raben zu meinem Bruder und bitte ihn um Aufklärung über die Bruderschaft.« Bill verbeugte sich und verließ den Raum. Herzog Bran verschränkte die Arme vor der Brust und sah seinen Sohn an. »Glaubst du ihnen?«

Der Prinz neigte den Kopf zur Seite und nagte an seiner Oberlippe herum. »Ich weiß nicht recht. Aber ich glaube, dass General Brett ein vorschnelles Urteil über sie gefällt hat. Jeder sollte die Möglichkeit erhalten, seine Unschuld zu beweisen.«

Ein Lächeln umspielte Brans Lippen. Er betrachtete die Rekruten von Neuem und fuhr sich mit der Zunge nachdenklich über die oberen Zähne. »Ihr werdet in der Obhut des Prinzen und seiner Purpurroten Klingen bleiben, bis ich von meinem Bruder höre. Ich hoffe, dass wir spätestens morgen früh Nachricht von ihm haben.«

»Aber was ist mit den Roon?«, fragte Caspan den Herzog. »Morgen haben sie vielleicht schon die nördlichen Legionen angegriffen.«

Der Herzog schüttelte den Kopf. »Tut mir leid, aber meine Streitkräfte werden erst dann nach Norden ziehen, wenn ich den Beweis dafür habe, dass man euch vertrauen kann.« Er strich seinen Umhang glatt und ging auf die Tür zu. »Wenn ihr mich jetzt bitte entschuldigen würdet. Ich muss mit General Brett sprechen, um mehr über das caledonische Heer zu erfahren, das sich an der Grenze gesammelt hat.«

Der Herzog verließ den Raum. Die zwei Leibwächter, die den Prinzen begleitet hatten, als er die Rekruten aus dem Gefängnis holte, kamen herein und bauten sich links und rechts neben der Tür auf, die Hand am Knauf des Schwerts.

Dale nahm den Verband von Morgans Stirn ab und inspizierte die Schwellung. Er nickte zufrieden und drehte sich zu Caspan und Lachlan um. »Er ist eingeschlafen. Das ist gut, er braucht Ruhe. Ich werde anordnen, dass man euch aus der Küche etwas zu essen bringt.« Er ging zu den Purpurroten Klingen hinüber und flüsterte ihnen etwas zu, was sie mit gehorsamem

Nicken quittierten. Der Prinz griff nach der Türklinke, blickte aber noch einmal zu den Rekruten zurück. »Ich bin gespannt, was General Brett sonst noch alles zu sagen hat. Ich werde wahrscheinlich eine Weile weg sein, also macht es euch bitte bequem. Und unternehmt nichts Unbedachtes. Wenn ihr die seid, die ihr zu sein behauptet, habt ihr nichts zu befürchten.«

»Wir müssen also als Gefangene in diesem Raum bleiben«, entgegnete Lachlan.

Der Prinz nickte. »Fürs Erste. Aber ihr seid hier in meinen Privatgemächern. Eure Lage könnte wesentlich schlimmer sein.«

Obwohl Caspan für alles, was der Prinz für sie tat, sehr dankbar war, fragte er sich, warum Dale sich so verhielt. »Aus welchem Grund helfen Sie uns?«

Bevor er antwortete, wägte Dale seine Worte sorgfältig ab. »Diese Burg mag uneinnehmbar scheinen, doch im Kern ist sie völlig verrottet, zersetzt von politischen Intrigen und Machenschaften. Es gibt Leute, die denken, mein Vater wäre nicht flexibel genug und müsste gegenüber Caledon bestimmter auftreten. Der Anführer dieser Kritiker ist General Brett, der offenbar eine starke Abneigung gegen euch gefasst hat. Es war fast so, als wollte er euch in aller Eile wegsperren und zum Schweigen bringen. Wenn ihr tatsächlich treue Untertanen des Königs seid, möchte ich euch die Folter ersparen. Und ich wüsste nicht, wo ihr sicherer wärt als in meinen Privatgemächern. Wir befinden uns im obersten Stockwerk eines Turms, zu dem nur eine Treppe führt. Wer hier hineinwill, muss erst einmal an meinen Leibwächtern vorbei.« Daraufhin verließ der Prinz das Zimmer.

Lachlan seufzte und setzte sich auf die Bettkante. »Ich hoffe, Roland und die Mädchen haben mehr Glück als wir.«

Er sprach leise, weil er nicht wollte, dass die Wächter und der Arzt des Prinzen, der gerade an einem Tisch eine Salbe zubereitete, etwas mitbekamen.

Caspan setzte sich neben ihn. »Ich hoffe, dass die anderen Sara haben reden lassen und dass es ihr gelungen ist, den Befehlshaber der nördlichen Legionen dazu zu bringen, ein Heer nach Süden zu schicken. Roland würde doch nur Blödsinn von sich geben. Und das würde nur dazu führen, dass man sie alle einsperrt.«

Lachlan grinste. »Dann würden wir die anderen möglicherweise nie wiedersehen.« Sein Grinsen verflüchtigte sich. »Aber ich hoffe, du hast recht, was Sara angeht. Sonst wird der Norden eine böse Überraschung erleben.« Er blies die Backen auf und ließ dann langsam die Luft entweichen, während er den Blick durchs Zimmer schweifen ließ. »Na ja, wenigstens sitzen wir nicht mehr im Gefängnis. Das ist vermutlich einiges wert.«

»Es wird schon alles in Ordnung kommen. Wir müssen uns nur ein wenig gedulden und auf die Nachricht des Königs warten.«

Lachlan drehte sich zur Seite, um Morgans Verletzung in Augenschein zu nehmen. »Wie geht es ihm?«, fragte er den Arzt.

»Er wird in den nächsten Tagen schlimme Kopfschmerzen haben, aber er wird es überstehen«, antwortete der Arzt, ohne von seiner Arbeit aufzublicken.

Lachlan lächelte erfreut. »Danke.« Er fuhr sich mit der Hand durchs Haar und seufzte. »Ich hoffe, es dauert nicht zu lange, bis der Brief des Königs kommt. Ich hätte nie gedacht, dass das Schicksal des Nordens von einem Raben abhängen könnte. Ziemlich deprimierend.«

Caspan grinste. »Ein Rabe ist immer noch besser als ein kurzsichtiges, dreibeiniges Schwein.«

Lachlan brach in Lachen aus. »Vermutlich.«

KAPITEL ZWEIUNDZWANZIG

Das Attentat

Caspan schreckte aus dem Schlaf hoch.

Vielleicht bildete er es sich nur ein, aber er meinte, einen erstickten Schrei gehört zu haben. Langsam erhob er sich von seinem Stuhl und wartete, bis seine Augen sich an die Dunkelheit gewöhnt hatten. Dann spähte er im Zimmer umher.

Morgan lag im Bett und schlief tief und fest. Die dunkle Gestalt, die schnarchend auf einem anderen Stuhl saß, war Lachlan. Die Einzigen, die sich sonst noch im Raum aufhielten, waren die zwei Purpurroten Klingen, die der Prinz als Wache zurückgelassen hatte. Nachdem Dale von dem Treffen mit seinem Vater und General Brett zurückgekehrt war, hatte er nicht viel über das Ergebnis der Besprechung verraten und lediglich gesagt, dass man die Befestigungsanlagen der Stadt besonders scharf überwachen werde, bis sich herausgestellt habe, ob die Jungen tatsächlich ein Invasionsheer der Roon gesichtet hatten.

»Und uns wird man auch überwachen«, hatte Lachlan Caspan zugeflüstert, nachdem der Prinz den Raum verlassen hatte.

Caspan hielt nach den beiden Purpurroten Klingen Ausschau.

Entsetzt stellte er fest, dass sie, in gespenstisches Mondlicht getaucht, tot in der Nähe des offenen Fensters lagen.

Automatisch zog Caspan sein Stilett aus der Scheide und streckte die Hand aus, um Lachlan vorsichtig wach zu rütteln. Als sein Freund sich rührte, legte er ihm einen Finger auf die Lippen und flüsterte ihm ins Ohr. »Mach keinen Lärm. Wir haben Probleme.« Er zeigte auf die Purpurroten Klingen und Lachlans Augen blitzten alarmiert auf. »Wir müssen …«

In diesem Moment nahm er aus den Augenwinkeln eine Bewegung war. Lachlan bemerkte es ebenfalls. Die beiden Jungen spähten in die Dunkelheit zur anderen Seite des Zimmers, wo eine dunkle Gestalt auf das Bett zuschlich. Der Dolch, den sie in der Hand hielt, schimmerte im Mondlicht.

»Hilfe!«, schrie Caspan, weil er hoffte, dass auch vor dem Zimmer Wächter postiert waren. Gleichzeitig rannten er und Lachlan zu Morgan hinüber.

Lachlan stolperte über etwas und stürzte zu Boden, doch Caspan, der es gewohnt war, sich im Dunkeln fortzubewegen, sprang über das Bett und warf sich auf den Eindringling, den er beim Handgelenk packte, um ihm die Waffe zu entreißen. Der Fremde versetzte ihm jedoch einen Schlag mit der linken Faust, sodass Caspan aufs Bett fiel. Stahl blitzte auf, als der Mann den Dolch hob, um Caspan zu erstechen, doch dieser trat ihn mit beiden Beinen gegen die Brust. Der Fremde taumelte zurück.

Caspan schnellte vom Bett hoch und schwang sein Stilett, um seinen Gegner anzugreifen. In diesem Moment flog die Tür auf und Licht flutete ins Zimmer. Die zwei Purpurroten Klingen, die draußen Wache gehalten hatten, kamen mit gezogenen Schwertern hereingestürmt. Lachlan huschte zum Fenster, um sich das Schwert eines der getöteten Wächter zu schnappen. Anschließend eilte er den Purpurroten Klingen und Caspan zu Hilfe, die dabei waren, den Attentäter in die Enge zu treiben. Morgan, den der Lärm geweckt hatte, stieg aus dem Bett und wankte benommen auf die Gruppe zu, nachdem er sich mit dem erstbesten Gegenstand bewaffnet hatte – einem Kopfkissen.

Einer der Leibwächter trat drohend auf den Attentäter zu, der sich einen schwarzen Seidenschal über die untere Gesichtshälfte gezogen hatte. Der Leibwächter zeigte mit seinem Schwert auf den Dolch. »Lass die Klinge fallen!«

Trotz des gespenstischen Dämmerlichts meinte Caspan zu sehen, wie die Augen des Mannes sich verengten. Dann trat der Attentäter blitzschnell gegen das Schwert des Wächters und schleuderte mit der rechten Hand den Dolch nach Morgan. Der Meister schrie erschrocken auf und riss das Kopfkissen hoch, um es schützend vor sich zu halten. Der zweite Wächter und

Lachlan schlugen mit ihren Waffen auf den Attentäter ein und streckten ihn zu Boden.

»Ist jemand verletzt?«, fragte Lachlan und drehte sich nach Morgan um.

Der Meister blickte nach unten und atmete erleichtert auf, als er sah, dass der Dolch bis zum Heft im Kopfkissen steckte. Er betrachtete den Eindringling und die zwei getöteten Wächter. »Was ist hier passiert?« Morgan setzte sich aufs Bett und stützte den Kopf in die Hände.

Lachlan stieß den Attentäter mit dem Fuß an, um sich zu vergewissern, dass er tot war. »Offenbar hatten wir einen ungebetenen Gast.«

Alle drehten sich zur Tür, von der Schritte zu hören waren. Kurz darauf kamen Dale sowie zwei weitere Purpurrote Klingen ins Zimmer geeilt. Der Prinz trug ein Nachthemd und hatte eine Laterne und ein Schwert bei sich. Als er die getöteten Leibwächter entdeckte, blitzten seine Augen alarmiert auf. Er kniete sich hin, um sich den Attentäter genauer anzusehen. Nachdem er den Schal entfernt hatte, blickte er fragend zu seinen Männern hoch, die jedoch den Kopf schüttelten, da sie den Eindringling nicht kannten.

»Jemand will euch unbedingt umbringen«, sagte er zu den Rekruten und Morgan. Dann schnippte er mit den Fingern und zeigte auf das Fenster. Einer seiner Leibwächter sah nach, ob draußen auf dem Fenstersims weitere Feinde lauerten.

»Wer sollte denn etwas gegen uns haben?«, fragte Morgan verwirrt.

Dale zuckte mit den Achseln. »Auf mich ist noch nie ein Anschlag verübt worden.« Nachdenklich rieb er sich das Kinn. »Findet ihr es nicht auch ein bisschen seltsam, dass ausgerechnet in der Nacht, da ihr in meinen Gemächern weilt, ein Attentäter hier eindringt?«

Lachlan starrte auf den Eindringling. »Ist das vielleicht das Werk von General Brett?«

Der Prinz zuckte erneut mit den Achseln. »Das weiß ich nicht. Wie ich schon gesagt habe, will er euch zum Schweigen bringen, aber ich hätte nicht gedacht, dass er so weit geht.«

»Wusste er, dass wir hier sind?«, hakte Lachlan nach.

»Ich habe es mit keinem Wort erwähnt, aber er würde nicht lange brauchen, um es herauszufinden. Möglicherweise haben ein paar Münzen die Zunge des Gefängniswärters gelöst.« Der Prinz erhob sich, zog den Dolch des Mörders aus dem Kopfkissen und betrachtete den Griff. »Der Bergfried ist ein Spinnennetz politischer Intrigen.« Er sah die Angehörigen der Bruderschaft an. »Und ihr seid anscheinend die frischen Fliegen, die sich in diesem Netz verfangen haben.«

»Aber das ergibt überhaupt keinen Sinn«, wandte Caspan ein. »Wir sind gekommen, um Sie vor den Roon zu warnen. Warum sollte uns da jemand töten wollen?«

Da er nichts Interessantes an dem Dolch entdeckte, warf Dale ihn aufs Bett. »Vielleicht habt ihr etwas gesehen, das ihr nicht hättet sehen sollen.«

Caspan überlief ein kalter Schauer, als ihm der Mann im Umhang einfiel, den er an Bord der Kriegsgaleere der Roon ausgemacht hatte. War das General Brett gewesen? Das würde jedenfalls erklären, warum er sie aus dem Weg räumen wollte. Aber was hatte der andalonische General auf einem Schiff der Roon zu suchen? Auch das ergab keinerlei Sinn. Er berichtete den anderen von seiner Beobachtung.

Morgan sah ihn argwöhnisch an. »Warum hast du das nicht schon früher erwähnt?«

Caspan zuckte entschuldigend die Achseln. »Weil danach so viel passiert ist, dass ich es einfach vergessen habe.«

»Hat der Betreffende dich gesehen?«, erkundigte sich Dale.

Caspan erschauderte, als er an den in Nebel gehüllten Fluss und die Kriegsgaleere zurückdachte. »Mit Sicherheit. Wir waren ja nicht zu übersehen. Schließlich haben alle Roon auf dem Schiff Speere und Äxte nach uns geworfen.« Er machte eine Pause und vergegenwärtigte sich die Begegnung mit dem General im Audienzraum. Der Saum von Bretts Umhang war voller Schmutz gewesen. Außerdem hatte der General geschwitzt wie nach einer körperlichen Anstrengung beziehungsweise wie nach einem langen Ritt. »Wo war der General gestern?«

Dale schürzte die Lippen. »Er war mehrere Tage weg und ist erst gestern zurückgekehrt, kurz nach eurer Ankunft. Angeblich hat er einige Kundschafter zur Grenze von Caledon begleitet.«

Morgan schritt, die Hände hinter dem Rücken verschränkt, nachdenklich im Raum auf und ab. Erleichtert stellte Caspan fest, dass der Meister wieder voll und ganz bei sich war. Die nächtliche Ruhe und die Behandlung des Arztes hatten offenbar Wunder gewirkt.

»Lasst uns einmal annehmen, dass der Mann auf der Kriegsgaleere General Brett war«, dachte er laut nach. »Das würde erklären, warum er uns zum Schweigen bringen will.«

Der Prinz nickte. »Außerdem würde es erklären, warum er behauptet hat, im Grenzland sammle sich ein caledonisches Heer. Das ist nichts als ein Ablenkungsmanöver. Wenn wir unsere Streitkräfte nach Osten schicken, um gegen einen nicht vorhandenen Feind zu kämpfen, könnten wir den nördlichen Legionen nicht mehr helfen.«

Morgan blieb abrupt stehen und starrte den Prinzen an. »Und diese Stadt wäre ungeschützt.« Er runzelte die Stirn. »Aber ich verstehe nicht, warum der General sich mit den Roon verbünden sollte. Wir befinden uns mit ihnen im Krieg. Was erhofft er sich denn davon?«

Dale zuckte mit den Achseln. »Vielleicht hat man ihm unermessliche Reichtümer versprochen.«

Lachlan schnaubte verächtlich. »Das würde ihm nicht viel nutzen, wenn die Roon Andalon erobern. Dann wären alle Reichtümer der Welt nichts mehr wert.«

»Vielleicht steckt ein politisches Motiv dahinter«, mutmaßte Morgan.

Lachlan sah ihn fragend an. »Zum Beispiel?«

Plötzlich kam dem Prinzen die Erleuchtung. »Letztes Jahr wurde erwogen, Brett zum Oberbefehlshaber des königlichen Heers zu ernennen. Aber dann erhielt General Stene diesen Posten. Mein Vater spielte bei dieser Entscheidung eine wichtige Rolle. Er schrieb nämlich an seinen Bruder und empfahl ihm, Brett als Befehlshaber der Achten Legion in Lochinbar zu lassen, weil seine Erfahrung im Kampf gegen die caledonischen Stämme von unschätzbarem Wert für die Verteidigung des Herzogtums sei. Ich muss wohl nicht erwähnen, dass Brett das Ganze nicht sehr gut aufgenommen hat. Ich habe gehört, wie er im Ratszimmer meines Vaters herumschrie. Danach ist er davongestürmt und hat sich mehrere Tage lang nicht blicken lasen. Seitdem ist die Beziehung zu meinem Vater gelinde gesagt angespannt.«

Morgan zog eine Augenbraue hoch. »Für mich hört sich das nach einem ausreichenden Motiv an. Aber woher sollen wir mit Sicherheit wissen, dass die Roon vorhaben, nach Norden zu marschieren? Vielleicht ist ihr Ziel ja diese Stadt.«

Caspan nickte und warf Lachlan einen Blick zu. »Das haben wir nie in Betracht gezogen.«

»Es wäre ein kühner Schachzug seitens der Roon«, fuhr Morgan fort, »aber möglicherweise beabsichtigen sie ja, in die südliche Hälfte Lochinbars einzufallen. Wenn ihnen das gelänge, hätten sie das ganze Herzogtum unter Kontrolle. Hier könnten sie ihre Streitkräfte sammeln, um zur Mitte des Reichs vorzustoßen.«

Dale schüttelte den Kopf. »Das wäre zu riskant, weil

ihnen die nördlichen Legionen dann in den Rücken fallen würden.«

»Vielleicht gehen die Roon davon aus«, erwiderte Morgan, »dass sie die nördlichen Legionen problemlos aufreiben können, sobald diese von Nachschub und Verstärkung abgeschnitten sind.«

»Möglicherweise haben Sie recht. Aber wie auch immer, wir müssen meinem Vater von dem Attentäter und von dem Mann berichten, den Caspan gesehen hat.« Dale bedeutete den anderen, ihm zu folgen, blieb jedoch abrupt stehen, als ein Horn ertönte, das offenbar auf den Zinnen der Festung geblasen wurde.

Der Prinz eilte zum Fenster und blickte hinaus. »Da!« Er zeigte nach Norden. »Seht ihr das?«

»Wo?«, fragte Lachlan, der sich neben Dale gestellt hatte und in die Finsternis spähte.

Caspan kam ebenfalls zum Fenster und schaute hinaus. Rasch entdeckte er, was den Prinzen alarmierte. Er schluckte und packte Lachlan beim Kinn, um seinen Kopf in die richtige Richtung zu drehen.

Der Vollmond schien und tauchte die Wiesen und Felder um die Stadt in gespenstisches Dämmerlicht. Doch im Norden gab es einen Abschnitt, der wie ein großer dunkler Tintenfleck auf grauem Pergament wirkte und sich langsam auf die Stadt zuschob.

Lachlan kniff die Augen zusammen und konzentrierte sich auf das schwarze Etwas. »Was ist das?«

»Die Roon«, antwortete Morgan in grimmigem Ton. »Sie marschieren auf Darrowmere.«

KAPITEL DREIUNDZWANZIG

Feinde vor den Toren

Caspan hüllte sich fest in seinen Umhang, um sich vor der nächtlichen Kälte zu schützen, und drehte sich Lachlan und Morgan zu.

Sie waren gerade aus der Waffenkammer zurückgekommen. Lachlan hatte ein Schwert gewählt, das nach Art der Soldaten von Lochinbar auf dem Rücken getragen wurde, damit es sie nicht beim Rennen behinderte. Das Schwert hatte eine nach unten gebogene Parierstange und einen überlangen Griff, sodass man es auch mit zwei Händen packen konnte. Der eiförmige Knauf funkelte wie ein Rubin, wenn das flackernde Licht der Kohlenbecken auf ihn fiel, die längs der Zinnen aufgestellt waren. In Lachlans Gürtel steckte ein Dolch und er trug ein Kettenhemd aus geschwärztem Stahl sowie Lederhandschuhe.

Morgan hatte sich für ein Lederwams und einen kegelförmigen Helm mit Nasenschutz entschieden. An seiner linken Seite hing ein Langschwert und auch in seinem Gürtel steckte ein Dolch. Trotz der Kälte hatte er seinen Umhang zurückgeschlagen und die Ärmel hochgekrempelt.

Caspan hatte sich ebenfalls ein Langschwert ausgesucht, allerdings eins mit schmalerer Klinge und leichterem Knauf, damit er es müheloser handhaben konnte. Es steckte in einer ramponierten Scheide, während ihm ein Köcher mit Pfeilen, deren mehrkantige Spitzen sogar durch Rüstungen drangen, auf dem Rücken hing. Er hatte einen Langbogen in der Hand, sein linker Unterarm war mit einem Lederband umwickelt, um ihn gegen die Reibung der Bogensehne zu schützen. Die Weste aus gehärtetem Leder, die er trug, war mit Metallschuppen besetzt. Er hatte sich ein schwarzes Tuch um den Kopf gebunden und sich das Gesicht mit Holzkohle beschmiert, damit es nicht im Licht der Kohlenbecken glänzte. Das hatte er oft so gemacht, als er in Floran auf Diebestour gewesen war. Das Tuch bot natürlich keinen Schutz gegen feindliche Klingen, aber es zu tragen hatte etwas Beruhigendes, fast als hielte ein alter Freund seine Hand.

Um sie herum wimmelte es von Soldaten, die gemäß den Befehlen ihrer Offiziere auf der äußeren der drei Ringmauern von Darrowmere ihre Positionen bezogen. Obwohl der Tag erst in mehreren Stunden anbrechen würde, standen die Roon bereits vor der Stadt.

Lachlan holte tief Luft und bewegte die Schultern hin und her. »Wenigstens brauchen wir jetzt nicht mehr auf diesen Raben zu warten.«

Caspan nickte grimmig und starrte zu den Roon hinunter, die die Stadt wie eine Mauer, dunkler als die Nacht, eingeschlossen hatten. Diebe benutzten manchmal Fackeln aus Hexenholz, um ihre nächtlichen Aktivitäten allen Blicken zu entziehen. Dieses Holz, das es nur in den Eiswüsten nördlich der Narbe gab, brannte mit schwarzer Flamme, die den Fackelträger in Finsternis hüllte, und wurde in Andalon nur selten zum Verkauf angeboten. Aber Caspan hatte noch nie gehört, dass sich ein ganzes Heer mit Hexenholzfackeln tarnte. Die Roon waren an die Nacht gewöhnt, da ihr Land im hohen Norden für sechs Monate des Jahres in Dunkelheit versank. Folglich hatten sie jetzt keine Schwierigkeiten, trotz des pechschwarzen Schutzschirms, den das brennende Hexenholz entstehen ließ, etwas zu sehen.

Die Riesen sammelten sich außerhalb der Schussweite der städtischen Bogenschützen und stießen Schlachtrufe aus, die das Blut in den Adern gefrieren ließen. Von Zeit zu Zeit trat einer von ihnen vor, trommelte sich wutentbrannt mit den Fäusten gegen die Brust und schrie den Verteidigern auf den Stadtmauern Beleidigungen zu.

Nachdem Morgan aus seinem Wasserschlauch getrunken hatte, hielt er ihn den Jungen hin. Caspan, dessen Kehle völlig ausgedörrt war, nahm einen großen Schluck Wasser und reichte den Schlauch an Lachlan weiter, der jedoch abwinkte. »Bald werden sie angreifen«, sagte Morgan. »Bleibt an meiner Seite, wenn der Kampf beginnt. Und keine Heldentaten. Unsere einzige Hoffnung besteht darin, die Roon von den Mauern fernzuhalten.«

Lachlan trat zur Seite, um eine Gruppe von Soldaten vorbeizulassen. »Ich bin froh, dass wir uns nicht umsonst so in Schale geschmissen haben.«

Caspan zeigte mit dem Ende seines Bogens auf die Landkarte, die er dem Meister zurückgegeben hatte und die jetzt hinter Morgans Gürtel steckte. »Dann haben wir also nicht vor, von hier zu verschwinden?«

Morgan schüttelte den Kopf. »Jetzt noch nicht. Diese Stadt wird zu ihrer Verteidigung jeden Mann brauchen. Hoffentlich halten wir durch, bis Verstärkung kommt.«

Lachlan blickte zu den zwei anderen Ringmauern hinüber und schaute anschließend zur Festung hoch. »Diese Mauern werden ihnen doch wohl standhalten, oder?«

»Nicht einem derart großen Heer«, entgegnete der Meister. »Es dürfte nur eine Frage der Zeit sein, bis die Stadt fällt.« Als er den besorgten Gesichtsausdruck der Rekruten bemerkte, lächelte er sie beruhigend an. »Aber es besteht noch Hoffnung. Ich habe einen der Befehlshaber sagen hören, dass man Raben zu den nördlichen Legionen und zur Stadt Carling Tor geschickt hat, um Verstärkung anzufordern.«

Caspan wischte sich mit dem Ärmel über die Lippen und gab dem Meister den Wasserschlauch zurück. »Aber nur die nördlichen Legionen werden es schaffen, rechtzeitig zu uns zu stoßen. Und sie werden nicht viele Männer erübrigen können, da sie den Norden gegen die Hauptstreitmacht der Roon verteidigen müssen.«

Morgan spitzte die Lippen und nickte. »Richtig. Und deshalb haben wir keine andere Wahl als hierzubleiben und diesen Menschen zu helfen. Sollten die Roon die Mauern durchbrechen, werden sie jeden Mann, jede Frau und jedes Kind in der Stadt abschlachten. Wir müssen alles tun, was in unserer Macht steht, um das zu verhindern.«

»Was leichter gesagt als getan ist, wo wir doch nur zu dritt sind«, murmelte Caspan, der sich fragte, wie ihre Schwerter wohl den Verlauf der Belagerung beeinflussen sollten.

Wenn das Eintreffen der Roon etwas Gutes erbracht hatte, dann den Beweis, dass die Rekruten und Morgan keine Spione waren. Prinz Dale hatte die Bewachung des Trios aufgehoben und ihnen erlaubt, sich frei in Darrowmere zu bewegen. Morgan hatte beschlossen, sich zusammen mit den zwei Jungen in die vorderste Front der Verteidiger zu stellen.

Auch der Prinz hatte dort Posten bezogen. Begleitet von vier Purpurroten Klingen und einem kleinen Gefolge von Offizieren, schritt er auf der Mauer entlang, um die Verteidigungsmaßnahmen zu begutachten und den Männern Mut zuzusprechen.

Er machte vor den Rekruten und Morgan halt und drückte ihnen die Hand. »Nun, sicher wärt ihr lieber woanders, aber ich bin froh, dass ihr bei uns seid.«

»Wir werden Ihnen helfen, so gut wir können, Hoheit«, erwiderte Morgan.

Caspan spähte umher, bevor er sich an den Prinzen

wandte. »Ich habe General Brett nirgendwo gesehen. Ich hätte gedacht, dass er die Verteidigung der Stadt organisiert.«

Die Miene des Prinzen verdüsterte sich. »Nach der gestrigen Besprechung hat mein Vater Brett aus der Festung verwiesen und ihm befohlen, in der Stadt zu bleiben, bis wir herausgefunden haben, wer der Mann an Bord der Kriegsgaleere war. Erst vor einer Stunde habe ich festgestellt, dass er noch vor Mitternacht davongeritten ist und die Grenzwache mitgenommen hat. Angeblich will er sich zum Grenzland begeben, um das caledonische Heer aufzuhalten.« Höhnisch lächelnd zeigte er auf die Roon. »Aber ich halte es für wahrscheinlicher, dass er irgendwo dort unten ist und uns beobachtet.«

»Wie viele Männer hat er denn mitgenommen?«, fragte Morgan.

»Über hundert Kavalleristen.« Dale legte eine Hand auf eine Mauerzinne und seufzte. »Womit uns nur tausend Soldaten bleiben, um die Stadt zu verteidigen.«

Lachlan straffte die Schultern. »Tausendunddrei, Hoheit.«

Der Prinz lächelte. »Ja, natürlich. Die Offiziere sind auch dabei, aus Einwohnern der Stadt eine Miliz zu bilden. Hoffentlich bringen wir so viele zusammen, dass wir unsere Zahl verdoppeln können.«

Ein Trupp Soldaten eilte vorbei, um Köcher und Bögen unter den Verteidigern zu verteilen. Einer der Männer blieb stehen, um dem Prinzen darüber Bericht zu erstatten, dass es am Stadttor zwischen zwei Hauptleuten zum Streit gekommen war, bei dem es um die Unterbringung von Leuten ging, die von den umliegenden Bauernhöfen geflohen waren.

»Als hätten wir nicht genug andere Sorgen«, murmelte Dale, bevor er den Freunden viel Glück wünschte und weiterging.

Einer der Soldaten reichte Morgan Bogen und Köcher. Nachdem der Meister sich beides über die Schulter gehängt hatte, starrte er nachdenklich auf das feindliche Heer hinunter. »Selbst zweitausend Männer reichen nicht aus, um diese Mauern zu verteidigen. Ich frage mich, ob es eine Möglichkeit gibt, die Reihen der Roon zu lichten, bevor sie überhaupt in die Nähe der Mauern kommen.«

Caspan hob seinen Bogen. »Damit.«

Morgan schüttelte den Kopf. »Das hält sie nur kurz auf. Die Riesen würden wie bei Saint Justyn einen Schildwall bilden und sich dann langsam auf die Stadt zuschieben.« Er ließ den Blick schweifen und bemerkte, dass längs der Brustwehr Eimer mit Öl aufgestellt wurden, mit dem man die Roon begießen wollte, wenn sie versuchten, die Mauern hinaufzuklettern. Anschließend würde man brennende Fackeln nach unten schleudern, um die Riesen in Brand zu setzen. Mit einem entschlossenen Ausdruck in den Augen drehte er sich zu den Rekruten um. »Was haltet ihr von einem kleinen Nachtflug?«

KAPITEL VIERUNDZWANZIG

Nächtlicher Überfall

»Gut geflogen«, lobte Morgan Lachlan und klopfte ihm auf die Schulter. »Jetzt müssten wir hoch genug sein. Lass uns hier haltmachen.« Nachdem er das feindliche Heer unter ihnen in Augenschein genommen hatte, nickte er zufrieden. »Bist du bereit für unsere kleine Operation?«, fragte er Caspan, der hinten auf Klaue saß.

Nachdem er sich vergewissert hatte, dass die Stricke, mit denen er auf dem Rücken des Greifs festgebunden war, sich nicht gelockert hatten, griff Caspan in einen der vier großen Weidenkörbe, die seitlich an Klaue befestigt waren. Er nahm zwei mit Öl gefüllte Schweinsblasen heraus und reichte eine davon dem Meister. »Lassen Sie uns loslegen.«

»Halt ihn ruhig«, sagte Morgan zu Lachlan. Der Meister legte die Schweinsblase in seinen Schoß und setzte mit einem Feuerstein ein Stück Zunder in Brand, um den mit Essig getränkten Leinenstreifen anzuzünden, der um den Stöpsel der Blase gewickelt war. Er warf einen Blick auf die feindliche Horde, die sie glücklicherweise noch nicht entdeckt hatte. Während Morgan seine Hand mit der brennenden Blase vorstreckte und sorgfältig darauf achtete, Klaue nicht die Flügel zu versengen, wählte er die günstigste Stelle für den Abwurf aus. »Fertig?«, fragte er.

Caspan nickte. Dann ließ er gleichzeitig mit dem Meister seine brennende Blase los, die nach unten fiel und rasch aus seinem Blickfeld verschwand. Morgans Beispiel folgend, schnappte er sich eine zweite Blase und zündete sie ebenfalls an. Gerade als er sie loslassen wollte, schossen unten an zwei verschiedenen Stellen Flammen empor, die im Nu um sich griffen und zwei helle Kreise im schwarzen Meer unter ihnen bildeten.

Morgan veränderte seine Position, damit er die nächste Blase auf der gegenüberliegenden Seite abwerfen konnte. »Da kommen die ersten Pfeile. Gut, dass wir außer Schussweite sind. Wir sollten zusehen, sie so oft wie möglich zu treffen, solange ihre Reihen noch geschlossen sind.« Der Meister ließ die zweite Blase fallen und fasste rasch in den Korb, um ein weiteres Geschoss herauszuholen.

Nachdem sie die halbe Ladung abgeworfen und im feindlichen Heer für Chaos gesorgt hatten, trat Lachlan Klaue in die Flanken und lenkte den Greif zur anderen Seite der Stadt, wo sie den Angriff wiederholen wollten. »Schade, dass Raureif nicht bei uns sein kann », sagte Morgan über die Schulter. »Stell dir mal vor, was wir mit seiner Hilfe noch alles hätten anrichten können.«

Caspan klammerte sich gut fest. Obwohl die Stricke

stramm saßen, jagte es ihm Angst ein, in so großer Höhe ohne Sattel zu fliegen, vor allem mitten in der Nacht. »Ich weiß. Was meinen Sie, wie lange es noch dauern wird, bis ich Raureif wieder herrufen kann?«

»Ich würde mindestens noch eine Woche warten. Hüter erholen sich zwar sehr schnell, aber du solltest ihm so viel Ruhe wie möglich gönnen.« Der Meister tippte Lachlan auf den Arm und zeigte auf einen der Türme der Festung, auf den sie zuflogen.

Lachlan nickte und steuerte seinen Greif weiter nach links, um die Zitadelle zu umfliegen. Nachdem Morgan Prinz Dale und Herzog Bran von seinem Plan, die Roon anzugreifen, in Kenntnis gesetzt hatte, hatte sich rasch herumgesprochen, wie die drei Angehörigen der Bruderschaft ihren magischen Wächter einsetzen wollten. Als sie jetzt vorbeiflogen, schwenkten die Soldaten auf den Zinnen ihre Schwerter und schrien Hurra.

Caspan lächelte voller Stolz. »Zumindest haben wir den Menschen von Darrowmere gezeigt, dass noch nicht alles verloren ist.«

Morgan langte nach hinten und klatschte ihm auf den Schenkel. »Das ist die richtige Einstellung. Nun wollen wir doch mal sehen, ob wir noch mehr Schaden anrichten können.«

Lachlan lenkte Klaue zur Südseite der Stadt und ließ seinen Greif mitten in der Luft anhalten. Caspan und Morgan machten sich an die Arbeit. Nachdem jeder von ihnen zwei brennende Blasen abgeworfen und unter den Feinden Verwirrung gestiftet hatte, ließ Lachlan Klaue ein Stück weiter fliegen, damit Morgan und Caspan auch noch einen anderen Teil der feindlichen Horde attackieren konnten. Er reckte den Hals und starrte auf die züngelnden Flammen hinunter. »Morgan! Es gibt Probleme!«, schrie er plötzlich und zeigte nach unten. »Was ist das?«

Eine riesige Gestalt, die sich gegen die Flammen abhob, schoss auf sie zu. Sie ähnelte einem gigantischen Adler und hatte eine Flügelspannweite von der Breite eines Hauses, dolchartige Klauen und einen gekrümmten, blutroten Schnabel, der unheilvoll glitzerte.

Morgan warf die Blase, die er gerade in der Hand hielt, in den Korb zurück. »Das ist ein Rokh! Bring uns sofort von hier weg!«

Lachlan trat Klaue hart in die Flanken, und der Greif jagte über den nächtlichen Himmel, weg von Darrowmere. Während der Wind an seinem Umhang zerrte und ihm in den Ohren toste, blickte Caspan ängstlich zu dem Wesen zurück, das sie verfolgte.

Es war das erste Mal, dass er einen Rokh sah, und er hoffte, dass es auch das letzte Mal sein würde. Er hatte gehört, dass die Roon diese Vögel, wenn sie noch jung waren, aus den Nestern hoch oben in den Bergen ihres Landes stahlen. Die Roon machten sich den angeborenen Jagdinstinkt dieser Kreaturen zunutze und richteten sie ab, damit sie ihnen bei der Jagd auf Wölfe, Elche, Schneeleoparden und Mammuts halfen. Die Vögel waren unglaublich schnell, sie erreichten die Geschwindigkeit von Bergadlern. Und wie Caspan zu seinem

Schrecken feststellte, war der Rokh, der sie verfolgte, sogar schneller als Klaue.

»Er holt auf!«, schrie er und versuchte, einen Pfeil an die Sehne seines Bogens zu legen, was sich aber in vollem Flug als zu schwierig erwies. Während er Pfeil und Bogen mit einer Hand festhielt, klammerte er sich mit der anderen an den Strick, der um Klaue geschlungen war.

Lachlan trat Klaue erneut in die Flanken und knallte mit den Zügeln, um seinen Greif anzutreiben. »Ich tue mein Möglichstes, aber Klaue ist zu schwer beladen.«

Als Morgan über die Schulter blickte, stellte er fest, dass der Rokh kurz davor war, sie einzuholen. »Wir können ihn nicht abhängen, aber wir können ihn ausmanövrieren.« Er zog seinen Dolch und schnitt die Stricke durch, mit denen die Weidenkörbe befestigt waren, damit Klaue nicht mehr so schwer zu tragen hatte und schneller fliegen konnte. Er suchte das Land unter ihnen ab und entdeckte einen Wald. »Schnell, Lachlan. Flieg da hin.«

Lachlan schmiegte sich an Klaues Hals, ein Zeichen, das die Rekruten ihren Hütern beigebracht hatten und das diese veranlasste, rasch tiefer zu fliegen. Der Greif reagierte sofort, schlug noch einmal mit den Flügeln und legte sie an, um zum Sturzflug anzusetzen. Das hatten sie oft geübt, obwohl sie noch nie in einen derart steilen Sturzflug gegangen waren.

Ihre Geschwindigkeit war so groß, dass Caspan den

Eindruck hatte, sein Magen bliebe oben, während sie abwärtssausten. Er wurde nach hinten gedrückt und klammerte sich verzweifelt fest. Als er zurückschaute, sah er, dass der Rokh nur noch zwanzig Meter hinter ihnen war.

»Los! Los!«, schrie Lachlan und zwang seinen Hüter, noch steiler nach unten zu gehen, bis sie fast senkrecht nach unten schossen.

Die Erde raste ihnen förmlich entgegen. Gerade als Caspan einen Schrei ausstoßen wollte, weil er befürchtete, dass sie gleich eine Bruchlandung hinlegen würden, riss Lachlan an den Zügeln und bremste Klaues Sturzflug ab. Caspan spürte, wie ihm der Magen nun in den Hals hopste. Nur wenige Meter über dem Boden schoss der Hüter mit Höchstgeschwindigkeit durch die Luft.

Mit jeder Sekunde kam der Wald näher, aber auch der Rokh, der hinter ihnen herabstieß, die Flügel anlegte und die Beine anzog, um sich so stromlinienförmig wie möglich zu machen und noch schneller durch die Luft zu gleiten. Klaue hingegen schlug wild mit den Flügeln und steigerte seine Geschwindigkeit auf schier unglaubliche Weise. Trotzdem reichte es nicht aus, um den Rokh abzuhängen. Wenn Klaue den Wald nicht rechtzeitig erreichte, war alles verloren.

Der Rokh streckte erwartungsvoll seine Klauen aus, während er seiner Beute immer näher rückte. Dichter und dichter schloss der gigantische Adler zu ihnen auf, bis er unmittelbar hinter ihnen war. Morgan schaffte es irgendwie, sein Schwert zu ziehen und sich dem Monster zuzudrehen.

»Duck dich!«, schrie er Caspan zu, der sich so klein wie möglich machte, damit der Meister genug Platz hatte, um mit seiner Klinge auszuholen.

Aus den Augenwinkeln nahm Caspan wahr, wie der Rokh sich neben sie schob und ihn unverwandt anstarrte. Ihm lief ein Angstschauer über den Rücken. Dann hob der Vogel abrupt den Kopf und riss den Schnabel auf.

Caspan wich so weit wie möglich nach hinten zurück. Morgan holte mit seinem Schwert aus, um es auf den riesigen Adler niedersausen zu lassen. Der Rokh schnellte vor und hackte mit dem Schnabel nach dem Meister.

Lachlan riss Klaue scharf nach links, um den Angriff des Adlers abzuwenden, dessen Schnabel nur dreißig Zentimeter von Morgans Kopf entfernt zuklappte. Caspan und Morgan, die fast vom Rücken des Greifs geschleudert wurden, schrien erschrocken auf und klammerten sich an den Stricken fest. Wie durch ein Wunder gelang es ihnen, sich auf Klaue zu halten.

Der Rokh hatte weniger Glück. Da er auf seine fliehende Beute fixiert war, hatte er nicht darauf geachtet, wo er hinflog. Schrill kreischend raste er schnurstracks in den Wald, wo mit unglaublichem Getöse Äste und Baumstämme zersplitterten. Eine fast zwanzig Meter lange Schneise der Verwüstung pflügte das riesige Tier durch den Wald, bis schließlich Totenstille eintrat.

Während Klaue am Rand des Waldes entlangflog, spähten Morgan und Caspan in die dunkle Schneise, wo sich jedoch nichts rührte.

Der Meister steckte sein Schwert in die Scheide zurück und legte Lachlan eine Hand auf die Schulter. »Du kannst dich entspannen. Ich glaube, diesen Rokh sehen wir nie wieder.«

Lachlan atmete erleichtert auf und zog die Zügel an. »Das war ganz schön brenzlig.«

Morgan drehte sich zu Caspan zurück. »Bist du in Ordnung?«

Caspan starrte den Meister mit leerem Blick an, denn er hatte noch nicht ganz begriffen, dass sie die Begegnung mit dem Rokh überlebt hatten. Erst nach einer Weile nickte er. »Ja.« Vorwurfsvoll zeigte er mit dem Finger auf Morgan. »Aber ich werde Sie nie wieder auf irgendwelchen friedlichen Missionen begleiten. Das verkraftet mein Herz nämlich nicht.«

Morgan grinste. »Man tritt der Bruderschaft nicht bei, um Blumen zu gießen. Jetzt weißt du jedenfalls, wie sich eine Maus fühlt, wenn sie von einer Eule gejagt wird.«

»Das können Sie laut sagen.« Erst jetzt bemerkte Caspan, dass es ihm irgendwie gelungen war, seinen Bogen und den Pfeil in der Hand zu behalten. Er hängte sich den Bogen über die Schulter und blickte zum Wald zurück, um nachzusehen, ob der Rokh wieder aufgetaucht war. Da dies nicht der Fall war, drehte er sich seinem Freund zu. »Du bist fantastisch geflogen, Lachlan.«

Morgan klopfte dem muskulösen Jungen auf die Schulter. »Das kann ich nur bestätigen. Du hast wirklich gute Arbeit geleistet.«

Lachlan lächelte stolz. Er schlang die Arme um Klaues Hals und flüsterte: »Wir beide haben wirklich gute Arbeit geleistet.«

KAPITEL FÜNFUNDZWANZIG

Die Belagerung von Darrowmere

Wohlbehalten gelangten die Gefährten nach Darrowmere zurück. Morgan wollte Klaue unbedingt mit neuen Körben voll ölgefüllter Schweinsblasen beladen und weitere Luftangriffe starten, doch sie waren kaum in der Stadt gelandet, als überall auf den Zinnen Hörner ertönten. Die Soldaten, die sie mit großem Hallo begrüßt hatten, verstummten abrupt und rasten die Treppe hoch, um wieder auf der Mauer Stellung zu beziehen.

Morgan nickte grimmig. »Es hat angefangen.« Er winkte Caspan und Lachlan in eine Nische unterhalb der Treppe, damit sie ungestört miteinander reden konnten. Er legte jedem von ihnen eine Hand auf die Schulter und blickte ihnen tief in die Augen, als wollte er ihnen Mut für das einflößen, was ihnen bevorstand. »Vergesst nicht, was ich euch gesagt habe – keine Heldentaten. Gebt euch gegenseitig Rückendeckung und macht genau, was ich anordne. Im Kampfgewühl gibt es keine zweiten Chancen. Versteht ihr?« Sein Ton war ernst und zeugte von den Erfahrungen, die er in zahllosen Kämpfen gesammelt hatte.

Die Jungen nickten und Caspan schluckte nervös. Er hatte in seinem bisherigen Leben auch schon allerlei Kämpfe miterlebt, aber keinen in diesem Ausmaß. Straßenschlägereien ließen sich wohl kaum mit der Belagerung von Andalons am stärksten befestigter Stadt vergleichen.

Morgan drückte ihnen sanft die Schulter und atmete tief durch. »Gut. Und jetzt suchen wir uns eine günstige Stelle auf der Mauer.«

Nachdem Lachlan Klaue fortgeschickt hatte, folgte er Caspan und dem Meister die Treppe hoch. Da sie frei entscheiden konnten, wo sie Aufstellung nahmen, wählten sie einen der Ecktürme, der die umliegenden Mauern überragte und mit einem Kranz aus Pechnasen versehen war, die dazu dienten, Steine auf die Angreifer zu werfen oder sie mit siedendem Pech zu begießen.

Caspan und Morgan mischten sich unter die Verteidiger und machten ihre Bögen bereit. Lachlan zog sein Schwert aus der Scheide, die auf seinen Rücken geschnallt war, und stellte sich neben Caspan. Dann blickten sie zu dem feindlichen Heer hinunter.

Einige der Verteidiger hatten Brandpfeile abgeschossen, die nun senkrecht im Boden steckten und den Bereich vor den Stadtmauern beleuchteten. Die Riesen hatten ihre Fackeln gelöscht und sich formiert: In den vordersten Reihen standen die mit Schilden, Schwertern und Äxten bewaffneten Krieger, dahinter Speerwerfer und Bogenschützen. Die fahlen, muskulösen Oberkörper der Roon schimmerten im Mondlicht. Die Gesichter hatten sie sich mit Holzkohle beschmiert, was ihnen ein albtraumhaftes Aussehen verlieh. Die Riesen hämmerten mit ihren Waffen gegen ihre Schilde und erzeugten einen ohrenbetäubenden Lärm, der die Verteidiger von Darrowmere in Angst und Schrecken versetzte. Caspan erschauderte.

Der Soldat neben ihm trat entsetzt von den Zinnen zurück und senkte seinen Bogen. »Denen sind wir nicht gewachsen!«, stammelte er.

»Oh doch!«, bellte ein großer Soldat mit breiter Brust, wahrscheinlich ein altgedienter Krieger, denn sein Gesicht und seine Unterarme waren mit Narben übersät. Der Schaft der Zweihandaxt, die er gepackt hatte, wies oberhalb des Ledergriffs eine Reihe von Kerben auf, und Caspan überlegte, ob diese Markierungen wohl anzeigten, wie viele Feinde er schon getötet hatte. Der Mann schob seinen Kameraden wieder zur Brustwehr und rief mit lauter Stimme, damit alle anderen es hören konnten: »Wir werden diese Mauer halten und jeden Roon niedermachen, der sich hier blicken lässt! Wir sind Männer von Darrowmere, und wir werden nicht zulassen, dass auch nur einer dieser Riesen in unsere Stadt eindringt.« Er riss seine Axt hoch. »Für Darrowmere!«

Jeder Soldat, der diese anfeuernden Worte hörte, hob seine Waffe und wiederholte den Schlachtruf, der sich über die gesamte äußere Mauer fortpflanzte und schließlich auch auf den anderen Ringmauern aufgegriffen wurde. Hörner ertönten, Banner mit den Wappen von Lochinbar – einem Hirschgeweih – wurden geschwenkt. Derart angestachelt, packten die Soldaten voller Entschlossenheit ihre Waffen und bereiteten sich auf die bevorstehende Belagerung vor.

Lachlan sah Caspan an. »Hast du Angst?«, fragte er mit gedämpfter Stimme, damit weder der Meister noch die umstehenden Soldaten etwas mitbekamen.

Caspan gab sich große Mühe, das extrem flaue Gefühl in seinem Magen zu ignorieren. Er legte einen Pfeil an und überprüfte die Sehne seines Bogens, bevor er nickte. »Und du?«

Lachlans Kinn sank auf die Brust und er stieß langsam die Luft aus. »Entsetzliche Angst.« Er blickte hoch, lächelte und boxte Caspan kameradschaftlich gegen die Schulter. »Aber mach dir keine Sorgen. Ich werde dir schon Rückendeckung geben.«

Caspan lächelte ebenfalls und setzte zu einer Antwort an, als die Roon plötzlich ein gellendes Kriegsgeschrei anstimmten. Nach wie vor hämmerten sie gegen ihre Schilde und stürmten auf die Stadt zu.

Die Verteidiger hielten ihre Bögen bereit, zielten und schossen. Vorübergehend übertönte das Zischen mehrerer Hundert Pfeile das Gebrüll der Roon. Kurz darauf folgten die trockenen Geräusche der Pfeile, die sich in die hölzernen Schilde bohrten, sowie die Flüche und Schreie der Riesen, die dem tödlichen Hagel erlagen.

Nach der ersten Salve suchten die Bogenschützen

sich ihre Opfer gezielt aus. Viele der Riesen wurden getötet oder verletzt, doch jeder, der zu Boden ging, wurde sofort von einem Dutzend anderer ersetzt, die über die Gefallenen hinwegtrampelten und entschlossen weiter auf die Mauer zustrebten.

Fünfzig Meter vor der Stadt machten die vordersten Roon halt und bildeten einen Schildwall, hinter dem die restlichen Riesen sich sammelten, um von dort unablässig mit Pfeilen zu schießen. Der Soldat rechts von Caspan taumelte zurück und griff nach dem gefiederten Schaft, der sich durch seine Schulter gebohrt hatte. Caspan lehnte sich gegen eine Mauerzacke und legte seinen dritten Pfeil an. Nachdem er tief durchgeatmet hatte, zog er die Sehne zurück. Als sie gespannt war, trat er hinter der schützenden Mauerzacke hervor, visierte einen der Riesen an und schoss. Der Roon, der weit hinter dem Schildwall stand, ließ seinen Speer fallen und sank, Caspans Pfeil im Schenkel, auf die Knie.

»Guter Schuss«, lobte Morgan, der einen neuen Pfeil anlegte und zielte.

Caspan duckte sich, als ein Pfeil von den Zinnen abprallte. Er schüttelte verzagt den Kopf. »Es sind einfach zu viele. Die können wir nicht aufhalten!«

»Schieß weiter. Das ist unsere einzige Hoffnung.« Um seinen Worten Glaubwürdigkeit zu verleihen, erledigte der Meister einen der in vorderster Reihe stehenden Riesen mit einem Schuss in die Brust.

Fast zehn Minuten lang dauerte der gegenseitige Beschuss an. Läufer eilten die Mauer entlang, um frische

Pfeilbündel an die Verteidiger zu verteilen. Caspan hatte gerade sein drittes Bündel aufgebraucht, als die Roon begannen, sich hinter ihrem Schildwall langsam auf die Stadt zuzuschieben. Die Bogenschützen rückten mit ihnen gemeinsam vor, sodass die Soldaten auf der Mauer gezwungen waren, in Deckung zu gehen. Bald öffnete sich hier und da der Schildwall, und einzelne Riesen traten hervor, um Äxte und Speere in Richtung Stadtmauer zu schleudern. Bevor die Männer von Darrowmere dazu kamen, diese Angreifer aufs Korn zu nehmen, schlossen die Lücken im Schildwall sich wieder, und die Verteidiger vergeudeten ihre Pfeile, die nur noch die Schilde trafen.

Erst dreißig Meter vor der Stadt machten die Roon halt. Dutzende von Riesen in Wolfsfellen und mit roter Kriegsbemalung stürmten nach vorn.

»Berserker!«, schrie ein Soldat in der Nähe von Caspan.

Die Verteidiger konzentrierten ihre Schüsse auf die fanatischen Riesen, die zum Fuß der Mauer rasten und an Seilen befestigte Enterhaken nach oben schleuderten. Ein paar Soldaten zogen ihre Dolche und machten sich daran, die Seile durchzuschneiden. Das war jedoch gefährlich, da sie sich auf diese Weise den Bogenschützen der Roon aussetzten, die viele von ihnen erledigten. Es war auch zu riskant, sich über die Mauer zu beugen, um auf die Berserker zu schießen. Sicherer war es, Felsbrocken nach unten zu werfen und kochenden Teer auf die Angreifer zu gießen.

Da Lachlan es im Bogenschießen nie sehr weit gebracht hatte, eilte er zwischen den Pechnasen und den Steinbrocken hin und her, die in einer Ecke des Turms aufgehäuft waren. Dabei halfen ihm der altgediente Krieger mit der gekerbten Axt sowie mehrere der Männer, die vorher die Pfeilbündel verteilt hatten. Gemeinsam sorgten sie dafür, dass die Riesen unablässig mit Steinen bombardiert wurden.

Von den Berserkern abgelenkt, waren den Leuten von Darrowmere bisher die behelfsmäßigen Leitern entgangen – Baumstämme mit Sprossen aus zurechtgehauenen Ästen –, die man hinter dem Schildwall hervorgetragen hatte. Irgendwo auf der Brustwehr wurde ein Horn geblasen, um die Soldaten auf diese neue Gefahr aufmerksam zu machen.

»Konzentriert euch auf sie!«, schrie Morgan den Bogenschützen zu, indem er auf die Riesen mit den Leitern zeigte. »Sie dürfen nicht in die Nähe der Mauer kommen!«

Die Soldaten befolgten seinen Befehl und streckten alle Roon nieder, die sich mit Leitern dem Turm näherten. Auf anderen Abschnitten der Mauer hatte man jedoch nicht so viel Glück. Da die Verteidiger noch mit der Abwehr der Berserker beschäftigt waren, konnten sie nicht verhindern, dass zahlreiche Leitern zur Mauer gebracht wurden.

Morgan stieß einen leisen Fluch aus, als in der Nähe des Stadttors die erste Leiter an die Mauer angelegt wurde. Er gab Caspan und Lachlan ein Zeichen. »Da drüben dürfte man uns nötiger brauchen. Folgt mir.«

Sie rasten die Turmtreppe hinunter und drängten sich durch die Menge der Soldaten, die die Brustwehr verteidigten. Da sie wussten, dass ihre Bögen in solch einem Getümmel nutzlos sein würden, hängten Morgan und Caspan sie sich über den Rücken und zogen ihre Schwerter. Lachlan, der voranstürmte, gelang es aufgrund seiner Größe und seiner Kraft, ihnen einen Weg durch die Menge zu bahnen und seine Freunde an die Brustwehr über dem Stadttor zu bringen.

Einige der Verteidiger versuchten verzweifelt, die Leitern zur Seite zu schieben, doch der Winkel, in dem sie angelegt worden waren, machte das unmöglich. Außerdem waren sie zu schwer. Andere Soldaten bewarfen die Riesen, die die Leitern erklommen, mit Steinen und beschossen sie mit Pfeilen. Doch es waren zu viele. Caspan wusste, dass es nur eine Frage der Zeit war, bis die Roon die Zinnen erreichten.

»Gebt mir Rückendeckung«, befahl Morgan. Dann stellte er sich breitbeinig auf die Mauerzacken und erwartete mit erhobener Klinge die sich nähernden Riesen.

Caspan und Lachlan befolgten seinen Befehl. Es dauerte nicht lange, bis die Roon die Leitern hochgeklettert waren. Morgan nahm den Ersten mit einem Stoß seines Schwerts in Empfang und tötete ihn, bevor er die Möglichkeit zur Gegenwehr hatte. Kaum war der Riese von der Leiter gestürzt, als auch schon der Roon hinter ihm seine Doppelaxt schwang und die letzten Sprossen hochgestürmt kam.

Morgan trat nach dem Kopf des Kriegers, der den Fuß des Meisters jedoch mit dem Schaft seiner Axt wegschlug, den Meister zur Seite stieß und sich auf die Zinnen hievte. Morgan gelang es, das Gleichgewicht zu bewahren und auf die Mauer zurückzuspringen. Ein Soldat stach mit seinem Speer nach dem Riesen, dem dieser jedoch auswich. Anschließend packte der tätowierte Krieger den Speer und beförderte den aufschreienden Soldaten mit einem gewaltigen Ruck in die Tiefe. Dann hob der Roon seine Axt und ging mit Gebrüll auf Morgan los.

Der Meister wehrte die niedersausende Axt mit seinem Schwert ab, doch die Wucht des Schlags zwang ihn in die Knie. Bevor er zur Verteidigung übergehen konnte, knallte ihm der Riese den Schaft seiner Axt seitlich gegen den Helm, sodass der Meister nach hinten kippte. Der Roon nutzte die Gelegenheit und schlug brutal mit seiner Axt zu.

Mit hämmerndem Herzen stürzte Caspan sich auf den Riesen und fing mit seinem Schwert die Axt ab, die nur wenige Zentimeter neben Morgans Kopf eine Steinplatte traf. Wutentbrannt schubste der Riese Lachlan beiseite, der dem Meister ebenfalls zu Hilfe geeilt war. Dann starrte er Caspan mit irrem Blick an und stapfte mit erhobener Axt auf ihn zu.

Caspan riss sein Schwert hoch, um dem Angreifer zu begegnen, der seine Waffe wohl zerschmettern und ihn selbst in zwei Hälften spalten würde. Zischend fuhr die Axt nieder. Caspan biss die Zähne zusammen und machte sich auf den Hieb gefasst.

In diesem Moment nahm Caspan hinter dem Roon eine blitzschnelle Bewegung wahr. Während die Axt seinen Fingern entglitt, taumelte der Riese nach vorn und brach zusammen. Hinter ihm stand Morgan, der seinen besiegten Feind mit triumphierendem Blick musterte.

Caspan hob dankend die Hand. Dann ließ er den Blick schweifen, um herauszufinden, ob noch jemand seine Hilfe brauchte. Inzwischen waren zahlreiche Roon auf die Mauer geklettert, sodass links und rechts von ihm gekämpft wurde. Die Soldaten wehrten sich tapfer und taten ihr Möglichstes, um zu verhindern, dass die Riesen auf der Mauer Fuß fassten, doch die Roon gaben nicht nach.

Seite an Seite mit dem Meister hauten und stachen Caspan und Lachlan auf jeden Riesen ein, der sich ihnen näherte. Lachlan hatte sein großes Schwert mit beiden Händen gepackt und führte damit Rundumschläge aus, die manchmal drei Feinde gleichzeitig erledigten. Von anderen Teilen der Mauer, wo man den Angriff mit Leitern erfolgreich abgeschmettert hatte, traf Verstärkung ein. Nach und nach gewannen die Verteidiger die Oberhand und töteten alle Roon, denen es gelungen war, auf die Mauer zu klettern. Bevor weitere Roon nach oben gelangten, begoss man die Leitern mit Öl und zündete sie an.

Caspan und Lachlan nutzten die kleine Atempause,

um zum hinteren Teil der Brustwehr zu wanken und sich ein ruhiges Plätzchen zu suchen, wo gerade ein paar Soldaten in Kesseln Pech erhitzten. Die Jungen sanken zu Boden und legten sich ihre Schwerter über die Schenkel.

Caspan starrte auf die Toten und Verwundeten, die überall herumlagen. Morgan und einige Soldaten waren damit beschäftigt, den Verletzten Hilfe zu leisten. »Es ist nicht so, wie man es in Geschichten hört, oder?«

Lachlan schüttelte den Kopf. »Hier gibt es weder Ruhm noch Ehre.« Er fuhr sich mit der Hand durchs Haar und sah Caspan an. Besorgt kniff er die Augen zusammen. »Bist du verwundet?«

Caspan folgte der Richtung seines Blicks und betastete seine Stirn. Als er die Hand zurückzog, stellte er fest, dass seine Fingerspitzen voller Blut waren. Dann wischte er sich mit dem Saum seines Umhangs über die Stirn. »Nein. Das Blut muss von einem der Roon stammen.« Er bemerkte, wie Lachlan über den magischen Schlüssel strich, der ihm um den Hals hing. »Vielleicht dauert es nicht mehr lange, bis wir Klaue herbeizitieren.«

»Das habe ich auch gerade gedacht.« Lachlan schaute umher und beobachtete einen Jungen, der nicht viel älter als er selbst war und Morgan gerade dabei half, einen verwundeten Soldaten unter einem Roon hervorzuziehen. Die nackten Füße des Jungen und sein schief sitzender Helm ließen darauf schließen, dass er von einem der umliegenden Bauernhöfe stammte und sich der Miliz angeschlossen hatte. »Der da wird nicht so viel Glück haben.«

Caspan schluckte. »Ich weiß.«

In dem Moment schrie einer der Verteidiger auf. Die beiden Jungen packten ihre Schwerter und sprangen hoch. Zusammen mit Morgan eilten sie zur anderen Seite der Mauer und blickten nach unten.

Caspan gefror das Blut in den Adern. »Das hat uns gerade noch gefehlt.«

»Bringt Öl und Feuer!«, brüllte Morgan.

Während der Befehl des Meisters über die Brustwehr schallte, steckte Caspan sein Schwert in die Scheide und griff nach seinem Bogen. Nachdem er einen Pfeil an die Sehne gelegt hatte, stellte er sich zwischen zwei Mauerzacken und starrte auf den Rammbock hinunter, der direkt unter ihnen auf das Stadttor zugeschoben wurde. Er war aus dem Stamm eines riesigen Baums gefertigt, hatte einen Durchmesser von fast zwei Metern und war über fünfzig Meter lang. Die geschwärzte Oberfläche verriet, dass die Roon die Borke abgebrannt hatten, um zu verhindern, dass der Rammbock Feuer fing, wenn er mit Brandpfeilen beschossen wurde. Die Räder der Belagerungsmaschine knarrten und ächzten, während Dutzende von Roon sie vorwärtsschoben. Auf dem Rammbock stand ein Riese mit einem Helm aus schwarzem Eisen und trieb seine Kameraden mit einer Peitsche an.

Die Soldaten von Darrowmere schossen Pfeil um Pfeil auf die riesige Belagerungsmaschine und die Roon ab.

Viele der Riesen fielen, wurden jedoch sofort durch andere ersetzt, die ihre Waffen beiseitewarfen, um sich mit ihren muskulösen Schultern gegen den Rammbock zu stemmen. Dieser war bald mit brennenden Pfeilen gespickt, die das verkohlte Holz jedoch nicht entzünden konnten.

Langsam, Meter um Meter, schob sich der Rammbock näher, bis er direkt vor dem Stadttor stand. Der Roon mit der Peitsche brach den Schaft eines Pfeils ab, der in seinem Schenkel steckte, schleuderte ihn gegen die Mauer und brüllte einen Befehl, worauf die Riesen den Rammbock mit aller Kraft in Richtung Tor stießen. Die Bogenschützen auf der Mauer schossen wie wild und jeder verfügbare Mann bewarf die Roon mit Steinen und begoss sie mit siedendem Öl. Doch nichts konnte die Riesen aufhalten.

Caspan klammerte sich an einer Mauerzacke fest und bereitete sich auf den Aufprall vor. Ein gewaltiger Knall ließ die gesamte Stadt in ihren Grundfesten erbeben. Die Steinfliesen unter Caspans Füßen vibrierten, doch das Tor hielt. Als er nach unten spähte, sah er, dass die Roon den Rammbock zurückrollten und zum zweiten Schlag ansetzten.

Morgan packte Caspan und Lachlan am Ärmel und zerrte sie die Treppe hinunter. »Dem nächsten Stoß wird das Tor nicht standhalten. Wir müssen uns auf die zweite Mauer zurückziehen.«

Sie eilten die Treppe hinunter und gelangten in den Hof hinter dem Stadttor. Mehrere Leute verbarrikadierten das große, eisenbeschlagene Tor mit Wagen, Fässern und Holzpfosten. Eine tapfere Truppe von Verteidigern hatte einen Schildwall gebildet und die Speere gefällt, um dem bevorstehenden Angriff zu begegnen.

Lachlan machte kehrt, um sich den Verteidigern anzuschließen, doch Morgan ergriff seinen Arm und hielt ihn zurück. »Das hat keinen Sinn. Dieser Teil der Stadt ist verloren.«

»Aber wir können doch nicht einfach davonlaufen.« Lachlan versuchte vergeblich, sich aus dem Griff des Meisters zu befreien.

Morgan sah ihn streng an. »Dein Schwert wird nichts am Ausgang dieses Kampfes ändern. Weißt du noch, was ich über Heldentaten gesagt habe? Und jetzt beweg dich, bevor es zu spät ist!«

Der Meister zog Lachlan hinter sich her und führte die beiden Jungen zum Tor der zweiten Mauer, durch das bereits zahlreiche Leute hasteten. Sobald der Letzte hindurch war, rasselte das Fallgatter nach unten.

Morgan und die Rekruten rannten eine Treppe hoch, die zu den Zinnen führte. Plötzlich hörten sie hinter sich ein gewaltiges Krachen. Caspan und Lachlan tauschten besorgte Blicke aus. Als sie oben waren, nahm Caspan seinen Bogen von der Schulter und drängte sich durch die Menge der Soldaten oberhalb des zweiten Tors. Als er nach unten blickte, erschauderte er.

Das erste Tor und die Barrikade waren vom Rammbock zerschmettert worden. Feindliche Krieger strömten herein und warfen sich auf die Verteidiger. Trotz ihrer wütenden Attacke hielt der Schildwall ihnen stand. Doch das würde nicht ewig so bleiben.

Caspan machte Platz für Morgan, und gemeinsam mit den anderen Bogenschützen beschossen sie die Riesen, die sie einen nach dem anderen erledigten, sobald sie sich einen Weg durch die Überreste der Barrikade gebahnt hatten. Bald häuften sich die Toten, doch die Roon waren nicht aufzuhalten.

Caspan legte seinen drittletzten Pfeil an die Sehne und zielte auf einen Riesen, der mit seinem Morgenstern auf den Schildwall einschlug. »Ich habe fast keine Pfeile mehr!« Da er seinen Schuss überstürzte, ging der Pfeil einen Meter hinter dem Riesen nieder und prallte Funken sprühend von einer Steinplatte ab. Als Caspan besorgt die Brustwehr entlangblickte, stellte er fest, dass die Köcher vieler Bogenschützen leer waren.

Auch Morgan setzte zum letzten Schuss an. »Wir brauchen mehr Pfeile!«, schrie er mit heiserer Stimme und versuchte, den Kampfeslärm im Hof zu übertönen.

Doch keine Läufer kamen, um Nachschub zu bringen, sodass die Männer auf der zweiten Ringmauer hilflos zusehen mussten, wie immer mehr Roon durch das Tor drängten. Es dauerte nicht lange, bis der Schildwall zerschlagen wurde und die Riesen sich den Zugang zur Treppe erkämpften, die zur äußeren Mauer hochführte. Einige Soldaten versuchten, sie abzuwehren, wurden jedoch niedergemacht.

Der Kampf um die äußere Mauer hatte begonnen.

Die Verteidiger, die keine Möglichkeit hatten, sich in

die Stadt zu flüchten, kämpften um ihr Leben. Doch die Roon waren zu stark und mähten sie mit ihren Äxten und Schwertern nieder. Endlich wurden den Soldaten auf der zweiten Mauer neue Pfeile gebracht, und sie gaben sich alle Mühe, die Riesen abzuschießen. Es war jedoch schwierig, sie im Kampfgewühl anzuvisieren, sodass die Bogenschützen sich zurückhielten, weil sie befürchteten, ihre eigenen Leute zu treffen. Die Verteidiger Darrowmeres hatten vorgehabt, Ersatztruppen durch das zweite Tor zu schicken, doch dieser Plan wurde aufgegeben, als die Roon durch das hochgezogene Fallgatter eindrangen. Es dauerte über eine halbe Stunde, bis man den Bereich nach erbittertem Kampf wieder unter Kontrolle bekam. Danach wurde kein Ausfall mehr versucht.

Blutrot zog am Horizont der Morgen herauf. Inzwischen hatten die Roon die äußere Mauer fast vollständig erobert. Hier und da wurde noch Widerstand geleistet, unter anderem auf dem Turm, wo die Rekruten und der Meister zu Anfang Stellung bezogen hatten. Caspan beobachtete, wie die Verteidiger sich verzweifelt bemühten, die Roon, die die Treppe hochkamen, zurückzudrängen. Der stämmige altgediente Krieger, der die Männer zu Beginn der Belagerung angefeuert hatte, stand in vorderster Reihe und schlug mit seiner Axt auf die Feinde ein. Als seine Waffe sich in einem Schild verkeilte, metzelte ein Roon ihn erbarmungslos nieder. Danach dauerte es nicht mehr lange, bis der Turm vom Feind eingenommen wurde.

Caspan senkte den Blick, weil er das Massaker nicht mehr mit ansehen konnte. Ein Gefühl der Hoffnungslosigkeit überkam ihn, und während er wünschte, er könnte etwas tun, war er gleichzeitig erleichtert, dass er sich auf der zweiten Mauer hatte in Sicherheit bringen können.

»Wenn wir nicht bei der Verteidigung des Tors mitgeholfen hätten«, sagte er zu Lachlan, der neben ihm stand, »wären wir jetzt da drüben auf dem Turm.«

Lachlan nickte grimmig. Er atmete schwer. Seine Hände umklammerten den Griff seines Schwerts derart fest, dass die Knöchel weiß hervortraten. Er schluckte und ließ den Blick über die Brustwehr schweifen. »Ob Prinz Dale es wohl geschafft hat, sich in Sicherheit zu bringen?«

Caspan schaute zu der Stelle hinüber, wo sie den Prinzen zum letzten Mal gesehen hatten. »Seit er gesagt hat, dass er zum Haupttor geht, habe ich ihn nicht mehr zu Gesicht bekommen.«

Plötzlich ertönte aus einem der Wohnhäuser, die zwischen den Ringmauern lagen, ein gellender Schrei. Die Roon waren dabei, die Häuser zu plündern und alle zu erschlagen, die sie dort vorfanden. Caspan merkte, wie unbändige Wut in ihm aufstieg. Er kniff entschlossen die Augen zusammen.

»Ich schwöre bei allem, was mir heilig ist, dass ich diesem Krieg ein Ende machen werde. Ich werde eine Dray-Waffe finden, die so mächtig ist, dass sie das gesamte Heer der Roon vernichtet. Keiner von denen wird je wieder in Andalon eindringen.« Caspan wischte sich mit dem Handrücken über das rechte Auge. Überrascht stellte er fest, dass es voller Tränen war.

Lachlan schniefte und drückte das Kreuz durch. »Tja, versuchen kann man's ja.«

Da jetzt nicht mehr die Gefahr bestand, die eigenen Leute zu treffen, nahmen die Bogenschützen den Beschuss wieder auf. Glücklicherweise war die zweite Mauer wesentlich höher als die erste, sodass nur die Soldaten, die nicht hinter den Mauerzacken in Deckung gingen, feindlichen Pfeilen ausgesetzt waren. Trotzdem zogen die Freunde sich vorsichtshalber zum hinteren Teil der Mauer zurück.

Morgan kehrte von einem Patrouillengang zurück und warf den Jungen ein Brot und eine Flasche mit Apfelmost zu. »Hier, stärkt euch erst einmal.«

Bisher hatte Caspan gar nicht bemerkt, wie hungrig er war. Er riss ein großes Stück Brot ab und verschlang es. »Haben Sie den Prinzen gesehen?«, fragte er den Meister.

Morgan nickte. »Vor ein paar Minuten, unten am Fallgatter. Sein Vater hat ihm befohlen, zu einer Besprechung in den Bergfried zu kommen.« Er räusperte sich und rückte seinen Helm zurecht, damit er bequemer auf seinem verbundenen Kopf saß. Voller Mitgefühl betrachtete er die Jungen einen Moment lang. »Wie geht es euch? Haltet ihr durch?«

Lachlan straffte die Schultern. »Um uns brauchen Sie sich keine Gedanken zu machen. Von den paar Roon lassen Caspan und ich uns doch keine Angst einjagen.« Er boxte Caspan kameradschaftlich gegen die Schulter. »Stimmt's?«

Trotz seiner entsetzlichen Angst lächelte Caspan. »Stimmt.« Er sah den Meister an. »Haben Sie vergessen, dass wir Angehörige der Bruderschaft sind?«

Ein amüsiertes Lächeln umspielte Morgans Lippen. »Tatsächlich?« Er nickte zufrieden. »Ihr habt mir vorhin das Leben gerettet. Ich bin sehr stolz auf euch.« Die Jungen grinsten, und der Meister ließ den Blick auf ihnen ruhen, bis ihn ein Offizier, der die Mauer entlangpatrouillierte, zu sich rief. Der Meister hob den Zeigefinger, um den Rekruten zu verstehen zu geben, dass sie sich nicht von der Stelle rühren sollten. »Ich bin gleich wieder da«, sagte er und eilte dem Offizier hinterher.

Es freute Caspan, dass Dale, der so viel für Lachlan und ihn getan hatte, noch am Leben war. Er blickte zur weißen Festung hoch. »Was sie da oben wohl gerade besprechen?«

Lachlan zuckte die Achseln. »Höchstwahrscheinlich überlegen sie, was sie unternehmen sollen, nachdem die äußere Mauer gefallen ist.« Er kniete sich hin, stützte sich auf sein Schwert und trank einen großen Schluck Apfelmost. »Vermutlich werden sie alles dichtmachen, bis Verstärkung eintrifft.«

Caspan starrte in die Ferne und seufzte resigniert, als er feststellte, dass keine der nördlichen Legionen im Anmarsch war. Bisher hatte er Darrowmere für uneinnehmbar gehalten. Doch nachdem er erlebt hatte, wie schnell die äußere Mauer fiel, bezweifelte er, dass die Stadt den Tag unversehrt überstehen würde.

Als er den Blick über das Heer der Roon schweifen ließ, musste er die entmutigende Beobachtung machen, dass viele der Riesen noch gar nicht in den Kampf eingegriffen hatten und als Reserve im Hintergrund standen. Doch dann fiel Caspan etwas Ungewöhnliches auf. Auf einem Hügel etwa hundert Meter hinter den Reihen der Roon stand ein Thron, auf dem einer der Riesen saß. Er trug einen Umhang aus Wolfsfell und einen kegelförmigen schwarzen Helm. Links und rechts am Thron war eine Eisenstange angebracht, damit die Leibwächter ihn tragen konnten. Von ihnen gab es ein halbes Dutzend. Sie trugen schwarze Kettenhemden und waren mit Doppeläxten bewaffnet.

Caspan zeigte auf den Thron und den Roon, der darauf saß. »Was hältst du davon?«

Lachlan hob eine Handvoll Kies auf und ließ die Steinchen langsam durch seine Finger gleiten. Nachdem er noch einen Schluck Apfelmost getrunken hatte, reichte er Caspan die Flasche und erhob sich. Er schirmte die Augen gegen die aufgehende Sonne ab und blickte in die Richtung, in die Caspan zeigte.

»Das dürfte ihr Anführer sein«, sagte er in verächtlichem Ton, »der seine Streitkräfte aus sicherer Entfernung dirigiert.«

Caspan riss ein weiteres Stück Brot ab und reichte es Lachlan. Mit zusammengekniffenen Augen spähte er zu dem Befehlshaber der Roon hinunter. »Was würde wohl passieren, wenn er getötet wird?«

»Das würde die Roon demoralisieren. Sagt man nicht, dass man eine Schlange am leichtesten töten kann, indem man ihr den Kopf abtrennt?« Lachlan hörte auf zu kauen und starrte seinen Freund an. »Denkst du, was ich denke?«

Caspan nickte. »Wir sollten mit Morgan reden.«

KAPITEL SECHSUNDZWANZIG

Der Plan

Morgan schüttelte den Kopf. »Das ist viel zu riskant.«

Lachlan seufzte. »Aber wenn wir sie besiegen wollen, ist es unsere einzige Chance.«

Die Rekruten hatten den Meister auf einen Turm oberhalb der zweiten Mauer geführt, von wo aus man einen guten Blick auf den Befehlshaber der Roon hatte.

Lachlan zeigte auf den Riesen. »Wie Sie sehen, ist der Anführer mindestens hundert Meter von seinen Truppen entfernt und wird nur von sechs Leibwächtern beschützt.«

Morgan schnalzte ungehalten mit der Zunge. »Die sicher die sechs besten Kämpfer im ganzen Invasionsheer sind.«

Lachlan nickte zögernd. »Da haben Sie wahrscheinlich recht. Aber das ändert nichts daran, dass sie nur zu sechst sind.« Aufgeregt leckte er sich über die Lippen und zeigte auf die bewaldeten Berge im Süden der Stadt. »Wir fliegen dorthin, damit die Roon glauben, dass wir fliehen. Doch sobald wir über den Bergen sind, schwenken wir in diese Richtung ab.« Sein Finger folgte dem Horizont bis zur Ostseite Darrowmeres, wo der sichelförmige Gebirgskamm nach Norden auslief. »Die Berge werden uns auf dem ganzen Weg Deckung geben, bis wir uns schließlich im Rücken des Befehlshabers befinden. Wenn wir tief fliegen, werden die Riesen uns nicht entdecken. Dann schleichen wir uns durch die Bäume da drüben und greifen sie von hinten an. Fang und Klaue können sich um die Leibwächter kümmern.«

Morgan zog eine Augenbraue hoch. »Und wir drei befassen uns mit dem Anführer?« Die Jungen nickten eifrig und die Augenbraue des Meisters kletterte noch weiter nach oben. »Ihr wisst, dass die Befehlshaber der Roon zur königlichen Familie gehören und dass das Herrscherhaus an die Macht gelangt, indem es alle anderen Thronanwärter umbringt?« Er schaute zu dem Riesen hinüber. »Er ist ein Prinz und hat wahrscheinlich über ein Dutzend Roon im Einzelkampf besiegt.

»Aber wir sind zu dritt«, ließ Lachlan nicht locker.

Morgan verdrehte die Augen. »Natürlich. Wie dumm von mir, das zu vergessen.«

Da Caspan befürchtete, dass Lachlan es nicht schaffen würde, den Meister zu überzeugen, mischte er sich ein. »Darrowmere wird der Belagerung nicht standhalten, bis Hilfe eintrifft. Wir können davonfliegen, aber was ist mit den Menschen hier? Die werden abgeschlachtet. Wir haben wirklich keine andere Möglichkeit, sie zu retten.«

Morgan blickte ihn einen Moment lang an, dann lächelte er traurig. »Du hast ein großes Herz. Das könnte dir einmal zum Verhängnis werden.« Er atmete tief durch, lehnte sich gegen eine Mauerzinne und legte die Hand auf den Knauf seines Schwerts. »Was habe ich über unbedachte Heldentaten gesagt?«

»Sie haben auch gesagt, auf dem Schlachtfeld gebe es keine zweiten Chancen«, konterte Caspan. »Das könnte die einzige Gelegenheit sein, die wir haben. Und wenn Sie nicht wollen, dass wir uns auf einen Nahkampf mit dem Befehlshaber einlassen, können wir immer noch von oben eine brennende Schweinsblase auf ihn abwerfen, um ihn zu erledigen.«

Morgan rümpfte die Nase. »Wir mussten uns schon mit einem Rokh rumschlagen. Ich habe keine Lust, einem zweiten zu begegnen.«

Lachlan kickte frustriert gegen einen zerbrochenen Pfeil, der auf dem Boden lag. »Ich kann es einfach nicht fassen, dass wir bloß hier rumstehen und reden, statt etwas zu unternehmen.« Er sah den Meister besorgt an. Er fürchtete, dass er sich zu viel herausgenommen hatte. »Tut mir leid, aber ich finde, hier ist es auch nicht sicherer als da drüben.«

Morgans Gesichtsausdruck wurde nachgiebiger. Er hakte seine Daumen unter seinen Gürtel und seufzte resigniert. »Ihr wollt das unbedingt machen, nicht wahr?«

Caspan und Lachlan wechselten einen Blick, dann sahen sie den Meister an und nickten. Morgan drehte sich zur Seite und starrte zu dem Befehlshaber der Roon hinunter. Er rieb sich nachdenklich das Kinn, ließ den Blick über die Berge schweifen, die ihnen Deckung geben sollten, und wägte die Vor- und Nachteile von Lachlans Plan ab. Nach einer Weile wandte er sich mit entschlossenem Ausdruck in den Augen den Jungen zu. »Ich kann es eigentlich nicht glauben, aber ich bin mit eurem Vorhaben einverstanden. Wahrscheinlich hat der Schlag auf den Kopf, den ich am Kloster bekommen habe, meinen Verstand getrübt. Allerdings machen wir es auf *meine* Weise. Ist das klar?«

Lachlan johlte und stieß triumphierend die Faust in die Luft. Caspan biss fest die Zähne zusammen und nickte.

»Ich muss noch einige Dinge organisieren. Holt euch die Waffen und Rüstungen, die ihr braucht, und wartet dort auf mich.« Morgan zeigte auf das Tor der dritten Ringmauer und ging davon.

Lachlan packte Caspan bei der Schulter. »Ich hab schon befürchtet, wir würden ihn nie überzeugen.«

Caspan sah dem Meister hinterher, bis er in einer Gruppe von Soldaten verschwunden war, und überlegte, was Morgan wohl im Schilde führte. Er lächelte Lachlan aufmunternd zu. »Lass uns in die Waffenkammer gehen. Ich brauche neue Pfeile. Und einen Helm.« Er wickelte das Tuch von seinem Kopf ab und hielt es vor sich. »Das habe ich immer getragen, als ich noch zur Schwarzen Hand gehörte. Ich glaube, heute habe ich es aus reiner Gewohnheit umgebunden.«

»Ich bezweifle, dass es dich vor einer Roon-Axt schützen kann.« Lachlan grinste und gab seinem Freund einen Klaps gegen die Wange. »Und wir wollen doch nicht, dass dieses hübsche Gesicht irgendwie Schaden nimmt.«

»Für wen hältst du mich eigentlich? Für Roland?« Caspan boxte Lachlan kameradschaftlich gegen die Schulter und winkte ihn hinter sich her. »Komm mit.«

Eine halbe Stunde später stieß Morgan am verabredeten Ort zu ihnen. Zwischen der zweiten und der dritten Mauer konnten die Menschen sich noch ungehindert hin und her bewegen, obwohl einige Soldaten bereits dabei waren, hinter dem hochgezogenen Fallgatter eine Barrikade zu errichten. Als der Meister auftauchte, halfen Caspan und Lachlan gerade einer Gruppe von Leuten, einen Wagen auf die Seite zu kippen.

»Das müsste ausreichen«, sagte Morgan, indem er die Schulter probeweise gegen den Wagen stemmte. Dann führte er die Jungen in eine ruhige Ecke des Hofes.

Lachlan blickte zur Barrikade zurück. »Das wird kaum etwas nutzen, wenn man bedenkt, wie mühelos die Roon durch das erste Tor gebrochen sind.«

»Es ist besser als gar nichts.« Caspan wischte sich den Schmutz von den Händen. »Wir haben erlebt, wie schnell die Außenmauer gefallen ist. Und diesmal haben wir nicht die Möglichkeit, ihre Reihen zu lichten, indem wir sie mit Pfeilen beschießen. Die Roon werden die Häuser als Deckung benutzen, um zur zweiten

Mauer vorzustoßen.« Er sah Morgan erwartungsvoll an. »Sind wir so weit?«

Der Meister nickte. »Ich habe ein Ablenkungsmanöver organisiert, um sicherzustellen, dass die Roon nicht auf ihren Befehlshaber achten, was uns hoffentlich genügend Zeit verschafft. Kurz nachdem wir losgeflogen sind, wird ein Trupp Soldaten vom zweiten Tor her einen Ausfall unternehmen.«

Lachlan gab ein zustimmendes Murmeln von sich. »Das ist gut. Wir wollen schließlich nicht, dass mehrere Hundert Riesen angerannt kommen, um ihrem Befehlshaber zu helfen. Außerdem wird das den Angriff der Roon auf die zweite Mauer verzögern.«

»Die Riesen haben ihre Reservetruppen eingesetzt, um die Außenmauer zu besetzen«, stellte Caspan fest.

»Habe ich schon gesehen«, erwiderte Morgan.

Lachlan nickte grimmig. »Also sind ihr Befehlshaber und seine sechs Leibwächter jetzt isoliert und schutzlos.«

»Schutzlos wohl kaum, aber isoliert schon, was unsere Aufgabe erleichtert.« Morgan musterte die Jungen, um sich zu vergewissern, dass sie für den bevorstehenden Kampf gut gerüstet waren. Sein Blick blieb an Caspans Helm hängen. »Ich habe mich schon gefragt, wann du endlich das Tuch abnimmst. Es sah zwar schick aus, hätte deinen Kopf aber nicht geschützt.«

Caspan rückte den Riemen des Helms zurecht. »Ob mit oder ohne Helm, ich habe nicht die Absicht, mich am Kopf treffen zu lassen.«

»Gute Antwort.« Morgans Gesichtsausdruck wurde ernst. »Ich habe euren Plan ein bisschen abgeändert. Wir fliegen zunächst nach Süden und benutzen dann die Berge im Osten als Deckung, um unbemerkt nach Norden zu gelangen. Falls die Roon noch weitere Rokhs zur Verfügung haben, würde uns das auch vor einem Angriff dieser Vögel schützen. Landen werden wir in dem Wäldchen hinter dem Hügel, auf dem der Befehlshaber der Roon Position bezogen hat. Nachdem auch ich meinen Hüter gerufen habe, pirschen wir uns zum Waldrand vor. Während Fang und Klaue mit den Leibwächtern kämpfen, werden wir uns um den Befehlshaber kümmern. Ich möchte aber, dass ihr euch zurückhaltet und nur dann eingreift, wenn ich Hilfe brauche.« Die Jungen wollten protestieren, doch Morgan hob die Hand und gebot ihnen zu schweigen. »Denkt daran, was ich gesagt habe. Wir werden das Ganze auf *meine* Weise machen. Außerdem werden wir den Anführer der Roon nicht umbringen.«

Caspan runzelte die Stirn. »Was?«

Morgan winkte die Jungen näher zu sich heran. »Wir werden ihn gefangen nehmen. Wenn wir ihn umbringen, würde das zwar die Moral der Riesen schwächen, aber es gibt keine Garantie dafür, dass sie dann die Belagerung aufheben würden. Stattdessen könnten sie so in Wut geraten, dass sie blutige Rache an den Einwohnern von Darrowmere nehmen. Dann wären wir nicht die Retter der Stadt, sondern diejenigen, die für ihre Zerstörung verantwortlich sind. Die Roon halten Angehörige des Herrscherhauses für Götter. Wenn wir den Befehlshaber gefangen nehmen, würden sie es nicht mehr wagen, uns anzurühren, weil sie befürchten müssten, dass ihm etwas geschieht. Wir können ihn als Druckmittel einsetzen, um die Belagerung zu beenden. Wir können die Roon sogar zwingen, auf ihre Schiffe zurückzukehren und das Land zu verlassen.«

Lachlan nickte begeistert. »Ein großartiger Plan. Aber ich glaube nicht, dass er sich kampflos ergeben wird. Wir werden ein sehr großes Netz brauchen.«

Morgan holte ein Blasrohr aus seinem Umhang. »Deshalb habe ich das hier mitgebracht.« Er klopfte auf einen kleinen Lederbeutel, der an seinem Gürtel befestigt war. »Ich habe einen Apotheker aufgesucht und mir ein paar Pfeile für das Blasrohr besorgt. Die Spitzen sind mit dem Gift des roten Sumpffrosches bestrichen, das von Jägern und Fallenstellern benutzt wird, um Elche und Bären zu betäuben. Ein bloßer Kratzer mit einer dieser Pfeilspitzen reicht aus, um ein Pferd mehrere Stunden lang zu lähmen. Ich muss bloß nahe genug an ihn herankommen, damit ich ihn nicht verfehle.« Er steckte das Blasrohr wieder unter seinen Umhang und reichte Caspan die Karte, die hinter seinem Gürtel steckte. »Besser, du nimmst die erst mal an dich.«

Caspan starrte einen Moment lang auf die Karte, bevor er zögernd nach ihr griff und sie in seinen Stiefel schob. Ein Offizier, der in der Nähe gewartet hatte, trat näher, um mit dem Meister das weitere Vorgehen zu besprechen. Caspan hörte den Offizier sagen, dass er Morgan fünfzehn Minuten Zeit verschaffen werde, bevor er mit seinen Männern den Ausfall aus dem zweiten Tor unternahm. Während Lachlan unruhig auf und ab ging, stand Caspan geduldig da, nur von einem Gedanken beherrscht: Wie würde es ihnen im Kampf mit dem Anführer des feindlichen Heeres ergehen?

KAPITEL SIEBENUNDZWANZIG

Der Kampf um Darrowmere

Statt eines Sattels hatte Lachlan seinem Hüter ein behelfsmäßiges Geschirr angelegt. Er saß vorn, Morgan in der Mitte, Caspan ganz hinten. Da Caspan nur zu gut in Erinnerung war, wie schnell Klaue bei der Begegnung mit dem Rokh geflogen war, schob er seine Füße durch einen der Stricke, die um den Greif geschlungen waren, und klammerte sich fest. Nachdem Lachlan sich mit einem Blick über die Schulter vergewissert hatte, dass alles so weit in Ordnung war, knallte er mit den Zügeln, worauf Klaue steil aufstieg, bis sie hoch über dem Bergfried schwebten. Dann lenkte Lachlan seinen Hüter in südliche Richtung.

Als das Trio über die Außenmauer flog, gingen viele Roon schnellstens in Deckung, weil sie befürchteten, dass wieder brennende, mit Öl gefüllte Schweinsblasen auf sie abgeworfen würden. Als das ausblieb und der Greif seinen Flug fortsetzte, schrien die Soldaten auf den Mauern den Rekruten und ihrem Meister Beschimpfungen hinterher, weil sie glaubten, die drei ließen die Stadt im Stich. Bald gingen die Beschimpfungen jedoch im Pfeifen des Windes unter, der ihnen um die Ohren wehte.

Nachdem der Greif die Berge überquert hatte, befahl Lachlan ihm, tiefer zu gehen, bis man sie von den Zinnen aus nicht mehr sehen konnte. Dann flogen sie nur wenige Meter oberhalb der Baumwipfel in Richtung Osten längs des bewaldeten Bergkamms, der sichelförmig um die Felder und Wiesen außerhalb der Stadt verlief. Im Schutz der Bäume zu ihrer Linken drehten sie bald nach Norden ab. Lachlan stieß Klaue die Hacken in die Flanken und knallte mit den Zügeln, um den Greif zu noch größerem Tempo anzuspornen, denn da man in Kürze den Ausfall unternehmen würde, zählte jede Sekunde. Als sie zu einigen besonders hohen Bäumen gelangten, riss Lachlan Klaue scharf nach rechts, um einem Ast auszuweichen, der plötzlich wie aus dem Nichts vor ihnen auftauchte.

Durch die abrupte Bewegung rutschte Caspan der Bogen von der Schulter. Verzweifelt versuchte er, nach seiner Lieblingswaffe zu greifen, doch es war zu spät, sodass er nur noch hilflos zusehen konnte, wie der Bogen unter ihnen im Laub verschwand. Fluchend vergewisserte er sich, dass sein Schwertgürtel fest zugeschnallt war, und hielt sich wieder an den Seilen fest.

Caspans Herz raste – teils aus Angst, teils vor Aufregung. Er wusste, dass ihr Unternehmen unglaublich gefährlich war, sah aber keinen anderen Weg, um das Heer der Roon zu besiegen. Er versuchte, sich innerlich für den Kampf mit dem feindlichen Befehlshaber zu rüsten, und rief sich all die Tricks in Erinnerung, die er bei den Fechtübungen im Haus der flüsternden Stimmen gelernt hatte. Obwohl Morgan darauf bestanden hatte, sich allein mit dem Riesen auseinanderzusetzen, hatte Caspan das ungute Gefühl, dass die Dinge vielleicht nicht ganz so glatt wie geplant verlaufen würden. Wenn der Meister mit seinem Giftpfeil nicht traf, mussten sie den Anführer der Roon irgendwie zwingen, sich zu ergeben. Und das würde nicht leicht sein. Morgan war ein erfahrener Kämpfer, und Lachlan konnte, obwohl er noch ziemlich jung war, gut mit einem Schwert umgehen und war sehr stark. Trotzdem wurde Caspan immer mehr von Nervosität befallen, die seine Entschlossenheit untergrub und ihn daran zweifeln ließ, dass sie diesen Kampf überleben würden. Mit Raureif an seiner Seite hätte er sich viel sicherer gefühlt, doch er wollte es nicht riskieren, den Drachen vorzeitig herbeizurufen und ihm dadurch vielleicht Schaden zuzufügen.

Plötzlich wurde er aus seinen Gedanken gerissen, weil Lachlan Klaue nach links lenkte. Sie hatten ihr Ziel erreicht. Morgan zeigte auf ein Wäldchen, das die Erhebung unter ihnen krönte, und Lachlan zog sachte die Zügel an, um seinen Greif langsam tiefer sinken zu lassen. Nachdem sie zwischen den Bäumen gelandet waren, stiegen sie ab und zogen ihre Schwerter. Morgan zitierte Fang herbei und führte die Gruppe zum Rand des Wäldchens. Caspan verbarg sich hinter einer riesigen Eiche und spähte zu den Roon hinüber.

Er erschauderte. Erst jetzt, da er sie von Nahem sah, wurde ihm klar, wie gigantisch die Leibwächter waren. Sie waren mindestens dreißig Zentimeter größer als die Roon, denen er bisher begegnet war, und ihm fiel Morgans Bemerkung wieder ein, dass sie sicher hervorragende Kämpfer waren. In einem von ihnen erkannte er den tätowierten Kapitän wieder, der sich am Bug der Kriegsgaleere mit dem vermummten Mann unterhalten hatte. Caspan schluckte, als er die große Doppelaxt bemerkte, die auf dem breiten Rücken des Riesen festgeschnallt war.

Kampfgeräusche veranlassten Caspan, in Richtung Darrowmere zu blicken, wo der Ausfall in vollem Gange war. Erleichtert stellte er fest, dass das Ablenkungsmanöver seinen Zweck erfüllt hatte und die Roon sich ausschließlich auf das zweite Tor konzentrierten.

Er sah Morgan an, der die Finger seiner Schwerthand lockerte, und flüsterte: »Ihre List hat funktioniert.«

Der Meister nickte, ohne den Blick vom Befehlshaber der Roon abzuwenden. »Seid ihr bereit?«, fragte er die Jungen.

Caspan, dessen Kehle vor Angst zugeschnürt war, konnte nur nicken. Morgan lächelte den Jungen aufmunternd zu. Lachlan und er flüsterten ihren Hütern Befehle ins Ohr und zeigten auf die Leibwächter, um ihnen zu signalisieren, welche von ihnen sie jeweils angreifen sollten. Die zwei magischen Wesen duckten sich, spannten die Muskeln der Hinterbeine an und breiteten sich darauf vor, aus dem Wald hervorzubrechen.

Morgan warf einen letzten Blick auf die Riesen. Dann hob er langsam sein Schwert und gab den Befehl zum Angriff, indem er die Klinge niedersausen ließ. Die Hüter preschten los und stürmten auf die Roon zu, von denen sie etwa dreißig Meter trennten. Als sie die Hälfte der Strecke zurückgelegt hatten, wurden sie von einem der Riesen bemerkt, der einen heiseren Warnschrei ausstieß. Der Anführer der Roon sprang auf und befahl seinen Leibwächtern, zum Angriff überzugehen. Die Geschwindigkeit der Hüter war derart groß, dass die Roon kaum noch Zeit hatten, ihre Waffen zu ziehen, bevor Fang und Klaue sich auf sie stürzten.

Fang kam als Erster bei den Riesen an und verbiss sich in den Hals eines Kriegers, dessen linke Gesichtshälfte eine spiralförmige Tätowierung zierte. Als sie beide zu Boden stürzten, riss ein anderer Leibwächter seine Axt hoch und raste mit lautem Gebrüll zu den zwei Kämpfenden hinüber. Da er sich ganz auf den magischen Wolf konzentrierte, bemerkte er nicht, dass Klaue von der Seite her auf ihn zustürmte. Mit der Wucht eines Rammbocks prallte der Greif gegen den Roon, der daraufhin durch die Luft geschleudert wurde und krachend zu Boden fiel. Mit ungläubigem Staunen beobachtete Caspan, wie der Riese sich benommen hochrappelte, seine Axt wieder an sich nahm und auf den Hüter zustapfte.

Der Krieger, der mit Fang kämpfte, schaffte es irgendwie, den Wolf wegzuschubsen und aufzustehen. Während er eine Hand gegen seinen zerbissenen Hals presste, ließ er mit der anderen seine Axt kreisen, sodass der Hüter gezwungen war zurückzuweichen. Inzwischen hatten drei weitere Leibwächter in den Kampf eingegriffen und der Wolf und der Greif lockten sie nach und nach von ihrem Anführer fort in Richtung Stadt. Glücklicherweise wurde auf diese Weise auch die Aufmerksamkeit des Befehlshabers von dem Wäldchen abgelenkt, wo der Meister und die Rekruten gespannt warteten.

Jetzt nutzten die drei die Gelegenheit. Sie sprangen aus ihrem Versteck und rasten auf die Roon zu. Als sie noch zehn Meter von den Riesen, die ihnen nach wie vor den Rücken zukehrten, entfernt waren, machte Morgan abrupt halt und hob sein Blasrohr an die Lippen. Der Meister holte tief Luft, zielte und schoss dem Befehlshaber einen Pfeil in den Rücken.

Der Anführer der Roon drehte sich blitzschnell zu ihnen um. Als er sie erblickte, verzerrte sein Gesicht sich vor Hass. Er packte die Klinge, die an seiner Seite hing, und riss sie aus der Scheide. Der übrig gebliebene Leibwächter stellte sich mit erhobener Axt schützend vor seinen Herrn. Erst da bemerkte Caspan, dass es der Roon von der Galeere war. Doch der Anführer schob ihn zur Seite und grunzte ihm einen Befehl zu. Der Riese nickte ehrerbietig, trat mehrere Schritte zurück und senkte seine Axt. Der Anführer lockerte seine Schultern und ließ sein Schwert einige Male durch die Luft sausen, bevor er auf das Trio zukam.

Caspan wich rasch zurück. »Hoffentlich wirkt der

Pfeil bald!« Er war froh, dass die Hüter die restlichen Leibwächter zur anderen Seite des Hügels gelockt hatten, von wo aus sie nicht sehen konnten, was mit ihrem Befehlshaber passierte.

Nachdem Morgan das Blasrohr wieder unter seinen Gürtel gesteckt hatte, wich er ebenfalls zurück und hielt sein Schwert bereit. Dabei achtete er darauf, dass die Jungen hinter ihm blieben. »Wartet noch ein paar Sekunden.«

Der Meister ging mit seinem Schwert in Verteidigungsstellung und trat dem Riesen entgegen. Blitzschnell sauste die Waffe des Roon nieder. Caspan zuckte zusammen. Er hatte noch nie erlebt, dass ein Hieb mit solch einer Wucht ausgeführt wurde, und es erstaunte ihn, dass die Klinge des Meisters, die den Streich abfing, bei dem Zusammenprall nicht in Stücke sprang. Morgan, den der Hieb fast umgerissen hätte, nahm Kralle in die linke Hand und schüttelte seine ganz taub gewordene Rechte aus.

Der Riese machte sich den Schwung seiner Attacke zunutze, ließ sein Schwert über dem Kopf kreisen und dann nach unten sausen. Morgan schaffte es gerade noch, der schwarzen Klinge auszuweichen, die durch die Luft fuhr und mit einem dumpfen Laut in die Erde drang.

Lachlan stand neben Caspan, hob sein Schwert und schickte sich an, in den Kampf einzugreifen, doch Caspan hielt ihn zurück, indem er ihm die Hand auf die Schulter legte und mit seiner Klinge auf den Leibwächter zeigte. Dieser hatte bisher dem Befehl seines Herrn gehorcht und sich zurückgehalten. Das würde sich jedoch möglicherweise ändern, wenn die Rekruten sich einmischten. Es blieb ihnen also nichts anderes übrig, als sich in Geduld zu üben, bis die Wirkung des Giftpfeils einsetzte. Lachlan nickte widerwillig und senkte sein Schwert.

Glücklicherweise brauchten sie nicht lange zu warten. Nachdem der Anführer sein Schwert aus der Erde gezogen hatte, taumelte er zurück. Er streckte den Arm zur Seite, um das Gleichgewicht wiederzuerlangen, und starrte den Meister mit verwirrtem Gesichtsausdruck an. Alarmiert blitzten die Augen des Riesen auf, als er nach hinten griff und sich den Pfeil aus dem Rücken zog. Er knurrte wütend, schleuderte ihn weg und wankte auf Morgan zu. Als er versuchte, sein Schwert zu heben, schwankte er nach links und fiel anschließend auf die Knie. Offenbar verschwamm ihm alles vor den Augen, denn er blinzelte heftig. Kurz darauf ließ er seine Waffe fallen und beugte sich vor, um sich mit den Händen abzustützen. Er ächzte wie ein verwundetes Tier und beim Atmen blähten sich seine Nasenflügel. Trotzdem gelang es ihm, bei Bewusstsein zu bleiben und nicht vollständig zu Boden sinken.

Lachlan schwenkte sein Schwert triumphierend hin und her. »Wir haben's geschafft! Auf die kleinen roten Frösche!«

Doch Caspan konzentrierte sich auf den Leibwächter, der jetzt zu seinem Herrn eilte. Als er den auf der

Erde liegenden Pfeil bemerkte, starrte er Morgan und die Jungen wutentbrannt an.

Caspan schluckte. »Ich an deiner Stelle würde mich nicht zu früh freuen.«

Morgan rammte Kralle in die Erde und griff nach seinem Blasrohr. »Hoffentlich verfehle ich ihn nicht«, murmelte er und holte einen Pfeil aus dem Beutel an seinem Gürtel. »Das ist mein letzter Pfeil.«

Als der Meister das Blasrohr zückte, rannte der Leibwächter ein Stück zurück und griff sich einen Schild, den einer seiner Kameraden zurückgelassen hatte. Dann kam er zurück, stellte sich vor seinen Herrn und ging hinter dem erhobenen Schild in Deckung, um sich vor dem Giftpfeil zu schützen.

»Versucht, ihn von der Seite oder von hinten abzulenken«, befahl Morgan, der mit schussbereitem Blasrohr dastand.

Caspan und Lachlan gehorchten und schlichen sich an dem Roon vorbei. Sie führten mehrere Täuschungsmanöver durch, um die Aufmerksamkeit des Riesen auf sich zu lenken, doch der Leibwächter blieb hinter seinem Schild und ließ Morgan nicht aus den Augen. Caspan wagte sich näher heran, weil er den Riesen unbedingt so lange ablenken wollte, bis Morgan zum Schuss kam. Er befürchtete, dass einige der anderen Leibwächter sich aus dem Kampf mit den Hütern zurückziehen könnten, um nach ihrem Anführer zu sehen. Caspan hielt sein Schwert vor sich und ging noch weiter um den Riesen herum, bis er dessen ungeschützten

Rücken vor sich hatte. Vorsichtig schob er sich an den Leibwächter heran, der reglos wie eine Statue dastand.

Caspan wischte sich mit dem Ärmel über die Stirn und leckte sich über die trockenen Lippen. Sein Herz hämmerte wie wild. Aus den Augenwinkeln nahm er Lachlan wahr. Die Tatsache, dass sein Freund mit erhobenem Schwert in seiner Nähe stand, machte ihn zuversichtlich. Langsam holte Caspan mit der Waffe aus.

Der Roon fuhr herum und schlug mit der Axt nach den Jungen, die schnell zurücksprangen. Geschmeidig drehte der Leibwächter sich wieder zurück und schleuderte seine Axt nach Morgan. Der Meister warf sich zur Seite und die Axt zischte nur wenige Zentimeter von seinem Kopf entfernt durch die Luft. Bevor Morgan dazu kam, das Blasrohr anzusetzen, rannte der Riese zu ihm und schlug ihm die Waffe mit der Kante seines Schildes aus der Hand. Morgan versuchte, zu seinem Schwert zu gelangen, doch der Roon verpasste ihm einen Kinnhaken, sodass der Meister bewusstlos zu Boden sank.

Der Krieger hob den Fuß, um Morgan den Schädel einzutreten, hielt jedoch inne, als Caspan und Lachlan sich schreiend von hinten auf ihn stürzten und mit ihren Schwertern auf ihn einstachen. Rasch drehte der Riese sich um und parierte die Attacken mit seinem Schild. Dann versuchte er, dieselbe Taktik wie bei Morgan anzuwenden und Lachlan mit einem Kinnhaken auszuschalten. Das hatte der Rekrut jedoch vorausgesehen. Er wich zur Seite aus. Als die Faust seines Gegners an seinem Gesicht vorbeizischte, sprang Lachlan vor und rammte dem Riesen seinerseits den Knauf seines Schwerts gegen die Kinnlade.

Was einem Menschen wahrscheinlich den Garaus gemacht hätte, führte bei dem Roon lediglich dazu, dass er mehrere Meter zurücktaumelte. Dann blieb er stehen und wischte sich mit dem Arm über seine zertrümmerte Kinnlade. Mit irrem Blick stierte er die Jungen an, stieß ein markerschütterndes Brüllen aus und kam auf sie zugestürmt.

Caspan duckte sich unter dem Schild des Roon weg, mit dem dieser nach ihm ausholte, und ging zum Gegenangriff über, indem er mehrmals auf den Schild des Riesen einschlug. Nach dem letzten Hieb ließ der Leibwächter seinen Schild plötzlich vorschnellen, sodass Caspan mehrere Meter zurückgeschleudert wurde. Lachlan sprang vor und stellte sich schützend vor Caspan. Doch statt sie anzugreifen, fasste der Krieger nach unten und zog einen Dolch aus seinem Stiefel. Wie alle Hieb- und Stichwaffen der Roon hatte er eine schwarze Klinge, in die Runen eingraviert waren, und war ungefähr so lang wie ein Kurzschwert der Menschen.

Bevor er auf die Jungen losging, hämmerte der Riese aggressiv mit seinem Dolch gegen die Innenseite des Schilds. Er hob seinen Schild, um einen Hieb von Lachlan abzuwehren, und stach mit seinem Dolch nach Caspan. Instinktiv duckte sich der ehemalige Dieb. Trotzdem streifte die Klinge des Roon seinen Helm. Verzweifelt schlug Caspan mit seinem Schwert um sich, doch alle Hiebe wurden mühelos von dem Riesen abgewehrt. Dann sprang der Junge rasch zurück und rückte seinen verrutschten Helm zurecht. Damit Caspan eine Atempause hatte, lenkte Lachlan die Aufmerksamkeit des Kriegers auf sich, indem er heftig mit dem Schwert auf ihn einschlug.

Der Riese fing jeden der Streiche mit seinem Schild ab, der aus Holz bestand, jedoch mit Leder eingefasst war und in der Mitte einen Metallbuckel hatte. Gelegentlich traf Lachlans Schwert den Metallbuckel, doch die meisten seiner Hiebe gingen ins Holz, sodass es nicht lange dauerte, bis Splitter durch die Luft flogen.

Caspan rannte zurück, um seinem bereits schwer atmenden Freund beizustehen, und führte die Viererkombination aus, die Meister Morgan ihnen beigebracht hatte. Die ersten drei Hiebe waren Routine, doch der letzte Stoß musste blitzschnell ausgeführt werden, indem man sich eine Lücke in der Abwehr zunutze machte, die durch den vorhergehenden Schlag entstanden war. Der Roon fiel auf den Trick herein. Caspans Klinge schnellte vor, wurde jedoch vom Dolch seines Feinds abgefangen. Dann ging der Leibwächter zum Gegenangriff über und zielte mit seiner Klinge auf Caspans Hals. Der Junge schrie erschrocken auf und schaffte es gerade noch, der Spitze der Waffe auszuweichen. Rasch hob der Riese seinen Dolch, um die Attacke fortzusetzen, doch Lachlan eilte Caspan zu Hilfe und zwang den Roon, sich gegen eine erneute Folge von Schwerthieben zu wehren.

Lachlan schlug mit aller Kraft zu, sodass es nicht lange dauerte, bis er ermattete. Kaum wurde er langsamer, nutzte der Riese die Gelegenheit und ließ Hiebe auf ihn niederprasseln, bis Lachlan zurücktaumelte. Als ein besonders brutaler Schlag Lachlan fast das Schwert aus der Hand riss, stürzte Caspan sich mit erhobener Klinge auf ihren Gegner.

Der Roon trat Caspan in den Bauch. Dem Jungen blieb die Luft weg, während er mehrere Meter nach hinten katapultiert wurde. Er kam hart auf, ließ die Waffe fallen und presste die Hände gegen den Bauch. Durch seine Tränen hindurch sah er, wie Lachlan sich schützend vor ihm aufbaute und voller Wucht sein Schwert niedersausen ließ – das im Schild des Riesen stecken blieb!

Verzweifelt versuchte Lachlan, seine Klinge wieder herauszureißen, doch all seine Anstrengungen waren vergeblich. Entsetzt beobachtete Caspan, wie der Roon seinen Schild mit einem Ruck zur Seite drehte, was Lachlan zwang, sein Schwert loszulassen. Lachlan griff nach dem Dolch in seinem Gürtel und schaffte es gerade noch rechtzeitig, ihn zu ziehen und die Klinge des Roon, die auf sein Herz gerichtet war, abzufangen. Die Wucht des Stoßes war jedoch so groß, dass der schwarze Dolch Lachlan in die Seite traf. Der Junge schrie vor Schmerz auf und wich zurück, die Hand gegen die Stelle gepresst, wo der Dolch sich durch das Kettenhemd gebohrt hatte. Zwischen seinen Fingern quoll Blut hervor.

Der Roon schleuderte seinen Schild beiseite und stürmte mit erhobenem Dolch auf Lachlan zu. Lachlan stieß ein trotziges Brüllen aus und wich nicht von der Stelle, sondern erwartete mit gezückter Waffe den Angriff.

»Halt!«, schrie Caspan und lenkte die Aufmerksamkeit des Leibwächters auf den Dolch, den er dem Befehlshaber gegen die Kehle gepresst hatte. Während der Leibwächter sich mit Lachlan auseinandergesetzt hatte, war Caspan auf Händen und Knien zu dem Anführer der Roon hinübergekrochen. »Ergib dich, sonst stirbt dein Herr!« Er packte den Befehlshaber bei den Haaren, zog den Kopf des Riesen zurück, um den Hals freizulegen, und verstärkte den Druck seiner Klinge. Caspan wusste, dass er es nie fertigbringen würde, den halb bewusstlosen Riesen auf diese Weise zu töten, und er hoffte inständig, dass der Leibwächter seinen Bluff nicht durchschaute.

Der Krieger starrte Caspan an und trat ein paar Schritte vor, ohne auf Lachlan zu achten, der zu seinem Freund hinüberwankte. Caspan drückte noch stärker zu, bis Blut aus dem Hals des Befehlshabers sickerte. Der Leibwächter blieb abrupt stehen.

»Lass deine Waffe fallen, sonst schlitz ich ihm den Hals auf!«, knurrte Caspan, der versuchte, so bedrohlich wie möglich zu klingen. Er war froh, dass er trotz der Schmerzen in seinem Bauch überhaupt sprechen konnte.

Der Riese schien ihn unendlich lange anzustarren,

doch schließlich schleuderte er schwer atmend seinen Dolch weg. Danach ballte er die Fäuste, blickte zum Himmel und stieß ein gewaltiges Brüllen aus, bevor er auf die Knie sank.

Lachlan, der immer noch die Hand gegen die Seite gepresst hatte, ließ sich zu Boden fallen und sah Caspan mit verkrampftem Lächeln an. »So schwierig war das doch gar nicht, oder?«

KAPITEL ACHTUNDZWANZIG

Gefangene und Sieger

Kurz nachdem der Leibwächter sich ergeben hatte, verstummten die Kampfgeräusche jenseits des Hügels, und die Hüter kamen zurück. Fang ging schnurstracks zu Morgan hinüber, winselte und leckte ihm über das Gesicht. Die Augen des Meisters öffneten sich. Er lag eine Weile da, dann stemmte er sich auf dem Ellbogen hoch und zerzauste dem Wolf die Mähne. »Wo wäre ich jetzt wohl ohne dich, hm?« Er verzog das Gesicht, weil ihm das Sprechen wegen seines geschwollenen Unterkiefers wehtat. Der Wolf leckte ihm erneut eifrig über das Gesicht, bis der Meister seinen Kopf sanft wegschob und sich mit dem Ärmel abwischte. »Ich freu mich ja auch, dich zu sehen, aber ich glaube, das reicht für heute.«

Trotz seiner Verwundung grinste Lachlan. »Seien Sie bloß vorsichtig, sonst bringt er Sie mit seinen Zärtlichkeiten um.«

Nachdem Morgan sich hochgerappelt hatte, nahm er sein Schwert an sich. Rasch ließ er den Blick umherschweifen und beförderte den auf der Erde liegenden

Dolch des Leibwächters mit einem Tritt so weit weg, dass er ihn nicht mehr erreichen konnte. Während Fang an seiner Seite stand, drückte er dem Roon die Spitze seiner Klinge gegen den Rücken. Der Meister hatte gesehen, wie schnell der Leibwächter sich bewegte, und wollte deshalb kein Risiko eingehen.

Er blickte zu den Jungen hinüber und nickte voller Stolz. »Gut gemacht. In euch steckt wesentlich mehr, als es den Anschein hat.«

Lachlan machte eine wegwerfende Handbewegung. »Das war doch gar nichts. Das nächste Mal können Sie uns ruhig eine schwierigere Aufgabe geben.«

Der Meister lachte, was abermals seinen Unterkiefer strapazierte. Lachlan erhob sich. Er presste die Hand gegen seine Wunde, stützte sich auf Klaue und ging zur Kuppe des Hügels hoch. »Fang und Klaue haben die Leibwächter erledigt«, rief er über die Schulter. »Jetzt brauchen wir eigentlich nur noch dafür zu sorgen, dass die Belagerung aufgehoben wird.«

Mit großer Mühe gelang es Caspan, den Befehlshaber der Roon in eine sitzende Position hochzuziehen. Ohne den Dolch von der Kehle des Riesen zu nehmen, kniete er sich hinter ihn und hielt ihn aufrecht. Der Roon murmelte etwas Unverständliches vor sich hin, und es kostete den schmächtigen Rekruten viel Kraft, um zu verhindern, dass der gigantische Krieger umkippte.

»Und dabei wirst du uns helfen«, flüsterte er dem Befehlshaber ins Ohr. Caspan sah den Leibwächter an und befahl: »Ruf eure Männer zurück. Euer Befehlshaber wird erst dann freigelassen, wenn euer Heer unser Land verlassen hat.«

Er war nicht sicher, ob der Riese ihn verstanden hatte, denn die Roon hatten ihre eigene, gutturale Sprache. Nachdem der Krieger Caspan eine Zeit lang angestarrt hatte, grunzte er wütend und erhob sich. Fang wurde unruhig, doch Morgan legte dem Wolf den Arm um den Hals und hielt ihn zurück.

Lachlan und Klaue kamen vom Hügel herunter und gesellten sich wieder zu Caspan. »Ich glaube nicht, dass er uns versteht«, sagte der große Junge und musterte den Leibwächter mit misstrauischem Blick.

»Dann muss ich meine Absicht auf andere Weise klarmachen«, sagte Caspan.

Gemeinsam schleppten Caspan und Lachlan den Befehlshaber zur Kuppe des Hügels hinauf, von wo man einen guten Blick auf Darrowmere hatte. Nachdem Caspan wieder zu Atem gekommen war, presste er dem Befehlshaber erneut den Dolch gegen den Hals. Er starrte den Leibwächter drohend an und zeigte mit seiner freien Hand auf die Stadt. »Ruf sie zurück«, sagte er langsam, indem er bei jedem Wort den Druck seines Dolchs verstärkte.

Der Leibwächter blickte in Richtung Darrowmere, spuckte aus und zeigte auf das ausgehöhlte Yakhorn, das am Gürtel seines Herrn hing. Caspan band das Horn los und warf es dem Riesen zu. Unter den wachsamen Blicken von Morgan und Fang hob der Roon das Horn an die Lippen und gab ein lautes, tief tönendes Signal, das bis zu den Zinnen der Stadtmauer zu hören war.

Die Roon auf den Mauern und vor dem zerstörten Haupttor drehten sich um und starrten in Richtung Hügel. Selbst diejenigen, die mit den Soldaten kämpften, die den Ausfall aus dem zweiten Tor gemacht hatten, hielten inne. Alle schienen verwirrt zu sein und fragten sich offenbar, warum zum Rückzug geblasen wurde, wenn man doch kurz davor war, die Stadt zu erobern. Als einige von ihnen ihren Befehlshaber bemerkten, wurde ihnen jedoch alles klar. Sofort breitete sich Unruhe unter ihnen aus. Der Leibwächter stieß ein zweites Mal ins Horn und zeigte nach Norden. Nach und nach kletterten die Riesen von den Mauern herunter und kamen über die Wiese, bis sich schließlich Hunderte und Aberhunderte von ihnen vor dem Hügel versammelt hatten. Grunzend und knurrend schwenkten sie ihre Schwerter, doch keiner von ihnen wagte es, näher als zwanzig Meter heranzukommen.

Caspan schluckte nervös. »Besonders beliebt scheine ich nicht zu sein«, murmelte er vor sich hin und versuchte, im Angesicht so vieler wütender Roon ruhig und gelassen zu bleiben. Er war sich sicher, dass sie ihn im Handumdrehen in Stücke reißen würden, wenn sie die Gelegenheit dazu hätten. Er warf Morgan, der sich in seiner Nähe aufgebaut hatte, einen fragenden Blick zu. »So weit, so gut. Und was jetzt?«

Der Meister hielt Fang, der immer noch unruhig war, zurück und starrte auf die riesige Menge der Roon.

»Du machst das sehr gut. Warte ab, wie die Dinge sich entwickeln.« Er sah Caspan aus den Augenwinkeln an und flüsterte: »Aber was auch immer passiert, lass deinen Dolch da, wo er ist.«

Einer der Riesen drängte sich durch die Menge und schrie Caspan etwas zu. Der Roon war besonders kräftig gebaut und mit Narben übersät, die von einem langen Soldatenleben zeugten. Auf seinem Oberkörper prangte die Tätowierung eines Adlers. Von einigen seiner Kameraden angestachelt, zeigte der Roon mit seinem Schwert auf Caspan und brüllte etwas. Dann riss er die Klinge hoch und stürmte auf Caspan zu.

Hilflos stand Caspan da, die Augen vor Entsetzen weit aufgerissen. Am liebsten wäre er davongerannt, doch er wusste, dass sich Hunderte von Riesen auf ihn stürzen würden, sobald er seinen Dolch vom Hals des Befehlshabers wegnahm. Lachlan, Morgan und die Hüter traten schützend vor ihn, doch es war der überlebende Leibwächter, der Caspan am Ende rettete. Er schnappte sich seine auf dem Boden liegende Doppelaxt, schleuderte sie nach dem angreifenden Riesen und traf ihn mitten in die Brust. Die Wucht des Aufpralls war so groß, dass der Roon mehrere Meter zurückgeschleudert wurde.

Das ganze Heer verstummte, als der Leibwächter auf den getöteten Riesen zustapfte und seine Axt aus ihm herauszog. Er knurrte der Horde etwas zu und zeigte auf ihren Anführer. Daraufhin senkten viele der Krieger ihre Waffen, während die Wut aus ihren Gesichtern wich. Langsam verließen einige von ihnen die Wiese, denen bald immer mehr folgten. Sie gingen um den Hügel herum, ohne dem Jungen, der ihrem Befehlshaber einen Dolch gegen die Kehle presste, zu nahe zu kommen. Viele stierten Caspan an, der sich fragte, ob sie sich wohl sein Gesicht einprägten und sich jetzt schon auf den Tag freuten, an dem sie Rache nehmen konnten. Das war ein erschreckender Gedanke, und er musste all seine Willenskraft aufbieten, damit ihm dabei die Hand, die den Dolch hielt, nicht zitterte.

Schließlich zogen die letzten Krieger des feindlichen Heers von Darrowmere ab. Auf den Mauern ertönte Jubel, Hunderte von erhobenen Schwertern glitzerten im Sonnenlicht, Banner mit dem Hirschgeweih von Lochinbar wurden geschwenkt. Ein von Prinz Dale angeführter Trupp Soldaten eilte aus dem Haupttor und umzingelte den Hügel. Morgan befahl Fang, bei den Rekruten und Klaue als Wache zurückzubleiben, dann ging er nach unten, um sich zu dem Prinzen zu gesellen. Einige Soldaten wurden hochgeschickt, um sich um Lachlans Verletzung zu kümmern und den Befehlshaber der Roon in Gewahrsam zu nehmen, sodass Caspan endlich seinen Dolch wegnehmen und sich ins Gras setzen konnte.

»Hier«, sagte ein Offizier und reichte Caspan einen Wasserschlauch. »Das ist das Mindeste, was ich für dich tun kann.«

Caspan rammte den Dolch in die Erde, zog den Stöpsel des Wasserschlauchs mit den Zähnen heraus und spuckte ihn von sich. Dann trank er in gierigen Zügen, bis ihm das Wasser über Hals und Brust floss. Er schaute dem langen Zug der Roon hinterher, der wie eine enorme, aufgedunsene Schlange wirkte, die sich durch die im Norden gelegenen Berge und Wälder wand. Der Kopf der Schlange war bereits verschwunden, als sich der Schwanz noch über einen Kilometer hinzog.

Alles, was vom feindlichen Heer übrig blieb, waren die Verwundeten und Verstümmelten. Sie wurden auf behelfsmäßigen Bahren davongetragen, nachdem man ihnen ihre Schwerter und Äxte auf die Brust gelegt hatte. Viele von ihnen klammerten sich an ihre Waffen, entschlossen, den Tod eines Kriegers zu sterben und mit einer Waffe in der Hand ins Jenseits überzutreten.

Die getöteten Roon wurden zu Haufen aufgeschichtet, ihre Waffen auf Wagen abtransportiert. Da sie für Menschen zu groß und zu schwer waren, vermutete Caspan, dass man sie einschmelzen und Schwerter und Rüstungen aus ihnen herstellen würde, die für den Gebrauch geeigneter waren. Die gefallenen Verteidiger der Stadt würden ein richtiges Begräbnis erhalten, während man die Leichen der Roon wahrscheinlich mit Öl übergießen und verbrennen würde, damit sich keine Krankheiten ausbreiteten. Das hörte sich barbarisch an, aber solche Vorsichtsmaßnahmen waren im Krieg nun einmal notwendig.

Caspan stellte überrascht fest, dass der Leibwächter des Anführers dageblieben war. Er war ebenfalls gefesselt worden und wurde von Soldaten bewacht. Er blickte zu Caspan herüber. »Wann wirst du dein Versprechen einlösen und meinen Herrn freilassen?«

Verblüfft starrte Caspan den Roon an. Er hatte nicht damit gerechnet, dass der Krieger die Sprache der Menschen beherrschte. Einer der Soldaten schlug dem Riesen mit dem Schaft seines Speers gegen die Beine und zwang ihn, sich hinzuknien. Der Roon sah den Soldaten finster an und knurrte: »Wenn du das noch mal machst, zerreiße ich meine Fesseln und brech dir das Genick!«

Das hielt Caspan für keine leere Drohung. Ein in der Nähe stehender Offizier warf dem Soldaten einen tadelnden Blick zu. »Auch wenn er ein Roon ist, ist er ein Kriegsgefangener. Also behandle ihn mit Respekt.«

Der Soldat salutierte. »Jawohl, Sir.«

Die Soldaten traten zur Seite und standen stramm, als Prinz Dale und Morgan sich näherten. Wie immer wurde der Prinz von einigen Purpurroten Klingen begleitet, deren Umhänge zerrissen und mit Blut befleckt waren, was Zeugnis von der Rolle ablegte, die sie bei der Verteidigung der Stadt gespielt hatten. Caspan und Lachlan erhoben sich und gingen zu den anderen hinüber.

Der Prinz begrüßte sie mit freundlichem Lächeln und griff nach ihren Händen. »Ich kann euch gar nicht genug danken. Die Menschen von Darrowmere stehen für immer in eurer Schuld.« Als er Lachlans Verletzung bemerkte, kniff er besorgt die Augen zusammen. »Du solltest in den Bergfried zurückkehren, damit mein Arzt sich um dich kümmern kann.«

»Die Wunde ist bereits versorgt worden. Außerdem ist sie nicht so schlimm, wie sie aussieht. Das hier hat den Stich zum größten Teil abgehalten.« Er zeigte auf sein Kettenhemd.

»Trotzdem werde ich dafür sorgen, dass sich ein Fachmann das Ganze ansieht. Wir wollen doch nicht, dass sich die Wunde entzündet.« Lachlan nickte und der Prinz wies mit dem Kopf auf die beiden gefangenen Riesen. »Das ist in der Tat ein großartiger Fang. Gut gemacht.« Er sah Caspan an. »Morgan hat mir erzählt, was du mit den Roon ausgehandelt hast. Ich werde sicherstellen, dass dein Versprechen eingelöst wird.«

Der Leibwächter blickte zum Prinzen hoch. »Dann werdet ihr meinen Herrn also freilassen?«

Dales Augen blitzten überrascht auf. »Du sprichst unsere Sprache?« Als der Roon nichts erwiderte, sondern den Prinzen nur anstarrte, nickte Dale. »Wir werden dich und deinen Herrn freilassen, sobald unsere Kundschafter berichten, dass euer Heer auf die Schiffe zurückgekehrt ist und Segel gesetzt hat. Man wird euch bis jenseits des Flusses Trenter begleiten und euch dort eurem Nordheer übergeben.« Der Prinz beugte sich vor, um dem Riesen ins Ohr zu flüstern: »Solltet ihr jemals wieder in unser Land eindringen, werden wir nicht mehr so gnädig sein.«

Der Roon starrte Dale herausfordernd an und verzog verächtlich den Mund. »Und ihr werdet das nächste Mal nicht mehr so viel Glück haben.«

Dale erwiderte den Blick des Roon einige Sekunden lang, ohne auch nur eine Spur von Angst zu zeigen. Dann befahl er den Soldaten, die Gefangenen in die Verliese unter dem Bergfried zu bringen. Ein Wagen wurde herbeigeholt und der Anführer der Roon aufgeladen. Nachdem man die Riesen weggebracht hatte, rief Dale einen Mann in jägergrünem Gewand zu sich. »Folg den Roon bis zu ihren Schiffen. Nimm so viele Kundschafter mit, wie du brauchst. Sollten sie versuchen, uns zu täuschen, gib mir sofort Bescheid.« Der Mann verbeugte sich ehrerbietig und eilte davon.

»Wer war das, Hoheit?«, erkundigte sich Lachlan.

»Meister Garwyn, das Oberhaupt unserer Kundschafter und Fährtenleser. Und wer ist das?« Der Prinz zeigte auf Fang und streckte zögernd die Hand aus, hielt jedoch mitten in der Bewegung inne. »Beißt er?«

Morgan schüttelte den Kopf. »Das ist Fang.«

»Hallo, Fang. Was bist du für ein prächtiger Bursche!« Der Prinz streichelte dem Wolf den Rücken und zerzauste anschließend Klaue die Mähne. Der Greif rieb sich wie eine Katze an dem Prinzen und brachte ihn dabei zu Fall.

Lachend streckte Caspan die Hand aus, um dem Prinzen hochzuhelfen. »Sieht so aus, als hätten Sie gerade einen neuen Freund gewonnen.«

Dale schüttelte verwundert den Kopf. »Ich habe zwar schon gehört, dass die Befehlshaber der nördlichen Legionen von magischen Wächtern beschützt werden, aber gesehen habe ich solche Wesen bisher noch nie.« Er blickte Morgan forschend an. »Wo kommen sie her?«

»Tut mir leid, Hoheit, aber das ist ein Geheimnis, das ich selbst Ihnen nicht verraten darf«, erwiderte Morgan in höflichem Ton.

Dale lächelte und klopfte sich gegen die Nase. »Ah, die geheime Bruderschaft. Keine Bange, eines Tages werde ich herausfinden, was euer mysteriöser Orden für Aufgaben hat.« Er kraulte Klaue unter dem Kinn, bevor er den Soldaten den Befehl gab, in die Stadt zurückzukehren. »Jetzt beginnt das Großreinemachen«, murmelte er, während er flankiert von Morgan, den Rekruten und den Hütern den Hügel hinunterging. Die Purpurroten Klingen folgten ihm in gebührendem Abstand. »Werdet ihr noch eine Weile bei uns bleiben?«, fragte er Morgan.

Der Meister bewegte seine lädierte Kinnlade hin und her und zuckte vor Schmerz zusammen. »Danke, aber wir sind schon zu lange aufgehalten worden.« Als er den enttäuschten Ausdruck in den Gesichtern der Rekruten bemerkte, fügte er hinzu: »Obwohl wir sicher noch über Nacht bleiben können.«

Lachlan sah Caspan an und nickte begeistert.

Caspan war davon überzeugt, dass der Meister so schnell wie möglich ins Haus der flüsternden Stimmen zurückkehren wollte, um die Karte zu studieren, die sie im Kloster gefunden hatten. Er wusste aber auch, dass Morgan den Prinzen nicht kränken wollte. Außerdem waren da noch ihre Verletzungen, die es erforderlich machten, dass sie sich wenigstens eine Nacht lang ausruhten.

Dale klopfte Morgan auf die Schulter. »Ihr werdet meine Ehrengäste sein.« Er blickte zurück und schnippte mit den Fingern, um einen seiner Leibwächter herzubeordern. »Eskortiere unsere Freunde zum Bergfried und bring sie für die Nacht unter. Das zweite Gästezimmer dürfte am geeignetsten sein.« Er wandte sich wieder Morgan zu. »Dieses Zimmer ist immer für Dougal, den Jagdmeister, reserviert, aber sein Besuch steht erst gegen Ende des Monats an. Da solltet ihr wieder herkommen. In dieser Jahreszeit gibt es stets reichlich Wild, und mein Vater wäre sicher hocherfreut, euch bei einem seiner Jagdausflüge dabeizuhaben.«

Morgan verbeugte sich höflich. »Es wäre uns eine Ehre, Hoheit.«

»Gut.« Mit grimmiger Miene ließ Dale den Blick über die Leichen wandern, die überall auf der Wiese lagen. »Hoffen wir, dass Darrowmere dann nicht erneut von den Roon angegriffen wird.«

Caspan nickte zustimmend, während sie das Schlachtfeld überquerten. Er gab sich alle Mühe, den Blick von den Toten abzuwenden und sich auf die Befestigungsanlagen der Stadt zu konzentrieren. Es war das erste Mal, das er einen Krieg miterlebt hatte, und er hoffte, es würde auch das letzte Mal bleiben.

KAPITEL NEUNUNDZWANZIG

Die Helden von Darrowmere

Wie verabredet blieben Morgan, Caspan und Lachlan über Nacht im Bergfried, wo Herzog Bran zur Feier des Sieges ein Bankett veranstaltete. Caspan, der zusammen mit Lachlan und Morgan am Tisch des Herzogs saß, fühlte sich wie ein Fürst. Er aß und trank reichlich, während Troubadoure und Spaßmacher für Unterhaltung sorgten. Das Ganze war ein Einblick in eine Lebensweise, von der er damals in Floran nur geträumt hatte, wenn er in kalten Winternächten zur Burg des Stadtherrn hochgeblickt und sich gefragt hatte, wie es wohl wäre, dort oben zu leben.

Alle Anwesenden überschütteten die drei mit Lob und dankten ihnen für die Rettung der Stadt. Einer der Spielleute komponierte ihnen zu Ehren sogar eine Ballade, die den Titel »Das Heldenlied von Darrowmere« trug. Caspan fühlte sich geschmeichelt, war gleichzeitig aber bedrückt, weil er wusste, dass viele in der Stadt den Verlust von Angehörigen betrauerten. Auch entgingen ihm die leeren Plätze an den Tischen ringsum nicht, und er überlegte, wie viele Mitglieder des niederen Adels während der Belagerung wohl ihr Leben verloren hatten oder draußen in der Kälte waren, um die Ausbesserungsarbeiten an den Mauern und Stadttoren zu überwachen.

Links von Caspan saß eine Gruppe von Männern und Frauen an einem Tisch, die ganz unter sich blieben und keinerlei Anstalten machten, mit den Gästen am Tisch des Herzogs ein Gespräch anzuknüpfen. Gelegentlich blickte einer von ihnen verächtlich zum Tisch des Herzogs herüber und schien eine abfällige Bemerkung zu machen, was die anderen mit höhnischem Gelächter quittierten.

Lachlan stieß Caspan an und wies ihn mit einer Kopfbewegung auf den Nebentisch hin. »Die sind ja wirklich der strahlende Mittelpunkt der ganzen Feier«, murmelte er. Insbesondere fiel ihm eine Dame in einem schwarzen Samtkleid auf, die vorne am Tisch saß. Ihre Lippen waren streng aufeinandergepresst, ihre schwarzen, an den Schläfen bereits grauen Haare straff zurückgebunden, was ihre hohen Wangenknochen und den harten Ausdruck ihrer Augen betonte. »Der möchte ich aber nicht in einer dunklen Gasse begegnen.«

Caspan nickte und wischte sich mit dem Ärmel über die Lippen. »Der Prinz hat uns doch erzählt«, sagte er mit gedämpfter Stimme, »dass nicht jeder hier aufseiten seines Vaters steht. Ich glaube, das sind Anhänger von General Brett.«

Lachlan stieß empört die Luft aus. »Ich verstehe

nicht, warum der Herzog sich so was von denen bieten lässt. Ich an seiner Stelle würde sie schnellstens rausschmeißen.«

»Wenn er könnte, würde er das sicher tun.« Caspan verstand nicht viel von Politik und dem Leben an einem Hof, stellte sich aber vor, dass es aus endlosem Gezänk, hinterhältigen Intrigen und daraus bestand, dass man gegenüber Leuten, die man verabscheute, Höflichkeit heuchelte. Es war eine Welt, mit der er nichts zu tun haben wollte.

Lachlan hielt seinen Becher so, dass sein Mund dahinter verborgen war. »Ich hoffe, die kommt demnächst nicht mit auf die Jagd. Ein Blick von ihr würde ausreichen, damit jedes Reh und jeder Fuchs in Lochinbar tot umfällt.«

Caspan grinste, während sein Freund den Becher austrank. Als Lachlan auf einer Platte in der Mitte des Tisches ein riesiges Würstchen erspähte, hob sich seine Stimmung. Er beugte sich vor, spießte das Würstchen auf seine Gabel und hielt es hoch. »Nun guck dir das mal an«, sagte er zu Caspan. »Kannst du dir vorstellen, was Roland jetzt für ein Gesicht machen würde?«

Caspan grinste. »Das ist Herrn Leckers großer Bruder. Sieh dich lieber vor, was du sagst, sonst schlägt er dich zusammen.«

Lachlan kicherte. »Bitte erinnere mich nicht daran. Von meiner letzten Auseinandersetzung mit einem Würstchen habe ich immer noch blaue Flecken.« Als er sich zurücklehnte, machte sich die Wunde in seiner Seite bemerkbar, sodass er vor Schmerz zusammenzuckte. Trotzdem konnte er nicht aufhören zu lachen.

Caspan bemühte sich um eine ernste Miene und hob den Finger. »Die sind nämlich sehr empfindlich.«

»Oh, das weiß ich, das kannst du mir glauben.« Lachlan hielt das Würstchen erneut in die Höhe und sah es finster an. »Pass bloß auf, sonst bekommst du meine Zähne zu spüren. Aber eigentlich könnte ich dir gleich eine Lektion erteilen.« Als er ein Ende des Würstchens abbiss, spritzte ihm Fett ins linke Auge.

Caspan brach in schallendes Gelächter aus. »Das Ding will dir den Garaus machen. Ich sehe schon die Inschrift auf deinem Grabstein: Lachlan der Kühne, Retter von Darrowmere, zu Tode gekommen durch Herrn Leckers großen Bruder.«

»Was habt ihr zwei denn da zu kichern?«, fragte Morgan von der gegenüberliegenden Seite des Tisches. Als er das Würstchen auf Lachlans Gabel bemerkte, fügte er rasch hinzu: »Wenn ich's mir recht überlege, will ich es lieber gar nicht wissen.«

Die Reaktion des Meisters veranlasste die Jungen, noch alberner zu kichern. Es war seit zwei Tagen das erste Mal, dass sie Gelegenheit hatten, sich zu entspannen und all die Ängste hinter sich zu lassen, die sich in ihnen aufgestaut hatten.

Dale grinste die Rekruten vom anderen Ende des Tisches her an. »Wollt ihr mir euren Witz nicht auch erzählen?«, fragte er und kostete eines der Würstchen auf seinem Teller. Mit der Gabel winkte er einen der Diener heran.

»Wer hat die denn gemacht?«, erkundigte er sich mit beeindruckter Miene. »Die schmecken ja hervorragend.«

Das war mehr, als Caspan und Lachlan verkraften konnten. Caspan lachte so laut, dass er fast vom Stuhl fiel. Lachlan geriet völlig außer sich und hämmerte auf den Tisch, wobei er beinahe Caspans Becher umstieß, den der Meister jedoch schnell festhielt. Morgan trat den Jungen unter dem Tisch gegens Schienbein.

»Was ist denn in euch gefahren? Benehmt euch gefälligst!«, zischte er.

Herzog Bran blickte von seinem thronartigen Sitz zu ihnen herunter und hob die Hand, um dem Meister zu signalisieren, dass er sich keine Sorgen zu machen brauchte. »Sollen die Jungen doch ihren Spaß haben – das haben sie sich ganz gewiss verdient.«

Morgan räusperte sich verlegen. »Aber nicht auf Kosten des Prinzen, Mylord.«

»Das macht mir nichts aus«, sagte Dale und grinste die Jungen erneut an. »Ich hab genauso viel Spaß wie sie, wenn ich ihnen zusehe.«

Der Meister seufzte und murmelte: »Jungen!«

Das Bankett dauerte bis spät in die Nacht. Als es endete, waren Caspan und Lachlan schrecklich müde. Sie schleppten sich durch die Gänge des Bergfrieds hinter einem Diener her, der sie zu ihrem Zimmer führte. Nachdem sie ihre Waffen an den Bettpfosten aufgehängt hatten, warfen sie sich aufs Bett, ohne sich auszuziehen. Sie warteten, bis Meister Morgan, der noch in der Halle geblieben war, um einige wichtige Dinge mit Herzog Bran zu besprechen, sich zu ihnen gesellte. Dann blies Caspan die Kerze neben dem Bett aus und schlüpfte unter seine Decke.

»Hoffentlich reißt uns diesmal kein Mörder aus dem Schlaf«, meinte Lachlan.

Caspan gähnte, schloss die Augen und zog sich die Decke bis zum Hals. »Also, falls doch, dann kümmere du dich bitte um ihn. Ich bin zu erschöpft.«

Sie schwiegen eine Weile. Als Caspan fast schon eingeschlafen war, sagte Lachlan: »Ich frage mich, ob General Brett den Attentäter geschickt hat. Das haben wir nie herausgefunden.«

»Ich bin sicher, dass er dafür verantwortlich war. Schließlich hat er ohne Genehmigung des Herzogs die Stadt verlassen, kurz bevor die Roon hier auftauchten«, entgegnete Morgan.

Caspan blickte zum Meister hinüber. Im Mondlicht, das durch das offene Fenster hereinschien, konnte er erkennen, dass Morgan die Hände hinter dem Kopf verschränkt hatte, auf dem Rücken lag und zur Decke hochstarrte. »Was wird aus ihm werden?«

»Darüber habe ich vorhin mit dem Herzog gesprochen. Morgen früh wird er einen Trupp Soldaten losschicken, um den General aufzuspüren und nach Darrowmere zurückzubringen. Dann wird man ihm wegen Hochverrats den Prozess machen.«

»Geschieht ihm ganz recht. Immerhin hat er gedroht, uns foltern zu lassen.« Lachlan streckte sich aus und seufzte wohlig. »Wie es wohl Roland, Sara und Kilt ergangen ist?«

»Morgen früh fliegen wir nach Norden, um sie abzuholen«, erwiderte Morgan. »Danach kehren wir zum Haus der flüsternden Stimmen zurück, wo ich Herzog Connal über alles, was auf dieser Reise geschehen ist, Bericht erstatten werde. Und dann werden wir uns die Karte vornehmen.« Er schaute zu Caspan hinüber. »Du hast sie doch noch, oder?«

Caspan griff in seinen Stiefel. »Ja. Aber inzwischen riecht sie sicher nach ungewaschenen Füßen.«

Lachlan kicherte und drehte sich auf die Seite. »Meister?«

»Hmm?«

»Versprechen Sie uns, dass Sie uns nie wieder auf eine Reise nach Norden mitnehmen.«

Einige Sekunden lang herrschte Stille. Caspan überlegte, ob der Meister wohl gerade ein Lächeln unterdrückte. »Das verspreche ich.«

Caspan grinste zufrieden. Kurz darauf schlief er ein.

KAPITEL DREISSIG

Auf die Bruderschaft!

Am nächsten Morgan begab Morgan sich zusammen mit Caspan und Lachlan nach Norden – nur um festzustellen, dass Roland, Sara und Kilt schon vor zwei Tagen ins Haus der flüsternden Stimmen zurückgekehrt waren, nachdem sie die nördlichen Legionen von der Invasion der Roon in Kenntnis gesetzt hatten. Statt Truppen nach Darrowmere zu schicken, waren die Legionen jedoch in ihrem Lager am Trenter geblieben. Kundschafter hatten nämlich berichtet, dass ein riesiges Heer der Roon von Norden heranrücke, und man wollte die eigene Position nicht schwächen, indem man die Streitkräfte aufteilte.

Wie Caspan erfuhr, hatten seine Freunde alles darangesetzt, den Oberbefehlshaber des königlichen Heers, General Stene, umzustimmen, doch all ihre Bemühungen waren erfolglos. An einer Stelle wurde die Diskussion so hitzig, dass Kilt wütend mit dem Fuß aufstampfte und den General als »sturen Affen« bezeichnete. Glücklicherweise nahm Stene ihr diese Beleidigung nicht übel. Im Gegenteil, er schien sogar beeindruckt zu sein und sagte zu seinen Offizieren, dass er den Krieg in weniger als einer Woche gewinnen würde, wenn ihm tausend Männer mit Kilts Mut zur Verfügung stünden.

Auf der Reise nach Norden hatte Lachlans Wunde sich verschlimmert. Er behauptete zwar, dass alles in Ordnung sei, aber Morgan bestand darauf, dass sich einer von General Stenes Ärzten um ihn kümmerte, bevor sie wieder nach Süden flogen.

Später am Abend gab es auch in der Großen Halle des Hauses der flüsternden Stimmen ein Bankett, um das Wiedersehen zu feiern. Sara fielen fast die Augen aus dem Kopf, als Caspan und Lachlan von der Belagerung erzählten. Kilt hörte mit düsterer Miene aufmerksam zu. Sicher hätte der Bericht der Jungen nur halb so lange gedauert, wenn Roland sie nicht ständig unterbrochen hätte. An einer Stelle sprang er auf den Tisch – wobei er einen Teller mit Essen umkippte – und fuchtelte mit einem imaginären Schwert herum, um nachzustellen, wie Meister Morgan mit dem Roon gekämpft hatte, der als Erster auf die Zinnen geklettert war.

Außer den Rekruten waren auch Herzog Connal, Scott, Morgan und Gramidge zugegen. Gramidge freute sich so sehr, dass Caspan und Lachlan gesund und munter zurückgekommen waren, dass er ihnen fast das Rückgrat brach, als er sie umarmte. Spielleute und Spaßmacher waren bei diesem Bankett zwar nicht dabei – obwohl natürlich allein Rolands Anwesenheit für genügend Unterhaltung sorgte –, doch der Herzog ließ auffahren, was Küche und Keller hergaben, und hatte veranlasst, dass jedem sein Lieblingsgericht serviert wurde. Normalerweise durften die Hüter nicht mit ins Haus, doch diesmal hatte man in einer Ecke der Großen Halle Eimer mit Essen für sie bereitgestellt.

Klaue und Wolkentänzerin aßen sehr manierlich, manchmal sogar aus demselben Eimer. Wisper schob geschickt einen Eimer zum Kamin hinüber, aß sich satt und rollte sich auf dem Teppich vor dem Feuer zusammen. Bandit hingegen war eher daran interessiert, Roland zu ärgern. Nachdem der Mantikor ein paar Bissen zu sich genommen hatte, schlich er sich hinter Roland und stibitzte ihm eine Putenkeule vom Teller. Als er das zum dritten Mal gemacht hatte, band Roland ihn an einem Holzpfeiler fest, was dazu führte, dass sein Hüter in einem fort winselte und ihn sehnsüchtig ansah. Caspan war traurig, dass Raureif nicht an der Feier teilnehmen konnte, doch er wusste, dass es noch zu früh war, um den Drachen herbeizuzitieren.

Gramidge spendierte ein Fass mit selbst gebrautem Apfelmost, den er selbst als »Knaller« bezeichnete. Das Getränk enthielt zwar keinen Alkohol, war aber unerträglich süß und pulverte einen derart auf, dass selbst die schläfrigsten Leute hellwach wurden. Gramidge hatte eigentlich vorgehabt, das Getränk am kommenden Morgen zu servieren, damit die Rekruten den Unterricht besser durchstanden, doch da Caspan und

Lachlan von der Reise erschöpft waren, hielt er es für angebracht, den Apfelmost jetzt schon auszuschenken.

Kilt fand ihn so süß, dass sie nicht mehr als ein Glas trinken konnte. Sara rümpfte allein beim Geruch die Nase und nippte lediglich daran. Roland und Lachlan hingegen waren begeistert und veranstalteten einen Wettbewerb, bei dem es darum ging, wer am meisten davon trinken konnte. Meister Morgan riet ihnen, nach dem dritten Becher aufzuhören, weil er glaubte, dass ihnen sonst schlecht würde. Doch da Jungs nun mal Jungs sind, schlugen sie seinen Rat in den Wind und kippten das Zeug weiter in sich hinein, wenn die Erwachsenen gerade nicht aufpassten.

Nach ihrem fünften Becher hörte Caspan auf mitzuzählen. Zu dem Zeitpunkt waren seine Freunde bereits randvoll mit Zucker abgefüllt. Roland behauptete, der König des Eichhörnchenhains zu sein, wo die Eicheln besonders knusprig seien, und erklärte Lachlan, den er als den Oberdachs vom Dachshügel bezeichnete, den Krieg. Als Roland einen Staubwedel entdeckte, der an der Wand lehnte, steckte er ihn sich als Schwanz hinten in die Hose und hopste wie ein Eichhörnchen hinter Lachlan her. Gramidge entschuldigte sich vielmals bei Herzog Connal und brachte die Jungen rasch zu ihren Stühlen zurück. Meister Morgan gab Gramidge den diskreten Rat, das Fass mit Apfelmost fortzuschaffen und dafür zu sorgen, dass die Jungen in Zukunft morgens nur einen Becher davon bekamen. Roland und Lachlan blieben zwar auf ihren Stühlen sitzen, doch das hinderte Roland nicht daran, die ganze Zeit Eichhörnchengeräusche von sich zu geben.

Sara verdrehte die Augen, als er ein besonders lautes Kreischen ausstieß. Dann wandte sie sich Caspan zu. »Freust du dich, wieder zu Hause zu sein?«

Es überraschte Caspan, wie sehr er das Haus der flüsternden Stimmen vermisst hatte. Nach ihrer Rückkehr hatte er Herzog Connal die Karte übergeben und den Rest des Tages auf seinem Zimmer verbracht. Seine Freunde hatten Meister Scott und Gramidge nach Uckfield Heath begleitet, um Einkäufe zu erledigen, während Caspan beschloss, sich ein bisschen auszuruhen, bis sie wiederkamen. Nachdem er seine Stiefel ausgezogen hatte, legte er sich aufs Bett, wackelte mit den Zehen und sah durchs Fenster, um den vorüberziehenden Wolken nachzuschauen. Nie zuvor hatte er sich so geborgen und so sicher gefühlt. Er wusste, dass im Norden noch der Krieg tobte, und zweifellos würden der Herzog und die Meister sich bald eingehend mit der Karte befassen, die sie in Saint Justyn gefunden hatten.

Obwohl Caspan das Pergament zwei Tage lang in seinem Stiefel mit sich herumgetragen hatte, hatte er bisher nur einen flüchtigen Blick darauf geworfen. Er fragte sich, ob es wichtige Informationen für die Bruderschaft enthielt, eventuell sogar Hinweise auf die Lage eines Grabs mit magischen Waffen und Hütern. Vielleicht war es ja so, dass die Rekruten nach Abschluss ihrer Ausbildung mit ihrer ersten Mission betraut wurden und das Grab erkunden mussten, möglicherweise unten in Salahara. Doch im Moment schienen sowohl die Roon als auch die Gefahren des Wüstenkönigreichs sehr weit weg zu sein, sodass Caspan das Gefühl hatte, nichts auf der Welt könnte ihm etwas anhaben …

Er ließ den Blick durch die Große Halle schweifen, betrachtete die vertrauten Gesichter und nickte lächelnd.

Sara erwiderte sein Lächeln. »Also ich freu mich jedenfalls, dass du wieder da bist. Obwohl du manche Dinge sicher *nicht* vermisst hast.« Sie wies mit dem Kopf auf Roland, der gerade seine oberen Schneidezähne vorschob, den Hals reckte und seltsame schnüffelnde Geräusche von sich gab.

Caspan musste einfach lachen. »Stimmt.«

Ihm gegenüber saß Kilt, die seit seiner Rückkehr kaum mit ihm gesprochen hatte. Er hatte angenommen, dass ihre Erlebnisse im Kloster sie einander näher gebracht hatten, aber offenbar war das nicht der Fall. Vielleicht würde sie eines Tages Farbe bekennen und ihm verraten, warum sie ihn so hasste. Fürs Erste musste er damit zufrieden sein, dass sie zumindest nicht mehr gemein zu ihm war.

Caspan goss sich noch etwas Apfelmost ein, schenkte auch Sara und Kilt nach und hob seinen Becher, um einen Trinkspruch auszubringen. »Auf die Bruderschaft!«

Kilt folgte seinem Beispiel und setzte an, den Trinkspruch zu wiederholen, als Roland seinen Becher schwungvoll gegen den von Kilt knallte, die daraufhin über und über mit Apfelmost bespritzt wurde.

»Oh, tut mir leid, Kilt.« Er grinste vergnügt und zwinkerte Caspan zu. »Wie konnte das denn wieder passieren?«

Kilt sah ihn finster an und schnappte sich ein Tuch, um sich abzuwischen. »Du bist durch und durch ein Knallkopf!«

Caspan grinste in seinen Becher. Es war wirklich schön, wieder zu Hause zu sein.

KAPITEL EINUNDDREISSIG

Raureifs Rückkehr

Caspan wartete noch eine Woche, bis er Raureif endlich herbeizitierte. Zu seiner Erleichterung war der Drache völlig wiederhergestellt, obwohl er jetzt eine Narbe an seinem schuppigen Bauch hatte. Caspan feierte die Rückkehr seines Hüters, indem er mit ihm einen langen Flug über die Wälder südlich des Hauses der flüsternden Stimmen machte.

Sie ließen sich von den Strömungen des Winds tragen, schwebten über die Baumwipfel und genossen es, wieder zusammen zu sein. Zum Mittagessen landeten sie in der Nähe eines Wasserfalls. Während Raureif im Wasser herumtollte, griff Caspan in den Ledersack, der über seiner Schulter hing, und holte eine Schinkenkeule sowie ein frisch gebackenes Brot heraus, die er aus der Küche mitgenommen hatte. Er schnitt einige Schinkenscheiben ab und warf sie Raureif zu, der sie geschickt mit dem Maul auffing.

Sie entdeckten ein paar alte Spuren, die ein Bär hinterlassen hatte, der vor einiger Zeit durch den Wald gestreift war. Caspan glaubte eigentlich nicht, dass er wirklich in Gefahr war. Trotzdem wich Raureif ihm während des ganzen Mittagessens nicht mehr von der Seite, um ihn notfalls beschützen zu können. Obwohl Caspan zu dem Zeitpunkt nicht weiter darauf achtete, wurde ihm im Laufe der nächsten Tage immer stärker bewusst, wie vorsichtig Raureif während ihrer gemeinsamen Trainingsstunden war. Der Drache führte Sturzflüge langsamer als Bandit und Klaue aus, und Caspan musste energischer als sonst an den Zügeln ziehen, damit Raureif auf seine Befehle reagierte.

Zunächst nahm Caspan an, dass Raureif befürchtete, seine Wunde würde aufreißen, doch von diesem Gedanken kam er wieder ab, als sein Hüter sich eines Nachmittags mit Rolands Mantikor balgte. Sobald Caspan sah, wie der Drache auf den riesigen geflügelten Löwen losging und ihn zu Boden drückte, wurde ihm klar, dass Raureif keine Angst davor hatte, sich zu verletzen. Da fielen ihm die Bärenspuren wieder ein, und er begriff, dass Raureifs übergroße Vorsicht ihm galt. Es schmeichelte ihm zwar, dass sein Hüter so um sein Wohlergehen besorgt war, aber er wollte auch nicht im Training zurückbleiben, weil der Drache so überfürsorglich geworden war.

An einem Spätnachmittag saßen Caspan und Raureif vor dem Haus der flüsternden Stimmen und ließen sich den frischen Wind um die Nase wehen. Caspan blickte nach Norden und überlegte, wann die Meister wohl die Schriftzeichen am Rand der Karte entziffern würden. Ihm war zu Ohren gekommen, dass die Meister hofften, in den Schriftstücken und Pergamentrollen des Archivs auf Hinweise zu stoßen. Er war indes sicher, dass es nur eine Frage der Zeit war, bis man ihn und seine Freunde zu Herzog Connal rufen und ihnen mitteilen würde, was die Meister herausgefunden hatten. Dann würde man die Angehörigen der Bruderschaft losschicken, um den auf der Karte angegebenen Ort zu erkunden. Vielleicht handelte es sich ja um ein weiteres Grab der Dray, mit Fallen, die noch gefährlicher waren als die, mit der sie es im Kloster zu tun gehabt hatten.

Bei der Erinnerung an das Grab des Ro Dool und die fürchterliche Sandfalle wurde Caspan ganz flau im Magen. Raureif schmiegte sich an ihn und leckte ihm das Gesicht, als spürte er seine Angst. Caspan kicherte in sich hinein, als ihm bewusst wurde, dass sich Raureif, wenn er bei der Belagerung von Darrowmere dabei gewesen wäre, höchstwahrscheinlich auf ihn gesetzt hätte, um zu verhindern, dass er sich in den Kampf stürzte. Er zog gerade noch rechtzeitig den Kopf zurück, bevor sein Hüter ihm erneut das Gesicht abschlecken konnte.

»Hey, lass das.« Lachend hielt Caspan Raureif an der Schnauze fest und pustete ihm ins Gesicht. »Sicher werden wir bald zu einem neuen Abenteuer aufbrechen«, sagte er sehnsüchtig, während er den Drachen zärtlich hinterm Ohr kraulte. »Dann geben wir uns gegenseitig Rückendeckung. Abgemacht?«

Raureif sah ihn an und schnappte nach einer Fliege.

Lächelnd kitzelte Caspan seinen Hüter unterm Kinn. »Ich nehme an, das heißt ja.«

DANKSAGUNG

Folgenden Personen möchte ich aufrichtig danken:

Meiner Familie und meinen Freunden. Belinda, Winter, Ronan und Willow, die stets alles möglich machen; Gavin und Warren Daly; David und May Hardy; Stephen Pace; Brian Downton; Tony, Jackie, Tiana und Jacob Harb; Grace Silvio sowie Joe und Lisa Gioia.

Den Samstagabendspielern: Ben, Sim und Les. Was kann es Schöneres geben als reichlich Coca Cola, Pizza, gute Freunde und *Magic?*

Dem Team von Random House Australia, insbesondere meiner Verlegerin Zoe Walton, die die Geduld einer Heiligen hat und ohne deren Ratschläge das vorliegende Buch nie geschrieben worden wäre; und Cristina Briones, die mit meinen unbearbeiteten Texten das macht, was Michelangelo mit Steinblöcken machte.

Den Schülern der International Grammar School für all ihre freundlichen Worte (ganz zu schweigen davon, dass sie mich mit Bitten überhäuft haben, Figuren meines nächsten Romans zu werden).

Und schließlich möchte ich auch meiner treuen Badewanne danken für all die Stunden der Ruhe und des Friedens, die ich in ihr verbracht habe und die es mir ermöglichten zu schreiben.

Lesprobe

Jacob Grey

Wildboy

Die Stimme des weißen Raben

»... Mehrere Leichen waren von Bissen entstellt. Andere Opfer hatte man aus großer Höhe fallen lassen und wieder andere waren aufgrund von Giftstoffen im Blut fürchterlich aufgedunsen. Bis heute weiß niemand, was – oder wer – hinter der sonderbaren Mordserie steckt, die in diesem verhängnisvollen Sommer über Blackstone hereingebrochen ist.«

Das Geheimnis des Schwarzen Sommers
Von Josephine Wallace, leitende Bibliothekarin in der Blackstone Central Library

Leseprobe

Erstes Kapitel

Die Nacht gehörte ihm. Er kleidete sich in ihre Schatten, schmeckte ihren Duft. Er genoss die Klänge und die Stille in allen Facetten. Caw sprang von Dach zu Dach, ein Junge, den nur das weiße Auge des Mondes und die drei Raben im Blick hatten, die über ihm durch die Nacht flogen.

Blackstone breitete sich wie eine Seuche nach allen Seiten aus. Caw nahm die Stadt in schnell aufblitzenden Bildern wahr: Wolkenkratzer im Osten, die endlose schräge Dächerlandschaft der ärmeren Viertel und die rauchenden Schornsteine im Industriegebiet im Westen. Im Norden ballten sich verlassene Mietshäuser, während der Fluss Blackwater als aufgewühlte Brühe Richtung Süden schwappte und den Schmutz mit sich trug. Dennoch wurde die Stadt nicht sauberer und es stank weiter nach Fäulnis.

Caw kam auf der schmutzigen Scheibe eines Oberlichts ins Rutschen, legte die Hände leise ans Glas und blickte durch den trüben Schimmer nach unten. Ein Hausmeister arbeitete sich gebückt mit Wischmopp und Eimer durch einen Flur. Er war in seiner eigenen Welt versunken und blickte nicht auf. Das taten sie nie.

Leseprobe

Als Caw weiterging, schreckte er eine fette Taube auf, ließ eine uralte Werbetafel links liegen und vertraute darauf, dass die Vögel ihm folgten. Zwei seiner Raben waren im Nachthimmel kaum zu erkennen – fliegende pechschwarze Schatten. Der dritte war weiß, seine bleichen Federn leuchteten geisterhaft in der Dunkelheit.

Ich bin am Verhungern, murrte Screech. Die Stimme des kleinsten Raben war heiser und näselnd.

Wann hast du mal keinen Hunger?, sagte Glum, der bedächtig die Flügel schwang. *Die Jugend ist so gierig.*

Caw lächelte. Alle anderen würden nur die Schreie normaler Vögel hören. Doch Caw hörte mehr, sehr viel mehr.

Ich wachse noch!, protestierte Screech und schlug empört mit den Flügeln.

Schade, dass dein Verstand nicht mitwächst, keckerte Glum.

Der alte Milky schwebte blind über ihnen, wie gewohnt, ohne etwas zu sagen.

Caw lief langsamer, um durchzuatmen. Er sog die kühle Luft tief in seine Lunge und lauschte den Geräuschen der Nacht: dem Gleiten eines Wagens über den glatten Asphalt, dem Dröhnen ferner Musik. Weiter weg heulte eine Sirene und ein Mann schrie etwas Unverständliches.

Caw interessierte es nicht, ob der Mann vor Wut oder Glück so laut war. Die Welt da unten gehörte der normalen Bevölkerung von Blackstone. Doch hier oben, in den Silhouetten der Skyline … lag sein Reich, und das seiner Raben.

Nachdem er durch den warmen Strom einer Klimaanlage gegangen war, blieb er stehen und hielt die Nase in die Luft.

Essen. Etwas Salziges.

Er lief zur Dachkante und warf einen Blick nach unten. Eine offene Tür in einer Gasse mit Müllcontainern. Dort lag der Hintereingang eines Imbisses, der rund um die Uhr geöffnet war. Caw wusste aus Erfahrung, dass sie oft noch genießbares Essen entsorgten – Reste wahrscheinlich, aber er war nicht wählerisch. Vorsichtig spähte er in alle dunklen Ecken. Er nahm nichts Ungewöhnliches wahr, doch am Boden war es immer riskant. Dort lebten die anderen, er nicht.

Glum landete neben Caw und neigte den Kopf. Sein Stummelschnabel glänzte golden im Licht einer Straßenlaterne. *Glaubst du, es ist sicher?*, fragte er.

Eine plötzliche Bewegung zog Caws Blick auf sich. Eine Ratte wühlte in den Müllsäcken. Sie hob den Kopf und sah ihn furchtlos an. »Ich denke schon«, antwortete er. »Passt trotzdem auf.«

Er wusste, dass er ihnen das nicht extra sagen musste. Nach so vielen gemeinsamen Jahren vertraute er ihnen fast mehr als sich selbst.

Caw schwang sich über die Dachkante und landete weich auf dem Steg der Feuerleiter. Screech schoss im Sturzflug nach unten und setzte sich rechts auf einen Müllcontainer, während Glum an eine Ecke des Dachs flog, um die Hauptstraße im Blick zu behalten. Als Milky sich auf dem Geländer der Feuerleiter niederließ, kratzten seine Krallen über das Metall. Die Raben hielten Wache.

Caw schlich die Sprossen hinunter. Einen Augenblick lang blieb er in der Hocke und nahm die Hintertür des Imbisses genau in Augenschein. Sein Magen knurrte laut, als er das Essen roch. Pizza, dachte er. Und Burger.

Caw wühlte in dem Container, der ihm am nächsten stand, und fand eine gelbe Styroporschachtel, die noch warm war. Er riss sie auf. Pommes frites! Gierig stopfte er sie in den Mund.

Fettig, salzig und am Rand leicht verbrannt. Sie schmeckten gut. Saurer Essig kratzte in seinem Hals, aber das war Caw egal. Er hatte zwei Tage lang nichts zu sich genommen, schlang das Essen, ohne zu kauen, herunter und hätte sich beinahe verschluckt. Dann nahm er noch mehr. Als ihm eine Fritte aus der Hand fiel, war Screech sofort zur Stelle und pickte sie mit dem Schnabel auf.

Ein heiserer Schrei von Glum.

Caw zuckte zusammen, duckte sich neben den Container und suchte mit seinen Blicken die dunkle Umgebung ab. Sein Herz raste, als vier Menschen am anderen Ende der Gasse auftauchten.

»Hey!«, sagte der Größte. »Finger weg von unserem Proviant!«

Caw schlich rückwärts und drückte die Schachtel an die Brust. Screech ergriff flatternd die Flucht.

Als die Gestalten näher kamen, beleuchtete eine Straßenlaterne ihre Gesichter. Vier Jungen, nicht viel älter als er. Obdachlos, dem Zustand ihrer Kleidung nach zu urteilen.

»Es gibt genug«, beschwichtigte Caw und zeigte mit dem Kopf auf die Müllcontainer. Es war ein komisches Gefühl, mit anderen Menschen zu sprechen. »Genug für uns alle«, fügte er hinzu.

»Falsch«, sagte ein Junge mit zwei Piercings in der Oberlippe. Er war den anderen einige Schritte voraus und rollte bedrohlich mit den Schultern. »Genug für *uns*. Was du da machst, ist Diebstahl.«

Sollen wir uns auf sie stürzen?, fragte Screech.

Caw schüttelte den Kopf. Wegen ein paar Pommes frites musste man keine Verletzung riskieren.

»Hör gefälligst auf, den Kopf zu schütteln, du dreckiger Dieb!«, rief der größte Junge. »Lügner!«

»Bäh, und stinken tut er auch«, spottete ein kleinerer Junge.

Caw stieg das Blut ins Gesicht; er ging noch einen Schritt zurück.

»Wo willst du denn hin?«, fragte der Junge mit dem Lippenpiercing. »Bleib doch noch ein bisschen.« Er ging auf Caw zu und gab ihm einen kräftigen Schubs.

Überrumpelt von dem plötzlichen Angriff fiel Caw auf den Rücken. Als die Schachtel in hohem Bogen durch die Luft flog, verteilte sich der Inhalt auf dem Boden. Die Jungen hatten Caw mittlerweile umzingelt.

»Jetzt wirft er sie auch noch hin!«

»Heb sie schön wieder auf!«

Caw kam wieder hoch. Er saß in der Falle. »Ihr könnt sie haben.«

»Dafür ist es jetzt zu spät«, entgegnete der Anführer. Er fuhr mit der Zunge über die Ringe in seiner Oberlippe und griff in die Tasche. »Jetzt musst du zahlen. Wie viel hast du dabei?«

Caw zog mit klopfendem Herzen das Futter seiner Hosentaschen heraus. »Nichts.«

Eine glänzende Klinge funkelte an der Hosentasche des Jungen. »Dann müssen wir wohl deine diebischen Fingerchen nehmen.«

Der Junge stürzte sich auf ihn, doch Caw zog sich rasch an dem Container hoch.

»Er ist schnell, das muss man ihm lassen«, sagte der Junge. »Schnappt ihn euch.«

Die drei anderen umstellten den Container. Einer griff nach Caws Knöchel, ein anderer schüttelte die Mülltonne. Caw schwankte und versuchte das Gleichgewicht zu halten. Sie lachten ihn aus.

Drei Meter zu seiner Linken war eine Regenrinne. Er sprang, doch als er sich an dem Metall festhielt, brach das Rohr aus der Wand. Ziegelstaub vernebelte die Luft. Caw fiel schwer auf die Seite und bekam keine Luft mehr. Vier grinsende Gesichter neigten sich über ihn.

»Haltet ihn gut fest!«, kommandierte der Anführer. »Nehmt seine Hand.«

»Bitte … nein …« Caw wehrte sich, doch die Jungen setzten sich auf seine Beine und zerrten an seinen

Armen. Als er alle viere von sich gestreckt hatte, baute sich der Junge mit dem Messer vor ihm auf. »Welche soll ich nehmen, Leute?« Er zeigte mit der Messerspitze abwechselnd auf Caws Hände. »Die linke oder die rechte?«

Caw konnte seine Raben nicht mehr sehen. Ihm war schwindelig vor Angst.

Der Junge kauerte sich neben Caw und drückte ihm ein Knie auf die Brust. »Ene, mene, miste …« Das Messer tanzte von links nach rechts.

Achtung, Caw!, rief Glum. Alle hoben den Kopf, als der Rabe schrie. Dann kam eine Hand von oben und packte den Messerstecher am Kragen. Der Junge schrie auf, als er von Caw weggerissen wurde.

Ein Knacken – dann wischte Haut über Haut – und das Messer fiel klirrend auf den Boden.

Wo kommt der denn her?, fragte Screech.

Caw setzte sich auf. Ein großer dünner Mann hielt den Jungen mit dem Lippenpiercing am Nacken. Unter der schmutzigen Mütze quoll drahtiges braunes Haar hervor. Der Mann trug mehrere Schichten dreckiger Klamotten unter einem alten braunen Trenchcoat, den er mit einem verschlissenen blauen Cordgürtel zugebunden hatte. Ein flaumiger Bart spross ungleichmäßig um sein Kinn. Unter all dem Schmutz schätzte Caw ihn auf Mitte zwanzig. Wahrscheinlich obdachlos.

»Lasst ihn in Ruhe«, sagte der Mann mit rauer Stimme. Im Halbdunkel war sein Mund ein schwarzes Loch.

»Was geht dich das an?«, fragte der Junge, der Caws linken Arm festgehalten hatte.

Der Mann knallte den Anführer an den Müllcontainer.

»Der Typ ist komplett durchgeknallt«, sagte der Junge, der auf Caws Beinen gesessen hatte. »Kommt, wir hauen ab!«

Der Anführer hob sein Messer auf und richtete es auf den Obdachlosen.

»Dein Glück, dass du so dreckig bist«, zischte er. »Mit dir versau ich mir mein Messer nicht. Kommt, Leute.«

»Haut endlich ab!«, brüllte der Mann.

Die vier Angreifer drehten sich um und liefen aus der Gasse. Caw stand keuchend auf. Als er den Kopf hob, saßen seine Raben nebeneinander auf dem Geländer der Feuerleiter und sahen schweigend zu.

Nachdem die Bande um die Ecke gebogen war, kam eine weitere kleine Gestalt aus der dunklen Gasse hinter den Müllcontainern hervor und stellte sich neben den jungen Mann. Der Junge war vielleicht sieben oder acht. Sein schmales Gesicht war blass und das schmutzige blonde Haar stand struppig von seinem Kopf ab. »Ja, und kommt bloß nie wieder!«, schrie er den Typen nach und reckte die Faust.

Caw sammelte in Windeseile die verstreuten Pommes auf und warf sie in die Schachtel zurück. Kein Grund, eine wertvolle Mahlzeit zu verschwenden. Die ganze Zeit spürte er die Blicke seines Retters und des Jungen in seinem Rücken.

Als er fertig war, steckte er die Schachtel in die tiefe Tasche seines Mantels und flitzte zur Feuerleiter.

»Warte«, rief ihm der Obdachlose nach. »Wer bist du?«

Caw drehte sich zu ihm um, blickte zu Boden und schüttelte den Kopf. »Niemand.«

»Ach ja?«, schnaubte der Mann. »Und wo sind deine Eltern, du Niemand?«

Caw schüttelte noch mal den Kopf. Er wusste nicht, was er sagen sollte.

»Sei bloß vorsichtig«, sagte der Mann.

»Ich kann auf mich selbst aufpassen.«

»Das sieht man«, erwiderte der Junge und hob das Kinn.

Als die Raben krallenkratzend auf dem Geländer das Gewicht verlagerten, hob der junge Mann den Blick. Er kniff die Augen zusammen und lächelte leicht. »Freunde von dir?«, fragte er.

Zeit zu gehen, sagte Glum.

Caw stieg die Metallleiter hoch, ohne sich noch einmal umzusehen. Er hangelte sich geschickt an der Feuertreppe hoch und machte mit seinen sicheren Tritten fast kein Geräusch. Als er oben war, wagte er einen letzten Blick. Der Mann beobachtete ihn, während der Junge im Müll wühlte.

»Etwas Schlimmes kommt auf uns zu«, rief der Mann. »Richtig schlimm. Wenn du in Schwierigkeiten gerätst, sprich mit den Tauben.«

Er sollte mit Tauben reden? Caw sprach nur mit Raben.

Tauben?, fragte Screech, als hätte er Caws Gedanken gehört. *Sogar Steine haben mehr Verstand!*

Der ist wahrscheinlich nicht ganz dicht, krächzte Glum. *Wie viele Menschen.*

Caw hievte sich aufs Dach und lief los. Doch er bekam die Abschiedsworte des Mannes nicht aus dem Kopf. Auf ihn hatte er keinen verrückten Eindruck gemacht. Seine Miene war entschlossen, sein Blick klar. Ganz anders als die alten Säufer, die über die Straße wankten oder in Hauseingängen hockten und bettelten.

Außerdem hatte er Caw das Leben gerettet und seine eigene Haut riskiert – völlig ohne Grund.

Caws Raben schwebten über ihm, umflogen die Häuser und kreisten zu ihm zurück, während sie dem Nest immer näher kamen. Dem Nest – ihrem Zuhause.

Caws Herz schlug wieder langsamer, als die Nacht ihn in ihre dunklen Arme schloss.

Leseprobe